JN015393

はじまりのバタイユ

贈与・共同体・アナキズム

澤田直・岩野卓司 編

法政大学出版局

İNTERDİT
AUX MOİNS
DE 18 ANS

はじまりのバタイユ——贈与・共同体・アナキズム　目次

カバー・表紙写真
撮影＝菊井崇史

まえがき

二〇世紀フランスの思想家・作家ジョルジュ・バタイユは、文学、哲学、宗教学、経済、人類学、美学など多くの分野で足跡を残している。

彼の書いた小説は、モーリス・ブランショやサミュエル・ベケットと並んで後のヌーヴォー・ロマンの先駆けとして評価されたのみならず、ジャンルを越境する破壊的な言語活動は、「作者の死」を言明したテクスト理論や「ブルジョア的エクリチュール」を解体する詩的言語による革命の発想にも大きな影響を及ぼした。エロスとタナトスは、バタイユの主たるテーマのひとつであるが、『マダム・エドワルダ』をはじめとするエロティックな小説や、『エロティシズム』などの論考は、性をめぐる禁忌や侵犯、コミュニカシオン（交流）や存在の連続性について、ヴィヴィッドな問題を提起している。また、ヘーゲル哲学を特異なかたちで読解し、そのアプローチを逆手にとりながらこの哲学を解体していく彼の手法は、脱構築の哲学とも密接な関係にある。バタイユの仕事がいまなお多くの領域で刺激を与え続けていることはまちがいない。

本書は、このように多面的なバタイユの思想のなかで、贈与と共同体のテーマに焦点を合わせたものである。それは、贈与と共同体という主題が近年とみに注目を集めているためばかりではない。バタイユにおいて、両者がまさに思想の中核に位置する問題構成であるためだ。贈与に関して彼は、人類学者マルセル・モースの『贈与論』を継承しながら、「全般経済（普遍経済、エコノミー・ジェネラル）」という独自の経済・人類学の理論を作り上げた。この理論は、現代において自然と人間の関係を考えるにあたってもきわめて重要な意味をもっていると思われる。たとえば「太陽によるエネルギーの贈与」という発想は、原子力発電所のような「人工太陽」によって自然を支配しようという考えを批判する際に有効なヒントを与えてくれるとともに、自然の生態系を尊重するエコロジーの発想と呼応する面がある。一方、バタイユの共同体論は、「私有財産」に基づく資本主義とも「共有財産」に基づく共産主義とも一線を画すものであるが、ブランショやジャン＝リュック・ナンシーによってそれぞれのかたちで受け継がれ、さらにはジョルジョ・アガンベンやロベルト・エスポジトなどイタリアン・セオリーの思想家たちもそこを起点に新たな思想を展開している。「財産」や「所有」、さらには既成の集団そのものを根底から問い直すその共同体概念は、再配分の問題やシェアリングなどへの関心が高まるいま、多くの示唆を与えてくれる。

本書は、二〇二〇年一〇月一〇日に公益財団法人日仏会館の「日仏文化講演」の枠組みでオンライン形式によって行われたシンポジウム「共同体と贈与――ジョルジュ・バタイユの思想から」に参加したメンバーをベースにしつつ、そこで提起された論点を補完すべく新たに執筆者を加えた論集である。どの寄稿者も、バタイユの思想が提起する「共同体」と「贈与」に関する問題に対して、アクチュアルな視点から検討を試みている。その際に、いわゆる「バタイユ論」を執筆するのではなく、むしろバタイユの思想から未来への可能性を汲み取ろうとすることが目指されており、自分の思想や研究領域に照らし合わせることで、バタイユに新しい角度から接近し、その重要性を見つけようしている点に特徴がある。

このような趣旨から、執筆陣を全員が必ずしもバタイユの専門家で固めることはせず、各分野で活躍されている方々に自由に語っていただくことにした。右のような編集方針を取ったのは、専門以外の人が参加して多くの刺激を一般読者のみならず、専門家たちにも与えた『クリティック』誌や『アルク』誌のバタイユ特集の顰みに倣ったからである。ただ、それにとどまらず、各論考について研究者たちによる解説を加えることで、専門以外の論者の発言を専門の研究者たちがどのように受け止めているかも見て取れるようにした。日本のバタイユ研究は世界の水準と比較しても高く、これらのコメントも読み応えがあるものと自負している。各論考に付した図書ガイドは、執筆者の著作、バタイユの主要著作、関連する文献からなり、波及するテクストのネットワークを提示しようとするものだが、同時に書評を重視したバタイユの精神を継承する身振りでもある。また、巻末にはバタイユの著作と関連文献からの引用文が散りばめられているが、バタイユの世界を楽しんでいただければ幸いである。

以上のような構成によって本書は、バタイユの思想と私たちが今日直面している課題との接点を可視化することを狙っている。

読者のみなさまには現代におけるバタイユの可能性を存分に味わっていただければ、編者としてはこれにまさる喜びはない。

最後に、シンポジウムを視聴された方々、コメントや質問を寄せられた方々、準備にあたられた日仏会館の事務の方々に謝意を表したい。法政大学出版局の赤羽健氏には、企画の段階から編集作業に至るまできめこまやかにご対応いただいた。この場を借りて厚く御礼申し上げます。

澤田 直
岩野卓司

DOCUMENTS

1

DON
COMMUNAUTÉ
ANARCHISME

A partir de la pensée
de Georges Bataille

Shinichi NAKAZAWA, Takuji IWANO. L'archéologie de Georges Bataille. — Takuji IWANO. L'archéologie du Gnosticisme.

バタイユの考古学

中沢新一×岩野卓司

岩野 今日（二〇二〇年一〇月一〇日）は日仏会館で、中沢さんとバタイユについてお話しする機会をいただき大変うれしく思っております。僕は中沢さんの著作にものすごく刺激を受けてきました。僕は贈与に関して二冊の本を書いていますが、実は贈与を論じることに最初は抵抗がありました。どうしてかと言うと、フランスの博士論文の指導教官のジャン＝リュック・マリオンが贈与を中核とした哲学を構築しており、なかなかそれを乗り越えて新しいことを言うのが自分にとって困難だったからです。しかし、中沢さんの本を読んでいくうちに違った視点から論じていける重要な問題だなとしだいに気づいていったのです。中沢さんのご専門はバタイユではないのですが、昔からよくバタイユを読んでいるんですよね。僕が初めて中沢さんが語るバタイユについて読んだのは、学生時代です。昔『ユリイカ』[(1)]という雑誌がありましたよね。

（1）「数日前ぼくはある酒場でばったり草野心平氏に会った。かれはぼくを自分の前に坐らせて「ちかごろユリイカの出版はスレて来てる。ここらでひとつフリダシに戻るんだよ！」と忠告してくれた。ふり出し。かれの言う意味とは違って、そのときのぼくに、ユリイカという小さな出版屋の周囲にも息づいていた戦後という荒い流れが、ある懐しさをもってよみがえっていた」（伊達得夫『詩人たち　ユリイカ抄』平凡社ライブラリー、二〇〇五年、五四頁）。

中沢　ありましたね。

岩野　今でもありますけど（笑）。そこで浅田彰さんと対談をしていました。(2)

中沢　ひどい対談です（笑）。

岩野　なかなかすさまじい対談でした（笑）。そこでの中沢さんの結論としては、バタイユはスッポンポンで歩いている人間だと。ある意味で野人的なところがあって、現代思想的なレジュメには馴染まない突き抜けるような面白さとかすごさとか、言ってしまえば厚顔無恥なところも含めてバタイユなんだと語っています。バタイユを論じると、浅田さんが批判していたように、栗本慎一郎さんの『パンツをはいたサル』(3)のような、パンツを脱ぐ快感を禁止されたものを犯す快楽と結びつけたわかりやすい図式的なものになってしまったり、あるいは逆に『無神学大全』の断章をなぞってしまうごちゃごちゃした難解なバタイユ像にどうしても陥ってしまうんです。だけど、あるとき僕が大学である先生にたまたま卒論を読んでもらって聞いてみたら「バタイユはすっきりしているだろう。たとえば、『死者』なんか恋人が死んだらいきなりヒロインが夜の雨の中に裸で飛び出していったりね」と言われたんです。恥ずかしながら、僕の卒論はごちゃごちゃ紛糾したものだったのですが、この先生の言ったこと、僕も直感的によくわかるんですよ。バタイユは語るときにぐちゃぐちゃしたところがあるんだけれど、どこかすっきりしている。それが中沢さんのスッポンポンという言葉に出ているんです。あともう一つ言えるのは、バタイユは裸が好きなんですよ。

中沢　うん。

岩野　『マダム・エドワルダ』の冒頭でいきなり、「俺が裸になるか、俺が欲しい娼婦たちを裸にするか」とか、「俺は夜のように裸になりたかった。ズボンを脱ぎ、腕にかかえた」とか言って、作品の中で主人公は意味もなくやたら脱ぎたがるんです。

中沢　僕と似ているんです。

岩野　相性がいいですね（笑）。そうはいうものの、もう一方でバタイユはどこか屈折しています。すっきりいかない面があります。どうしても神父が出てきたり、近親相姦にこだわったり、カトリックと家族というフランスのある種の伝統を引きずっていて、そこが吹っ切れないところだとドゥルーズ

（2）「浅田　まあ、バタイユって恥ずかしい人だよね、今考えてみれば。
中沢　でも、魅力はあるでしょう。
浅田　そりゃ、あるよ。
中沢　ああいう、ほとんどスッポンポンで歩き回ってるみたいな人間は、今なかなか生きにくいからね。」（中沢新一＋浅田彰「裸体のバタイユ」『ユリイカ』一九八六年二月号）

（3）「フランスの文学者ジョルジュ・バタイユが、性交渉のもっとも陶酔的な状態は墓場における性交である、と考えたことにも理解が及ぶだろう。ヒトは、墓場によって死の象徴を感じとり、そこでの性交渉でオルガスムス、すなわち瞬間的な死の世界を漂うことができれば、日常的には遠ざけている、もっとも尊い過剰の存在を感じることができるのである」（栗本慎一郎『パンツをはいたサル――人間は、どういう生物か』光文社カッパ・サイエンス、一九八一年、一二六頁）。

に批判されています。(4) でも同時に今指摘した、そこには還元されない突き抜けたスッキリさもあって、それがバタイユの良さだと感じるのです。だから、スッポンポンという表現は当たっているんじゃないのかなと。僕らはなかなかバタイユのようにはなれず、どうしても流行などでカッコつけてしまうから、中沢さんのバタイユ観は面白いと思ったんです。その「スッポンポン対談」がはじまりなんですが、実際に中沢さんの本を読むと、よくバタイユを引用していますね。もちろんバタイユだけでなく、中沢さん独自の思考を展開するうえで、レヴィ＝ストロース、折口信夫、南方熊楠など参照項はほかにもたくさんある。だけど、そのなかでバタイユは大きなウエイトを占めているように思います。

中沢 大きいんですよ。大学生になり暇ができて、本格的に読書を始めたころ、バタイユとレヴィ＝ストロース、それから折口信夫、この三人にはまっていたんです。バタイユにはまっていたのは、おそらく性格的なものに強く共感していたと思うんです。当時は、たとえば生田耕作(5)さんとか、澁澤龍彥(6)さんの翻訳で読んでいたわけです。一見するとレヴィ＝ストロースなんかとは対極的なんですけれども、僕は根底に通ずるものを感じていたんです。それは、今回のシンポジウムでも主題にあがっていた「笑い」ということなんだろうと。笑いというものが、両者の著作の根底をいつも揺らしている感じがするんですね。折口さんっていうのもいつもそういう感じがしていて、僕はこの三人にぞっこん惚れて夢中になって読んでいた時期があります。当時は六八年の直後ですから、日本人の学生のなかから「反時代的」という言葉がよく出てきたりしていて、そういったものがよく読まれていたんです。セリーヌ、バタイユ、あと僕はちょっと苦手なんだけどジュネとかを読んで真に受けたところもあって、世の中で良しとされていることを全部否定したいという強烈な願望が出てきた。そうすると、そのあとの人生はいろいろと大変ですよ。バタイユなんかにはまらなければ、もっと普通の人生を送れたんだろうなと思う（笑）。そういう意味ではたいへん影響を受けちゃった。

岩野　今の中沢さんがあるのは、バタイユのおかげかもしれませんね（笑）。

（4）「ジョルジュ・バタイユはとてもフランス的な著者である。彼は内なる母、下なる司祭、向こう側の目を備えた文学の本質を小さな秘密からつくり出したのだ」（ジル・ドゥルーズ＋クレール・パルネ『ディアローグ——ドゥルーズの思想』江川隆男・増田靖彦訳、河出文庫、二〇一一年、八四頁）。

（5）「いったいなんのつもりかね？」
「ほらみて、あたしは《神様》よ……」
「おれは気でも狂ったのか……」
「いいえ、正気よ。見なくちゃ駄目。見て！」（ピエール・アンジェリック『マダム・エドワルダ　改訳決定版』生田耕作訳、金子國義挿絵、奢霸都館、一九九八年、二二頁）

（6）「澁澤が戦後になって西下したのは、この年〔一九六〇年〕が初めてだった。稲垣足穂宅を訪問する二日前の十一月二十一日には、京都大学十一月祭のシンポジウムに出席している。〔…〕二十四日には片山正樹や生田耕作の案内で、修学院離宮を見学した。澁澤は生田と京都の街を歩きながら、ジョルジュ・バタイユの小説『マダム・エドワルダ』について熱心に語り合った」（磯崎純一『龍彥親王航海記——澁澤龍彥伝』白水社、二〇一九年、一七五頁）。

中沢　そうだと思います（笑）。

寝ながら読むバタイユ

岩野　浅田さんがドゥルーズの思想を前面に出して、栗本系バタイユなどをどんどん否定するという時代が来たときに、中沢さんは一貫してバタイユを参照項にしながら語っているんですよね。

中沢　浅田さんやドゥルーズが否定していたところって、バタイユの本質ではないですから、ああいうところをいじめてもしょうがないですよ。思想というのは根幹の骨格が一番大事なところで、その思想の骨格に関してバタイユはゆるぎないものをもっていると思います。それに人類学とか民俗学とか考古学とか、自分と趣味が近いこともあって、彼らみたくバタイユを批判するのはよくないと思ってました。

岩野　『マダム・エドワルダ』とか『眼球譚』とかもお好きですか？

中沢　好きですよ（笑）。ああいうのは寝っ転がって読むものですから（笑）。江戸時代の人情本とか春本とかと通ずるものがありますし、そもそも澁澤龍彥の翻訳は、あの時代の人情本の文体で訳していたじゃないですか。そういう連続性は感じていましたし、一九世紀から二〇世紀の初めにかけて、こういうものがヨーロッパで読まれていたんだけれども、日本だって同じだよという感覚はありました。

岩野　とてもよくわかります。僕もバタイユに限らず澁澤さんの翻訳や著書を愛読した時期がありました。たしかに澁澤さんはサドの翻訳などで江戸時代の春本の文体を活かしています。最近では中条省平さんの『目玉の話』[7]（『眼球譚』）の訳も澁澤訳の系譜ですよね。バタイユの小説には「神」や「聖なるもの」についての突き詰めた思想が色濃く反映されていてカトリックの風土でなければわかりにくい面もあるけれど、澁澤さんや生田さんたちの功績はそれぞれのやり方で日本の風土にあう文体を考えていったことにあります。

ラスコーに帰れ

岩野　さて、今日のテーマは「バタイユの考古学」ということです。中沢さんは宗教学や人類学をベースに活動をされていますが、考古学や生物学の分野にも強い関心を抱かれています。山極寿一さんとの対談『未来のルーシー』[8]でもホモ・サピエンスの進化や狩猟採集時代について触れられており、人

（7）「ほかの人びとにとって、宇宙はまともなものなのでしょう。まともな人にはまともに見える、なぜなら、そういう人びとの目は去勢されているからです。だから人びとは淫らなものを恐れるのです。雄鶏の叫びを聞いても、星の散る空を見ても、なにひとつ不安など覚えない。要するに、味もそっけもない快楽でないかぎり、彼らは「肉の快楽」を味わうことができないのです」（バタイユ『マダム・エドワルダ／目玉の話』中条省平訳、光文社古典新訳文庫、二〇〇六年、九一頁）。

類の起源を探求しながら、そこから現代を問い直すというスタンスをとっています。この狩猟採集時代に関して、バタイユの場合はラスコーの壁画についての著作があります。今日の対談では、最初にラスコーや考古学について触れたあとで、共同体や贈与について話を進めていきたいと思います。

バタイユは晩年の『ラスコーの壁画』や『エロスの涙』で、先史時代について詳しく語っていますが、中沢さんは『カイエ・ソバージュ』(9)で、バタイユとは独立してラスコーの壁画について論じていますよね。たとえばプラトンの洞窟とは違うような洞窟のあり方を見出されています。この大著『カイエ・ソバージュ』では後半に「よみがえる普遍経済学」という章があり、中沢さんはご自身の理論である「対称性人類学」の基盤として、「普遍経済」という概念を使っています。「普遍経済」(économie générale〔「全般経済」とも訳される〕)という言葉はバタイユが考案したものですが、中沢さんはライプニッツなどを援用しながら経済を数学的に基礎づけてかなり独自に発展させています。ラスコーの壁画についても、たんにバタイユだけではなく、多くの考古学や美術史の研究を参照されていて、まずはバタイユのラスコー論をどういうふうに読まれているのかをお聞きできればと思います。

中沢　一万数千年前の旧石器時代、人類が人間になったときに行い始めた最初期の宗教的儀礼っていうのは、洞窟でやっているんです。洞窟の中に壁画を描く。ヨーロッパの場合は洞窟の奥に壁画を描くことが多いんですが、アジアでは入り口のところ、門扉のようなところに描くことが非常に多い。ではなぜ洞窟で行われたのか。それからホモサピエンス〔人間〕になった人類が、いったい自分の中に起こった何の変化と、この儀礼を対応させているのかを考えていました。僕は宗教学科で勉強していましたから、大学に入ってしばらくして宗教史の講義だったと思いますが、グノーシス[10]の話が登場したんですね。グノーシスっていうのはバタイユにとっても非常に重要なテーマでした。自分の中のキリスト教を解体して、それを超えてゆくときに、グノーシスキリスト教は大事になっていたわけです。

（8）「認知革命によって脳のなかに発生した爆発的な能力がストッパーを外して展開され始めたのは、農業以後ということであり、狩猟採集時代にはその能力を抱えているにもかかわらずそれにストッパーをかけたり抑えたり、お祭りというかたちで放出してしまったり、神話のなかで矛盾を解消するというやり方を長いこと続けたのだと思います」（中沢新一＋山極寿一『未来のルーシー——人間は動物にも植物にもなれる』青土社、二〇二〇年、七五頁）。

（9）「芸術はラスコー洞窟の壁画以来、ホモサピエンスの流動的知性＝対称性無意識の表現として、つねにこの「数えられない無限」とつながりを持ってきました。この無意識は、実数よりも高次元な「超実数」としての構造をそなえています。そのために、芸術と資本主義は同じ「無限」に関わるものとしての共通性をそなえながら、その「無限」の質の違いによって、鋭く対立しあう性質を持つことにもなっているのです」（中沢新一『カイエ・ソバージュ　合本版』講談社、二〇一〇年、七七四—七七五頁）。

（10）「グノーシスとは、存在と歴史の秘密にかんする「知識」という意味をもっている。〔…〕彼ら〔グノーシス主義者〕は、完全なる「新しい人間」の誕生をめざして、はげしい修行を重ねた。彼らは教会ではなく、選ばれたものだけからなる修道院こそが、神の国の実現には必要なものなのだ、と考えた。グノーシスは、いってみれば千年王国への「前衛」なのだ」（中沢新一『新版　はじまりのレーニン』岩波現代文庫、二〇一七年、一九九頁）。

このグノーシスっていったい何なのか。グノーズ（gnosis）っていうのは智慧ってことですよね。つまり、社会や共同体を構成している智慧よりも高い智慧のことを言っています。ある意味で至高性に近いです。このグノーシスはどういう智慧のことを言っているかというと、たとえばラスコー洞窟を題材にとって考えてみます。

ラスコー洞窟っていうのは、当時の人間は、石の庇みたいなものがあるテラス、いわば半洞窟に暮らしていました。そこは雨が落ちてこない場所で、そこで家族生活をしています。いくつかのそういうテラスが集まって社会を構成している。そこでの社会の人たちは美術的な活動をしていて、宗教らしい活動もしているんです。だけど洞窟の中で行われる儀式はどうも特別だったらしいんですよ。特別な資格をもった人間だけが入ることができる洞窟で、そこに若者を連れて入るわけです。しかし入り口がわからないようになっているんです。今ラスコーの洞窟跡に行ってもそう感じると思いますが、藪に囲まれて入りにくい場所に作られていて、普通は行けないんですよ。その奥へ入っていき、その奥で若者に対して教育が行われていた。それがどういう教育だったのかということに僕はものすごく関心があって、もちろん旧石器時代のことなので記録とかはないですよ。洞窟の中に絵が描いてあるだけですから。それは、アフリカとか南米の部族とかで、若者に最初のイニシエーションで何を教えているかっていうことなんです。つまり、普通の共同体を構成している知識や情報ではないんです。それにはいろんなかたちがあるんですけど、共通点があります。日常生活でやっている婚姻規則とかタブーとかは嘘だという、すなわちあれは、ファンタジーだということを教えるための儀式をやっているんですね。

アフリカだと、センザンコウ（アルマジロ）は食べてはいけないというタブーがあります。ところが、イニシエーションの儀式に入っていくと若者はセンザンコウを食べさせられるんですよ。あんなに恐れられていて、子ども時代はあんなものを食べたら人間じゃなくなっちゃうよ、自分の中にこの世の悪が全部入ってきちゃうよ、といわれてきたものをわざわざその儀式で食べさせるんです。メアリー・ダグラスという人類学者は、これが教えているのは実存主義なんだという言い方をするわけです。[11]『嘔吐』のなかでロカンタンが樹の根っこを見て嘔吐しますよね。つまりここであのような実存を教えているんだと言うんです。

アフリカ的段階

中沢　そういった考えをもとにして、いろんなイニシエーションで何を教えているのかを見てみると、

（11）「〔…〕はじめてセンザンコウを食べた若者は初期の実存主義者のようなものであろう。この祭式の秘儀によって、彼等は自己の経験を形成してきた分類原理に内在する、恣意的でしかも伝統的な本質といったものを多少とも認識するのだ」（メアリ・ダグラス『汚穢と禁忌』塚本利明訳、ちくま学芸文庫、二〇〇九年、三七七―三七八頁。文庫版解説：中沢新一）。

のちにチベットに行って実際に体験したことなんだけど、日常生活を構成している知性っていうのは全部ファンタジーなんだと言うんです。しかし日常を構成するにはあれが一番いいんです。あれが一番いいから採用しているのだけども、本当の智慧は違うと言うんですね。じゃあその智慧は何なのかというと、いままで否定されているものを大肯定したり、タブーとされていることを行為させたりすることなんです。とすると、ラスコーの洞窟の中でも似たようなことが行われていたと推察するわけです。何を教えていたのかといえば、のちのちグノーシスと呼ばれるものを伝達しようとしていたんだろうと思います。バタイユが「アートの起源」で書いていることは、ほとんどグノーシスと同じことを言っているんじゃないかと感じました。

岩野　なかなか面白いお話です。たんに洞窟の中にすでにアートがあったという話ではなくて、その起源にはグノーシスがあったという説は、大変刺激的です。ここからバタイユに即して三つのことを指摘したいと思います。

中沢さんのおっしゃるグノーシスは、単なる歴史上のグノーシス主義をこえた根源的な知の探究ですよね。バタイユは若いころ「低次唯物論とグノーシス」[12]という論文を『ドキュマン』誌に発表していて、グノーシスの発想と唯物論とを結びつけています。ギリシャ精神、キリスト教やヘーゲル哲学が不純なものを排除したと批判しつつ、善に回収されない闇や悪を肯定するものとしてグノーシスを評価しています。そして、その基盤になるのは観念や存在概念によって回収されない「低次な物質」です。バタイユの唯物論は、グノーシスの二元論を引き受けていますが、この「物質」を絶対に高次なものになりえないものとして精神／物質の二項対立からずれていきます。これは理性や概念によっては把握できないものなのです。その意味で、この「物質」についての知が、のちにバタイユの『内的体験』の非‐知につながっていくのです。

また、グノーシス的な知のあり方はキリスト教のなかにも入り込んで異教的あるいは異端的なものとして神秘主義的な伝承を形づくりながら受け継がれていくんですよね。キリスト教も一枚岩ではなく、そのなかにはすでにキリスト教を超えたものが混在しているのです。そして、キリスト教の中の超キリスト教的なものがバタイユの思想のなかに入り込んでいるのです。神秘体験を通してのみ接近する未知なるものという秘密の知を求めたり、神という概念よりも高い至高な知を求めたりといったところに現れているのだと思います。キリスト教の言葉や思想を使いながら、いつのまにかそれを解体しているのです。神秘体験を追求し、ひきつった断章形式で書かれた『無神学大全』三部作（『内的体験』『有罪者』『ニーチェについて』）のあり方がそれですよね。

もうひとつは、中沢さんが吉本隆明を引きながら重視している「アフリカ的段階」[13]の問題です。「ア

（12）「低次の物質は、人間の観念的な渇望とは無関係で無縁であり、それらの渇望から生じる巨大な存在論的機構に還元されるのを拒むのである。〔…〕つまり、高級な原理には何もできないことが分かっていたのだから、人間精神と観念論を低次なものの前で動転させることがすでに重要であったのだ」（ジョルジュ・バタイユ『ドキュマン』江澤健一郎訳、河出文庫、二〇一四年、一五八―一六〇頁）。

フリカ的段階」というのは、ヘーゲルの『歴史哲学』のなかで歴史の外に追放されたものです。[14] アフリカには歴史はないとはひどい言い方ですね。ヘーゲルにとって歴史は東洋からはじまり西洋に進んでいくものです。ヘーゲルの場合自由の実現といったかたちで歴史を語っていくのですが、西欧の多くの歴史観にはアフリカは登場しないんです。北アフリカ以外はヨーロッパに征服されるまでは歴史がないのです。それを吉本さんは「アフリカ的段階」を歴史の始まりに認めようとし、中沢さんはさらに発展させて人類の誕生におけるアフリカから歴史を捉えなおそうとしている。日本の縄文文化なども「アフリカ的段階」だし、バタイユのラスコーも「アフリカ的段階」ですよね。ヨーロッパにおける「アフリカ」です。晩年のバタイユは「世界史」を構想していたのですが、彼が先史時代やラスコーに関心があったことから考えて、たぶん「アフリカ的段階」を踏まえたような「世界史」だったのではないかと僕は推測しています。中沢さんがおっしゃるグノーシスという根源的知はまさに「アフリカ的段階」の知、その後人類が進歩していって忘れ去ろうとしても無意識のうちに関係を持たざるをえないような知なのです。ここから西欧中心の歴史を解体して、新たな歴史を考える可能性がでてくるのではないか、と僕は可能性を感じます。

否定的共同体

岩野 中沢さんが指摘されたグノーシスはさらに、バタイユのなかの共同体の発想ともつながってきます。ソ連や東欧のコミュニズムが行き詰まり崩壊寸前だったころ、ブランショやナンシーの影響のもとで、バタイユの共同体論を新しいコミュニズムとして読み直そうという試みが一時流行したこともありましたが、[15]僕は単なる流行を超えて考えるべき問題だと思っています。バタイユ自身生涯にわたって共同体、共同性、コミュニカシオンに関心をもっていたからです。『無神学大全』の断章の数々

(13)「ヘーゲルが野蛮、未開、人間らしさのない残虐な世界とみた旧世界の裏についた深層は、自然の植物と一体にまみれ、交感することのできた段階の豊饒な感性に充ちている。〔…〕外在的な野蛮、未開、無倫理の残虐と、内在的な人間の母型の情念が豊饒に溢れた感性や情操の世界とは、たぶんおなじなのだ」(吉本隆明『アフリカ的段階について——史観の拡張〈新装版〉』春秋社、一九九八年、五四—五五頁)。

(14)「アフリカは世界史に属する地域ではなく、運動も発展も見られないからです。〔…〕本来の意味でのアフリカは、歴史を欠いた閉鎖的な世界であって、いまだまったく自然のままの精神にとらわれ、世界史の敷居のところにおいておくほかない地域です」(ヘーゲル『歴史哲学講義』上巻、長谷川宏訳、岩波文庫、一九九四年、一六九頁)。

(15)「共同体の不在は共同体の挫折ではなく、極限的な瞬間、あるいはそれを必然的な消滅へとさらす試練なのである。アセファルは、共有することも私有することもできず、後の放棄のために留保しておくこともできないものについての共同の体験だったのだ」(モーリス・ブランショ『明かしえぬ共同体』西谷修訳、ちくま学芸文庫、一九九七年、三九頁)。
「共同体の無為－脱営為は、バタイユが早くから聖なるものと名づけてきたものの側で生起する」(ジャン＝リュック・ナンシー『無為の共同体』西谷修・安原伸一朗訳、以文社、二〇〇一年、五八頁)。

や一群の文学テキストは、読者とのコミュニカシオンの実践の場だったのです。それから、バタイユは『ドキュマン』から『クリティック』まで雑誌の編集にこだわっていたのですが、これも彼の「共同体」の追求の一環です。ただ、こういったかたちとは別に、戦前は実際に過激な宗教的な共同体を創設し、社会と宗教における革命を実践しようとしたのです。

一九三〇年代の後半、バタイユは三つの共同体を創るんです。一つは、雑誌『アセファル』です。アセファルとは、「無頭人」とも訳されるように「頭のない状態」を指します。この雑誌は政治・宗教的な色彩が強いものです。まずは、理性という「頭」に対して身体の欲望を持ち上げる。次に、ニーチェの「神殺し」の影響のもとで、神という「頭」の不在の宗教を考えようとする。さらには、ファシズムや王制のような「頭」であるワントップの支配する政治体制の打倒を呼びかける。この活動は「無頭」の政治宗教的アジテーションですね。もう一つの共同体は、社会学研究会です。「聖なるもの」を探求することを目的とした研究発表と討議をする組織です。いちおう学問的探求とは称しているのですが、かなりいい加減なところがあり、その点で慎重な姿勢を示すレリスと意見が合わないこともありました。バタイユは奔放に想像力を働かせていろいろと仮説を作るところがあり、自分が読んだ物理学の説や生物学の説をいきなり勝手にモデルとして使ったりするんです。そして最後にその実態がよくわからない秘密結社アセファルというものがあったんですよ。雑誌『アセファル』と同名ですが、両者の関係は謎につつまれていました。結社に加入していた人はあんまり語りたがらず、秘教的なものでした。

中沢 語ると殺されるんだよね（笑）。

岩野 そうそう（笑）。さっき言ったような日常の知の反対のようなことを実践していたのでしょうね。メンバーの一人だった岡本太郎(16)は、パリ郊外のサン＝ジェルマン＝アン＝レー近くの森に行って秘儀を受けたと告白しています。この結社で行われた秘儀には、落雷に打たれた枯れた巨木を前にしてバタイユが硫黄を燃やして行った秘儀が有名です。たとえば、新月の日にこの森で、松明を燃やしながら祭司者が新しく入る者の左腕に短剣で傷をつける入会の儀礼が行われたそうです。また、ミシェル・シュリヤという伝記研究者によれば、反ユダヤ主義者とは握手しないとか、ルイ一六世が斬首された日を記念日にしてお祭りをするとか、政治的なものもありました。ただ、こういう結社はだんだんとエスカレートしていくんですよね。人身供犠をやろうということになったんですよ。バタイユは秘密結社のメンバー全体が永遠に結ばれるために供犠が必要だと考えたのです。そこで供犠の実施を計画していたとき、私を殺してくださいという人がひとり本当に現れたんですよ。

(16) 「「コントル・アタックの」発言者の中で、私を最も強くひきつけたのはバタイユだった。重みのある身体。くぼんだ、しかし熱をおびたトビ色の目。だがもっと印象的なのは彼の口、というより歯である。糸切歯がやや前向きに生えていて、獰猛な魚の牙をおもわせる。一つ一つ例証をあげ、きめ込んで行く語気は、たしかに火を吐くという感じだった」（岡本太郎『原色の呪文――現代の芸術精神』講談社文芸文庫、二〇一六年、四五頁）。

中沢　困ったね。

岩野　それで今度は供犠を執行する人を探したのですが、バタイユはカイヨワがいいと思い、彼に打診したのです。さすがにカイヨワも弱ってしまい、断るんです。みんな嫌がるわけですよ。だから結局見送りになりました。後年バタイユは供犠をしなくてよかったと回想しています。ちょっと無責任な気もしますけれどね（笑）。この秘教的な共同体も何年か続くのですが、だんだんバタイユについていけなくなって皆離れていくわけですよ。戦争も始まりそうだし、最後になったらもう四人しか集まらないんです。そうしたらバタイユが突然、我々の共同体を神話として残すために、この私を供犠の対象にしてくれ、と言うのです。だけどみんなに断られて事なきを得た（笑）。これを最後に、バタイユは現実に「共同体」を創設することはなくなるのですが、この共同体の着想は彼の思想のなかで生かされていくのです。「アセファル」は、僕らの日常的な常識とは違う知に基づいた秘密結社だったのです。それがバタイユの『内的体験』のなかでの「非‐知」になっていくわけです。彼はヨガなどの影響を受けながら、神秘的な脱我の体験を求めていきます。日常の知を否定しながら、非‐知の世界に向かっていくのです。だから今の中沢さんのグノーシスの話を聞いていると、バタイユの共同体の発想もラスコーの洞窟からずっと受け継がれていて、バタイユがラスコーの洞窟について関心をもって一冊本を書いたのも根源的な知のなせるわざだ、とあらためて思いました。

〝子供ら夜になっても遊びつづけろ！〟

中沢　人類っていうのが人間になったときからすでに、知というのは二種類あったんだと思うんです。普通私たちが言っているようなものと、それを超えた非‐知というものです。これは近代になって出現したものでも、キリスト教によって出現したものでもなく、旧石器時代に人類が人間になったときに実在したんだろうと思います。なぜかというと、それは人間（サピエンス）の成り立ちの根源が非‐知だったということを意味しているんだと思うんですね。つまり、知が非‐知に進化するとか、宗教的な開祖が現れて日常的な智慧なんてだめですよ、この世界は迷妄の世界で突き抜けた智慧がありますよとか言うのではないんです。非‐知がサピエンス進化全体を基礎づけた土台であり、デリダ風に言うなれば荒れ狂う基礎材(17)です。つまり荒れ狂う基礎材が人間を人間たらしめて、それを行うのが旧石器から新石器にかけての至高性に接触しようとする儀式とか芸術的行為とかであったんだろうと思います。その見通しはバタイユの見通しと非常に近いですし、これに関してもバタイユの影響を受けているかもしれません。

（17）「無意味な言葉遊びの必要。すなわち、異文化を受容した或る国語の平静な礼儀正しさの彼方に繰り広げられる、言葉との闘争、みずからの基底材を支配する文明化された言語を猛り狂った穿孔機で破壊すること」（ジャック・デリダ『基底材を猛り狂わせる』松浦寿輝訳、みすず書房、一九九九年、九六頁）。

岩野　なるほど。バタイユの場合は智慧とかサピエンスって言葉があんまり好きじゃないんですよね。非‐知と彼は言いたいんです。否定辞を使うのは、否定神学や神秘神学の影響でしょうけど。ところで、人間を定義するのに他にホモ・ファーベルという言葉があります。これはベルクソンの『創造的進化』での造語で、人間は道具を作って支配するという意味です。これも労働を連想させる言葉で、バタイユは人間の本性の定義としては不十分と感じます。ほかには、ホイジンガにホモ・ルーデンスという人間の呼び名もあって、バタイユはこちらを好むんですよ。要するに「遊ぶ人」です。もう一つの知というものが、芸術のほかに遊びや笑いということと結びついているのです。もちろんニーチェの影響もあります。『ツァラトゥストラ』などを読めばわかりますが、ニーチェも「笑い」に耐えられない真理は認められないとか、人間の至高の境地は子供の「遊び」だとも言いますよね。中沢さんは、『ポケモンの神話学』[18]などもお書きになっていて、「遊び」へのご関心も強いですよね。また、人類史的にはホモ・サピエンスをメタファーの能力とか縮減の能力とかと結びつけて論じたりしていますが、この遊びについてはどのようにお考えですか。

中沢　遊びは人間の非‐知の基礎をつくっていて、その本体の性格です。遊びっていうのは、規則に縛られないことであったり、偶然性のなかで自由に動いているものが、洋の東西を問わず非‐知に関わる智慧の本質なのです。たとえば仏教はそれでできています。仏教が目指しているものとは、無分別です。仏教は分別と無分別の二つに分けようとします。分別っていうのは知のことを言っていますよね。物を分けて、配列して、ディスクールで並べることを言います。それを超えていく知性が無分別なのです。無分別ってフランス語で言うと、非-知ですよね。これは分けない、規則に従わせない、偶然性に委ねる、中国風に言うと、任運（にんうん）。運に任せる。読み方によっては自然（じねん）、自然（しぜん）とも。自然には規則がなく、そういった偶然性の衝突に委ねていくものが遊びの根底にあります。ルールが発生する遊びは、ディスクールの能力が人間のなかで発達したあと、任運で自由に動いていく空間にある種のルールを課すことによって発生してくるのです。バタイユはどちらのことを言っていたのでしょうか。

岩野　『無神学大全』では、バタイユは「好運」という言葉を使っています。彼は笑いやエロティシズムや神秘体験を偶発的なものと考えるのです。だから、中沢さんのおっしゃる「任運」のほうですね。「非-知」は理由なく生起するのですから、「自然」のほうに近いのではないでしょうか。バタイユにとって僕らの日常の行動や労働は目的と結びついています。「酒を買うために外出する」とか、「家を作るために木を切る」とか、目的は存在しますよね。もちろん、さほど自覚していない場合も多々ありますが、バタイユは何らかの目的があると言います。それに対して、遊びはこういった目的を欠い

（18）「この小さな仮想宇宙の中に一五〇もの種を用意しておくことで、このゲームの作者たちは、流動的な生命の流れの中に非連続な切れ目を入れようとしている。背後に連続して流れる何かの潜在的な力を直観している子どもたちは、そこに切れ目が入れられることで、カオスを秩序につくりかえる知的な喜びを味わうことになる」（中沢新一『ポケモンの神話学：新版　ポケットの中の野生』角川新書、二〇一六年、一二六頁）。

たものとして考えられています。遊びはというよりも、遊びの本性はと言い換えたほうがいいかもしれません。遊びだってゲームでの勝利を目的としたり、景品を取ることを目的にしたり、目的はありますよね。でも、それが遊びの本性かというとちょっと違います。そういった目的を超えたところにある楽しみが遊び本来のありかたではないでしょうか。

また、遊びにはルールがあります。スポーツやゲームだってあるルールの下で行われます。遊びの本性にはこのルールを破る危険性があるのです。これは反則やインチキをやるということではなく、遊びをその起源にまで遡っていけば、ルールを超える可能性が出てくるのです。「好運」や「非‐知」の偶然性ですよね。だから、遊びの起源は聖なるものと関係があると彼は言うのです。たとえば北米の原住民の儀礼であるポトラッチを、バタイユはある種の遊びと見るんですよ。

中沢　あれは遊びですよね。

岩野　ホイジンガがポトラッチを遊びとみなすのですが、バタイユもそれを踏まえています。ポトラッチには厳格なルールがあります。結婚式や子供の誕生のような記念日にある部族の首長が別の部族の首長を招いて贈り物をしたら、ポトラッチの開始です。贈り物をもらった首長はそれを恥と思い、この恥を注ぐために帰宅したら相手より多い贈り物を返します。そうしたら、最初の首長がそれを屈辱に感じてさらに多くの贈り物を返します。それでどちらかが返せなくなるまで贈り物の合戦は続きます。より多くの自分の富を手放した者が勝利し、部族連合のなかで高い地位を占めるようになります。贈り物には必ずお返しが伴うと考えるモースは、ポトラッチをルールに則った贈与交換として考えていきます。それに対しバタイユは、ポトラッチの贈与交換のルールは認めつつも、このルールが壊れる可能性を常に意識しています。人間が無分別に陥るところや、そのルールを壊してしまう何か、つまり相手に贈与する際に我が身を忘れてしまって財産を全部使い果たして破産してしまう狂気が宿っているところを見るんですよね。

スペインとチベット

中沢 遊びにはすべて狂気が宿っていますからね。狂気のない賭け事なんて面白くないですよね。その果てに落ち込んでいく何かがあると知っているから、ゲームには迫力があるんでしょう。バタイユの遊びは、ホイジンガなどの文化史家が言うところのものを超えています。もっと危険なものに接近していこうとしていますよね。その意味では、ミシェル・レリスが闘牛について書いています。[19]『闘牛鑑』のようなことを、いつごろから人類はやっていたのかというと、旧石器時代まで戻ってしまうん

---

(19)「連続するパセにおける——一種の親密なダンスで結ばれた人間と動物の近親関係、往復運動のリズム(コイタスの動きのような交互に行なわれる接近と離脱の連続)。あの一種の挿入ともいうべきとどめの突き(きまった言い方によれば剣は《指が濡れるまで》傷口に突きささることが望ましい)による、この愛のパレードの終幕」(ミシェル・レリス『闘牛鑑』須藤哲生訳、現代思潮新社、一九七一年、五七頁)。

です。あれは、昔は地中海全域で行われていて、スペインに色濃く残ったものすごく古い儀礼で、表面では闘牛士と闘牛が美しい形態で闘い合うじゃないですか。牛は美しく突っ込んでくるし、闘牛士もエレガントにこれを扱おうとする。しかしこの先に何があるかというと、流血なんですよね。流血がありながら、それを文化的形態としてエレガントに美しく、音楽のように成立していることをレリスが見事に表現しているけれども、それは遊びというものの根本的な構造を示していると思います。

岩野　確かに『闘牛鑑』は見事なテキストです。闘牛はただのスポーツではない、スポーツの要素もあれば、供犠の面もある。牛は殺されるが、供犠執行人とも言うべき闘牛士も死の危険にさらされる。しかも、エロティックな要素もものすごくある。レリスは闘牛に遊びの根本にある聖なる儀式を見ていたのです。バタイユも『エロティシズム』のなかで『闘牛鑑』を高く評価しています[20]。

ラスコーに話を戻せば、バタイユは『ラスコーの壁画』で、遊びと至高性を結びつけています。ふつう労働は目的をもって行うものであるが、遊びは労働の合間に息抜きとしてやるものと考えられがちです。仕事や勉強が僕らの主だった活動であり、その合間に遊びをして気分転換する。そうすると、再開する仕事や勉強の能率も上がるというわけです。しかし、バタイユはこういう考え方に不満です。遊びは労働の合間の休憩ではなく、そもそも労働と遊びのサイクルを逸脱する何かがあると。だから究極の遊びというものは目的をもってやるものではない。ただ遊ぶだけです。規則にも従わなければ、目的や利益にも従わない。何にも従わないという意味で至高なのです。至高性は、自分より上がまったくない状態をいうわけなんです。だから、神とか聖書に従うことを彼は嫌います。脱我の体験を語るときでも、彼はいっさい聖書や神学の教義という参照項に従ってはならないと言うんです。ディオニュシウス・アレオパギテースや聖テレサや十字架の聖ヨハネのような神秘家もこのような体験をしながら最終的に神学の教義の枠でこの体験を語ろうとしており、キリスト教の伝統では体験は神に従属したものにされてきたのです。この枠を壊して体験をあるがままに見なければならない。だからスッポンポンですよ。体験から余計な衣服をはぎ取り裸にしていかなければいけないと。決められたルールのなかで語るのではなくて、それを取っ払うようなかたちで至高性と遊びとが結びついているのです。脱我の体験、笑い、エロティシズム、芸術なんかはまさにそれなんだというわけです。

中沢 ぼくもその通りだと思います。『呪われた部分』のなかでチベットのことを書いているじゃないですか[21]。あの章が好きで、イギリスのチャールズ・ベルが書いた本をもとにして、この世界はある意味ですごいと言うんです。人口の何割か、男の半分くらいがお坊さんになっちゃうわけですね。僧院に入って、働くほうは次男や三男がせっせと農業をやったり、交易して金(きん)を集めたりして、自分の生活に最低限必要なもの以外は全部寄進してしまうんです。そうすると、その僧院のなかではお坊さ

---

(20) 「私の試みに先行するものとしてミシェル・レリスの『闘牛鑑』があることをここで指摘しておきたい。レリスのこの作品では、エロティシズムが生の体験に結びついた体験として、つまり科学の対象としてではなく情念の対象として、より根本的には、詩の観想の対象として考察されているのである」(ジョルジュ・バタイユ『エロティシズム』酒井健訳、ちくま学芸文庫、二〇〇四年、一三頁)。

んたちが無為に暮らすわけです。修行やお経を読むとはいえ、ある意味で全部あれは遊びなんですよ。僕の体験したことからいっても、これはどう考えても遊びだよというものがありました。

そして、なによりあれは思考の遊びです。ゲーム盤を使ってやる遊びではないんです。偶然性に入っていくためのいろんな訓練をするんですね。それは遊び以外の何物でもない。この国は、国全体をあげてその遊びに全部捧げて生産の大半をそこに注いでしまう驚異的な世界なのでした。この世界のあり方っていうのは、狩猟採集時代そして新石器時代に入ってからも、人間の生きることの価値とは何か、労働の価値とは何か、そして遊びとは何かという問題に対してものすごくクリアな解答を与えていたんですね。しかし、そういう世界はもうなくなってしまいました。今は労働の価値が基本になっている世界です。たしかに遊びはゲームのなかでは生き残ってはいますけど、昔の人間がやっていた遊びに比べるとはるかに矮小な遊びです。人間っていうのはもっとラジカルに遊ぶ存在です。バタイユはそのことに気づいていたのだと思います。

岩野　現代の戦争とは違いかつての戦争は儀式的で祭りに似ているのですが、バタイユもこれを遊びとの類似で捉えていました。だから、彼は騎士道や古代の戦争に関心をもつのです。また、宗教性も遊びとの連関で捉えていました。宗教的なものが宗教として成立するためには遊びの部分だけではまずいですが、本質的に遊びの部分がないと宗教がだめになってしまうと考えていたのだと思います。

中沢　先ほどのバタイユのスッポンポン説ですが、彼には脱げないものがあったなと僕は思っているんです。それはグノーシスの問題に関わっています。バタイユがキリスト教の神学体系に敵対するグノーシスを立てたとき、このグノーシスはすでにキリスト教のものなんですよ。グノーシスっていうのは人類普遍的なものですから、もっと別の形態があるんです。つまり創造主がいる一神教の世界でグノーシスが発展したとき、あの形態をとってしまうんです。

普通の人間が生きている健康な世界は、ギリシャではコスモス世界と呼ばれていますね。それは神々が考えていることとこの世界を律している法則は同じなんだというものです。つまり、コスモス全体が単一の善の原理で動いているとギリシャ人は考えていました。それに対して東方からグノーシスの

(21)　「チベットの人々は、働いているときも歌い、気楽に暮らしていて、生活態度は軽快で、よく笑う（だが冬の寒さは恐ろしいほどで、窓ガラスのない家々には暖炉もない）。僧侶の敬虔さは別の問題だ。二次的な重要性しか持たない。もちろん僧院制度は僧侶の敬虔さがなければ考えられない。蕩尽の本質とは、開放し、贈与し、喪失するということにあり、打算を斥けるのだが、ラマ教の輝きこそこの本質を精神面で実現している」（ジョルジュ・バタイユ『呪われた部分——全般経済学試論・蕩尽』酒井健訳、ちくま学芸文庫、二〇一八年、一六八頁）。

考えが出てきます。この世界をつくっているのは迷妄であって、本当は違うものがこの世界にはあるっていう考えが東方にはあります。これを一番展開したのは仏教です。迷妄の世界で我々は煩悩のなかで生きている。でも自分の智慧(グノーシス)を高めていくことによって、自分の中から無分別知が現れてきたとき世界は変わっていくというのが仏教の表現です。同じグノーシスでも東方世界はこの表現を使うのです。ところが、ユダヤ・キリスト教世界は、造物主がいてこの唯一の創造主は世界をつくるんですね。その世界はギリシャ風に考えれば、善です。つまり神の意志が全部行き渡った世界だから、コスモスは善なのです。

しかし、この世界には悪が満ち満ちているじゃないか、この醜さや汚れはどこから来ているのかということを皆考えます。これをどう理解したらよいのか。一番手っ取り早い解決法を与えたのはゾロアスター教です。善と悪という二大原理があり、この考えはキリスト教のなかにも深く入っていて、ヨーロッパの二元論の考え方を深く基底してきました。それにも満足しないのがグノーシスって呼ばれた人たちで、この世界をつくった神は悪の神なのだと考えますね。ヤルダバオート(Ialdabaoth)です。それは偽りの世界、悪の世界をつくったのだと。我々が知っているのとは異なった世界をつくっている神が、もう一人いるのだということですよね。我々は智慧を高めていくことによってこちらの神に近づいていって、現世をつくった神は偽物だということを強く主張していくようになります。ヨーロッパでもグノーシスの考え方は一時民衆を席巻しますでしょ。南仏のほうでは反キリスト教運動が盛んになって、これを討ち滅ぼすためにキリスト教は全力を注いだわけです。そのグノーシスが生き残っていったわけですね。

バタイユがグノーシスに惹かれていったとき、このグノーシスはキリスト教のグノーシスであり、そうするとこの世界をつくっている神は偽物の神であって、本当の神っていうのは別にいる。それは精神性の高さを深めていくと到達するというグノーシスの考えですが、バタイユはこれまた逆転させるわけです。この世界をつくっている物体があるじゃないか、物質があるじゃないかと。この物質そのものが実は至高性につながっていくものなんだと逆転させていって、非常に風変わりな唯物論を構成していくわけですよね。それが結局のところ、バタイユにとって脱げなかったパンツなのかな（笑）。というのも、仏教などの東方的なグノーシスはそういう考えをとらないんですよ。だからバタイユが描いているような神に対する激烈な憎しみとかは、だいたいそんな神はいないのだから東方では発出しないという違いを僕は感じてきました。

岩野　非常によくわかります。『内的体験』では、脱我の体験をあるがままに見ようとします。現象学の「事象そのものへ！」の影響です。それまでキリスト教神秘家たちがよりどころにしてきた神や聖書の前提をカッコに入れます。つまり体験を裸にしようとするのです。だから、自分が体験したものをあるがままに示せば、非‐知や未知なるものであり、神という知ではない。しかし同時に『内的体験』というテキストには、神という言葉も頻繁に出てくる。「神の死」や「神の不在」について語っているはずなのに、「死んだ神」や「神」が登場してしまう。しかも、その神を自分の父親のイメージと重ね合わせたりもする。彼は神学的な枠組みなしで体験を語ろうとするんだけど、自分が敵対するものや、あるいはアンビバレントな感情をもつものに対してとてもこだわってしまうところがあるんです。そのうえ、原罪を連想させる「罪」や「有罪者」、イエスの十字架を連想させる「供犠」などの言葉をキリスト教の匂いをプンプンさせながら使っています。

第二次大戦末期にパリがドイツ軍の占領から解放された直後に「罪について[22]」の講演と討論会が開かれたのですが、講演をしたのがバタイユ、そのレジュメをしたのがクロソウスキー、討論会に参加したのはダニエルー神父、サルトル、イポリット、マルセル、レリス、ブランショ、カミュなど錚々たる人たちです。この討論会でサルトルとバタイユが激しくやりあうのです。サルトルがバタイユを批判するときに、何であなたは「罪」というキリスト教の概念を使うんだと、何でそんなものにこだわるのか、「過ち」というニュートラルな言葉を使うべきではないのか、と言うのです。バタイユはテキストのなかでキリスト教を批判して「神の死」を標榜するくせに、相変わらずキリスト教にしがみついているというのが、サルトルの論理です。それに対して、ヘーゲル学者のイポリットは「罪」というキリスト教概念がなければ、バタイユの凄みは出ないと言っているのですが、僕はバタイユの本質を見事に言い当てていると思います。イポリットの言葉を受けて、バタイユは「超キリスト教」というニーチェの言葉を引用して自分の思想を捉えなおします。キリスト教を使いながらキリスト教を超え出るというわけです。デリダのバタイユ論「限定経済から全般〔普遍〕経済へ[23]」は、脱構築を考えるうえでも重要なテキストであり、ヘーゲルを使いながらヘーゲルを解体していくことについて語っているのですが、この考え方は「超キリスト教」と軌を一にしていると思います。ただバタイユの場合、聖女に雄牛の陰茎を縫いつけたり、十字架のキリストの血だらけの肉に汚い女陰の深淵を見たりなんていうとんでもない「超キリスト教」ですけど（笑）。

中沢　それがヨーロッパ思想のなかでは、バタイユがユニークなところで、魅力でもありますね。

岩野　サルトルが指摘しているように、神やキリスト教にこだわりがあるわけですよ。どうやってそれを批判したり交渉したりしてやっていこうか考えていて、やっぱり脱げないものはあるんです。だ

（22）「罪という言葉を僕が使ったのは便宜的にではない。歴史的な体験から出発せずに道徳問題を提起することは全く意味がないと僕の眼には映る。僕は確かに《罪という概念がもっている無限なるもの》を必要とするのだ。道徳に関して僕が興味を抱くのは、極限まで行かずにはいられない人間が体験する戦き(おのの)である。アカデミックな世界のすっかりできあがった経験などではない」（『討論　罪について』に付されたバタイユの手紙、恒川邦夫訳、清水徹・出口裕弘編『バタイユの世界　新版』青土社、一九九一年、五一三頁）。

（23）「〔…〕哲学（ヘーゲル主義）を笑うために――実際この笑いこそ覚醒の形式なのだ、ある「訓練」の全体、ある「瞑想の方法」の全体が必要となる。この「瞑想の方法」は、かの哲学者の道を探査し、彼の駆け引きを理解し、彼の狡知と渡り合い、彼の手札を操作し、彼にその策略を展開させ、そして彼のテクストを我が物にしてしまうのである。次いで、このように準備してくれた労働のおかげで――それに哲学とはバタイユによれば労働そのものなのだ、ただしこの労働とはきっぱりと、ひそやかに、予見できぬ仕方で関係を断って、裏切りあるいは離脱として、いきなり笑いが響きわたる」（ジャック・デリダ『エクリチュールと差異〈改訳版〉』谷口博史訳、法政大学出版局、二〇二二年、五三一頁）。

からスッポンポンに脱ぎたいっていう願望と、言葉や概念の「衣服」を抜け出せないで、批判対象とアンビバレントな関係になってしまう、どこか屈折したものがバタイユにはあるんですよ。

中沢 じゃあサルトルがどの程度キリスト教から自由であったかということを考えてみます。『弁証法的理性批判』を読むと、この人は根底的にヨーロッパの枠を出ていないなあと、レヴィ=ストロースじゃないけど、僕なんかはつくづく思います。レヴィ=ストロースはそれがよく見えていたので、『野生の思考』で批判をしたんです。(24)

岩野 サルトルの場合、どうしてもヨーロッパに普遍性があるという歴史観です。未開社会や異文化に他者の歴史を考えるものではありません。吉本隆明が提起して中沢さんが発展させた「アフリカ的段階」の考えにも、サルトルはバタイユよりもはるかに無理解だったでしょうね。「アフリカ的段階」によって歴史を読み直し未来を読み解くことは、マルクス主義を実存主義によって補うのとは根本的に異なっています。問題はマルクスを解体してどう受け継ぐかという問いともかかわってきます。

〝私は笑いから出発した〟

岩野 先ほど物質にこだわるとありますが、中沢さんは『はじまりのレーニン』のなかで、バタイユの笑いや非‐知についても書いていますよね。(25) それらの根底には普通の物質ではない、根源的な物質があると考えていて、そこから独自の唯物論の考え方を出されていました。これは共同体論やマルクス主義の読み直しにもつながるのではないでしょうか。今のマルクスの読み直しっていうのは、ある意味であまりにも真面目すぎるんですね。それとは違ったようなコミュニズムの読み直しがあの本からできるんじゃないかと僕は思っていて、これはバタイユにもつながってくるのではないでしょうか。

中沢 笑いで唯物論といったら、これはバタイユ的主題になりますよ。あのなかで、僕が一番言わん

---

(24)「私が民族学にあらゆる探究の原理を見出したのに対し、サルトルにとっては民族学が、乗り越えなければならぬ障害、粉砕すべき抵抗という形で問題を作り出すものとなるのは納得できる。なるほど、人間を弁証法によって定義し、弁証法を歴史によって定義したとき、「歴史なき」民族はどういう扱い方ができるのか？　サルトルはときに二つの弁証法を区別しようとしているように思われる。すなわち、歴史ある社会の弁証法である「真の」弁証法と、いわゆる未開社会に彼が認めながらも、生物学のすぐそばに位置づける反復的でかつ短期の弁証法とである」（クロード・レヴィ＝ストロース『野生の思考』大橋保夫訳、みすず書房、一九七六年、二九八頁）。

(25)「バタイユは、笑いというものを、人間的なものの根底が、人間的ならざるものに接触と結合をおこす、精神の境界面上に、位置づけようとした。その考えをもっと深めていくと、笑いは形而上学の極限に立って、形而上学が崩壊をおこしはじめる崖っぷちに発生する現象であり、そういう笑いを自分の哲学の中心にすえるとき、笑いとしての哲学は、形而上学的な哲学と、それをベースにしてつくられてきた、西欧の宗教や政治や哲学の思想すべての、おそるべき解体者となっていく。西欧の周縁、キリスト教の限界点、ヘーゲルの臨界において、バタイユは、かぎりなく唯物論の思想に接近していくのである」（中沢新一『新版はじまりのレーニン』三三頁）。

とすることは、ヘーゲルのことなのです。ヘーゲルとマルクス、レーニンはつながってくるわけですが、その根底には特殊な唯物論が存在していることをあの本で言いたかったわけです。レーニンは政治家としては緻密な戦略家であったけれど、哲学者としては乱暴でずさんなと言えるくらいな唯物論者でした。しかし、彼の唯物論は、理論で書いたものではなく、身をもって実現されていた唯物論というものです。

あの本のなかでは、レーニンが釣りをするじゃないですか。[26] 魚が糸の先に引っかかった感触をとらえて、それを見ていた仲間がこんなにも笑うレーニンを初めて見たというくらいワッハッハと笑うわけですね。それから、動物をなでているときも笑っているんです。あと、トロッキーと一緒に議場に並んだときには、彼らは言っていることがめちゃくちゃだから圧倒的な少数派じゃないですか。議場を埋め尽くしたメンシェヴィキが攻撃の嵐をレーニンとトロッキーに浴びせかけたとき、トロッキーは文学者で気弱なところがあるから真っ青になってがたがた震えているんですが、レーニンはそこで笑うんですね。ものすごく破壊的な笑いです。その場を見ていた人の記録だと悪魔のように笑ったと書いてあるんです。ここにある笑いは、非常にバタイユ的な笑いです。社会的常識から考えると向こうのほうが絶対に正しいんです。それを浴びせられたときに笑ってしまうというレーニンがそこにいます。これは、それまで書かれてきたレーニン像から逸脱していて、この笑う人間をいったいどうやって理解していったらいいのか、そしてその人間が考えた理想な社会というものがあって、それは何を目指しているのか、僕は一度考え抜いてみようと思ったんです。

そうしたら、レーニンはヘーゲルの『論理学』をものすごく読んでいます。あれはおそらく、笑いながらノートに書き写していますね。ヘーゲルの『論理学』冒頭部の論理展開にものすごく感動するわけです。つまり、絶対精神とヘーゲルが書いているものを、レーニンならば魚の感触とか、犬の肌とか、どこともしれぬ不条理なところから湧きあがってくる笑いが自分の身体を揺さぶっているときとか、そういうときにそこで起こっていることを理論的に表現するとヘーゲルの論理学になるなと彼を読んでいると思います。『哲学ノート』を読むと、僕にはそうとしか読めないです。僕が狂っているかもしれません（笑）。マルクスは『資本論』を書くときに、いちいち『論理学』を読み直すじゃないですか。鋭敏なマルクスだったら本質に気がつきますよ。彼もやっぱり心のなかで笑っているんだと思います。つまり笑いがこみあげてくる。この笑いのこみあげっていうのが、唯物論の原型的なものではないのかというのが、あれを書いた時代の僕の考えでした。これ全部、バタイユの主題です（笑）。

(26)　「レーニンの思考のセンサーが接触しているものは、哲学の概念でつかまえることもできないし、言語で表現することもできないが、それは彼の思考に、確実な手応えをあたえている。釣り糸にかかった、地中海の魚のように、それは見えない海中で、ぴちぴちとびはねる動きをみせている。そこだ。ドリン・ドリンだ。釣り糸を引きあげろ。「原始的で言語にあらわせないもの」が、一気に空中に躍り出る。つきあげる喜び。はじけとぶ笑い。これが、レーニンの考える「実践」の原型だ。実践とは、「自然」にたいする熱愛の別名なのだ」（中沢新一『新版　はじまりのレーニン』一九頁）。

岩野　レーニンをバタイユ風に読むなんてすごい！　護教派のマルクス＝レーニン主義者には怒られてしまいますが（笑）。笑いについてのバタイユの逸話を一つ話せば、彼は若いころにロンドンでベルクソンに会ったのですが、意見があわなかったのか、相手にされなかったのか、失望するのです。その一番の原因はベルクソンの取り上げる笑いが、彼の期待する笑いではなかったことにあります。ベルクソンの笑いは基本的に社会的な懲罰なんですよね。たとえば、偉そうにふるまっている紳士がバナナの皮にすべってころんださまを笑うとか、相手の失敗やぎこちなさを笑うというかたちで出てきます。ベルクソンがモデルにしている笑いは、フランス古典喜劇の笑いです。しかし、バタイユはそれでは笑いの本質は汲みつくせないと考えます。笑いの本質は日常的な知を破壊して万物の深淵を開くことにあるのです。

ウンベルト・エーコの『薔薇の名前』(27)でも問題になっているように、笑いは世界を破壊する面があるのです。レーニンの笑いもこちらの系列ですよね。バタイユはニーチェの『ツァラトゥストラ』のなかの「新旧の表」の一節を引用しながら、笑いに耐えないような真理は真理に値しないと言い切ります。(28)キリスト教の教義であれ、教会の秩序であれ、ヘーゲルの絶対知であれ、笑いに耐えられるものではないのです。つまり、概念や知にとどまる限り、笑いの洗礼を受けざるをえない。笑いはそれによって知が壊れ、非‐知という深淵が開示する神秘体験のひとつなのです。それのみならず、笑いは共感的なものです。笑いは人を馬鹿にするものにとどまりません。笑いによってコミュニカシオン（交流）が生じるのです。このコミュニカシオンを通して他者との共同性、さらには共同体ができるというわけです。だから笑いによる破壊と共同性は同時に生じるのです。僕はブランショやナンシーによって展開されたバタイユの共同体論もコミュニズムも、笑いからもう一度問い直すべきだと思います。その意味で『はじまりのレーニン』は示唆的です。

吉本隆明、親鸞、ヴェイユ

中沢 吉本隆明が親鸞を書くときに、バタイユを下敷きにしています。親鸞の『教行信証』などの論理の運びのなかに、仏教の知の体系性を解体していく運動を見るわけです[29]。知を解体していって、自然法爾という親鸞にとって至高性の概念が出てくる過程を描き出しています。仏教のなかでそんなこ

(27) 「アリストテレースは笑いを誘う傾向を、認識の価値さえ高める一つの善良な力と見なそうとしているのだ。なぜなら、辛辣な謎や、予期せぬ隠喩を介して、あたかも嘘をつくかのように、現実にあるものとは異なった事象を物語ることによって、実際には、それらの事象を現実よりも正確にわたしたちに見つめさせ、そうか、本当はそうだったのか、それは知らなかった、とわたしたちに言わしめるからだ」（ウンベルト・エーコ『薔薇の名前』下巻、河島英昭訳、東京創元社、一九九〇年、三四一頁）。

(28) 「『ツァラトゥストラ』（第三部「新旧の録板について」）に出てくる命題、「一度も爆笑に迎えられたことがないような真理は、贋物だと考えられてしかるべきだ」という命題ほど私の気に入っているものはない」（ジョルジュ・バタイユ『内的体験』出口裕弘訳、平凡社ライブラリー、一九九八年、四〇五頁）。

とをやったのは親鸞だけだと吉本隆明は強調しています。それは吉本さんのマルクス解釈とも通底していて、つねに知や哲学の体系性など、緻密さの極限までもっていってこれを解体作業して、最終的に非‐知とか無分別にまでひらこうとするものを親鸞に見ようとしていて、ある面それは正しいと僕も思います。でも親鸞だけではないと思います。空海だって同じことをやっています。イスラームの哲学者のなかにもそういう人はいます。体系を解体していったすえに出てくる非‐知です。この非‐知の「知」っていうのは、シャーマニズムなどの恍惚のなかで現れてくるものとはすこし違うんですけど、そこへ超出していくものを取り出すということを、バタイユは『内的体験』で全力投球でやっていますが、これは吉本さんの思想にも非常に大きな影響を与えていると思います。

岩野 なるほど、面白いですね。吉本隆明は晩年になっても、親鸞とヴェイユについて語り続けています。(30) バタイユとヴェイユは仲が悪かったのですが、お互いに本質的なところで似た面があり、近親憎悪みたいなところがあります。かりにバタイユが吉本さんを読んでいたら、自分に近い何かを感じてたかもしれませんね。それは仏教が本質的にもつ脱構築的な性格によるのかもしれません。

バタイユの非‐知はご存じの通りヘーゲルの絶対知を踏まえています。絶対知を前提にしなければ存在しえない絶対的な非‐知です。そして、ヘーゲルを読み直しながら絶対知の体系のなかにヘーゲルが気づかなかった盲点、あるいは気づいていてもすぐに体系から追放したものを見ていこうとするのです。その追放したものに、笑いがあります。バタイユによれば、ヘーゲルは笑いながら哲学しなかったのです。笑いが非‐知の深淵に至るのを恐れて抑圧したのです。しかしながら、バタイユはへーゲルを真似ながらヘーゲルを読むとき、ヘーゲルが追放したものをヘーゲルのなかに見つけようとするのです。先ほどのレーニンと同じように笑いながらヘーゲルを読んでいるのです。ヘーゲルが嫌がったものをヘーゲルのなかに見つけることで、完成したはずのヘーゲルの体系を解体していくのです。それから先ほどの物質的なものに関連して、中沢さんの『はじまりのレーニン』を読んで面白かったところがあります。それは、物質的なものを精神と物質が相互混入するというかたちでとらえて

---

(29)「〈知識〉にとって最後の課題は、頂きを極め、その頂きに人々を誘って蒙をひらくことではない。頂きを極め、その頂きから世界を見おろすことでもない。頂きを極め、そのまま寂かに〈非知〉に向って着地することができればというのが、おおよそ、どんな種類の〈知〉にとっても最後の課題である。この「そのまま」というのは、わたしたちには不可能にちかいので、いわば自覚的に〈非知〉に向って還流するよりほか仕方がない」（吉本隆明『最後の親鸞』ちくま学芸文庫、二〇〇二年、一五頁）。

(30)「「人は力あるもののためには死ぬが、力なきもののためには死なない。」というヴェイユの言葉はおそろしい透徹度をもっている。犠牲、献身、善行死といったものに、いつもうさん臭さがつきまとうとすれば、つまるところ、犠牲死や献身死、善行死が「力あるもののため」（あるいは力をもつため）を含んでいるからだ。不幸なもの、障害者、身障者、被圧迫者への献身といえども、ある間接性を通路とするほかありえない。この間接性によって「力」にまみれてしまうのだ。じかに無力であるものへの犠牲と献身、それはじかに無力であることよりほかにありえない」（吉本隆明『甦るヴェイユ』洋泉社ＭＣ新書、二〇〇六年、一六六頁）。

いくことにあります。中沢さんはその著作の新版で「唯物論の未来」という注釈を新しく書かれています。そこではカトリーヌ・マラブーを引用しながら、もう一つの偶然っていうものを見ようとしますよね。[31] 哲学だったら、本質と偶有性というものがあるんだけど、そうじゃないところの偶有性です。ある種の物質と結びついているかたちです。マラブーも含めて、根底にそういうものがあるんじゃないかと。バタイユの非-知というのも、たんに知の欠如ではなくて、もはや知とは呼べないようなぎりぎりの知です。それと同じように、偶有性も本質／偶有性という伝統的な二元論の枠に収まらない偶有性です。バタイユの笑いからくる物質の問題と似通っていると思います。

〝エロティシズムとは、死におけるまで生を称えることだ〟

中沢　バタイユの著作の姿勢が一番よく出ているのが『エロティシズム』だと僕は思うんです。『呪われた部分』もそれに強い影響を受けているわけですが、エロティシズムを、生命体の根源的なエロティシズムから描き出します。あれはある種の唯物論だと思うんですよ。つまり人間の世界で起こっているさまざまな行為は、言語の働きによって複雑化されていますから、本体には近づきがたい状態になっています。しかし、その大元を掘り下げていくと、ウィルスよりももっと原始的な生物や物のなかに入っていって、その原始的な生命体が行なっていたことのなかにすでに、エロティシズムはあるんだという言い方をしていきますね。そこから発展させて人間にまでいくっていう見方もあるかもしれないけど、逆に言うと、今、人間が行なっていることもすべて、その原始的な生物が行なっていて、あるいは原始的な生物を構成する物質の運動、物質がつくりだしていこうとしている運動に貫かれているのだと。われわれが観念だと思って言っていることも、それは根底には観念なんてものはなくて物質の運動なんだというところまで行ってしまいます。唯物論はそういうものだと僕は思っていました。

若いころに、エンゲルスの『自然弁証法』をよく読んでいたことがあって、今になってはずいぶん乱暴なことを言っているなと思うところもあります。しかしそのなかで、根本精神において、バタイユと同じことを言っているなと感じたんです。当時学生だったころは、『自然弁証法』なんか読んでいるとすごい批判されたんですよ。なんで『経哲草稿』を読まないんだと。すごい言われたんですけど、

(31)「「哲学的命題を考察する通常の方法とは、命題の主語を、自分の偶有性を産出することなくこれらを外部から受け入れるような固定した審級として思考することである」〔カトリーヌ・マラブー『ヘーゲルの未来』西山雄二訳、未來社、二〇〇五年、三五頁〕。普通の仕方で関係しあっている命題の諸部分に、それまで命題の外部に置かれていた偶有的要素が入り込んでくるとき、もともとの命題は自己変容を起こして、より高められた主語‐述語関係へと変わっていく。こういう可塑性のない哲学的概念は、ヘーゲルにとっては死物も同然で、このようなヘーゲルの思考に出会うたびに、レーニンのノートには「すばらしい!」の一語が書き加えていかれたのである」(中沢新一『新版　はじまりのレーニン』二六九—二七〇頁)。

ただ『自然弁証法』みたいな唯物論の考え方って、結構深いところで影響を及ぼしていて、レヴィ＝ストロースの『ミトロジック』最終巻（四巻）で、エンゲルスを引用しているんです[32]。あの人も若いころに影響を受けていたんですね。彼の構造主義は、ある種の唯物論だと僕は思っています。構造主義に対する批判はそのあとずっといろいろあったのですが、そうした構造主義批判には当たらない唯物論に根ざしている部分があり、そこが構造主義の核心だと思っています。なので、いまだに僕はバタイユから影響を受けた構造主義者です（笑）。

岩野　中沢さんが若かったころはまだ『経哲草稿』のマルクスが流行していたんですね。前期の疎外論を中心とした人間主義マルクスですよね。僕も大学生のとき、城塚登先生の授業で疎外論の重要性を教えられました。ただ、時代はむしろ人間主義の否定のほうに行っていたと思います。後期マルクスを重視する廣松渉の物象化論やアルチュセールの認識論的断絶の考えが流行っていました。人間主義では科学が説明できないのです。これはサルトルの場合も同じです。それに対して、レヴィ＝ストロースは構造に関して数学を応用しているし、アルチュセールは科学認識論の専門家だし、構造主義は科学との関係を重視しています。エンゲルスの『自然の弁証法』は自然科学への無理解とか言われていますが、物理学や生物学の対象を弁証法の唯物史観で説明した野心的なものです。自然は意識の対象ではなく、独立したものとして扱われています。その意味で、レヴィ＝ストロースや中沢さんが関心を持つのはよくわかります。

バタイユの『エロティシズム』には二つの面があります。一つはエロティシズムを「死に至るまでの生の称揚」と捉えるような自分の体験に即したものです。実は、彼はもともと『エロティシズムの歴史』という科学的・客観的な記述の本を準備していたのですが、生や体験に基づかなければエロティシズムは語れないという方向に進みます。ただ、すべて生や体験に基づいて展開しているかというと、そうでもない。その一つに中沢さんがおっしゃった根源的なエロティシズムの問題があります。これは、連続性と非連続性というタームで語られます。人は個々の存在が独立しており普段は非連続だが、セックスは二人が一つになるので連続性。有性生殖の生物はすべて同じです。無性生殖の場合は元ある連続的な状態が分裂し非連続になる。バタイユはウィルスについては語っていませんが、たぶん連続と非連続の説で説明しようとします。彼の考えは生の経験からさらに根源に遡っていくのです。根源的な生物の動きも連続／非連続で語られ、そこの連続性もエロティシズムなのです。中沢さんはこちらの面を重視されていて、『イカの哲学』[33]で詳しく論じています。バタイユの場合、エロティシズム

---

(32) エンゲルス『反デューリング論』から以下の引用がある。「〔…〕これまでの歴史全体は、力学的運動が熱に変換されることの実利的な発見から、熱が力学的運動に変換されることのそれにいたるまでの期間の歴史として特徴づけられるという事実に照らせば、今日のわれわれがもつ物の見方に何か絶対的な価値を付与することがいかに愚かしいかも分かろうというものである」(クロード・レヴィ＝ストロース『神話論理Ⅳ－2 裸の人2』吉田禎吾・渡辺公三・福田素子・鈴木裕之・真島一郎訳、みすず書房、二〇一〇年、七七九頁)。同書「第七部 神話の黎明」のエピグラフにも、エンゲルスからの引用がある(六六五頁)。

については、彼自身が実感したものと、科学的な見方と知識を、両立させようとするんですよね。

中沢　その問題は、贈与論の根本に関わっているのだと思います。

よみがえる贈与論

岩野　贈与の話がでたところで、最後に贈与についてお話しいただければと思います。東日本大震災のあとで、中沢さんは『日本の大転換』[34]や『建築の大転換』[35]などをお書きになりました。そのなかで、バタイユの太陽の贈与の考え方を出されていました。その二冊の本の、多くの興味深い指摘のなかで僕が一番面白く感じたのは、原発は一神教の発想から出てきたという指摘ですね。石炭も石油も元は植物や動物であり、太陽のエネルギーの恩恵を受けた生物ですよね。だから、生態圏の中のものです。それに対し、原子力は生態圏の「外」にある。それは生態圏を超越したユダヤ＝キリスト教の神と同じです。そして原発というのは人工太陽であり、これをどんどん作って、バタイユが言うような太陽の贈与なんかなくしてしまえという発想へとつながってしまいます。つまり、生態圏を人工太陽のみで支配するという未来です。今のコロナ禍の状況にあてはめると、ＧＡＦＡが独占して、すべてリモート生活でいいというような発想ともつながっているような気がします。

中沢　贈与って必ず贈与物が付きまとうんです。純粋な贈与っていうのは不可能なんですよね。それは生命体にとっては不可能ということです。生命は壁を作るわけです。それによって内と外ができて、要するに分別ができたときに、生命という現象が発生します。遺伝子などそのあとに続くことはすべて、その壁ができたあとの話です。その壁をもった生命体が自分の壁を壊そうとする。

(33)「私たちはふつう、生命の本質を考えるときには、生物が個体としてのアイデンティティを自分自身の能力で生み出し、それを維持している側面に、まず目がいく。生物がまわりの環境から分離された、非連続な個体であり続けようとする側面こそ、生命というものの本質だ、と考えやすい。ところがバタイユは、それだけが生命の本質ではない、ということに気づいた。つまり、生物には自分を非連続な個体として維持しようとする面ばかりではなく、むしろ非連続であることを自分から壊して、連続性の中に溶け込んでいこうとする強力な傾向が隠されているということを、バタイユは見いだして、それを「エロティシズム」という概念でとらえようとした」(中沢新一・波多野一郎『イカの哲学』集英社新書、二〇〇八年、九〇―九一頁)。

(34)「全産業の見えない土台の部分には、太陽との贈与的関係が深くセットされており、その贈与的関係の直接の産物である農産物や魚介類を「食べる」ことによって、人間は生産やサービスをおこなっているのですから、全産業の基礎には第二種の交換、すなわち贈与性が深く埋め込まれているのは、まちがいありません」(中沢新一『日本の大転換』集英社新書、二〇一一年、一二九―一三〇頁)。

(35)「太陽エネルギーは、植物に限らず地球上の生命の世界に全体に降り注いでいます。降り注ぐ太陽のエネルギーを地球上の生命が受け取っている――このエネルギーの受け渡しの形態を「贈与」と名付けよう、とバタイユは言いました。ギフトです」(伊東豊雄＋中沢新一『建築の大転換』筑摩書房、二〇一二年、一八三頁)。

たとえば、ほかの壁をもった生命体と接触したり、自分の身体の一部を相手の中に入れたり、あるいは相手の身体の一部を食べちゃったりすることによって自分の中に取り入れて、贈与的交換が起こります。生命体は、ウィルスなんかでも自分の遺伝子をほかの生命体に移して食べることをやっています。捕食して摂り入れることによって増殖し、そこには必ず中間領域が出てきます。贈与には相手のものでもなく、自分のものでもないという中間領域があって、それは壁なんだけど、もはや壁ではない壁になっている。浸透力の非常に強い、薄い壁面に生物は変化していって、この壁面が実は贈与物なんですね。つまり相手の中に何かを受け渡す、こちらが受け取るというときに、壁の一部分がある種の物質性をもっていますが、これが相互に受け渡し・受け取りが行われます。贈与の一番原始的な形態のなかでも、贈与によって自分を開いていくこと、つまり壁を一部開いていって、相手の壁の一部を自分の中に採り入れていく。そのとき、壁の一部だけじゃなくて、壁にくっついて相手の何かが私の中に入ってくる。エロティシズムと同じように贈与論を基礎から書こうとすると、ここから始まると思います。贈与という現象がなぜ人間につきまとうのか。そしてこれは人間だけじゃないんです。クロポトキンという人は、あらゆる生物の中にこの贈与性というものがあるのだと言っています。

岩野　なかなか難しいお話ですが、面白いですね。よく語られている贈与論とは違い、生命の根幹を贈与で説明しようとしている。バタイユの『エロティシズム』を引き継いでいる新しい視点です。

バタイユ的に語ると、壁の考えは非連続です。連続的なものだったものが内と外を隔てる壁ができて個体どうしの非連続な関係になります。そして個体はまた連続的になろうと、他の個体を取り込んだり、他の個体と交流したりする。中沢さんはここに贈与を見るということですね。とすると贈与は生物の根源的な営為となります。広い意味でのコミュニケーションの基礎ですね。生命体の根本構造に贈与が組み込まれていることになる。わかりやすい例でいえば、生殖活動は精子の贈与だし哺乳動物は母乳を贈与するように本能的に定められている。それも「贈与すること」がすでに生命体にインプットされているからです。

僕も、中沢さんがおっしゃるようにクロポトキンの相互扶助の考えは重要だと思います。クロポトキンは『相互扶助論』[36]で生物の相互扶助から説き起こして未開人、中世のギルド、近世の農村や近代の労働運動に至るまで相互扶助に貫かれていると書いていますが、この相互扶助はお互いに贈与しあう贈与交換です。たとえば、一匹のカニがひっくり返って起き上がれないとき他のカニが助け起こそうとする場合や、働きアリの共同作業などがこの相互の贈与なのです。生物は人間に至るまで贈与す

(36) 「実験室や博物館の中ばかりではなく、さらに森や野や草原や山岳にはいって動物を研究すれば、ただちにわれわれは次のごとき事実を見るのである。すなわち無数の闘争と殺戮とが動物の種々なる種の間、ことに種々なる綱の間に行われつつあるとともに、同様にもしくはそれ以上に、相互支持、相互扶助、相互防護が同一種のあるいは少なくとも同一社会の動物間に行われている。社会的精神は相互闘争と等しく自然の一法則である」(ピョートル・クロポトキン『増補修訂版　相互扶助論』大杉栄訳、同時代社、二〇一二年、二八頁)。

るもので、これは相互扶助の考え方の基礎です。だから、災害のときにおじいさんが腰を抜かして動けなくなったら、自分の能力が許せば、僕らもつい手を差し伸べて助けてあげます。僕らは本能的に贈与する存在なんですよね。

中沢 そうですね。大元のところを語ると、生命が壁であるというところに根ざしていると思います。この壁を無化していく動き、無化しながらしかも究極的には自分を破壊しないで、そこから離脱していく、つまり相手の中に入り込んで抜け出していくシステムをつくっていきます。これがだんだん交換の領域に入ってきたとき、贈与になってくると思いますね。ですから、贈与のとき必ず自分の存在の一部を相手に受け渡すことをします。それは、物であると同時に物を超えたものが相手の中に伝わります。つまり、物を超えたものも、物に乗っていかないと相手に入っていかないのです。相手の中に入っていく余計なものを取ってしまったときに商品ができますけど、贈与にあってはつねに生命体の一部分が相手の中に入っていき、その行き来が行われていくわけだと思います。

岩野 多くの人たちがバタイユの贈与について抱いているイメージとはちがう贈与なので、話を通常の贈与の文脈に乗せながら整理してみます。ふつうに贈与というものを考えると、バレンタインデーのチョコレートやお歳暮のように人と人をつなぐものを想定しています。モースが『贈与論』で語る贈与、レヴィ゠ストロースが『親族の基本構造』で語る女性の贈与も、人間社会のシステムですよね。それのみならず、僕も『贈与論』(37)のなかで言及したのですが、人間と動物のあいだも贈与の関係が成立しています。それに対して、哲学者たちはもっと根本の次元で贈与を考えようとします。ハイデッガーの存在の自己贈与、デリダによる現前しない贈与、マリオンの与え。こういった贈与はあらゆう贈与に先立つものです。中沢さんが今日語った贈与はむしろこちらに近いと思います。バタイユの『エロティシズム』の連続性と非連続性の理論を発展させて贈与論として読み直して新たな理論を提示されています。バタイユと贈与論の新しい可能性を示していただきありがとうございました。これこそ中沢さんからのすばらしい贈与ですね。

（37）「たしかに、贈与は人と人を繋ぐものである。人はそれによって多くの慣習や交易を生み出してきた。貨幣による交換や物々交換より前に贈与交換が存在していたというモースの考えを受け入れるのなら、贈与は文明の基礎とも言える。しかしまた、人間と動物のあいだにも、動物と動物のあいだにも贈与が認められる。だから、人間、動物、自然を贈与の視点から再び捉え直さなければならないだろう」（岩野卓司『贈与論――資本主義を突き抜けるための哲学』青土社、二〇一九年、二七二頁）。

グノーシスの考古学

岩野卓司

今回、中沢さんに対談をお願いしたのは、バタイユの発想をクリエイティブに生かすという点でぴったりだったからである。その著作はもちろんのこと、この対談でもいくつものヒントが提示されている。『レンマ学』や『チベットのモーツァルト』から、近年の『アースダイバー』シリーズに至るまで、中沢さんは旺盛な執筆活動を続けているが、彼が頻繁に参照する思想家のなかにバタイユがいる。もちろん、レヴィ＝ストロース、南方熊楠、折口信夫、吉本隆明など他にも中沢さんがよく引用する思想家は幾人もいるが、そのなかでバタイユが重要な位置を占めていることは否めない。中沢さんの思想は、今日バタイユをどう読んでいったらいいのかを、十分に私たちに考えさせてくれるだろう。

「バタイユの考古学」と題されたこの対談では、テーマは多岐にわたっている。裸、ラスコー、グノーシス、非‐知、アフリカ的段階、共同体、遊び、偶然性、バタイユの屈折、レーニンの笑い、唯物論、贈与などである。そのなかで中沢さんが一番話したかったのは、グノーシスについてだったと思う。グノーシスとは古代ギリシア語で知識や知恵をさし、真の神の知識を求める考え方である。歴史のうえでは、グノーシスの思想は一世紀から四世紀にかけて登場し、マニ教やキリスト教に大きな影響を及ぼしている。この思想は精神と物質の極端な二元論をとり、現実のコスモスを偽の世界だとして否定し、その外部に真の神の世界があると考える。そうであるからグノーシスは真の神に近づくための至高の知を求めて秘教的になる傾向がある。中沢さんはこのグノーシスの考えを普遍化し、ラスコーの洞窟での儀式にすでにみられると考える。グノーシスはホモ・サピエンス以来の人類に普遍的な考え方なのである。洞窟での儀式は、日常の共同体の知を否定した至高の知の秘儀であり、この秘儀から芸術や宗教が誕生していったのだ。芸術の起源を論じるバタイユの『ラスコーの壁画』はここでさらに発展的に捉えられている、と言えるだろう。中沢さん独自の「ラスコーの洞窟」についての見解は、『カイエ・ソバージュ』や『芸術人類学』でも読めるのでぜひ参照していただきたい。

『芸術人類学』のなかで、中沢さんは洞窟での秘密の集まりを「結社」と呼んでいる。「結社」はアソシエーションの訳語であるが、この言葉をマルクスが重視した事実を忘れてはならない。資本主義から社会主義に移行したあと国家が消滅して国家に代わりアソシエーションによる社会が訪れる、と彼は予言していたのだ。この事実を踏まえれば、「結社」は社会関係の根本にかかわっていることがわかるだろう。それに対しバタイユは、秘儀をおこなう集まりを「共同体（共同性）（communauté）」と呼ぶ。この語は交流（communication）や聖体拝領（communion）とも縁の深い言葉である。神や王のようなワントップの「頭」を切断したアセファルという宗教・社会的共同体から、神秘体験や文学のような読者との交流による共同体に至るまで、バタイユは一貫して「共同体（共同性）」という語を使い続けている。他者との関係を「結社」で考えるか「共同体」で考えるかで意見は分かれるが、どちらも至高の知を通じての人間の根本的なつながりを明らかにしているのではないのだろうか。

グノーシスについてはバタイユも若いころ「低次唯物論とグノーシス」という論文を『ドキュマン』

誌に発表しているが、そこでは彼はグノーシスの二元論を高く評価している。グノーシスは、悪や物質を精神的なものの堕落とみなすギリシア精神や正統のキリスト教に反対して、それらのなかに理性や精神に回収されない「低次な物質」をみているからである。バタイユはこの論文で「低次な物質」に基づく唯物論を主張しているが、この「物質」がのちに『内的体験』などで展開される「非‐知」へと変わっていくのだ。どうあっても概念に回収できない「非‐知」の前身は、どうあっても理性で把握できない「物質」だったのだ。この意味でも、中沢さんによるグノーシスの問題提起は正当なものと言えよう。もちろん、バタイユのなかの否定神学や神秘神学の面を強調すれば、「非‐知」は物質ではなく、グノーシスの真の神に近いと言える。しかし、物質の低次化にこだわりつつ、それが神秘神学のほうにねじれていったところに、バタイユのなかのグノーシスの屈折した姿が読み取れる、と私は思う。このグノーシスの発想はまた、中沢さんの『はじまりのレーニン』のなかにもはっきりと見て取れる。レーニンをバタイユ的に読み解いたこの快著では、破壊的な笑いの体験がもたらす「非‐知」を導きの糸にしながら、レーニンの唯物論の「物質」を解明している。それは精神と物質は相互貫入する「物質」なのだが、この「物質」の考えは、グノーシスの発想がヤコブ・ベーメ、ヘーゲル、マルクスを通して影響を与えているものである。そう考えると、抑圧されつつも密かに受け継がれてきたグノーシスは、バタイユの作品のなかでも本質的な役割をはたしているだろう。

最後に贈与について触れておく。この対談の最後に中沢さんと贈与について少し語りあったのだが、たぶん多くの方が考えていた贈与の思想とは異なるものだったと思う。中沢さんは『日本の大転換』や『建築の大転換』のなかで、一神教に由来する原子力発電を批判しながら、太陽の贈与による自然エネルギーの利用を説いているが、太陽の贈与はバタイユの「全般経済」(「普遍経済学」、「エコノミー・ジェネラル」)の基本であることは言うまでもない。私も

『贈与論――資本主義を突き抜けるための哲学』という本を書き、幾人かの思想家の「贈与論」を分析したのだが、そのなかにバタイユも入っていた。当然、話題は『呪われた部分』の贈与の考えをめぐるものと予想されるだろう。ただ、ここで取り扱ったのは、『エロティシズム』である。どうしてかというと、贈与についてすでに書いたものを繰り返すのではなく、新しい模索をしたかったからである。

『エロティシズム』のなかで、バタイユは生命体における連続と非連続の二元論を展開している。ふだん個体である生命体は非連続な状態である。しかし、生殖と死の瞬間に連続の状態になるのである。例えば、精子が卵子と一つになる受精の瞬間である。これを贈与された精子を卵子の細胞膜が開き受け入れると言えるだろう。中沢さんは『イカの哲学』でバタイユの二元論に贈与の考えを重ね合わせている。贈与は生命体の根本とかかわっている、と考えられているのだ。対談で中沢さんも私もクロポトキンの『相互扶助論』について触れたが、そこでは動物は本能的に同類を助け、それが未開人から一九世紀の労働運動までの人類の歴史にも受け継がれているとされている。この扶助は贈与と解釈できる。これを動物から生命体一般に広げてみたらどうだろう。生命体は根本的に贈与し受けとる存在なのではないだろうか。中沢さんのクリエイティブな発想は、バタイユのエロティシズム、生殖や死と贈与をつなぐ新たな仮説を考えるように私たちを促してくれるのだ。

中沢新一『新版　はじまりのレーニン』

いったいレーニンをバタイユ的に読むことなどできるのだろうか。誰もがそんなことなどありえないと思うだろう。しかし、それをぬけぬけとやってしまったのが本書である。

中沢新一が目をつけたのは、レーニンの二つの著作『唯物論と経験批判論』と『哲学ノート』の本質的な違いである。前者では、物質は意識から独立した客観的な実在であり、意識はそれを模写すると考えられている。素朴実在論である。それに対して後者は、物質と精神は客観的な実在のなかで相互に交流しあうと主張している。レーニンは前者から後者に移行することによって新しい唯物論へと道を開いたのだ。

中沢によれば、レーニンはよく笑う人だった。その笑いは、万物の底を開示させ、しかもその底が底なしであるということを気づかせてくれる笑いであった。笑いによる無底の開示とは、まさにバタイユの発想ではないだろうか。バタイユはこの「底なし」を「非 - 知」と名づけたが、レーニンは物質と名づけたのだ。バタイユもレーニンもヘーゲル哲学の可能性をその極限まで追求したうえで出した結論であった。バタイユは知の極限、レーニンは客観的実在の極限をそれぞれ考えたのだ。

レーニンの求めた底なしの物質は、プラトン以前の哲学者が探求したものであるが、長らく哲学の伝統から忘却されてきたものとなる。それはプラトン以降、哲学はコスモスを維持することに腐心してきたからであった。それゆえ、レーニンの唯物論は「はじまり」の探究であり、その意味で本書も「はじまりのレーニン」と命名されている。この始原の物質の考えは、西欧のキリスト教の伝統においては抑圧されてきたが、ヘーゲル、ヤコブ・ベーメの神秘主義、それを評価したヘーゲル、さらにはマルクスのなかに知らず知らずのうちに受け継がれ、それがレーニンの『哲学ノート』のなかに現れているのだ。彼にとって根源的な物質は本当に危険なものであり、それはコスモスを破壊する神を求めるグノーシスの発想とも通じている。中沢はレーニンの「党」は、危険な物質を扱うテクネーの集団だと考える。共産党は「グノーシスとしての党」にほかならないのだ。

このようにレーニンは危険である。しかし、それは彼が独裁者だったからではない。彼がバタイユのように笑っていたからである。

（岩波現代文庫、二〇一七年）

『ジョルジュ・バタイユ著作集9　ラスコーの壁画』

一九四〇年に南仏のドルドーニュ県でひとつの洞窟が発見された。この洞窟は旧石器時代のクロマニヨン人が残したもので、その壁には牛、鹿、馬などの動物や鳥の頭をもつ人などが色鮮やかに描かれていた。これがラスコーの壁画である。この壁画について、バタイユは一九五五年に『ラスコーあるいは芸術の誕生』（邦題『ラスコーの壁画』）を出版した。芸術とは何かを知るために、彼はその起源からの考察を試みたのだった。

この芸術論は、彼が大著『エロティシズム』で収めた成果を十分に活かしている。それによれば、人間と動物を隔てるものは、労働、死の意識、禁止である。これらは旧人たるネアンデルタール人にもすでに見られたが、ホモ・サピエンスにも受け継がれている。労働は人間の日常のベースであり、非日常というべき死と性と対立する。だから、死と性に関しては、殺人の禁止や近親相姦の禁止など諸々の禁止事項が存在する。しかし、ホモ・サピエンスにおいては、この二項対立に収まらない禁止の侵犯が存在するのだ。これが、エロティシズムであり、宗教であり、芸術なのである。ラスコー洞窟の壁に描かれた数々の絵画は、禁止と侵犯の結びつきの上に成立しているのだ。

この芸術に関してバタイユが特に強調しているのは、遊びという点である。芸術が教えてくれる人間のあり方は、ホモ・ファーベル（労働する人）ではなく、ホモ・ルーデンス（遊ぶ人）なのである。そのため、ラスコーの壁画は聖なるものと結びついているとはいえ、狩猟のための祈りのような利益を求める表現には還元されない。ここに遊びとしての芸術の本質がある。もうひとつの重要な面は、禁止を侵犯する遊びによって、芸術は人間から動物への回帰を実現していることである。もちろんこの回帰は部分的なものであり、人間の枠内における回帰である。精緻に描かれた動物たちは、労働や実用性の世界からの解放を求める人間の理想の表現なのである。

（出口裕弘訳、二見書房、一九七五年）

バタイユ『〈非－知〉閉じざる思考』

この対談でも繰り返し登場する「非－知」は、バタイユの思想のキータームのひとつである。内的体験という神秘体験（脱我、笑い、エロティシズム、ポエジーなど）では、概念化されない未知なるものに遭遇するが、これをバタイユは「非－知」と呼んでいる。この「非－知」はキリスト教神秘家たちの神に近いものであるのだが、これを神と言ってしまうと、体験を歪曲し「非－知」を教義に従属させてしまうことになってしまう。だから、バタイユは体験をあるがままに見つめて遭遇する未知なるものを「非－知」として捉えるのだ。ここに何にも従属しない内的体験の至高性がある。しかも、この「非－知」はヘーゲルの「絶対知」の対極にあるもので、いかなるやり方でも概念化できない絶対的な「非－知」として考えられている。

この「非－知」についてバタイユは『内的体験』（一九四三）の諸々の断章で詳しく語っているが、『内的体験』が後に『無神学大全』三部作の第一巻として上梓されることからもわかるように、「非－知」はバタイユの「無神学」（神なき神学）の中心をなすタームなのである。『〈非－知〉閉じざる思考』は、一九五〇年代にパリの哲学学院での「非－知」についての講演をまとめたものである。この講演集は『無神学大全』三部作の続刊に入れられる予定であったことからも、バタイユが「非‐知」を「無神学」の文脈で重視していたことが伺われる。内容的には『内的体験』と重なる部分もあるが、引き攣った文体の断章が並ぶ『内的体験』よりも講演の原稿である本書のほうがはるかに読みやすい。バタイユの「非‐知」に関心がある初学者にはお勧めである。

また、『内的体験』、『有罪者』、『ニーチェについて』という『無神学大全』三巻から十年近くの歳月を経ていることもあり、講演には内容的に明確になり深められているところもある。例えば、「非‐知が脱我や笑いを引き起こす」というふうに、「非‐知」が脱我や笑いの体験に先立ち、これらの経験を可能にしていることがはっきり述べられている。ここにバタイユが通常の経験論とは異なる立ち位置であることを読み取れるだろう。

（西谷修訳、哲学書房、一九八六年）

吉本隆明『アフリカ的段階について——史観の拡張』

「アフリカ的段階」とは、人類のはじまりにあたる歴史の段階である。吉本隆明はヘーゲルの歴史哲学を踏まえながらこの「アフリカ的段階」の重要性を説いている。

ヘーゲルは『歴史哲学講義』で歴史の展開を自由の実現と考えて、歴史と民主主義を結びつけた功績はあるとはいえ、その考えは西欧の他の諸地域への優位に貫かれている。専制君主の支配するアジアでは自由なのは皇帝ひとりであり、それが古代ギリシアでは市民という少数の者たちが自由になり、キリスト教ゲルマン社会では万人が自由になったとされる。アジアは歴史の初歩的な段階であり、アフリカに至っては歴史の外にある。つまり、アフリカは歴史を持ったことのない地域なのだ。ヘーゲルを批判的に継承したマルクスも『資本主義的生産に先行する諸形態』のなかで原始社会と古典古代社会の中間にアジア的社会を位置づけたが、アフリカを問題にすることはなかった。

　吉本はヘーゲルやマルクスによる世界普遍的な歴史を受け入れるのだが、アフリカをひとつの段階として歴史のなかに組み込む。しかも、この「アフリカ的段階」は歴史の起源に位置するとされる。この作業を通して彼はヘーゲルやマルクスの普遍的な歴史の枠組みを借りつつもそれをもっと広く人類史へと拡張する。そのため彼が参照するのは世界各地の神話や文献である。アフリカは「段階」の名称であり、普遍的な概念なのだ。そして、彼はこの起源に人類の母型を見出す。「アフリカ的段階」は人類の多様な可能性をはらんだ「母胎」なのだ。彼はこの「母胎」から歴史を読み直し、歴史の未来を考えて行く。晩年の吉本のインタビューによれば、将来、歴史は資本主義を超える段階にさしかかるが、今までと違ったかたちで「アフリカ的段階」が訪れるそうだ。それはハイパー科学技術と「アフリカ的段階」が一致する段階なのである。

　この「アフリカ的段階」を現代考古学の知識を使って進化させたのが、中沢新一である。彼はアフリカ大陸で誕生した現生人類の宗教や芸術を分析して、その後の時代の芸術（縄文に回帰する俳句）や宗教（親鸞による、宗教を解体する宗教）の原点をそこに見出している。

（春秋社、新装版、二〇〇六年）

DOCUMENTS

2

DON
COMMUNAUTÉ
ANARCHISME

A partir de la pensée
de Georges Bataille

バタイユにおけるメディアと贈与

『ドキュマン』から『至高性』へ

酒井 健

1 はじめに――メディアと心

メディアとは何なのだろう。

他者であれ、出来事であれ、外界の事象と自分のあいだに介在し、手段の役割を担うもの。ひとまずそう規定しておこう。「媒体」、「媒介手段」と訳される。

では何のための手段なのか。

外界のものを自分へ取り込むための手段であり、自分のものを外界へ送りだす手段である。外界からの摂取、外界への発信。この外界との事や物の「出し入れ」に、つまり「エコノミー」と言われる出入関係に、メディアは必須の道具なのだ。

今やメディアの時代と言われている。

現実に起きたことを知るために、人はメディアに頼る。そのメディアは、新聞、ラジオ、テレビ、ネットへ進歩をとげた。新聞やラジオが淘汰されたわけではない。人は、必要や好みに応じて、それぞれ特長のあるメディアを使い分け、情報を手に入れている。

自分から他者へ情報を発信するための媒体も今日、格段に進歩した。文字に限っただけでも、ライン、ツイッター、ブログ、ホームページなど、新たなメディアが登場し、伝達の速さ、広さ、そして費用の安さを競っている。活版印刷術と書物からなる「グーテンベルクの銀河系」を広く捉えるならば、この星雲は、外縁に電子媒体を接続させ活字の星々を乗せて、今やよりいっそう広く、勢いよく拡大しつつある。

メディアなくして生きられないのが現代なのだ。

いや、これは現代だけの話ではないのかもしれない。

メディアを根源的に捉えてみると、人はそもそもメディアとともに生きてきたと言えるのである。直接に他者と面しているときにも、出来事の現場に居合わせているときにも、人はすでにメディアを介して、その他者と、その出来事と、接してきたのだ。

言葉はメディアの代表格であり、人間とともに生まれた。

だが人は言葉がうまく操れなくても、他者への発信をなんらか営んできた。視線によって、顔全体の表情によって、手振りや身振りによって、あるいは叫びや手を打つなどの音を使って、メッセージを相手に伝えてきた。

他方で人は、言葉を介して外界の情報を手に入れてきたが、しかし言葉以前にまず自分の感覚の結果を通して外界からの摂取を行ってきた。たとえば自分の視覚に映った映像を介して、あるいは鼓膜を震わす音の振動を介して、外界から情報を受け取ってきた。五感によって生まれる感覚の成果には視覚映像のように像を結んで認識に迅速に貢献する場合もあれば、味覚や触覚のように漠然とした結果しか残さない場合もある。だがともかく人間は、感覚の成果を道具として、何であれ外界の事象を自分に取り込んできたのである。

ただ、この点に関して即座に言い添えておかねばならないことがある。

人間の場合、摂取にしろ、発信にしろ、この情報のエコノミーを媒介するメディアには当の人間の心の動きが必ずと言っていいほど付着してきたことである。メディアは内的な心理と一体になって存在してきたのだ。意識、情動、欲望、内面の力、さまざまに言えよう。メディアはその底に不確定の力を秘めていて、ジョルジュ・バタイユ（一八九七―一九六二）は大方の近代人に反して、それにたいへん敏感だった。本稿の主題がそこにある。

外界へ情報を発信するとき、メディアを発動するのはまさに心的な動きである。動機のことだ。直情的な感情にしろ、冷静な判断にしろ、人間の心の現象に応じてメディアは動かされ、運用される。外界から何かを摂取したときも、それが予期されていようといまいと、メディアとともにすぐに心が動きだす。危機意識や喜びの感情などの反応がそれだ。このメディアに付随する心の動きをできるだけ単純化させ、さらに隠蔽させようとしてきたのが近代文明なのである。本来、この心の動きは、多様であるのだが、近代人は、自分を生き延びさせたい、自分の生活世界を安全に確保し、できれば発展させたいという自己中心の願望を優先させて、多様であるはずの心の動きを一元化させ、さらにこの一元化した心の在り方すらも問わないまま、ひたすらメディアを無機的な道具へ閉じ込めて使用してきた。

この場合、単純化されて残存した意識とは有用性への意識である。メディアの働き、その結果が役に立つか否かという識別の意識である。そして日常生活では、このような意識の存在すら意識せぬまま近代人はメディアを使用してきた。ひたすらメディアを有用な道具に収めて使用してきたのである。

2 贈与の近代性と非近代性

贈与もまたメディアの範疇に入る。だが、他のメディアに比べて贈与はひときわ豊かに人の心理と連動している。贈る側は相手を喜ばせたい、驚かせたい、あるいは愛情や感謝の念を伝えたいと願い、贈られる側もそれが儀礼的な贈与であっても贈り物に心をどこか弾ませる。もちろん、贈与物がありがた迷惑になる場合もあるし、お返しが面倒に感じられる場合もあろう。こうした心のやりとりにできるだけ波風が立たないように気を配るのが近代人の習性だ。つまり近代では贈与まで、有用性を基盤とする生活の在り方に呪縛されているのである。

相手の生活に役立ちたい、役立つ物を贈りたいという気持ちが、贈る側の根底にあるし、贈られる側も贈与品がそのようなものだと安心する。直接役立つことのない酒や菓子など嗜好品を贈る場合でも、それで相手の生活スタイルや精神に乱れが生じないことが前提になっている。定評のあるブランド品を贈れば大丈夫、この日にはこの贈り物を贈るのが常識だといったぐあいに贈与が定式化され、安全な軌道を通って行われる。近年の日本では相手の生活や反応に対する気遣い自体も煩わしく思われて、つまり無用だと思われて、一定金額のギフト・カタログを贈って、相手に好きな物を選ばせる形式が広まりつつある。贈る側も贈られる側も、これにより自分の生活に破綻はきたさない。自分の延命・発展に役立つ生活という基本の考えが維持されている。

フランスの社会学者マルセル・モース（一八七二―一九五〇）が一九二三年から二四年にかけて『社会学年報』に発表した「贈与論」は、このような近代的な贈与とはまったく違う発想の贈与を報告して衝撃を与えた。すなわち彼が紹介するポトラッチという北米インディアンの競合的な贈与の習慣では、贈る側の部族は自分たちにとって大切な物品を放擲するかのように大量に相手の部族に贈り届けて、その鷹揚さ、スケールの大きさを誇り、優越感に浸るのだが、しかしこれに屈辱を感じた受贈者側の部族は逆にもっと莫大な返礼を行う。そしてさらにこれに応じて最初の部族はより甚大な贈与を行ってよりいっそうの栄光に輝き、権威を得ていくのである。

自他の生活の安寧と存続を慮る近代の理性的な贈与とは正反対の様相だ。双方の部族とも自分たちの存亡を顧みず無益な消失に向かうのである。だが、厳密に言うと、ここにもまだ有用性の発想が働いている。つまりこの気違いじみた贈与が自分たちの権威獲得にとって有用だと考えられているのだ。そうして得られた権威は無形の財産だが、しかしその後インディアンの広域社会のなかで有効に機能し、当の部族に有形の財産の獲得を可能にする。

バタイユはモースの「贈与論」にいち早く関心を持ち、一九三三年の重要論文「消費の概念」のなかでポトラッチの非近代性を紹介した。この狂的な贈与においても依然、有用性の発想が纏いついている点も彼は熟知していた。そうしたモースの「贈与論」とバタイユの反応は今日まで多くの研究者によって論じられてきたので[1]、ここでは扱わない。むしろ試みたいのは、贈与とメディアの関係をめぐるバタイユの思想を別な角度から捉えなおして、この思想家の脱近代的な傾向を新たに照らしだすことである。とりわけ一九二〇年代のバタイユに注目して、さらに一九五〇年代の彼にも留意して、考察を進めたい。

3　贈与と芸術

モースの「贈与論」は近代文明の外部をバタイユに知らしめて近代文明の相対化をはかる機縁を彼に与えたが、バタイユはこれとは別に近代西欧の内部からもこの機縁を摑んでいた。それは、一九世紀前半のロマン派の芸術家に始まって、詩人のシャルル・ボードレール（一八二一―一八六七）や画家のエドゥアール・マネ（一八三二―一八八三）の挑発的な作品によって明確な契機をなし、二〇世紀前半のシュルレアリスムへ発展していく脱近代の芸術の傾向のことである。

芸術作品を芸術家から鑑賞者への贈与とみなすのならば、一九世紀前半まで西欧芸術の主流であり続けた古典主義は、この贈与に既存の社会に寄与する何らかのメッセージを乗せることを基本にしていた。つまり古典主義の芸術では社会生活を乱さない限りで感動を贈与するのが善き事とされてきたのだが、ボードレールは詩集『悪の華』(一八五七)で近代道徳に反する詩文を読者に贈与し、マネは《草上の昼食》(一八六三)で同時代の裸婦と紳士による森の草地での昼食という伝統的な意味づけからはずれる非道徳的な場面を画面に表現して世に贈った。前者は風俗紊乱のかどで当局から有罪判決、後者は美術アカデミーから官展失格の烙印を押され「落選者展」では一般の鑑賞者から手ひどい非難を浴びたのだった。しかしこれらを明確な皮切りにして、芸術の分野では主題においても表現の仕方においても、近代の有用性から逸脱する作品が前衛芸術家によって意識的に制作されだすのである。二〇世紀になると写真や彫刻、オブジェの展示などを通してこの傾向は拡大していった。一九二〇年代末から三〇年代初めにかけて、バタイユは、人文系の学術誌を装ったグラヴィア雑誌『ドキュマン』を編集し、自ら過激な論文を毎号掲載して、この傾向を促進させていった。

二〇二〇年一〇月一〇日、日仏会館で行われたシンポジウム「共同体と贈与——ジョルジュ・バタイユの思想から」の席で私は発表の導入としてこのシンポジウムのために作成されたポスターを紹介したが、本稿でもこのポスターを手掛かりにしたい【図版1】。

バタイユの読者ならば、そこに現れた図像が『ドキュマン』誌第六号(一九二九年一一月)掲載の彼の論考「足の親指」に付されたジャック=アンドレ・ボアファール(一九〇二—一九六一)の写真であることにすぐに気づくだろう。今、『ドキュマン』の原典を紐解くと、バタイユの論考の初ページ(二九七頁)の次に見開きで左ページ(二九八頁)と右ページ(二九九頁)にそれぞれ目いっぱい大きく足の親指のクローズ・アップ写真が挿入されている【図版2】。ポスターに使われたのは左側の「三〇歳、男性の題材」と注記された写真だ。

日仏文化講座
「共同体と贈与――ジョルジュ・バタイユの思想から」

2020 年 10 月 10 日（土） 13:00〜18:00
Zoom 使用によるオンライン
澤田直　岩野卓司　栗原康　酒井健　鵜飼哲　中沢新一
参加費：一般 1,000 円　日仏会館会員無料
詳細は（公財）日仏会館ウェブサイトをご覧ください。
参加申し込み：
https://fmfj.peatix.com/（Peatix（公財）日仏会館ページ）

主催：（公財）日仏会館
〒150-0013　東京都渋谷区恵比寿 3-9-25
tel：03-5424-1141　fax：03-5424-1200
e-mail：bjmfj［@mfjtokyo.or.jp を付けてください］

Communauté et don
A partir de la pensée de Georges Bataille
Nao SAWADA, Takuji IWANO, Yasushi KURIHARA, Takeshi SAKAI,
Satoshi UKAI, Shinichi NAKAZAWA

Organisation : Fondation Maison franco-japonaise

図版 1　2020 年 10 月 10 日のシンポジウムのポスター（© 2020, Pierre Angélique）

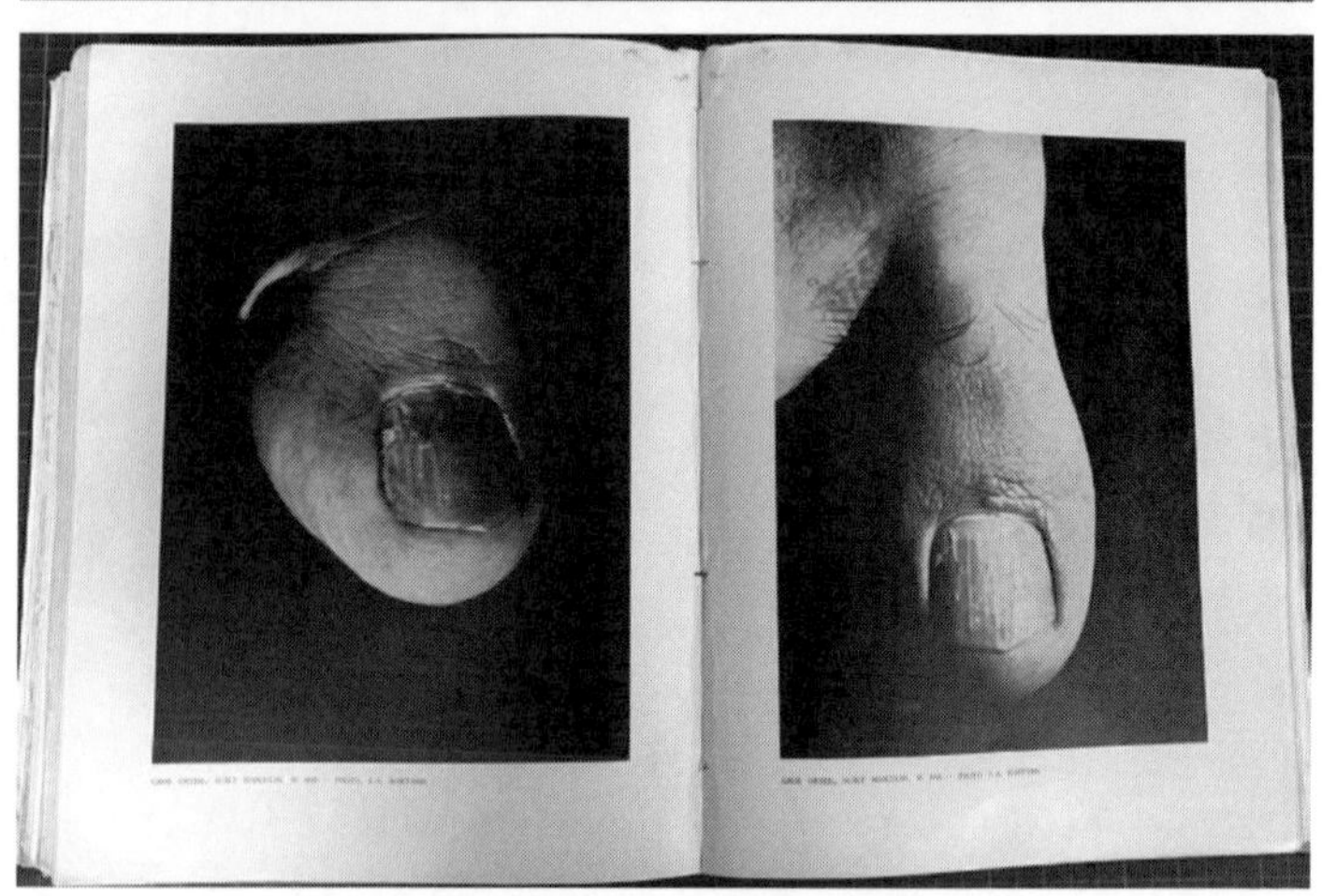

図版 2 『ドキュマン』第 6 号（1929 年 11 月）に発表されたバタイユの論考「足の親指」の最初のページと続くページに見開きで紹介されたボアファール撮影の写真。筆者撮影

そもそも近代人は足の親指に特段、注意を払って生活を営んできたわけではない。近代生活で足の親指は、せいぜいのところ、機械に組み込まれた部品のごとく足全体、身体全体から捉えられて、歩行や直立姿勢のバランス保持に役立つ部位としてしか認識されない。いや、そんなことすら意識されず、靴のなかで靴下に覆われたまま看過されている。爪の先端の手入れで注視されることがあっても、これは親指の有用な機能を維持するためなのである。昨今流行のネイルアートは近代からのささやかな漂流と言えようか。

それはともかく『ドキュマン』のクローズ・アップ写真では、身体全体、足全体が闇のなかに沈んで、この肉体の部位だけが単独で出現し自己主張している。歩行や体勢維持のための道具の側面が消えているのだ。そのようななかでこの図像が醸し出す雰囲気は、異様ながらどこか静謐で、滑稽ですらある。川のナマズか沼のガマに出会ったような印象だ。ポスターでは濃淡のコントラストが増して、鑑賞者の目を鋭利に刺激する。周囲の文字との対比もこの強い刺激に一役買っている。もとの図像からの質的変化、バタイユ言うところの「アルテラシオン」（変質）が起きているのだ【図版3】。

ただし、これらの写真がともにメディアとして有用な働きをしている点も忘れてはならないだろう。『ドキュマン』ではバタイユの論考の読解を助けるイラストとして貢献し、ポスターではバタイユの世界を想起させてシンポジウム開催のメッセージに役立っている。しかし双方の写真とも、有用な役割を務めながら、無用な輝きを発し、見る者を幻惑する。それぞれ、意味伝達の道具役とは別に、自分自身の個性的な在りようを見る者に贈与しているのだ。『ドキュマン』のバタイユは、自分の論考はもちろんのこと、他の論文においても図像を斬新な仕方で挿入して、メディアの両面性を際立たせた。

日仏文化講座
「共同体と贈与——ジョルジュ・バタイユの思想から」
2020年10月10日（土） 13:00〜18:00
Zoom使用によるオンライン
澤田直　岩野卓司　栗原康　酒井健　鵜飼哲　中沢新一
参加費：一般1,000円　日仏会館会員無料
詳細は（公財）日仏会館ウェブサイトをご覧ください。
参加申し込み：
https://fmfj.peatix.com/（Peatix（公財）日仏会館ページ）
主催：（公財）日仏会館
〒150-0013　東京都渋谷区恵比寿3-9-25
tel：03-5424-1141　fax：03-5424-1200
e-mail：bjmfj［@mfjtokyo.or.jp を付けてください］
Communauté et don
A partir de la pensée de Georges Bataille
Nao SAWADA, Takuji IWANO, Yasushi KURIHARA, Takeshi SAKAI, Satoshi UKAI, Shinichi NAKAZAWA
Organisation : Fondation Maison franco-japonaise

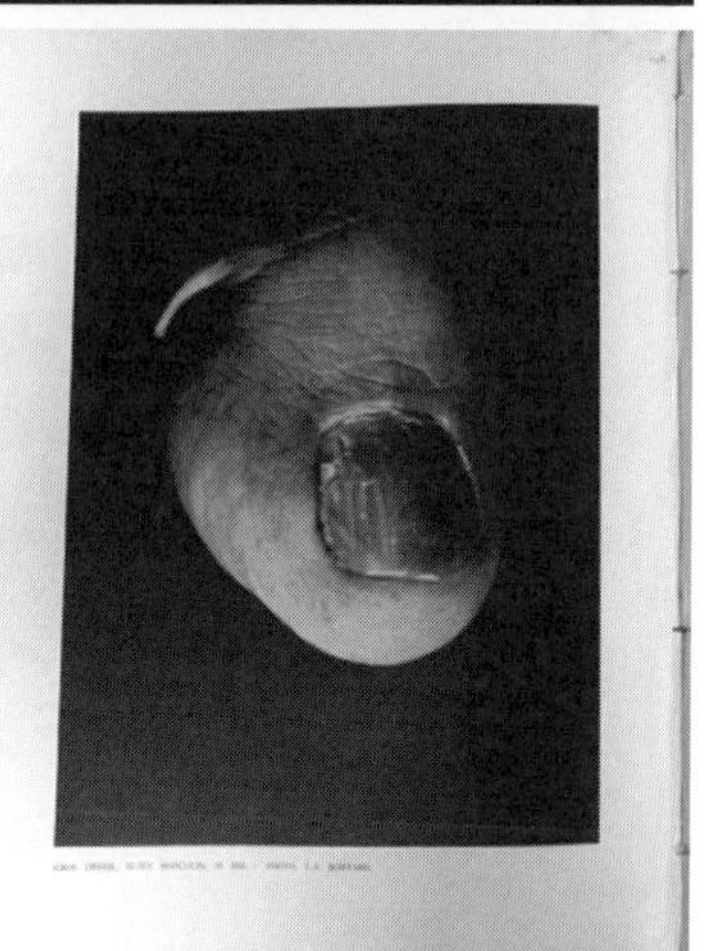

図版3　図像のアルテラシオン

とくにその無用な面を強調して、この学術誌を興味深い前衛誌に「変質」させたのだ。

4　一枚の貨幣が複数のメディアになる——「アカデミックな馬」

本稿ではまず『ドキュマン』誌第三号（一九二九年六月）に掲載されたバタイユの論考「花言葉」を中心にメディアと贈与の問題を検討していきたいのだが、それ以前に同誌に発表された彼の二つの論

考、すなわち創刊号（一九二九年四月）の「アカデミックな馬」、第二号（一九二九年五月）の「サン・スヴェールの黙示録」もこの問題に関わっているので、簡単に論及しておきたい。

『ドキュマン』誌創刊号に発表された「アカデミックな馬」は、古代ギリシア、マケドニア王国の貨幣の図像と、それを模したガリア一帯のケルト諸部族の貨幣の図像を比較検討した試みである。貨幣はモノの商品価値を表す記号物であり、モノの販売・購入を円滑に進める媒体だ。マケドニアは交易でガリアのケルト諸部族から物品を購入するときに、あるいは兵士としてケルト人を雇ったときに、その支払いに自前の金貨や銀貨をよく用いた。代表的なのは、フィリポス二世（在位、紀元前三五九—三三六）の治世に鋳造されたスタテール金貨である。表にアポロン神の横顔、裏にビガ（二頭立て二輪戦車）を操る御者が浮き彫りにされている。ギリシアの神話世界への帰属を誇示する新興国マケドニアの意図、そして古代オリンピックの戦車競技でマケドニア人が優勝したことに対する国家規模の顕彰と記憶の固定化がそこに読み取れる。政治的メディアの役を果たしているのだ。マケドニアが優れてギリシア的な国家であることを喧伝するための道具になっているのである。

だがさらにこの貨幣は芸術の贈与の役も担っていた。ギリシア的な表現様式、古典的ともアカデミックとも呼ばれる理性的な様式によって表裏の図像は美しく、模範的なほど美しく、表現されたのである。調和、節度、均衡を追求し、さらに写実的忠誠から理想美へ対象を作り上げていく古代ギリシアの芸術様式を伝える、これはきわめてみごとなメディアだったのだ。現代のようにメディアが溢れてはいなかった時代、このマケドニアの貨幣はたった一枚で経済、政治、芸術の三重の媒体の役を果たしていたのである。

紀元前三世紀から紀元前一世紀にかけてケルト諸部族はこの図像を手本にして貨幣を鋳造した。だが、その表現は古典的なギリシアの美の様式からどんどん逸脱していった。端正な面差しのアポロンの横顔は髪を過剰に繁茂させ、目鼻を激しく際立たせて、表情のバランスを崩している。それほどに生命の強さがアピールされているのだ。馬も騎手も、動きが強調されるあまり形態の均衡を失ってウナギのように身体を細長くくねらせている。バタイユがとくに注目したのはこの馬の図像の変質ぶりである。

ギリシアの古典様式がガリアのケルト諸部族では調和を失って不調和へ、節度を失って放縦へ、均衡を失ってアンバランスへ、変質したのだ。だがガリアは、政治から芸術まで古代ギリシアを継承した古代ローマによって平定され、都市を中心に支配されてしまう。ガリアだけではない。広大な地中海世界がローマ帝国によって統治され、街道から上下水道まで、円形闘技場から広場まで、画一的な古典主義美学の支配を受けるようになるのである。そのローマ帝国のうち西半分は蛮族と呼ばれるゲルマン諸部族によって四七六年に滅ぼされ、中世の半ばにはその地域一帯に多様で地方色豊かなロマネスク様式、ゴシック様式の教会建築が広まるのだが、一四―一五世紀のイタリア・ルネサンスを節目に古典様式が再興し、二〇世紀にいたるまで西欧諸国は美の形式としてこれを採用して中央集権的な統治に役立ててきたのである。

論考「アカデミックな馬」のバタイユは、先ほど言及したマネ以降の変化に古典主義への反抗を見るだけでなく、政治の次元での交代劇を期待している。自然界が自然界自身に抗って美的な馬を創造しながら河馬や蜘蛛など異様な形態の生き物を生み出すのと同様に、人間社会でも既成秩序転覆の動きが内部から生じるはずだ。その予兆としてマネ以降の、とりわけダダイスム、シュルレアリスムの動きは見てとれるとバタイユは主張するのである。特にシュルレアリスムは文学の革命を政治の革命に立ち返って推進する意気込みを示し、主流派は一九二〇年代半ばにフランス共産党に入党したのだった。だがソ連共産党が主導権を握る西欧各国の共産党は西欧の民衆の支持を得られず、革命の機運は盛り上がらないままブルジョワ体制の存続を許していた。『ドキュマン』の時代（一九二九―三一）、バタイユはすでにこの左翼の停滞に意識的であり、その刷新を欲していた。

近代理性に安住した体制を転覆するには、ケルト諸部族の貨幣の図像に見られるような情念の横溢が必要なのだが、しかし連帯を嫌った彼らケルト人は紀元前一世紀、カエサル率いる古代ローマの組織だった軍勢に敗北しガリアは征服されたのだった。体制転覆には情念を組織化することが求められる。ソ連共産党の統制下にない新たな左翼の組織が必要だとなる。しかしこれはこれで組織であるがゆえに情念の自由への裏切りになりはしまいか。一九二〇年代から三〇年代にかけてバタイユは、情念の自由をよりいっそう激化させる可能性と、新たな組織による体制転覆の可能性を模索し、その狭間でさまよった。論考「アカデミックな馬」はその第一歩だったと言える。古代のメディアから二〇世紀西欧社会の変革を遠望するだけでなく、同時代の政治の舞台へさまよいでる彼の最初の敢為だった。

5　中世のメディアが放つ脱・近代的な輝き——「サン・スヴェールの黙示録」

『ドキュマン』誌第二号（一九二九年五月）に掲載された論考「サン・スヴェールの黙示録」は、一転して一一世紀半ば、ロマネスク時代の図像メディアを問題にしている。キリスト教関連の写本の挿絵が、神学のメッセージを伝達する役割を果たしながら、同時にそこから逸脱して自ら輝きだす、いわゆる「イリュミネーション」の特徴をバタイユはアンビヴァレントな感情表現という角度から際立たせた。

一五世紀にグーテンベルクが活版印刷術を実用化しだす以前、文献は直接に人が筆写する写本形式で伝播していた。原典を手で書き写して写本を作り、その写本がさらに転写されていくメディアの在り方のなかでキリスト教関連の文献も広まっていった。バタイユが注目するのは、八世紀後半に北部スペイン、リエバナの修道士ベアトゥス（？—七九八）が著した『ヨハネ黙示録註解』の、フランス側で一一世紀に制作された唯一の写本いわゆる「サン・スヴェールの黙示録」の挿絵図像である。

「ヨハネ黙示録」は、紀元一世紀末、ローマ皇帝側の迫害が強まるなか、地中海の小島パトモスに隠棲したヨハネが小アジアの七つの教会の信徒を激励するために執筆し送付した文書である。その内容は、彼の見た夢の中での話とはいえ、理性的な勧善懲悪の筋立てになっている。すなわち悪魔が跋扈して混乱するこの世を神がいったん終わらせ「最後の審判」を開廷し、この世に存在したすべての人間を呼び起こしてその所業から善人と悪人に裁き分け、善人を救済する展開である。末尾では天上のエルサレム（神の国）がこの世へ降りてきて神と善人によってこの世が再構築されることになる。八世紀後半の北部スペインの聖職者ベアトゥスにとってこの悪魔はイベリア半島に侵攻してキリスト教徒を北西部の山岳地帯に追いやったイスラム勢力にほかならず、彼の註解本を欲して次々転写していった同地の聖職者たちにとっても同様であった。勧善懲悪の筋立て、キリスト教に即して言えば黙示思想特有の現在時の不幸への意味づけ、すなわち今現在の不幸な状況を神の摂理の一環とみなし、将来の幸福な世への前段階とみなす考え方に彼らは期待を寄せていたのである。とりわけ一一世紀後半、イスラムの武将アル・マンスール（九三八頃―一〇〇二）の定期化した「聖戦」の犠牲になった北部スペインの都市や修道院の聖職者たち、さらにピレネーを越えてその不幸の記憶に震えていたサン・スヴェールの修道士たちはそうだった。

しかしこれらの地の聖職者が一〇世紀から一一世紀にかけて著した写本の挿絵図像は、このキリスト教の黙示思想とは異なる面を表出させていた。ベアトゥスの註解の説明手段いわゆる「イラストレーション」でありつつ、そこから逸脱する「イリュミネーション」の面を画面全体に表出させていたのである。激しい原色のコントラストといい、大胆でダイナミックな構図といい、それらの写本の挿絵は、意味伝達の道具に収まることなく、メディアそれ自体として意味不明の、にもかかわらず、いやそれだからこそ感動的な、輝きを放っていた。

南西フランスのサン・スヴェール修道院で制作された写本挿絵においてバタイユが注目するのは、人体にしろ背景にしろ構図が古典的な安定性を欠いて不均衡になっている点、さらに悲劇的な場面にユーモラスな雰囲気が共存している点である。バタイユは、中世の同時期にライン川上流域の修道院で描かれた写本挿絵と比較してこの二点を強調した。彼が言うには、後者には平和裡に瞑想に専念できた聖職者の知的な傾向がその建築的な構成（たとえば半円形のアーチの中央に聖人をおさめる構図）などに見て取れるのに対して、前者の二点の傾向からはイスラム勢力と緊張関係にあった聖職者のリアルな危機意識が看取される。しかもこの危機的状況を感情の自由な表出の契機とみなして相矛盾する情動（例えば不安と喜悦）を肯定して生きる姿勢が見出せるという。

加えてバタイユは、このアンビヴァレントな感情の表出が、初期の武勲詩に呼応すると指摘する。武勲詩の制作者、歌い手、およびそのパフォーマンスを楽しんでいた民衆の心理とつながりがあるということだ。じっさい一〇世紀前後の武勲詩（chansons de gestes）では、女子修道院に襲撃をかけるなど貴族の非道徳的な振舞い（gestes）がそのまま叙事的に語られ、ジョングルール（大道芸人）らによって祭りの縁日や貴族の館などで歌われて、好評だった。その反応を汲んで制作者の吟遊詩人は新たに内容を書き換えもしたらしい。バタイユが言うように身近に頻発する戦闘を題材にしているがゆえに初期の武勲詩は「状況」の作品なのだが、さらに原典がその場その場の聞き手の感性に呼応して作り変えられていった面でも状況的と言えるだろう。それはともかくとして、現実に暴力貴族の所業に接し、それに怯えつつも魅せられていた人々の心理とのつながりが「サン・スヴェールの黙示録」の挿絵図像には読み取れるとバタイユは大胆に説くのである。一部の敬虔な聖職者を除きキリスト教道徳が修道士にすら支配的な精神になっていなかったロマネスクの時代、バタイユの解釈にはそれなりの妥当性がある。

とはいえ、なにゆえに『ドキュマン』のバタイユは中世の媒体にこだわったのか。それはほかならない、彼が西欧中世に脱・近代の射程を読み取ったからである。「ヨハネ黙示録」に淵源する勧善懲悪の歴史設定、言い換えれば黙示思想に淵源する現在時の未来時への従属化が、近代人の精神においても根本的な見方になっていることに対して、これを根源的に相対化する契機を彼が中世のメディアに見出し、これを近代に再浮上させたということなのである。

過去の問題を過去に閉じ込めておかず、現代に接続して開かせる。それが『ドキュマン』編集長バタイユの野心だった。専門家や研究者の論考を次々に掲載し、英語要約（English supplement）を末尾に付して学術誌の体裁を整えていても、バタイユの狙いは同時代人の意識変革にこそあった。

創刊号以来、表紙にはこの雑誌の対象領域が大きな活字で謳われていた。そのなかで「考古学」「美術」「民族誌学」は変わることなく記された専門領域である。「考古学」は「歴史学」の一分野であり、当時の広い見方に従えば中世も含まれる。学生時代、パリ古文書学校で中世のテクスト批判の研究に没頭したバタイユにとって中世写本の世界はいわばホームグランドだったし、卒業後勤務したパリの国立図書館は中世写本の宝庫だった。「サン・スヴェールの黙示録」もそこに保管されていたのである。他方で、同図書館での彼の最初の配属先「メダル・賞牌部門」は古代の貨幣を豊富に所蔵し、その「資料」（ドキュマン）をもとに培った古銭学が論考「アカデミックな馬」を生み出したのである。「民族誌学」に関して言えば、バタイユは当時、新進気鋭の博物館学者でトロカデロ民族誌博物館のジョルジュ・アンリ・リヴィエール（一八九七―一九八五）と親しく、また一九二八年にパリの装飾美術館マルサン館（ルーヴルの西ウィングの東北端）で開催された「アメリカ古代芸術展」に合わせて論考「消えたアメリカ」（『文学・科学・芸術の共和国手帳』第一一号特集「先コロンブス期の芸術。クリストファー・コロンブス以前のアメリカ」）を発表している。南米、アフリカ、オセアニアなど未開民族の宗教遺物や生活品はバタイユをはじめ脱・近代の野心に燃える若手の芸術家やシュルレアリストを大いに刺激していた。一九五〇年代執筆のバタイユの未完の遺作『至高性』に記された次の文言には、過去や同時代の「アルカイック」な（「古風な」という意味だが「近代的な」と対立概念として用いられている）制作物や儀式に魅せられていた若き頃の真意がうかがえる。

もしも歴史学の証言がなかったのならば、あるいは民族誌学の証言がなかったのならば、今の我々にかくも確固に見えるものが根源的に逆転されていたことをなかなか見抜けなかっただろう。とはいえ我々は我々自身に向けてこう冷静に問うてみるべきなのである。我々が理性に従って構想してきたこの世界ははたしてそれ自体で生きうることのできる完全な世界なのか、と。この世界は予期された成果に従属した操作の世界なのである。鎖の輪のように縛られて続く世界なのである。この世界は瞬間の世界ではないのだ。瞬間はこの世界ではあからさまに消し去られている。瞬間はもはやゼロのようなものでしかなく、瞬間を考慮に入れることが可能だなどと我々はつゆ思っていない。瞬間とは点であり、核心なのだ。点であり核心であるこの事態の上では、認識の動きは挫折し、砕ける。認識はその対象として、持続のなかで捉えうる要素を対象にしているのだから。

　結局のところ我々は次のことに気づくべきなのだ。つまり、どのような個別の形態からも離れて（ということは当然のこと、至高な瞬間のアルカイックな諸形態をも越えて、ということだ）、至高の瞬間の問題（この瞬間の意義はその結果にはいささかも依存していない）が、我々に、二義的な問題としてではなく、有用な制作物の世界の空虚を埋め合わせる必要性として課せられているということを。

（『至高性』第一部第Ⅲ章第１節[2]）

近代社会の偏りを批判し、至高性による埋め合わせを欲するこの主題は、使用概念の相違はあれ、初期バタイユから続くライトモチーフだった。合理的認識への偏重こそ、近代社会の宿痾（しゅくあ）だとする批判意識のもと、『ドキュマン』第三号（一九二九年六月）の論考「花言葉」の彼は、「有用な制作物」を志向する近代の言葉を相対化しつつ、読者を花の「様相」(aspect) へ導いていく。そこに自然界からの至高の贈与のあることを知覚させようとするのだ。有用性の連鎖、その持続的束縛を離れて切り開かれる贈与の瞬間的な境地へ、前衛写真のメディアとともに、バタイユは読者をいざなっていく。

6　「客観的な価値」と「主観的な価値」

この論考「花言葉」でバタイユは、ドイツの植物学者で写真家のカール・ブロースフェルト（一八六五―一九三二）による草花のクローズ・アップ写真をいくつも転載して、新たに様相の美学を展開している。様相の美学なる言葉が使われているわけではないが、バタイユの言う「客観的な価値による様相の解釈[3]」(l'interprétation par la valeur objective de l'aspect) がこれにあたる。後年の「至高の操作」(opération souveraine）の先駆的発想を、様相に対するこの独特の解釈に見てもいいだろう。

様相とは外観と言い換えられる。この論考は、事物、とりわけ植物の外観と、それを目にしての人間の反応を問うところに中心軸が置かれている。冒頭の段落を引用しておこう。

> 事物の様相のなかに理解可能な表徴（シーニュ）を見出すと、さまざまな要素を相互に区別できるようになるのだが、しかしそんな表徴にだけ注目するのは、むなしいことなのだ。人間の目に衝撃を与えるものは、さまざまな事物の間の関係の認識を生み出すだけでなく、さらにまた、決定的で説明不可能な精神状態を生み出しもする。たとえば、一輪の花の外観は、たしかに、一つの植物のこの限定された部分の実在を告げてはいるが、この表面的な結果にとどまることはできない。じっさいこの花の外観は、もっと重大な反応を精神に引き起こす。というのも、花の外観は植物界が行う不可解な決定を表しているからだ。花弁の形状と色が明示しているもの、花粉の汚れあるいは雌蕊（めしべ）の新鮮さが表しているもの、これらは、言語を用いて適切に表現されえない。しかしだからといって、この表現しえない**現実的な実在**を、一般になされているように無視してしまうこと、そして象徴解釈のいくつかの試みを子供じみた不条理さとして排除してしまうことは、無益なことなのだ。
>
> （バタイユ「花言葉」[4]）

バタイユは花の様相に対する人間の反応を二パターンに分けて紹介している。一つは、花の様相の「理解可能な表徴」（たとえば花弁の広がり）に注目して、花を葉や茎、根などの他の部分と区別し、そ

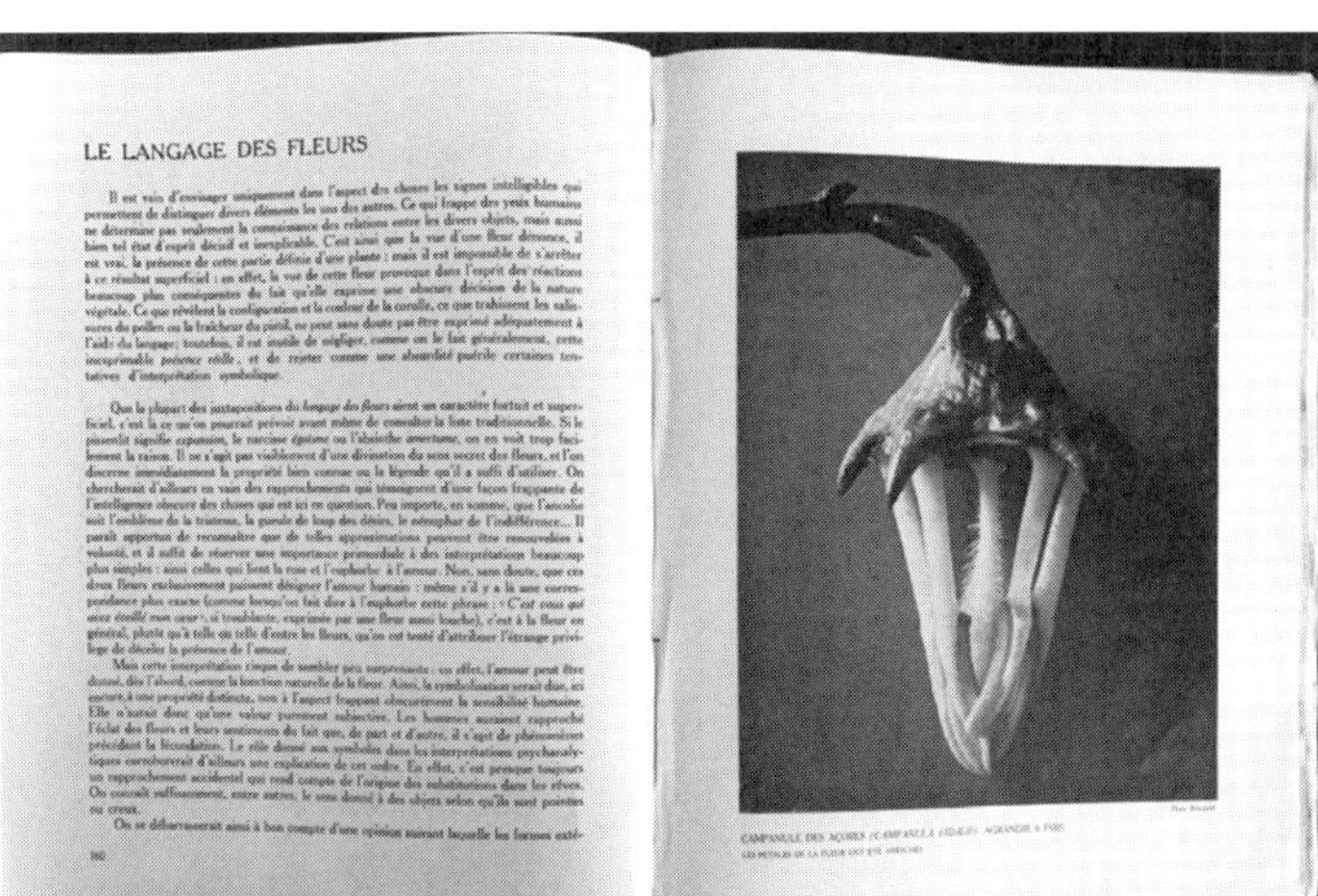
LE LANGAGE DES FLEURS

図版４　「花言葉」の冒頭。筆者撮影

れらとの関係を冷静に認識していく態度である。もう一つは、より花の様相に肉薄して、「花弁の形状と色が明示しているもの、花粉の汚れあるいは雌蕊(めしべ)の新鮮さが露呈させているもの」、つまり「表現しえない現実的な実在」に注目して、それに相対したときの人間の「決定的で説明不可能な精神状態」を重視する立場である。バタイユは、後者の立場に対応させるべく、この論考の最初の見開き二ページ（一六〇頁と一六一頁）の右ページ全面をさいて、アゾレス諸島のカンパニュラ（アゾリナ・ヴィタリー）の雌蕊をクローズ・アップで撮影したブロースフェルトの写真を掲載している【図版４】。

ブロースフェルトは当時のドイツで写真分野における「新即物主義」の代表格とみなされていた。「新即物主義」は、事物によりいっそう忠実であろうとする美術の流派であり、一九二三年に立ち上げられたばかりだった(5)。日頃、注目されない植物の部分や生態を刺激的な拡大写真で開示するブロースフェルトの試みは写真集『芸術の原型』（一九二八）に結晶するが、彼からすればその意義は美術学校の教師として学生の感性を育成する点にあった。論考「花言葉」のバタイユはもっと広い視野に立って、「客観的な価値による様相の解釈」の典型例とみなしていたのである。

では「客観的な価値」とは何なのか。これ自体、矛盾した言い方である。価値は、人間が決めることであり、地域により時代によって異なる。まさに主観的な事柄なのである。クローズ・アップ写真にしても、この撮影技法は人間の側からの露骨な作為であり、特定の部分を強調して見せたいとする撮影者の意図が前面に出ている。とはいえブロースフェルトは事物によりいっそう接近して、今までにない客観性を、そう言ってよければ写実性をめざしていた。

西欧美術の世界では新即物主義より以前、一九世紀半ばにすでに写実主義が存在していた。写実主義は古典主義への反措定として打ち出されたわけだが、その古典主義も、描き方は一見して写実的だった。非現実的な神話や宗教の場面に題材をとっていても、人物や風景は現実に即して描かれていた。ただしそこに節度と調和の理念、理想美への執着、メッセージ伝達の意図など、描く側からの知的な介入が働いていた。これらを払拭して、実際の人物それ自体、風景それ自体を表現しようとしたのが写実主義なのだが、新即物主義は、そこに依然として潜む人間の側からの価値づけや先入観を排して、はたまた当時ドイツで流行の表現主義の主情的な幻想表現を排して、事物のよりリアルな在りようへ遡行しようとしたのである。バタイユがブロースフェルトの植物写真に共鳴したのは、リアルなものを厳密に欲して人間の介入を否定していく「新即物主義」の、その徹底した否定の精神にあったと言っていい。

では「客観的な価値」に対置される「主観的な価値」とは何なのか。すでに主観的である「価値」に「主観的な」と形容を付すのは同語反復的な言い回しで、何とも奇妙である。バタイユが言わんとするところは何なのか。一言で言ってしまえば、事物の側へ人間が出ていくのではなく、逆に事物を人間の側に引き入れる態度を意味している。人間、とりわけ近代人は、事物に相対しても、その表面的な特徴を既知事項に照らし合わせて関係づけ、処理していく。人間の側にすでに用意されていて相互につながって広がる概念のネットに捕捉し、そのなかに花ならばその「表徴（シーニュ）」をまさに記号のように組み入れて、つながりを画定していく。これを導くのは、近代の西欧をリードしてきた人間中心の功利主義、つまり有用性優先の立場なのである。個人や集合体の延命と発展に役立つものを善、役立たないものを悪とみなす価値観がこの立場の根本にある。「主観的な価値」の基底にあるのは有用性を善、無用性を悪とする見方なのだ。一九五〇年代執筆の『至高性』のなかでバタイユは「深い主観性」（subjectivité profonde）という言葉をよく用いたが[6]、これは個人の底にありながら個人の枠を出て無益に燃焼しようとする理不尽な情動、生命、力のことである。これに比すると、論考「花言葉」にある「主観的な価値」は「浅い主観性」となろうか。

7 価値の闘争

ではいったい「客観的な価値」の基底にある価値観は何なのだろうか。

植物それ自体には善も悪もありはしない。雑草を悪とみなして駆除したがるのは人間の側のエゴでしかない。もっと正確に言おう。もともと善も悪もない自然の生命の表出に対してそれを悪だと呪うのは、人間の生活にとってその生命の表出が不都合だからなのである。場合によっては、それが人間の生活を危うくし、滅ぼしにかかってくるからなのだ。『ドキュマン』におけるバタイユの思想的立場は彼の用語に従えば「低い唯物論」であり、そこで問われる「物質」(matière)、しばしば「低い」(basse)という形容詞女性形が付される「物質」とは、物体のことではなく、「悪しき法外な力」(forces mauvaises et hors la loi)[7]を指す。この雑誌でバタイユは、考古学の資料や絵画、さらにまた人物や植物の写真を通して、低劣さ、醜悪さ、無秩序など近代社会が嫌悪し忌避してきた様態をひたすらに顕示したが、これは、単なる露悪趣味ではなく、この「力」を読者に意識させるためだった。自然界や人間の奥底に潜んで気まぐれに表出し人間の社会生活を乱しにかかるこの「悪しき法外な力」を、その否定の「力」を、読者に意識させるためだった。

「客観的な価値」の「客観的」とは、この否定の「力」に即するということである。人間の意識的主体の外あるいは深奥に存して、破壊的に、侵犯的に、表出したがるこの「力」の動きに忠実でありたいということである。それゆえその「価値」とは、単に悪いとか悪というスタティックな価値づけではなく、この「力」が放つ否定作用を、その過程を、つまり悪く「変質」させるその結果ではなく変化の動勢を、その運動性を、尊重するところに主眼がある。つまり、繰り返すと、「悪しき法外な力」の「悪しき」という形容詞は、一見して人間の利己的にして固定的な「主観的な価値」をそのまま投影しているように見えるのだが、そうではなく、人間の側に立ちながらも精一杯に外界の否定の動きに寄り添おうとするリアリスムであり、厳密な即物主義を意味しているということだ。ブロースフェルトのクローズ・アップ写真にバタイユが呼応したゆえんがここにある。

後年のバタイユも、『文学と悪』（一九五七）や『呪われた部分』（一九四九）の表題にあるように、悪、そして悪を呪う善という既存の価値観に立脚して思想を営んだ。『有罪者』（一九四四）の表題も、彼が罪の反対概念、すなわち正義や善の観念を前提にしていることをうかがわせる。だが彼の思想の動き、その方向性は、既成の価値観から出て行くところにあった。

どこへか。善悪の彼岸へ、か。そうではない。人間の限界へ、人間の実存の境界域へ。善悪の彼岸とは言い切れない、さりとて此岸でもない曖昧な境地へ、である。彼に即して「非-知の夜」の「沼地」[8]と言い換えてもいい。知と非-知、善と悪、美と醜が相拮抗し、自分の正当性を相手に向けて主張し、競合しあう場へ、彼は出て行こうとした。そこは、物体ではなく非生産的な動きの渦であるため「なにものでもない」（rien）のだが、対立するものが対立しながらつながりだす共同性の場であり、共犯と友愛の場なのである。闘争としての愛の場と言い換えてもいい。

8　自然界の様相に即して

再び「花言葉」に戻ろう。その後半には「低い唯物論」の見方が示されている。植物の根の様相と人間の価値観の呼応が問われているわけだが、そこに単なる悪の肯定を読み取るのはもう避けたい。

じっさい根は、植物の目に見える部分の完全な反対物である。目に見える部分が気高く上へ成長していくのに対して、根は、きたならしくて、ねばねばしていて、地面の中を這いずり回っている。そして、葉が光を愛するように、根は腐敗を愛するのだ。となればこう指摘するのも妥当だろう。すなわち、こうした根の意義の一貫した解釈に連動しているものこそ、**低い**という言葉の異論の余地のなき道徳的価値なのだ、と。じっさい、**悪**であるものは、運動の次元では、必ず、上から下への運動によって表現されるのである。これは、自然の現象に道徳的価値の原因を求めないのだったら説明できない事態である。この道徳的価値は自然の現象に拠っているのであって、そうなるのはまさに**様相**の衝撃的な特徴のせいなのだ——**様相**とはつまり自然の決定的な動きの表徴なのだ。

（バタイユ「花言葉」[9]）

このように下降の動きを称揚する言辞は『ドキュマン』に頻出する。だがこの雑誌にみなぎるバタイユの否定の精神は、「ヨハネ黙示録」の勧善懲悪を逆転させただけのような、ただ悪の勝利を夢見るだけのような素朴な反逆の精神ではない。善を覚醒させ、闘争の場へ引きずり込むことにこそ「低い唯物論」の真意はあった。近代生活のなかで当然視され安眠を貪る善の観念を強引に揺さぶって目覚めさせ、悪との相克を生きさせるのである。この論考で展開される様相の美学も、相反するものの闘争を自然界に見出し、それを露呈させて、人間の側において、その実存の境界域において、善と悪の相克を体験させる狙いを持っていた。

自然界の自己反抗は、論考「アカデミックな馬」ですでに言及されていたが、ここでは地表で上空をめざし延びる幹や茎、枝や葉と、地下で無節操に繁茂する根の対比関係によって強調されている。そして花こそは、この自然界の自己矛盾を虚空で如実に示す「現実的な実在」とされるのだ。バタイユによれば花は地表にあって上昇運動に従って茎の頂きで咲き誇るが、この上昇運動を自ら否定する、植物の地表部分の例外なのである。華麗な花弁に対抗して雌蕊・雄蕊が異様に共存し、時系列の対比では開花のあとには必ず醜い枯死がやってくる。茎の最上部で花は自然界の自己否定を体現して人間に見せているのだ。にもかかわらず、人間はそれに気づかずにきたとバタイユは主張する。

かつて指摘するのがもっと難しかったのは、この上下の対立が、植物の孤立した一点において、つまり花において、植物が例外的でドラマティックな意義を帯びるこの花という一点において、現れていたことだった。

（バタイユ「花言葉」[10]）

自然の自己否定はまた自然が行う自己贈与でもある。自然は相反するものを次々に産出しているのである。その究極が生と死の贈与だろう。花はその身において開花と枯死の様相でこの自然界の究極の贈与を体現している。

この論考では「贈与」（don）という言葉は使われていない。しかし「決定」（décision）という言葉がこれに相当すると見ていい。「植物の自然の不可解な決定」（obscure décision de la nature végétale）とバタイユは言う。「不可解な」と形容詞が付いているのは、一つの花において美しい花弁と醜い雄蕊・雌蕊を同時にこの世に送り出す自然界の営為の理由が合理的には説明がつかないということだろう。人間も何かを生産しまたそれを滅ぼしている。自己矛盾の贈与を繰り返しているのだが、その原点は自然界なのだとバタイユは見る。

外面の形態は、すべての現象でなされているいくつかの重要な決定を暴いて見せている。人間の決定などせいぜいこの決定を増幅させているにすぎない(11)。

ブロースフェルトの拡大写真といえども、人間の「決定」にすぎず、雌蕊を生み出す自然の決定を「増幅させている（amplifier）にすぎない」。この論考の最後には、バラの花を持って来させてはその花弁をむしって汚水に投げ捨てていたビセートル監獄でのサドのエピソード(12)が紹介されているが、これも花を枯れ死にさせる自然の「決定」の増幅にすぎないのだろう。より正確に言えば、自然界の贈与たる花弁の美しさから永遠不変の理想美を捻出し、従うべき美の規範を作りたがる人間(13)の「増幅」に対する人間自身の反抗であり、それとて、自ら産出したものを惜しみなく滅ぼす自然の自己反抗の「増幅」にすぎないということである。

では花言葉はどうなのか。最後に『至高性』に立ち寄りながら、人類が自らに贈与した最大のメディア、言語へ考察を巡らせてみよう。初期から後期までバタイユを貫く言語観の特質、つまり言語を使用しつつ言語を批判する彼の両面的な言語観の本質をあぶりだしてみたいのだ。

9　言葉と開口部

花言葉は、花の様相から人間が思い浮かべる想念を端的に表現する。花言葉のなかで最も顕著なのがまさに華やかな花弁の外観から生じる愛の言葉なのだ。赤いバラの花言葉は「愛の熱情」である。バタイユはトウダイグサに付された言葉「あなたなのです、私の心を目覚めさせてくれたのは」をあげ、これを「いかがわしい花によって表される、心惑わせる言葉[14]」と形容しているが、このような生々しい表現はむしろ例外で、たいがいの花言葉は、単純素朴な言い回しで性愛の美的な象徴化に終始している。つまり性の交わりを観念的な愛の交わりに美化する人間の傾向に、まさしく人間の「主観的な価値」の介入に、支配されているのだ。しかしそれでもバタイユは花言葉を見限らない。先ほど引用したこの論考の冒頭の一節を想起しよう（註4の引用文）。その一節はこう締めくくられていた。「象徴解釈のいくつかの試みを子供じみた不条理さとして排除してしまうことは、無益なことなのだ」。

バタイユは初期から後期まで一貫して言語に批判的であり、自らテクストを制作しながら、そのテクストに批判の言葉を書き込んだ。自己批判的な文筆家、自己矛盾的なテクスト生産者だったのだ。この論考の冒頭でも先に引用したように「花弁の形状と色が明示しているもの、花粉の汚れあるいは雌蕊（めしべ）の新鮮さが表しているもの、これらは、言語を用いて適切に表現されえない」（註4の引用文）と断っている。にもかかわらず彼は表現しえない花の「様相」を主題にしてこのように論考を執筆し発表したのだ。

なぜなのか。その理由として『至高性』にこんな文言が見出せる。自分の考える至高性とはこういうものだと理論的に語った第一部の末尾でバタイユは次のように書き記す。

> これまで語ってきたことは、おそらく粗雑な単純化なのだろう。世界はいつも言語よりずっと豊かなのだ。とりわけ我々が、広大な無秩序から、一瞬捉えうる展望を導き出すならば、そうなのだ。だがこのとき言語が、存在するものを貧困にしてしまう。言語はそうせざるをえないのであり、しかも、もしも言語がそうしなかったのなら、我々は、当初見えなかったものを垣間見ることすらできなくなるのだ。ともかく私はこのように内的体験を描出することに専念している。内的体験は、人々共通の、交わることのできる体験であり、まさしくあの至高の主体が到達する体験なのである。その至高の主体にかつて封建制の社会はきわめてまずい仕方で到達したのであり、その封建制に対する反抗も、あまりに多くの場合、今しがた私が描いて見せた道を辿ったがため、到達しそこねた。しかし奇跡的な開口部から突然我々に光がさんさんと降り注ぐことがあり、そのような開口部が、あれら封建制や反抗に関して導出された展望の間近に存しているのである。少

なくとも我々は、深い闇のなかで（理解可能なものの闇のなかで）、事物たちの外観をうまく案配し、事物の壁が我々の平板な生のまわりを取り囲んで閉ざしてしまうのをやめさせることができるのである。（『至高性』第一部第Ⅳ章第7節[15]）

難解な一節だが、このあと牢獄に幽閉されていたサドが「想像力」（imagination）を働かせて、この石の壁に裂け目を見出したと綴られている。「偶然がこの壁のなかに我々の眼前へと裂け目を開いて見せたのではない。サドの**想像力**こそがそこに裂け目を見出したのだ[16]」。とすると、バタイユはサドのように異常なほど豊かな想像力をもって文筆に向かえば現実の物の支配に穴が穿たれ、至高性の光が差し込むようになると考えていたのだろうか。「事物たちの外観をうまく案配して、事物の壁が我々の平板な生のまわりを取り囲んで閉ざしてしまうのをやめさせる」方途をバタイユは想像力と文筆に見出していたのだろうか。史上のサドは石の壁のなかに閉じ込められたままだった。小説のなかにいかに奇想天外な人物を登場させても、しょせんは虚構のなかでの話にすぎない。しかしバタイユの視線は内的体験に注がれている。言語というメディアにおいても内的な動き、意識の流れに注目するのがバタイユなのだ。

10 「主体の供犠」と「客体の供犠」

『至高性』の重要な主題の一つは、人間が至高性を自覚するに至る経路の開示である。

バタイユが言わんとするところはこうだ。人は自分一人の身においてはなかなか至高性を自覚しえず、外部の人物や物の世界の変化を通して、それを見て、やっと至高性を意識するに至る。その間接性、そのもどかしさをバタイユは、人間そもそもの「不器用さ」[17]（maladresse）とみなして、そのありさまを中世の封建制や近代の革命史から明らかにした。

バタイユをよく知る者なら、そこに「客体の供犠」の例証的展開を見て取るかもしれない。第二次世界大戦中に執筆され出版された『無神学大全』ではバタイユは、あたかも読者を供犠の参加者に見立てて、自らテクスト上で「主体の供犠」を演じて見せていた。自分の精神を生贄にして「死なずに死ぬ」限界領域をさまよわせ、その模様を赤裸々に綴ったのだ。しかし一転して戦後の三部作『呪われた部分』（『至高性』はその一作になる予定だった）では、内的体験の強度の面で劣る「客体の供犠」を基軸に据えて、人物や出来事における無益な消費の模様とそれへの人々の対応を客観的に論述した。

「主体の供犠」と「客体の供犠」は、バタイユ本人が前者を優越させるかたちで『内的体験』で語った概念である。曰く「我々は、さまざまな客体の供犠が我々を真に解放することができないその非力さを確信して、もっと遠くへ、主体の供犠へまで、行く必要性をしばしば感じているのだ」[18]（『内的体験』第四部第Ⅳ章「ニーチェ」）。だが「主体の供犠」といえども、供犠である以上、何かを生贄として眼前に投じなければならない。その何かが外部に存する人間や事物でなくとも、そしてまた供犠の舞台が自分の心のなか、自分の脳裏の空間のなかだけのことであったとしても、何かを外在化させ、それを見つめねばならないのである。つまりその何かが、かつて見た刺激的なイメージの再現映像であれ、はたまたその場で空想された自身の劇的な在りようであれ、心のスクリーンに映し出されて、あるいは心の舞台へのせられて、自分のもう一方の存在がこれを見つめるという主体と客体の二元的構造が「主体の供犠」においてすら成立しているのである。バタイユは『内的体験』第四部「刑苦追記」第Ⅳ章「恍惚」で、自らの内部から湧出する諸力をある一点に凝縮させてそれを観照する神秘体験を克明に記述しているが[19]、この一点も客体なのであり、見る私との主客の関係にある。しかもそこに達するまでの過程で吐露されているのは、バタイユ自身の「不器用さ」であり、不首尾なのだ。この客体を物として認知し主体の知の構造へ汲み入れて満足したがる人間の主体と知の宿痾に陥るバタイユの姿なのである。要するに、きわめて個人的で内的な体験においてさえも、客体の問題はついて回るということだ。客体を介するという形式、メディアの問題に通じるこの形式がたった一人の心理の体験においても存在するのである。

11　至高性とは何なのか

『至高性』に話を戻そう。

この遺作の重要主題をバタイユに即してもう一度パラフレーズしておく。人間だれしも自分の身において至高性を体験しうるというのに、封建制下の民衆は王の派手な消費に各人の至高性の発露の夢を託して満足していたのであり、その欺瞞に気づいて特権階級に反抗し革命を起こした勢力も、自分の問題として至高性を意識的に追求するには至らなかった。

バタイユは第一部でこのように史上の至高性の展望を導き出していた。一見してネガティフな指摘だが、しかしそのように「導出された展望」の近くにも、至高性の光が差し込む「開口部」はあったのだと彼は丁寧に歴史を見て論述した。ソ連共産党の来歴とスターリンを扱う第二部と第三部の歴史記述も同様である。単純に外側から歴史を眺めて封建制を糾弾したり、革命を虚偽だと言い立てたりしない懐の深さが、内的体験に発するバタイユの歴史観にはある。ちょうど、単純素朴な花言葉に対してもそこから言葉にならない花の矛盾した様相へ、この大自然の動きの見える「開口部」へ、遡行したのと同じに。

専制君主や高位聖職者のこれ見よがしの消費に反抗して成立に至った近代国家は、何よりも生産性を重視して、産業社会の構築、それに資する軍事力の拡大、植民地や領土の獲得に熱をあげた（ロシア革命以後の共産主義国家も経済の後進性を克服すべくよりいっそう計画的で過酷な政策を実施していった）。しかし、こうして至高性への視点を失ったかに見える近代国家のなかにもバタイユは、「開口部」をうかがう展望を見出していく。とりわけ近代の芸術の動きに彼は注目した。

西欧の芸術は専制君主制下の特権階級の庇護を受けて成長した。一八世紀および一九世紀の政治革命を経て西欧諸国は紆余曲折を経験しながらも専制主義国家から民主的な近代国家へ様変わりしていくが、そのなかで先鋭な芸術家は、芸術の自律を積極的に模索するようになる。近代以前への回帰も特権者からの庇護も望まず、君主政体から民主政体に受け継がれた古典主義美学にも反旗を翻して、新たな表現形式を探究していった。『至高性』第一部末尾の第Ⅳ章第7節でバタイユはその動きを「近代の運動」(mouvement moderne) と言って称える。彼の念頭にあるのは、一九世紀前半のロマン主義であり、それ以降顕著になりだす、古典主義からの離脱の動きである。これを彼は、第四部「文学の世界と共産主義」の第Ⅳ章「現代と至高の芸術」で詳述するのだが、本稿ではそこには立ち入らず、むしろ至高性と言語の関係をまとめて、筆をおきたい。

では、そもそも至高性とは何なのか。

カフカ論を予告したあと、この遺作の事実上の最終行でバタイユはこう自分の信念を語る。

> 私は大切なことを見失いたくない。大切なこと、それはつねに同じであり、至高性とは**なにものでもない**、ということなのだ〔la souveraineté n'est RIEN〕。(『至高性』第四部第Ⅳ章[20])

「なにものでもない(もの)」と訳されるフランス語の「リアン」(rien) が、大文字で強調されている。この **rien** はフランス語の否定辞の **ne** とともに用いられることが多く、この遺作でもそのような形で頻出するのだが、つねに太字や大文字で強調されている。しかも単独で用いられることもあり、その場合、「無」という意味で、よりいっそう概念として孤立し、個別化し、実体的な性格を帯びるようになる。だがバタイユの真意は決して「無」として独立したものを至高性として打ち出したかったのではない。彼の説明を聞いておこう。

もちろん「なにものでもないもの」それ自体が現れるわけではない。「なにものでもないもの」は消えていく客体にほかならないのだ。だが認識は、対象を知るというその資格において、この「なにものでもないもの」に対面することができる。かくして、最終的に、「なにものでもないもの」は、認識と非‐知がともに展開する地点に、つまり体験の客観性の側にある認識と、主観性の側にある非‐知とがともに展開する地点に、見出せるということだ。ただしここで問題になっている客観性は、客観性がこうして提起されている限りで、消滅していくのである。

（『至高性』第一部第Ⅲ章第4節[21]）

至高性はスタティックな客体のことではない。物でありながら物であることを自ら否定しつつある動的で過渡的で曖昧な客体なのだ。自らを「変質」させつつあるのである。ここでバタイユは、すかさず、認識する主体の問題へ話を転じているが、それには理由がある。「聖なるもの」もそうだが、至高性は、この動的な否定態を前にしたときの主体の反応と密接に関わっているからだ。通常の理性的主体のように知を発動しているが、しかしまた非‐知も作動しているのである。そのように主体自ら「変質」して、この客体の「変質」と混交しているのである。主客が、単体としてではなく、ともに刺激しあいながら自己否定しつつある動的な状況。それが至高性なのだ。「至高の主体」とバタイユは言うが、この概念の内実は、個人の枠が決壊してしまい、同じように囲壁の壊れつつある客体と交わりだす主体を指す。はたしてそれを主体と言えるのか。主、中心、独立といった主体の概念の基本要素を失いつつある主体なのだ。

人間の認識は対象を物として把握する。消滅しつつある物に対しても、それが物である限り認識は発動され、なんらか情報を提供する。物でないものに対してもあえて把握可能な物に変えて捉えていくのが人間の「知る」行為なのだ。しかし今や実存の限界領域では非‐知がこの認識の動きと成果に反抗する。眼前の客体が物として滅びつつあるとき、その滅びる動きに主体の奥深くの内的な力が呼び覚まされて非‐知となり、知の動きと成果を否定しにかかるのである。この遺作でバタイユは至高性に対して「深い主観性」という規定を何度も繰り返すが、まさしく認識主体の心の深くから湧きあがる否定の力、その一つの面が非‐知であり、至高性をもたらすのである。非‐知がそのまま至高性なのではない。くどいようだが、客体の自己否定に誘惑されて、自己否定を行いだす主体の、客体とのコレスポンダンスこそ、至高性なのだ。主客が否定の動きのなかで相互に照応し、交わりあう在り方。これが至高性なのであり、「なにものでもない」というバタイユの言葉の内実なのである。まさに主体と客体がそれ自体としては存在しておらず、なにものでもありはしない、しかしそれゆえにコミュニケートしている事態なのである。

バタイユはそのような曖昧な実存の状況を思想家としての立脚点にした。きわめて不安定で、落ち着いて立っていられないようなところである。譬えていえば、陸と水域の狭間、水かさが増したり引いたりする沼地、最前線の夜の塹壕のような場である。「後退することも先に進みすぎることもまったく問題外となってしまい、つねに**突破口の上で戦闘している状態**[22]」、人間の実存の本質として『至高性』（第三部第II章第2節）に書き込まれたこの言葉は『有罪者』の「友愛」の章の次の言葉に呼応している。

> 次のことは強く表現され、はっきり記憶に留められてよいことだろう。真理は、人間が相互に孤立して眺めあっている場にはない。真理は、会話とともに、分かち合われた笑いとともに、友愛とともに、エロティシズムとともに、始まる。真理は、**一方から他方へ移行しつつあるときに**、そこにおいてのみ、生起する。〔…〕私は思うのだが、世界は、分離し自己閉塞したいかなる存在にも似ておらず、逆に我々が笑ったり、愛しあったりするときに**一方から他方へ移行しつつあるもの**にこそ似ている。そう思う私に、今や広大な広がりが開かれ、そのなかへ私は消えていく。
>
> こうなると、私自身のことなどどうでもよくなってくるのだ。**それに相応して**、私と無縁な現存も重要ではなくなっていく。
>
> （バタイユ『有罪者』「友愛」第VI節「完了しえないもの[23]」）

実存の限界領域は、移行しつつあるものが体現され、また体感される場である。しかもデカルトのコギトのように安定した思考の基盤を形成せず、つねに思考する主体に疑いが生じる場である。ときに、死へ前進して死体になって地面に転がる孤絶した主体の在りように疑問が発せられ、さりとて生の側に撤退して近代的個人の安逸を貪る孤絶にも、疑いが差し向けられる。若いバタイユに初めて哲学を教示したその人が、デカルトに始まる近代合理主義を疑った「地盤喪失」の哲学者レフ・シェストフ（一八六六—一九三八）だったことの意義は大きい。バタイユはそこからシェストフが語らなかった笑いやエロティシズムへ思想を展開していった。同時代の若い世代に呼応してシュルレアリスムや政治革命にも関わっていった。不合理な事態をどのように書くか、文筆の問題に自覚的だった点もシェストフから実存的教示を受けた者のシェストフ以上の思想的営為である。最後に言語と至高性の関係をまとめておこう。

12 むすびに代えて——至高の二重性

バタイユの文筆は、個々の作品で異なってはいるが、さながらブーメランのようにどれも実存の極みに発しながらそこへ回帰しようとする。一九二〇年代から三〇年代の彼を見るならば、苛烈な詩文のごとき『太陽肛門』が、実存に近いところで文筆のこの回帰の軌道を描いており、学術論文を装った『ドキュマン』の論考の文筆は、実存から遠いところに達しながら、そこへの帰還を欲している。断章形式の『有罪者』と理論書の『至高性』の間にも同様の遠近の軌道が見て取れるだろう。後者の作品では至高性を主題にしながら、至高性から遠い書き方がなされている。しかし書き込まれた言語への批判がこの回帰の動きを示唆している。実存の限界から遠ざかっている言葉にも「深い主観性」が宿ると認識されていて、それがなんらか刺激され実存の境界域を指し示す。バタイユの言語観、そして言語の実践は、おおよそそのようなスタイルを取る。

一般の言語はさまざまだが、詩から程遠い観念的な言葉や日常的な単語にもバタイユは力が潜むと見ていた。『ドキュマン』の連載「批評辞典」で彼が述べ立てた「語の仕事」(besognes des mots)もこの見方に関係している。どのような言葉も、その言葉の指し示す物や事態と一体になって働きだすというのである。[24] 意味連関に組み込まれて従属的に労働するのとは違う可能性を秘めているというのだ。『内的体験』(一九四三)では「横滑りする語」(mot *glissant*)という言い回しで同じことが示唆されている。言葉が、発語されて意味を伝達していく機能から離脱して、実際の事態に流れていき合体するというのである。その最たる単語が「沈黙」(silence)で、この言葉は「語という騒音の廃棄であり、すべての語のなかで最も邪悪、最も詩的だ[25]」とされる。

バタイユの言語観は、言葉に生命が宿るとする一種の言語アニミズムの傾向をしばしば呈する。西欧中世の影響と見ていいだろう。パリ古文書学校時代にバタイユは中世の写本研究に没頭したが、それら写本の文化基盤の特徴をなすのは、中世キリスト教社会特有の多神教的アニミズムと一神教的観念論の混交である。西欧中世のキリスト教は、聖遺物崇拝や聖人信仰もそうだが、樹木や泉の生命への信仰を認めつつその信仰を天上の神への信仰につなげていた。言葉も、それが指し示す物と、その生命と、一体になっていたのであり、なおかつ観念的な意味を担っていた。他方で中世中期のゴシックの時代に流布した新プラトン主義、とりわけ偽ディオニュシオス・ホ・アレオパギテース(正確な生没年は不明だが、五―六世紀にシリアにいたとされる神学者であり、その作品が一二世紀のフランスでは聖書に次ぐ文献として格別に再評価された)の新プラトン主義もバタイユの言語観に影響を与えていただろう。このキリスト教教父は『天上位階論』のなかで神の光の降下と分有の見方、つまり天上の高みから降り注ぐ神の非物質的な光が階段を一段一段下って地上の最も物質的なものにまで達し、少量ながらも分有されるという見方を語ったが、この分有の発想、二重性の視点がバタイユの言語観に入ってきていると思われる。

もう一つシュルレアリスムのデペイズマンも若いバタイユに重要な影響を与えた。トイレの男性便器を美術の展覧会場にそのまま移して展示したマルセル・デュシャン（一八八七―一九六八）の《噴泉》（一九一七年）の例はあまりに有名だが、デペイズマンは、人間の環境のなかで有用な道具として組み込まれていた物を別の環境に移して有用な役割から解いてやり、その物自体の魅力なり存在感を際立たせる手法である。本稿の冒頭で紹介した足の親指のクローズ・アップ写真もデペイズマンに拠る。ふだんは見向きもされないこの身体の部位が、身体全体のメカニズムから解放されて、ぬーっとその存在を雑誌の誌面上で自己主張している。無味乾燥このうえない法令の文言、単純なメッセージを伝えるだけの広告文、事実の説明に徹した報道の文章、そしてSNS上の直情的な暴言やごもっともな正義の言葉も、それぞれの環境世界から離され意味連関の縛りを解かれると、内奥の力を発露して新たな輝きを放ちだすかもしれないのである。

最後にパロディについて触れておこう。パロディは、似て非なるものという二重性を帯びる。そうして、もとのものを笑ってその権威なり支配を相対化する。

自然界は空も海も土も有機的につながりながら、互いを別様に映し出して戯れている。波が打ち寄せる浜辺に膝をつき、両手で砂ごと海水を掬ってみよう。そのわずかな広がりのなかでも、陽光と風、水と白砂、貝と小生物が笑いあって互いに新たな面を引き出そうとしている。掌の水面に浮かぶ青空は大空のパロディであり、貝から落ちる雫は海水のパロディである。「世界が純粋にパロディであるのは明白なことだ」（『太陽肛門』[26]）。バタイユの文筆も世界のパロディの増幅なのかもしれない。

内的体験、非－知、至高性、好運への意志、バタイユが繰り出す概念は、すでにカントが「内的経験」（innere Erfahrung）として、ヤスパースが「不知」（Nichit-Wissen）として、政治哲学が「至上権」（souveraineté）として、ベルクソンが「幸運への意志」（volonté de chance）として打ち出していたもののパロディである。それはちょうど、サント＝ヴィクトワール山の多彩な表情を描きだした晩年のセザンヌの風景画のようなものだったのかもしれない。ときに樹海の緑が、別なときには南仏の青空が、そこに浮かぶ雲が、緑や青や白を山肌に贈与して、その山肌が新たな生のパロディになって森や空や雲に応（いら）えを返す。この世界の競合的贈与を画家は大きな筆触でキャンパスに増幅してみせたのだ。バタイユは既存の哲学概念を笑って「変質」させていたが、彼もまた、そうして、パロディを贈与して戯れあう世界の新たな写し絵を、その世界のさらなるパロディを、テクストに表現して世界に贈り返していたのかもしれない。コスモスのエクリチュール。意味と無意味のメディアの二重性に覚醒したバタイユの書き方はそのような大規模なものだったと私は実感している。

註

（1）この問題に関連した論及を含む最近の研究書を二点紹介しておく。
岩野卓司『贈与論——資本主義を突き抜けるための哲学』青土社、二〇一九年。

湯浅博雄『贈与の系譜学』講談社、二〇二〇年。

（2）Bataille, *La Souveraineté, Œuvres complètes de Georges Bataille, tome VIII*, Gallimard, 1976, p. 274. 以下、次のように頭文字と数字のみに略して印す。*OCVIII* 274.

（3）Bataille, « Le langage des fleurs », *OCI* 175.

（4）*Ibid.*, *OCI* 172.

（5）ドイツ語でノイエ・ザッハリヒカイト（Neue Sachlichkeit）。「マンハイムの美術館長G・F・ハルトラウプが一九二三年にこの言葉を初めて用い、それに関連して一九二五年、「肯定的・実体的な現実への忠実さを保ち、回復した芸術家たち」の展覧会が開かれた。初期の運動は、ダダの冷笑的な破壊性や伝統への侮蔑から、またさまざまな視点の同時的結合といった未来派的方法論から、何らかの影響を受けた」（『オックスフォード西洋美術事典』講談社、一九八九年の項目「新即物主義」五二四頁より）。

（6）Bataille, *La Souveraineté*, *OCVIII* 279.

（7）Bataille, « Le bas matérialisme et la gnose », *OCI* 224.

（8）Bataille, *L'Expérience intérieure*, *OCV* 39.

（9）Bataille, « Le langage des fleurs », *OCI* 177–178.

（10）*Ibid.*, *OCI* 178.

（11）*Ibid.*, *OCI* 174.

（12）この論考の発表後にバタイユは友人でサドの専門家のモーリス・エーヌにこのエピソードの真偽を尋ねたが、エーヌはさまざまな資料を渉猟した結果、信憑性に乏しいと書簡で丁寧にバタイユに返答している。OCII 422–423.

（13）Bataille, « Le langage des fleurs », *OCI* 176–177を参照のこと。

（14）Bataille, « Le langage des fleurs », *OCI* 173.

(15) Bataille, *La Souveraineté*, OCVIII 299.

(16) *Ibid.*

(17) *Ibid.*, OCVIII 283.

(18) Bataille, *L'Expérience intérieure*, OCV 172.

(19) この問題に関しては次の論文が丁寧に考察しており参考になる。小林奏太「ジョルジュ・バタイユにおける「演劇化」について」『哲学年誌』（法政大学大学院人文科学研究科哲学専攻発行）第四八号、二〇一九年、三—二四頁。

(20) Bataille, *La Souveraineté*, OCVIII 456.

(21) *Ibid.*, OCVIII 283.

(22) *Ibid.*, OCVIII 379.

(23) Bataille, *Le Coupable*, OCV 282.

(24) 『ドキュマン』のバタイユは、一九二九年第二号から「批判辞典」の連載を始めて、何の変哲もない単語を取り上げては、その意味ではなく、「語の仕事」を披瀝した。曰く「ある辞典は、語の意味ではなく語の仕事を呈示するところから始まるだろう。たとえば「不定形の」〔informe〕は、そのような意味を持つ形容詞であるだけでなく、どの事物も形を持つことを広く欲しながら、格下げすることに寄与する言葉なのだ」。Bataille, « Informe », *OCI* 217.

(25) Bataille, *L'Expérience intérieure*, OCV 28.

(26) Bataille, *L'Anus solaire*, *OCI* 81.

雑誌という共同性の場

江澤健一郎

バタイユは、生涯において多くの雑誌に参加している。とりわけ、『ドキュマン』『社会批評』『アセファル』『クリティック』において、彼は大きな役割を果たした。雑誌というものは、見知らぬ執筆者と見知らぬ読者の間をつなぐ媒体（メディア）であり、言葉という媒体を通じて、両者のコミュニケーションを実現する共同性の場であるといえよう。酒井は、そのなかでも特に『ドキュマン』に注目しながら、その論点を戦後の未完の大著『至高性』へと接続していく。

酒井は、バタイユにとってのメディアの両義性に注目する。バタイユが『ドキュマン』に掲載したテクストと図版は、情報伝達の有用性をもちながらも、同時にそれを横溢する過剰さ、無用性を提示していて、学術雑誌的な性質を前衛誌の性質へと変質させていた。その両義性を、酒井はさまざまな論文を引用しながら証明していく。そうしてバタイユが行おうとしていたのは、同時代人の意識改革である。善と悪、知と非-知、美と醜、それらの一方に組することなく、対立する両項が対立しながら交流し合う「境界領域」へと、バタイユは読者を誘（いざな）おうとしていた。そのバタイユの問題意識は、晩年の「至高性（スヴレヌテ）」という概念へと発展していく。至高性は「なにものでもない」。そこでは、なにものでもなくなる客体となにものでもなくなる主体の体験が生起する。そうして、客観性の側の認識（対象の変質）と主観性の側の非‐知（主体の変質）が連動して、主客が相互に照応して交わり合うのだ。

ここで、酒井が大きく取り上げた雑誌『ドキュマン（資料）』の受容史について、補助線を引いておきたい。『ドキュマン』という資料体は、異質な学問ジャンルを衝突させながら、多様な「境界領域」を作動させようとしていた。この雑誌は、学術的でありながら前衛的な出色の混成体であったが、バタイユ研究においては、主にバタイユの掲載論文だけが注目される状態が長く続いていた。その一因は、簡単には雑誌の現物（あるいはマイクロフィルム）を閲覧できなかったことにある。しかし、バタイユの死後である一九六八年に、ベルナール・ノエルが監修をして、バタイユの掲載論文を集成した『ドキュマン』（メルキュール・ド・フランス）が、図版の一部を収めて刊行された。続いて一九七〇年には、ガリマール社の『ジョルジュ・バタイユ全集』第一巻に同論文と一部の図版が収録されて、同第二巻には、『ドキュマン』のために執筆された未発表原稿も収められた。それによって、バタイユが『ドキュマン』用に執筆した論文が、一般読者にも接しやすい環境が整っていく。しかし、そうして接することが可能になったのは、あくまでもバタイユの論文と図版の「一部」だけであり、そうして可視化された部分が、逆に不可視になった部分への忘却をもたらした面もある。だが、一九九二年に『ドキュマン』の復刻版（ジャン＝ミシェル・プラス）が全二巻で刊行されたことで、その状況は一変する。バタイユの掲載論文がすべての図版とともに参照しやすくなったのに加えて、雑誌全体を手軽に検討できるようになったのである。

その恩恵を最大限に活用して、一九九五年にジョルジュ・ディディ＝ユベルマンは、『不定形の類似――ジョルジュ・バタイユによる視覚的な悦ばしき知』（マキュラ）を刊行した。ディディ＝ユベルマンは、『ドキュマン』にバタイユが掲載した論文を分析するだけでなく、その掲載図版、そして他の執筆者の論文や図版を分析しながら、テクストと図版が連動する構成的関係をこの雑誌に見出した。さらに、その翌年に、イヴ＝アラン・ボワとロザリンド・クラウスが企画した「アンフォルム――使用の手引き」展が、パリのジョルジュ・ポンピドゥー・センターで開催され、両者が執筆した図録が刊行された。翌年には、その英語版（改訂版）が刊行されていて、日本語訳『アンフォルム――無形なものの事典』（加治屋健司ほか訳、月曜社、二〇一一年）の原典はそちらになっている。ボワとクラウスは、『ドキュマン』でバタイユが用いた概念を発展的に活用して、現代アートの分析にそれらを応用していた。これらのほぼ同時期に刊行された二つの書物は、どちらも『ドキュマン』を主題にしている上に、題名には「informe（アンフォルム）（不定形の）」という同じ単語が含まれていた。この用語は、酒井論文も言及しているように、『ドキュマン』に一時期掲載されていた「批判辞典」のコーナーに、バタイユが執筆した項目の題名である。ディディ＝ユベルマンもボワとクラウスも、その用語を自分たちなりに概念化して活用していた。とはいえ、「アンフォルム」はバタイユの主要概念ではない。彼が頻繁に用いた用語でもない。ならば、そのような用語をバタイユの概念として活用するのは濫用ではないか、という疑念が生じるだろう。しかし、当然のように、彼らもそれを了解した上で、この概念を活用しているはずだ。確かに、「アンフォルム」はバタイユの主要概念ではないが、しかしそこには、図らずも彼の思想的課題が凝縮されていた。当時、バタイユは「観念論（イデアリスム）（理想主義）」批判を行っていた。酒井が言及した論文「アカデミックな馬」が顕著に示しているように、バタイユは、プラトン的な「イデア」を批判していたが、「イデア」は理想的な「観念」「形態」を意味する。そこでバタイユは、イデアを体現するアカデミックな馬（マケドニア王国のスタテール金貨の図柄）を批判しながら、ガリアの怪物馬のアンフォルムな姿を称賛していた。「アンフォルム」という用語には、そのような「観念論（理想主義）」批判、形態批判を読み取ることができるだろう。そして、ディディ＝ユベルマンもボワとクラウスも、「アンフォルム」に以上のような概念的結晶を見出して、それを自分たちの概念として再創造して、生産的に活用したのである。ただし、彼らにとって、この用語は同じ概念を意味しない。アメリカで活躍するボワとクラウスは、クレメント・グリーンバーグの「フォーマリズム（モダニズム）」に対抗する概念として、「無形なもの」としてこの概念を掲げたはずである（ただし、クラウスのほうは、「アンフォルム」を「悪い形」としても定義している）。それに対して、ディディ＝ユベルマンにとっての「アンフォルム」は無形ではない。彼にとってこの用語は、「形態の侵犯」「侵犯的形態」を意味していて、それでもなお形なのである。あるいは、酒井の用語を借りるなら、それは「境界領域」の形態であるといえる。

以上の相違点は論争的である。ボワとクラウス（とりわけボワ）は、形態とアンフォルムの総合なき対立を、バタイユ的な弁証法批判として定義する。そして、ディディ＝ユベルマンは、弁証法的総合を「徴候」という概念で入れ替えるが、ボワは、それは弁証法的総合、第三項であり、バタイユを弁証法化していると激しく批判する。それに対してディディ＝ユベルマンは、「徴候」は差異の合一ではなく、命題と反命題の和解なき相克状態であると主張する。つまり「徴候」は、酒井の用語でいえば「境界領域」を示しているのだ。さらにクラウスは、この論争に直接は介入しないが、それは黙殺であったようだ。ディディ＝ユベルマンによるなら、出版前に『不定形の類似』を読んだクラウスは、ディディ＝ユベルマンが彼女から「変質」という概念を盗用したと非難して、この本の出版中止を求めたという。そうして彼らは断絶した。共同性の絆は、そこで潰えたのである。

なお、酒井は、その後に独自の視点からバタイユの「変質（アルテラシオン）」という概念を解釈して、『バタイユと芸術――アルテラシオンの思想』（青土社、二〇一九年）を出版した。『ドキュマン』をめぐる共同性の絆は、こうして断絶を孕みながらも、生産的に結ばれ続けるのである。

酒井健『バタイユ入門』

著者は、フランス留学時代にバタイユについての博士論文「G・バタイユ、力と跡――『無神学大全』への道」（一九八六年）を完成させて、博士号を授与されたが、それは日本人としては初めてのことであった。その後、彼はバタイユの『至高性』（人文書院、一九九〇年）の共訳にたずさわり、さらに長年待望されていたバタイユの「無神学大全」第三巻『ニーチェについて――好運への意志』（現代思潮社、一九九二年）の単独訳、未邦訳重要論文を集成して翻訳した『純然たる幸福』（人文書院、一九九四年）を刊行して、新進気鋭のバタイユ研究者として注目を集める。そして、単著『バタイユ――そのパトスとタナトス』（現代思潮社、一九九六年）を上梓して、続いてこの『バタイユ入門』を書き下ろして出版した。本書は、本邦における初めてのバタイユ入門書である。そして今でも代表的な入門書であり続けている。一九九〇年代に、本書とミシェル・シュリヤの『G・バタイユ伝』（上下巻、河出書房新社、一九九一年）の翻訳が刊行されたことで、日本の読者にバタイユの全体像が提示されたことは、日本のバタイユ受容においてきわめて重要な出来事であった。その後、酒井はバタイユの翻訳書と自分のバタイユ論を続々と刊行して、名実ともに日本を代表するバタイユ研究者となっていくが、本書はその原点のひとつであろう。

本書の冒頭部で、著者とバタイユの本との出会いが回想形式で語られているが、彼のバタイユ論を読むと、なぜバタイユを耽読して論じなければならなかったのか、という個人的な必然性を感じずにはいられない。バタイユの著書に果てしない夜を見出した彼自身が、その夜をさまよい続けているのだ。本の内容は、入門書にふさわしい形式を採用していて、バタイユの生涯をほぼ時系列順にたどっている。幼少期の父親との関係、信仰と棄教、古文書学校での学業を経て、バタイユはパリの国立図書館に勤務する。そして、雑誌『ドキュマン』の刊行にたずさわり、さらにさまざまな集団に関与しながら、戦中に「無神学大全」となる連作を執筆、戦後は論証的言語を活用しながら「呪われた部分」の連作執筆へ向かっていく。その過程を、著者は同時代の情勢や思想史的解説とともに詳述していく。そして、バタイユの思想的対決（ニーチェ、ヘーゲル、ハイデガーとの）ばかりでなく、彼の文学論や芸術論へも論究は広がり、スケールの大きなバタイユ像が提示される。今でも他の追随を許さぬ入門書であるといえよう。

（ちくま新書、一九九六年）

バタイユ『ドキュマン』

『ドキュマン』は、ジョルジュ・バタイユが責任編集をして、一九二九年から一九三一年にかけて発行した雑誌である。本書は、その雑誌にバタイユが発表したテクストと、雑誌用に書かれた未発表テクストを集成している。それに加えて、雑誌掲載時の図版も併載されている。

当時、バタイユは国立図書館の司書であり、一般的な知名度は皆無であった。その彼が、一般読者の前に初めて姿を現した場が『ドキュマン』である。雑誌の題名は「資料」（複数形の）を意味している。第一号の表紙には、「学説、考古学、美術、民族誌」というジャンル名が記されていたが、第四号からは「学説」が消えて、その代わりに「雑録」というカテゴリーが挿入された。つまり、この雑誌は多様な資料を集合させて、異なる学術領域の資料を衝突させながら、新たな知への道を切り開く場となるはずであった。執筆者も、色とりどりの研究者に加えて、元シュルレアリストたちをはじめとした在野の作家や批評家によって構成されていた。そして、そこに掲載されたバタイユの論文とコラムが扱った領域は、実に多様である。ガリアの貨幣、写本挿絵、花言葉、ジャズ、足の親指、ダリ、グノーシス主義、マンガ、プリミティヴ・アート、ゴッホ……バタイユは、それらの資料を領域横断的に論じながら、自らの思想を知の多様体として形成していく。雑誌廃刊後に、バタイユの思想はきわめて多様で広大な展開を示していくが、『ドキュマン』は、異質な資料を呑み込みながら混合して、バタイユの思想を形成した溶鉱炉であった。

当時のバタイユは、観念論（理想主義）を激しく批判しながら、独自の唯物論を提唱していた。その観念論批判は、ヘーゲル弁証法に対する批判と連動して展開される。バタイユは、理想的観念への統合をて批判しながら、ヘーゲル的な反対物の統合を批判して、爆発的な差異の運動を肯定する。さらに、それを論じるテクストのみならず、言語と共に構成されたリアルな図版は、バタイユの思想の視覚的実践となっていた。それに加えて、同時代の前衛芸術運動シュルレアリスムとの関係が、さまざまな形でバタイユのテクストから見えてくるだろう。

（江澤健一郎訳、河出文庫、二〇一四年）

ミシェル・シュリヤ『G・バタイユ伝』

本書は、ジョルジュ・バタイユについて書かれた初めての本格的伝記である。一九八七年度のゴンクール伝記部門賞を受賞している。発表年の一九八七年には、まだガリマール社の『ジョルジュ・バタイユ全集』（全一二巻）が九巻までしか刊行されていなかった。それでも、そこには膨大な未発表草稿が収められていて、生前には秘められていた著作の全貌が明らかになりつつあった。そのような時期に、シュリヤはバタイユの全体像を見事に提示した。彼は、まだ存命中であったバタイユ夫人や彼の友人たちの貴重な証言を集め、未発表書簡を読み、バタイユの著作と活動を時代背景と関係づけながら読み解き、伝記的事実を時系列順に整理していった。そればかりでなく、彼はバタイユの著作を初期から後期まで丹念に読解しながら、この書物を同時に重厚なバタイユ論として織り上げている。その点が、本書が凡百の伝記とは異なる点である。盲目で脊髄癆を患った父との対峙に始まり、キリスト教との関係、シェストフとの交流、若き日に開始した「諾」の運動、シュルレアリスムとの関係……といった事実が、単なる伝記的事実としてではなく、バタイユの思想形成の問題として丁寧に論じられ、バタイユの思考に終生取り憑いた「死」が、彼の肉体に到来する末期まで語られていく。バタイユに関する論考は、死後にその数を増して、彼の諸側面が多様に解明されていった。匿名で発表していた物語が彼の作品として認識されて、物語作家バタイユのコーパスが補完された。非－知の思想家バタイユが、思想史的に位置づけられていった。あるいは、バタイユの政治的な側面や蕩尽の経済学が注目された。シュリヤの伝記は、そうして深化された多様なバタイユ像を、点と点を線で結ぶように提示したといえよう。しかもその線は、バタイユにふさわしく錯綜して重層する線である。その後、シュリヤは本書の増補改訂版を刊行して、バタイユの書簡集の編者となり、着実な著作活動を続けている。

（西谷修・中沢信一・川竹英克訳、上下巻、河出書房新社、一九九一年）

イヴ＝アラン・ボワ＋ロザリンド・E・クラウス『アンフォルム——無形なものの事典』

ボワとクラウスは、アメリカの美術批評誌『オクトーバー』で活躍する批評家である。彼らは、一九九六年にパリのポンピドゥー・センターで、展覧会「アンフォルム——使用の手引き」のキュレーションをして、図録のテクストを執筆した。本書はその英語版からの翻訳である。とりわけクラウスは、それまでも数々のテクストで、バタイユの思想を現代芸術の分析に応用してきたが、本書はその成果を如実に示している。彼らは、バタイユが『ドキュマン』誌に掲載した短文「不定形の（アンフォルム）」から出発して、この用語を概念化して縦横無尽に活用する。そして『ドキュマン』にバタイユが掲載したさまざまなテクストに基づきながら、しかしそれらのテクストの範囲を越えて、現代芸術の分析にバタイユの概念を適用していく。とりわけ「アンフォルム」という概念は、クレメント・グリーンバーグのフォーマリズム（モダニズム）に対する対抗概念として戦略的に選択された。ボワとクラウスは、フォーマリズム的芸術論を批判しながら、それが等閑視した水平性、物質性、時間性といった要素を復権させる。さらに、アブジェクト・アートへの批判も、本書の背景にある。

　この書物は、ボワの「「アンフォルム」の使用価値」で始まり、クラウスの「「アンフォルム」の運命」で終わる。それらに挟まれた本論は、「事典」を模した構成を採用していて、Aで始まりZで終わっている。バタイユの「不定形の（アンフォルム）」というテクストは、『ドキュマン』の「辞書」というコーナーの一項目として掲載されていたが、本書の構成はその「辞書」に基づいている。バタイユは、このテクストで、「もはや単語の意味ではなく働きを示す」辞書について語っているが、本書で「アンフォルム」という用語は、芸術におけるそのような「働き」を指している。巻頭論文でボワが論じるように、バタイユは晩年の『マネ』（一九五五年）で、絵画主題の横滑りを実現する「操作」について論じている。バタイユによれば、マネは、ティツィアーノの《ウルビーノのヴィーナス》の構図を引用しながら、ヴィーナス像ではない《オランピア》を描いて、絵画主題の意味作用を破壊した。それが「操作」であり、ボワによれば、それは無形（アンフォルム）の働きである。訳書の巻末には、本書の理解に役立つ明快な「訳者あとがき」が収められている。

（加治屋健司・近藤學・高桑和巳訳、月曜社、二〇一一年）

そうさ、いまこそアドベンチャー！

バタイユのアナキズム思想

栗原　康

はじまりのウンコ

こんにちは。栗原ともうします。わたしはふだんアナキズムの研究をしています。大杉栄や伊藤野枝、はたまた元祖アナキストこと一遍上人の評伝を書いたり、その思想をぼく自身が生きてみたらどうだろうとおもって、自分の身のまわりのことをつづったエッセイ集などを執筆しています。おそらく、きょうわたしがこのシンポジウムで報告することについて、なんでおまえがバタイユなんだ、全然関係ないじゃないかという方もいることでしょう。なので、まずはそのきっかけからおはなししします。

きっかけになったのは、二〇一九年に出版された岩野卓司さんの著作、『贈与論――資本主義を突き抜けるための哲学』（青土社）です。名著ですね。この本のなかでは、アナキズム人類学者、デヴィッド・グレーバーの『負債論』も扱われています。それもあって、おなじアナキストだしいいだろうということで、刊行記念イベントの対談ゲストに呼んでいただきました。

そのとき、実はぼくが大のウンコ好きなもので、バタイユのスカトロジーのくだりがめちゃくちゃおもしろかったというはなしをしたんですね。そしたら岩野さんも、まえまえからバタイユとアナキズムには近しいものがあるとおもっていたとおっしゃっていて。うんうん、なるほどと。対談でそんなはなしをしたのですが、岩野さんがそのときのことを覚えていてくれて、それで今回のシンポジウムのはなしがあったときに、ぜひバタイユとアナキズムをテーマに、なにかしゃべってみませんかと声をかけていただきました。はじまりのウンコです。

そんなわけで、ぼくのほうからはアナキズム、とりわけ大正時代のアナキスト、大杉栄の思想を紹介しながら、バタイユとの共通点をおはなしして、そのうえでアナキズムとバタイユの違いだったり、ここはダメなんじゃないかとおもったことを問題提起として投げかけてみたいとおもいます。

美は乱調にあり

この間、わたしはずっと大杉栄の全集を読み返していました。なぜかというと、大杉が活躍していた一〇〇年前というのは、ちょうどスペイン風邪が大流行していた時期だったからです。第一次世界大戦をつうじて、世界中にインフルエンザウイルスがひろがって、あっというまに感染爆発。日本でも一九一八年から一九二一年にかけて、猛威をふるいました。一説によれば、世界中で五〇〇〇万人、日本だけでも四〇万人の死者がでたそうです。パンパパン、パンデミック。

　正直、ぼくはこれまで大杉の文章を読んできて、スペイン風邪に注目したことはありませんでした。むしろこの時期、日本ではロシア革命のあおりをうけて、革命の機運がたかまり、なおかつ米騒動がおこって、ストライキが続発。そこばかりに目をむけていたのですが、いまコロナ禍にあって、あらためて大杉が当時なにを考えていたのか知りたくなりました。目のまえでバシバシとひとが死んでいき、否応なくカタストロフを突きつけられるなか、大杉がどんな発言をしていたのか。気になります。

　とはいえ、きょういらしているおおくの方が、大杉の文章にふれたことはないとおもいます。なので、まずは大杉がどんな思想をもっていたのかについておはなししましょう。大杉の思想の肝は、一言でいうと「生の拡充」です。大杉は当時の現代思想であったニーチェやベルクソンの影響をうけていて、それをアナキズムにむすびつけました。かれはこう言います。生の神髄は自我であり、その力そのものである。力とはどこへなりとも多方面に拡張していくものであり、その充実をはかろうとするものである。それが生の必然の論理であり、選択の余地などないと。

　具体的にいうと、すごく単純です。はじめから言っちゃいけないことなんてない、やっちゃいけないことなんてない。ぜんぶ自由だ。自分の力をいつどこでどんなふうに展開しようとひとの勝手だ。その充実は、そのよろこびは他のだれでもない、自分自身が感じとるものだということです。ぼくら文章を書くにしても、絵を描くにしても、音楽をやるにしても、料理をつくるにしても、なにをやるにしても、さいしょに他人の評価を気にしがちですが、そうではない。どれだけ他人にクソミソに言われてもそんなの関係ない。じっさい、オレ、最高とおもって書く文章って、ひとにみせるとボロクソだったりすることがおおいのですが、それでもいいということですね。自己の崇高さは自己自身でつかみとれ。やりたいことしかもうやらない。それが「生の拡充」です。

ですが、人間の社会にはそれを妨害しようとする力がはたらいている。大杉はそうもいっています。いまは資本主義社会なので、「カネによる支配」がそれです。人間の日常生活が経済の交換の論理によって支配されている。なにをやってもカネ、カネ、カネ。どれだけカネをもうけられるかどうか。それが人間の有用性をはかる尺度になっています。文章を書くにしても、絵を描くにしても、音楽をやるにしても、料理をつくるにしても、なにをやるにもカネを稼げるかどうか。それができないのであれば、つかえない、あるいは無用の長物とみなされてしまいます。おかしい。

しかしそれをつづけていると、カネを稼ぐことがあたりまえになってくる。カネを稼ごうとしないことがおかしいとおもえてくる。だって、みんながそうしているのだから。カネをもらうためならなんでもやる、やらなければならない。会社でどんなにブラックなことを強いられても、ムチをうたれ、コキつかわれても、それに耐えるのが労働者の美徳である。経済的な安定をはかれ。別にどこのだれがそういっているわけでもないにもかかわらず、それが自分の有用性を認めてもらうことだとおもってしまう。まわりの評価を意識して、みずからすすんで奴隷の生をいきてしまう。

そこにほんの少しでも違和感をおぼえたなら、失敗してもいい。ぶちかましてやれ。と、大杉はいいます。ここで大杉が意図していたのはストライキです。当時、ストライキというと、経営者側が雇いいれたチンピラと殴り合いのケンカを繰りひろげたり、工場に火をつけてクビになったりするのですが……。これが安定だ、これが有用だといわれてきた自分の生活をぶち壊す。自分の生き方まるごと、自己と自己の周囲の関係をふっとばしてしまう。たとえ無用だといわれてもかまわない。いちど自分をゼロにして、自分の生を自分自身の力でつかみとる。アナキストだと、これを直接行動というのですが、大杉はこんなふうに言っています。

> 征服の事実がその頂上に達した今日に於ては、諧調はもはや美ではない。美はただ乱調に在る。諧調は偽りである。真はただ乱調に在る。(1)

これが美という美は美ではない。これが生だという生は生ではない。そこにはじめから、カネという尺度がもうけられているならなおさらだ。人間の生がカネに征服される。生の諧調だけをもとめられる。美しくない、つまらない。芸術は爆発だ。生の拡充そのものだ。大杉は民衆の生を芸術だと考えているのですが、それはまわりの評価など気にせずに、みずからの力を爆発させていくことにほかなりません。経済的有用性に無用性をぶちこんでいく。この辺りはバタイユの思想にも通じるところがあるでしょうか。身を益なきものにおもいなす。諧調は偽りである。美は乱調にあり。

アナキズムはパンデミック

それではスペイン風邪の時代、大杉はなにを考えていたのでしょうか。おどろくことに、全集を読み返しても、スペイン風邪にかんする記述はなにひとつみあたりませんでした。死ぬことなどまったく気にしていなかったのでしょうか。さきほども少しもうしあげましたが、日本でスペイン風邪が流行していた時期というのは、ロシア革命があって、日本最大の大暴動、米騒動があった直後になります。もう革命しかないもんねと、いつもよりもまして熱くなっていたことはまちがいありません。

官憲のスパイが残している行動の記録をみても、仲間たちとの会合に会合をかさね、三密につぐ三密。そして、しゃべっていることばも、ストライキやってやろうぜ、あの紳士罰どもを処刑してやれと、煽りに煽りまくっています。じっさい、一九一九年一〇月には、アナキストの労働者たちがストライキをおこし、工場で大バトル。とっくみあいの大ゲンカを繰りひろげています。

しかしそれでもこのとき、大杉はあかるい未来や革命観を語ることはできなくなっていたのではないかとおもいます。たとえば、大杉が参考にしていた思想家にピョートル・クロポトキンがいるのですが、かれの革命観のなかには、まだ素朴な科学信仰のようなものがあります。科学テクノロジーが進歩して機械化がすすめば、人間が食べていくのに必要な労働時間は減っていく。いまはその機械をブルジョアがさらなる金もうけのためにつかっているからダメなだけで、それをこっちが管理すればハッピーな生活がまっていますよと。福島第一原発の爆発をまのあたりにしたぼくらにとっては、なにをいってやがるんだというところですが、二〇世紀初頭まではそんなところでした。

ですが、そこに第一次世界大戦があったわけです。科学の進歩が人類を幸福にする。そういってきた文明国家が科学的知識をフル動員して、戦争をやったのです。これをつかえば、すみやかに戦争が終結しますよと。結果は知ってのとおりです。人間による人間の大量殺戮。ただ死んでいくだけではありません。死の尊厳なんてない。尊厳とやらがどこにあるかもわからなくなる。

やがて、なにが人間かもわからなくなる。機関銃や大砲で、人間が木っ端みじんにふっとんでいく。人間がただの肉片と化し、血しぶきをあげて破裂していく。その残忍さにまるで美しささえもとめるかのように、さらにさらにと大量殺戮。あげくのはてに毒ガスです。一瞬で数千、数万人の命があの世へと吸いとられていく。アーメン。科学は狂気であり、文明は野蛮である。どこにも未来なんてない。希望なんてない。そうおもうまもなく、塹壕戦で三密、四密。戦争で負傷し、免疫力の衰えた帰還兵たちから、世界中にウイルスが拡散していく。だれにもどうにも止められない。人間たちが死にむかって加速していく。ああ、人間！ ああ、破滅！

そんな状況にあって、大杉がなにも考えていないわけがないのではないか。そうおもって、文章を眺めていると、ひとつだけ不思議な論稿がありました。「生物学から観た個体の完成」です。[2] もともと大杉はダーウィンを訳したり、生物学が好きでいろいろ文章をかいているのですが、この数年は労働運動の文章ばかりを書いていました。なので、この一本だけがすごく特異におもえます。

なにが書いてあるのかというと、タイトルとは真逆。個体は完成しないというものです。わたしたちはふだんこの「個体」「有機体」には、はじめから完成形があって、こうするのが有用であるとイメージしがちだけれども、生命とはそういうものではない。出会ったひとや物、書籍によって、いつでも想像もしていなかったものへと化けていくものだ。個体は器にすぎない。生はつねにそれをとびこえて成長を繰り返していくのだ、と。生の決定不可能性です。

この文章のなかで、とくに大杉が注目しているのは、極微細胞のうごきです。人間の細胞には太古からの記憶が宿っていると。たとえば、アメーバ。アメーバは身のまわりのものを吸収し、十分に栄養をとって大きくなると、身体が真っ二つに破裂してしまいます。細胞分裂です。これを個体として考えれば、死ですよね。だけど死んだとおもったその瞬間に、予想もしていなかったような、まったくあたらしい生となって成長していく。しかも二つになって。その二つがさらにさらにと分裂し、増殖に増殖を繰りかえしていく。意識してやっているのではありません。死ぬとわかっちゃいるけど、やめられない。やってしまうのです。むしろそれが生きることだといわんばかりに、死にむかって突っこんでいく。死んでからが勝負です。

人類の破局が突きつけられるなか、大杉はこの細胞分裂のロジックをわがものにしようとしていたのではないか。いまでも変わっていないとおもいますが、権力というのはいつも死の危機を利用して、民衆を服従させようとしてきます。公衆衛生の名のもとに、おまえたちはああしろ、こうしろ。したがわなければ、みんな死ぬぞ、死滅だと。もし国家や企業が本気をだして、こういいはじめたらどうなるか。生きるために経済活動を行うのはしかたがないけれども、ムダにひとが集まるとみんなの命が危機にさらされると。そんなことを言われたら、まだ労働法すらなかった時代です。おそらく問答無用で、労働者の団結など壊滅させられるでしょう。

だから大杉はいうのです。おまえの細胞を震わせろ。太古の記憶をとりもどせ。ストライキ。このままただはたらいていたらインフルエンザで死ぬかもしれないのに、会社ははたらけ、はたらけといってくる。生きるためには、会社にいくのはしかたがない？　死んでもはたらけと言っているだけじゃないか。ちゃんちゃらおかしい。ふざけんじゃねえぞ。がまんができない。やっちまいな。ひとはあまりの権力の非道に憤慨すると、われ知らず決起します。強調しておくと、「われ知らず」です。

たとえクビになっても、たとえそれで死んでしまっても、なりふりかまわずたちあがる。この時代に三密上等。やっちゃうのです。そんなの損得計算をしてやれることではありません。それで死ぬかもしれないのに、わかっちゃいるけどやめられない。まるで太古の記憶が蘇ったかのように、そうすることが決まっていたかのように、それがあたりまえであるかのようにやってしまうのです。細胞分裂しちゃうんですよね。そんな姿をみてしまったら、まわりもわれもわれもとたちあがる。

そうして増殖につぐ増殖を繰りかえしていく。それが米騒動以降、民衆蜂起をまのあたりにしていた大杉のリアルだったのだとおもいます。実は当時、まだウイルスという概念は普及していなくて、みんなスペイン風邪はバイ菌によってひきおこされていると考えていました。細菌の細胞分裂ですよね。大杉はそれになろうといっている。いまの感覚でいうと、こうでしょうか。ウイルスの危機を利用した支配に翻弄されるな。われわれ自身がウイルスになれ。自己カタストロフ化です。アナキズムはパンデミック。

これをなんと言えばいいのか。「自由」ではありません。自由というと選択の自由。自由意志にもとづいて、いくつかある選択肢のなかから最善のものを選びとるというイメージがつきまといますが、そういうものではありません。われ知らずです。わたしという主体がたちあがるまえに身体がうごく。主語なしで述語があばれる。やってしまっているのです。能動的でもなければ、受動的に他人に強制されているのでもない。こういうのを中動態といってもいいのかもしれませんが、大杉の兄貴分だった幸徳秋水は、よく「自ずとうごく」ということばをつかっていました。なので、あえて自ずと発する。アナーキーの「自発」と言っておきたいとおもいます。

いったんまとめておきましょう。大杉はなにをやりたかったのか。文明批判です。科学信仰にもとづいた文明的思考を突破しようとしていたのです。およそ文明的思考には、主体が客体を対象として把握するという前提があります。人間や動物や自然をモノとして対象化し、それを所有していく。その有益なつかいかたを考えていく。人間を奴隷として所有して、いかに有効にあつかうか。動物を家畜として所有して、どれだけ役にたたせるのか。自然を資源として所有して、どれだけ豊かな社会を築けるのか。それを科学的法則にもとづいて、もっともっと有用なものにしていく。

だがそれを追求した結果、どうなったのか。第一次大戦では大量殺戮。なにが人間かもわからなくなり、さらにスペイン風邪の大流行。パンデミックです。いまのぼくらだったら、原発の爆発に気候変動。さらにさらに新型コロナウイルスです。そんな思考を根底から覆すためにはどうしたらいいか。まずは「自発」からはじめよう。大杉が言いたかったのは、そういうことだったのではないかとおもっています。

いま死ぬぞ、ヒャッハー！

さて、バタイユの話をしましょう。バタイユは一八九七年生まれ。年齢でいうと、大杉よりも一二歳ほど年下です。第一次世界大戦のときは一〇代後半。しかもフランスだったこともあって兵隊にとられたものの、幸か不幸か、戦地に赴くまえに肺結核で野戦病院に入院。一命をとりとめています。そして、そのころお父さんが梅毒で人間の理性をうしない、狂気のなか死んでいくさまをまのあたりにしたり、カソリックに入信、神秘体験をしたりして、西洋の近代合理主義的な思考から逸脱していく。

もしかしたら、かれの個人的体験としては理性的な人間を体現するはずの「父」が、そのイメージまるごと崩れ落ちていったことが大きかったのかもしれませんが、そうはいっても、さきほど言ったような時代背景もあったのではないでしょうか。第一次世界大戦をつうじて疑われるようになっていたこと。文明ってなに？　人間理性ってなに？　合理主義ってなに？　科学ってなに？　それを加速させた結果、人間が野蛮になり、狂気におちいり、死滅しつつあるではないかと。バタイユもまた、そうした疑いをもった思想家の一人だったのではないかとおもいます。

それでは、バタイユはどのような思想をもっていたのか。大杉の「美は乱調にあり」と重ねていくとすれば、やはり『エロティシズム』ではないかとおもいます。かれはこう言っています。

エロティシズムとは、死におけるまで生を称えることだと言える。(3)

かっこいい言葉ですね。いま死ぬぞ。いまここでストライキをやったら、インフルエンザで死ぬかもしれない。それでも、わかっちゃいるけど、やめられない。やっちゃった。それが真に生を称えることだと。生から死へ。その将来を設計して、合理的にどう生きていくのかではない。そんなことをしていたら、将来のためにいまの自分を犠牲にするだけですよね。スペイン風邪の時代だったら、将来のためにといわれて、会社のためにはたらかされ、病気で殺されていたかもしれないし、お国の将来のためにといわれたら、いまの自分を命まるごと犠牲にさせられてしまうかもしれない。そんな合理的思考をぶち抜いて、おのれの生を謳歌していく。死を追いこして、おのれの生を駆けぬけていく。死ぬ、死ぬ、死ぬ、ああ。といっていると、いかにもマゾヒズムっぽいですが、そういうことですね。美は乱調にあり。エロティシズム。

それにおもしろいのは、この『エロティシズム』がアメーバの話からはじまっていることです。アメーバはまわりから栄養を吸いとり、あるていど大きくなってくると、必ずパンパーンと破裂してしまう。真っ二つに分裂してしまう。もちろん、大杉とは少しニュアンスがちがっています。バタイユはこう言います。この世に生が存在するということは、不連続であるということだと。

ぼくらの個体一つ一つは、他の個体とは深淵な隔たりがあります。きほん、不連続です。だけどその隔たりが消滅して一つになることがある。存在の連続性。それが死です。アメーバでいえば、真っ二つに割れたその瞬間を考えてみましょう。元の個体は死んでいるわけですよね。言いかえると、一つになる、つまり存在の連続性とは、死を意味しているということです。

そして、かたちこそ異なりますが、人間の生殖もおなじことだとバタイユは言っています。あたりまえですが、もともと卵子と精子は別の存在です。そこには隔たりがあります。ですが、その隔たりが消滅して一つになったとき、まったくあたらしい存在が誕生します。そのとき、もとの二つの存在は死んでいるわけですよね。だけどそれでも一つになろうとしてやまない、あたらしい存在を生みだそうとしてやまない。それが「死におけるまで生を称えること」です。たとえ死んでも、いや、死ぬとわかっていても、やめられない、とまらない。もっとはやく、もっとはやく。死にむかって猪突猛進。まるでそこに美しささでも感じているかのように、死を追いこして生きようとしてしまう。われ知らず、自ずとそうしてしまうのです。だって、それがアメーバ以来の、生の必然の論理なのですから。太古の記憶が蘇る。これもまたアナーキーの自発といってもいいでしょう。ちょっと怖いけど、みんなやっちゃえと煽ってくるなにかがありますよね。エロティシズムとはなにか。「絶滅への渇望」です。[4]ゼロになれ。死ぬということは、個体の裂け目を突破して、ひとつになるのとおなじことだ。細胞分裂を繰り返し、無限に増殖していくのとおなじことだ。存在のコミュニズム。いま死ぬぞ、ヒャッハー！

禁止なき侵犯

ですが、おもしろいとおもいながらもどうなんだろうとおもったのが、「禁止と侵犯」のくだりです。バタイユはエロティシズムを体験するには禁止が欠かせないと言っています。禁止を侵犯したそのときだけ、エロティシズムを感じとることができるのだと。少し引用してみましょう。

禁止を守り、禁止に従っているならば、私たちはもはや禁止に気づかない。だが侵犯の瞬間には私たちは不安を感じる。不安がなければ禁止は存在しないのだ。この不安の体験は罪の体験である。この体験は人を侵犯の完遂へ、侵犯の成就へ導く。そこまでゆくと侵犯は、禁止を享楽するために禁止を維持する。エロティシズムの内的体験は、その体験者が、禁止の侵犯へかりたてる欲望に対して、さらには禁止の根底をなす不安に対しても、多大な感受性を持つことを要求する。この感受性は、欲望と恐怖、強烈な快感と不安をつねに緊密に結びつける宗教的な感受性である。(5)

どうかな、不倫の例がわかりやすいでしょうか。この社会には、禁止されていることがあって、それが倫理とよばれていたり、その倫理観にもとづいて秩序がなりたっている。たとえば、一夫一婦制です。そこに愛はあるのかとか、そんなことは関係ありません。男女のカップルがそれ以外の恋人をつくってはいけない、セックスをしてはいけない。守らなければ、倫理的におかしい。不倫です、淫乱です。禁止されているのです。それを破ったら文字どおり殺されなくても、社会的に抹殺されてしまうかもしれない。でも、ひとはそんな禁止をとびこえて、不倫してしまうときがあるわけですよね。侵犯です。とうぜん、そこには罪の意識がともなってくる。不安で、不安でたまらない。この罪や不安の意識にこそエロティシズムがあるのですと。

どういうことか。そこに愛はなくても、一夫一婦制だから守らなくてはならない？　その秩序のなかで、自分の将来を考えろ？　それが有用であるか否か？　そんな禁止こそ不純ではないのか。だったら身を滅ぼすとわかっていてもやらかしてしまえ。罪を犯した。不安。だけど、その罪と不安の意識こそが裏返しとして、真の禁止がありうることをあきらかにする。たとえ抹殺されても、ひとを好きになってしまう。その完全な愛のためだったら死んでもいい。そんな純粋な倫理がたちあがる。だから実は、禁止の侵犯とはよりよい禁止をうみだす行為なのだと。

> 侵犯は頻繁に——そしてまた定期的に——生じるが、しかしそのことによって禁止の不可侵の堅固さが損なわれるということはない。それどころか、そのように侵犯が生じることは、禁止を完全なものにする事態としていつも待望されている——これはちょうど、心臓の筋肉の膨張運動が収縮運動を補完し、あるいは爆発がそれに先立つ圧縮によって惹き起こされるのに似ている。(6)

あらゆる侵犯は禁止を完全なものにする、と。ある絶対的なもののために身を投げ捨てる。それで損をするか得をするかではありません。だいじなのは、行為の純粋さです。純粋な美しさです。その美しさだけが不純なものをすべてとりのぞいた、純粋な倫理があるということを証明する。そのためならなんでもする、そういう絶対的秩序。とまあ、そんなかんじでしょうか。

ぼくはこの絶対的なものがたちあがってくる感じが、どうにも苦手でして。それだと純粋な美しさのために、なんでもありになってしまう。不純なものはいくらでも駆除していいみたいな。たとえば、不倫の果てに完全なる愛をみいだしても冷めることはありますよね。そういうとき純粋さをふりかざして、おまえは不純だ、甘えているといって相手を断罪したり、ときに暴力をふるうことさえ肯定されかねない。それができてしまう。はっきりと確認しておきましょう。恋愛に純粋も不純もありません。LOVE寂聴。さて、もうすこし話を展開させていただきます。

言いたかったのは「禁止と侵犯」ではなく、「禁止なき侵犯」を考えたいということです。あるいは禁止でも侵犯でもどちらでもない状態を、です。もしかしたら禁止や秩序がないというと、すぐに残虐非道な無法状態をおもいうかべる方がいるかもしれません。殺戮につぐ殺戮、無差別な暴行、略奪放火、差別、性暴力がおこって収拾がつかないと。ですが、そんなことはありません。さきほどの不倫にしても、別に禁じられているからするわけではないですよね。よりよい禁止をもとめてするのでもありません。ひとがひとを好きになるときは、そんなことすら考えずに、われ知らず好きになる。はじめから、そうすることが決まっていたかのように、そうするのがあたりまえであるかのように自ずと恋におちてしまう。「自発」です。

もちろん、この社会には禁じられていることがあって、その秩序のなかで合理的に計算してよりよく生きることがもとめられているので、結果的にそれを侵犯するわけですが、それが目的だというひとはあまりいないですよね。目のまえの合理的な選択肢をとびこえる。そんなもの意識するまえに、やっちゃうのです。わかっちゃいるけど、やめられない。「禁止なき侵犯」です。そのさきによりよい秩序なんてない。

そして、それはただひとを好きになることであって、とりたてて残虐非道ではありません。ただ相手のことを想ってしまう。さきがみえない未知のことなのに、はるか昔からそうすることがわかっていたかのように冒険をしてしまう。そうさ、いまこそアドベンチャー。あれ、摩訶不思議？　つかもうぜ、ドラゴンボール。世界でいっとー、スリルな秘密。さがそうぜ、ドラゴンボール。世界でいっと―、ユカイな奇跡。この世はでっかい宝島。そうさ、いまこそアドベンチャー。ちゃんちゃんちゃんちゃんちゃちゃん。

暴動のコミュニズム

ところで、「自発」は恋にかぎらず、日常的にふつうにやっていることでもあります。友だちができるときもそうだとおもいます。いまコロナ禍で大学もオンライン授業がおおいので、友だちをつくること自体がむずかしいかもしれませんが、大学で友だちをつくるとき、その秩序のなかでこいつが役にたつかどうかなんて考えていない。逆に、その悪友とつきあったからこそ、なんか思想を勉強するのはおもしろいとおもって、大学院にいってしまい、人生のレールを踏み外すということもあるかもしれません。だけど、それも意図して踏み外しているのではなくて、われ知らずですよね。

アナキズムの理論家、クロポトキンはおなじようなことが「相互扶助」というかたちでも生じると言っています。[7]相互扶助とはたんに互いにたすけあうということですが、たとえば、がんばって脱獄した囚人が、いきついた村で火事にでくわしてしまう。なかからは「たすけて！」との子どもの声がする。そしたら、われ知らず家のなかにとびこんでたすけてしまうものだと。それで自分が死ぬとか、追手においつかれて捕まってしまうとか、そんなことは考えない。もちろん逮捕されたあとに、やっちまったとおもうでしょう。でもわかっちゃいるけどやめられない。無意識的にたすけてしまうのです。

こういう緊急事態のときばかりではありません。ひとは日常生活で、たいてい相互扶助を生きています。たとえば、会社ではたらいているときです。一般的に、会社にいる時間というのは、賃金をもらうためにそこにいるわけです。これだけはたらいたから、これだけもらう。損得ですよね。ギブアンドテイク。「交換の論理」を生きている。だけど、その会社にいる時間ですら、損得勘定に還元できないことがある。

たとえば、となりのデスクの同僚がペンをおとしたとします。それを拾ってあげて、カネをよこせというひとはいないですよね。損得ではありません。ただ自ずと相手をたすけるのです。「無償の論理」を生きている。ギブアンドギブ。これを相互扶助といってもいいのでしょうが、さいきんだと、デヴィッド・グレーバーが人間関係の土台としての「コミュニズム」とよんでいます。[8] コミュニズムとは「各人の能力に応じて、各人の必要に応じて」。やれることをやれるだけやって、うけとれるものをうけとれるだけうけとっていく。それで人と人とが、その力が自ずとつながっていく。だれもがもっている「自発」の力を無意識的に承認するのです。

はなしをもどしましょう。スペイン風邪時代のストライキ。文明がゆらぎ、カタストロフを突きつけられるなか、大杉栄は仲間の労働者たちにブルジョアをやっつけろと訴えていました。危機のときほど、国家や企業はその恐怖を利用して民衆を意のままに操ろうとする。操れてしまう。しかもその結果が死んでもはたらけというものだったら、ふざけんな。もうはたらけない、やっちまえ。米騒動のごとくあばれてしまえと。というか、あばれてしまうものなのです。

そうして、他人に生殺与奪の権をにぎらせない。死におけるまで生を称えてしまう。おのれの生を燃やし尽くす。生の裂け目にむかってとびこんでゆく。ああ、ひとつになりたい。ああ、すばらしき破滅！　その力に鼓舞されて、だれもかれもがエロティシズムに駆りたてられる。われもわれもと個体の殻を脱ぎ捨てて、細胞分裂を生きていく。もう自分が細胞分裂を起こしたのか、それとも起こされたのかわからない。どっちが与えているのか、与えられているのかもわからない。力が力の乱調を巻き起こしていく。ひとつになっても、ひとつになれない。「禁止なき侵犯」とはなにか。暴動のコミュニズム。

ギブ！

さて、なぜこんな話を強調したのか。危機のときほど権力がハッスルしてしまうからです。既存の秩序が再編強化されるばかりではありません。仮にその秩序を「侵犯」したとしても、そのさきに絶対的な秩序をうみだし、そのためならなんでもあり。人びとを文字どおり、死にむかって駆りたてていく。そんな力がどんどん加速していく。まるで予言者のように、どこかの党や指導者が、これが唯一の救済プランですよと示したら、それ以外の道がみえなくなってしまう。上から命じられたら、虐殺も暴行も絶対服従。ほかに生きる術がないとおもわされるからです。

大杉の時代でいうと、ロシア革命です。このころ、ロシアではスペイン風邪だけでも二七〇万人くらい死んでいました。そんななか革命がおこり、内戦に突入。革命という「侵犯」から完全なる「禁止」へ。絶対的な秩序がたちあがる。民衆が「なにものにも縛られないぞ」だったらいいのですけど、なにものにも縛られない、いかなる法にも規則にも縛られない、絶対権力がたちあがるのです。地獄ですよね。すべては「プロレタリアート」のために。その純粋さを誇示するかのように、命令に従わない人間が殺戮されていく。たしか、内戦がおちつく一九二二年までに弾圧で殺された人数って、二〇〇万人くらいですよね。いつもおもいます。革命政権に気をつけろ。

しかしそんななかでも、だれもが日常的にやっているコミュニズム、つまり「各人の能力に応じて、各人の必要に応じて」を防御したり、拡げていきながら革命を考え続けていた人たちもいました。クロンシュタット水兵しかり、ウクライナのマフノ運動しかりです。各人がやれることをやれるだけやれるようにして、各人がうけとれるものをうけとれるだけうけとれるようにしていく。

とくにマフノ運動は、そのコミュニズムを前提として、パルチザンよろしく、旧ロシア帝国の白軍ともソ連の赤軍とも戦闘をくりひろげ、同時に住民たちの自治区をつくりだそうとしていました。ある種の「禁止なき侵犯」です。もちろん、最後は赤軍にぶっつぶされてしまいます。だけどコロナ禍にあって、さきのみえない見通しのない世のなかだからこそ強力な「主体」をたちあげ、よりよい禁止を、より完全な秩序をもとめてしまいがちというか、どうしてもそこに意識が吸いよせられてしまう、そんな力が強烈に働いているのが現状だとおもいます。そんななかで、いわゆる秩序なしでも暮らしていける、党も指導者も正規軍すらなくても闘っていける、そんなことを示してくれた人たちに目をむけることがだいじなのではないか。そうおもっています。

最後になりますが、クロンシュタットやマフノ運動はいまでも生きています。ぼくはこのコロナ禍では、ブラック・ライヴズ・マターの運動に身体を震わせていました。この運動のすごいところは、たんなる反差別ではない、よりよい禁止をもとめる運動にはとどまらなかったことです。端的にいえば、暴動ですよね。サイクロンのごとく禁止そのものを、法秩序そのものを乗り越えてしまう。すべてゼロにしてしまう。

だけど、それはいわゆる無法状態を意味しているのではありません。あくまで襲撃したのは黒人たちを奴隷のようにあつかってきた警察署と、金持ちの商店。略奪した物品も貧しきものたちでわけあって、みんなであつまって食っていける、しかもそこに診療所もたててと、各地に自治区もたちあげていってしまう。ギブアンドギブ。いまここにコミュニズムをたちあげる。自分たちのことを自分たちでやる。奴隷の生を自らの手で廃絶する。いま密集したらコロナになってしまうかもしれない。それでもたちあがってしまうのです。死におけるまで生を称えよう。ゼロになれ。こういうところにスペイン風邪の時代、大杉がみていたような暴動のコミュニズムをみてとることができるのではないでしょうか。エロティシズムはアナーキー。

まとめます。コロナ禍にバタイユを読むとはどういうことか。アナキズムの視点もいれてみるとこう言えるのではないか。「禁止と侵犯」ではない。よりよい禁止も、完全な秩序もない。「禁止なき侵犯」を思考しよう。主体はいらない。党も指導者もいらないんだよ。まわりをみわたせば、コミュニズムはどこにでもあります。**ギブ！ギブ！ギブ！ギブ！ギブ！ギブ！ギブ！ギブ！ギブ！ギブ！ギブ！ギブ！ギブ！ギブ！ギブ！ギブ！ギブ！ギブ！** もはやだれがだれにギブしているのかもわからない。アナーキーの自発はプレゼント。ギフトですね。暴動を考えるということは、日常を考えるのとおなじことだ。生きるということは、生死の境界を突破するのとおなじことだ。死の裂け目にむかってとびこんでゆけ。そうさ、いまこそアドベンチャー。長くなりましたが、ぼくの報告はこれで終わらせていただきます。ご清聴、どうもありがとうございました。

註

（1）大杉栄「生の拡充」『大杉栄全集　第二巻』ぱる出版、二〇一四年、一三一頁。
（2）大杉栄「生物学から観た個体の完成」『大杉栄全集　第四巻』ぱる出版、二〇一四年。
（3）ジョルジュ・バタイユ『エロティシズム』酒井健訳、ちくま学芸文庫、二〇〇四年、一六頁。
（4）ニック・ランド『絶滅への渇望――ジョルジュ・バタイユと伝染性ニヒリズム』五井健太郎訳、河出書房新社、二〇二二年を参照のこと。
（5）前掲、バタイユ『エロティシズム』六二頁。
（6）前掲、バタイユ『エロティシズム』一〇四頁。

（7）　ピイタア・クロポトキン「相互扶助論——進化の一要素」大杉栄訳、『大杉栄全集　第一〇巻』ぱる出版、二〇一五年を参照のこと。

（8）　デヴィッド・グレーバー『負債論——貨幣と暴力の5000年』酒井隆史監訳、高祖岩三郎・佐々木夏子訳、以文社、二〇一六年を参照のこと。

自由に書くということ

大杉栄＝栗原康にならって

澤田 直

バタイユの作品、思想の魅力はいったいどこから来ているのか。もちろん、そのユニークな観点、これまで無視されてきたテーマ、意表をついたアプローチ、斬新な論の展開、予定調和では終わらない結論などがあるだろう。だが、それだけではない。いわゆる大学人の書式とは違う論文作法からも来ているように思われる。厳しい選抜方式で知られるグラン・ゼコールの一つである国立古文書学校を次席で卒業しているのだから、アカデミックな文章が書けなかったわけではないだろう。だが、そういった文体をおそらく毛嫌いしていた。バタイユはけっして体系的な哲学に向かうことはなく、伝統的な歴史学からも偏流していた。むしろ、混成的な文化やそれを伝える不純な言語のリズムを意識して取り入れた。ヘーゲルを熱心に読みながら、絶対知へと収斂するのではなく、非‐知へと横滑りするあり方にそれは表れている。バタイユの文体には紛れもなく装われた口語性があり、それが特異な文体として彼が探求し続けたものなのだ、と思う。

翻って今の日本を顧るに、大学教育においてはお作法を学ぶことにとりわけ力が注がれている。いわゆる論文というものを書かねばならない。定型とは便利なものだ。そこに流し込めば、素人でもそれらしきものは書ける（フローベールの『ブヴァールとペキュシェ』がそれを見事に描いた)。だが、五七五にぶちこめば、なんでも俳句になるわけではないし、川柳はおろか交通標語にすらならないことも多い。それだけではない。お作法とは、思考停止の第一歩でもある。

「テーマの新鮮さ、独創性」「先行研究への目配り」「分析の妥当性、論理的説得力」「構成、文章の明快さ」「将来性」などという項目に点数をつけて、論文を評価する近頃の「研究」を取り巻く環境にぼくはうんざりし、苛立ちを絶えず感じながらも、作法に則った論文を作成する学生の指導をしたり、自分自身も約束事を最低限守るものを相変わらず書いている。そんなぼくにとって、栗原さんの論考の自由さは読んでいて、まずはなんとも心地よい。

ここでコメントを依頼されている栗原さんの論考(「そうさ、いまこそアドベンチャー！──バタイユのアナキズム思想」)は、現在の日本の学会に投稿したならば、編集委員会から総合評価としてCなりDを受けてしまうのではなかろうか。たぶん、というか、きっとそうにちがいない。だが、それが何だというのだ。査読者と専門家以外ほとんど誰も読むことがない、ラブレー言うところの「うんこのような」論文、あるいはゴミのような出版物(poubellicité)を量産することは、知的にも物質的にも世のため人のためになりはしないのだから。

栗原さんの本や、講演が面白いのは、「美は乱調にあり」を旨とした大杉栄を範とし、積極的に脱線することや、主張の繰り返しを厭わず、むしろ、脱線や反復をエネルギー源にして飛躍しようとするからだ(「美はただ乱調にある。諧調は偽りである」)。

「バタイユのアナキズム思想」を論じるにあたって、栗原さんが引くのは、やはり大杉である。大杉が多すぎ、と半畳を入れたくなるほど、大杉の話を広げた後、「大杉の思想の肝は、一言でいうと「生の拡充」です。大杉は当時の現代思想であったニーチェやベルクソンの影響をうけていて、それをアナキズムにむすびつけました」と言って、バタイユへの連結を示唆する。

そう、確かに、大杉の数あるエネルギッシュな文章のなかでも「征服の事実」の続篇として書かれた「生の拡充」（大正二年、一九一三年）は颯爽としている。しびれるのだ。かっこいいのだ。そんな文章に憧れないものがいるだろうか。

音楽と同様、批評や研究も最初は憧れの作品の模倣、カヴァー、リミックスから始まるのではないか。そして、そのカヴァーからまたヒット作が生まれたり、新たな潮流が出てきたりする。そんな栗原さんの源流に戻って、大杉の言葉を見てみると、こうだ。

> そして生の拡充の中に生の至上の美を見る僕は、この反逆とこの破壊との中にのみ、今日生の至上の美を見る。征服の事実がその頂上に達した今日においては、階調はもはや美ではない。美はただ乱調にある。階調は偽りである。真はただ乱調にある。

栗原さんはと言えば、「アナキズムをパンデミックに接続します」と言って、大杉栄がスペイン風邪の時代を生きながら、それにほとんど言及していなかったことに驚きながら、それでも「生物学から観た個体の完成」というアメーバーが出てくる論考があることを発見して、「いまの感覚でいうと、こうでしょうか。ウイルスの危機を利用した支配に翻弄されるな。われわれ自身がウイルスになれ。自己カタストロフ化です。アナキズムはパンデミック」と見事につなぐ。

ここで、「アナキズムとは何か」と大上段に構えるのはやめて、脱線すると、ポルトガルの詩人フェルナンド・ペソアに「アナキストの銀行家」（一九二二年）という、大金持ちの銀行家が自分はかつても今もアナキストだと大真面目で長広舌を振るう短篇があって、論旨はまったく違うのだけれどそれを思い出したのは同時代性のためだけではなく、撞着語法（オクシモロン）をはじめ、きわめてレトリカルな作品が親近性を感じさせたからだ。

栗原さんの論考に戻れば、大杉に出てきたアメーバーをバタイユの『エロティシズム』のアメーバーへとつないだうえで、エロティシズムとは何かと問う。

> 「絶滅への渇望」です。ゼロになれ。死ぬということは、個体の裂け目を突破して、ひとつになるのとおなじことだ。細胞分裂を繰り返し、無限に増殖していくのとおなじことだ。存在のコミュニズム。いま死ぬぞ、ヒャッハー！

その後は「禁止なき侵犯」に軽く触れた後、フィナーレへと邁進すべく、クロポトキンの「相互扶助」へと転調する（そう、美は転調でもあるのだ！）。あとは、読者は栗原さんの神がかり的な絶叫についていくだけでよい。

> ギブアンドギブ。いまここにコミュニズムをたちあげる。自分たちのことを自分たちでやる。奴隷の生を自らの手で廃絶する。いま密集したらコロナになってしまうかもしれない。それでもたちあがってしまうのです。死におけるまで生を称えよう。ゼロになれ。こういうところにスペイン風邪の時代、大杉がみていたような暴動のコミュニズムをみてとることができるのではないでしょうか。エロティシズムはアナーキー。

こうして円環はみごとに閉じられる。後には清々しい静寂だけを残して。

栗原康『大杉栄伝——永遠のアナキズム』

世の中にはカリスマという表現がぴったりの人物がいるが、大杉栄はまさにその一人。思想家、作家、ジャーナリスト、社会運動家、肩書きは色々あるかもしれないが、大杉はそんなカテゴリーには収まらない。ましてや、彼の思想をチャート式にまとめるなんて論外だろう。

栗原さんの『大杉栄伝——永遠のアナキズム』は、一九一八年の米騒動を起点にし（「蜂起の思想」）、大杉がストライキを理論化しようとした時代から幼年時代に戻り、この希代のアナーキストの生を軽快な文体で縦横無尽に描く。大杉は『クロポトキン研究』で、この思想家を理解するには、『パンの略取』や『相互扶助論』を読むよりもまず自叙伝『一革命家の思出』をひもとくべきと述べているが、これは大杉にも当てはまる。

ぼく自身は、高校時代に『獄中記』というタイトルに惹かれて読んだのが、大杉栄との出会いだったが、なんとも破天荒な生き方に度肝を抜かれた。続いて手に取った『自叙伝』の方はピンと来なかったが、なにしろ読みやすくて、面白い。読んでいく端から内容は忘却されていき、ただ風のように走り去る後ろ姿だけが残す爽快感が気に入った。その後は葉山日影茶屋での三角関係を描いた吉田喜重監督の『エロス＋虐殺』の細川俊之の大杉と岡田茉莉子の伊藤野枝にしびれたりしたが、大杉のことはすっかり忘れていた。今回、栗原さんの評伝を読んで、長年のモヤモヤが解消した。それは、本書が強調する大杉の小児性だ。確かに、あとさきを考えずに行動する大杉には無鉄砲という言葉ではすまない、今風の言葉で言えばＡＤＨＤ、多動症的な要素があることがよくわかった。「子どもという病」という説明がとても腑に落ちた。気分次第、遊び心、出たとこ勝負、大人になることを拒否すること、そこに大杉の魅力はある。今の日本の子どもはしばしば小さな大人を演じることを強いられ、子どもであることがほとんど特権的とも言える。伊藤野枝はその大杉も凌ぐ人物。『村に火をつけ、白痴になれ——伊藤野枝伝』（岩波現代文庫、二〇二〇年）と併せて読むことをお勧めしたい。

（角川ソフィア文庫、二〇二一年）

バタイユ『文学と悪』

二〇世紀フランス文学を研究する大学院生に、ぼくは読んでほしい本としてバタイユの『文学と悪』を、サルトルの『文学とは何か』などとともに挙げることにしている。この本が入門的な意味を持っているということではない。バタイユという強烈な個性が文学をどう考えていたのかが、他の作家との関係で直截に表れていて、作品と向き合うという根源的なあり方を追体験できると思うからだ。というより、ぼく自身にとって、『文学と悪』はそのような本だったと言った方が正確だろう。取り上げられているのは、エミリ・ブロンテ、ボードレール、ミシュレ、ウイリアム・ブレイク、サド、プルースト、カフカ、ジュネ。一癖も二癖もある作家たちだが、オーソドクスな講義とは異なるアプローチで、作家たちの魅力を引き出す。

基調はいたってシンプルで、文学と悪は不即不離の関係にあるということが、「まえがき」に宣言されている。「文学とは、本質的なものか、そうでなければ、なにものでもないものである。ところで、文学の表現するものとは、まさしく悪——悪の極限の形態——なのだが、その悪こそ、私たちにとって至高の価値をもつものだとわたしは考えている。しかしそうだからといって、別に道徳の不在を主張しようというのではない。むしろこれは「超道徳」を要求するものである」。

つまり、教訓としての文学、有用性の文学の拒否だ。このことと、「ボードレール」と「ジュネ」がどちらもサルトルの著作の書評として書かれ、それらを全面的に否定するためのものだったことはおそらくリンクしている。文学のアンガジュマンは、バタイユの称揚する無為の対極だ。

この本は、文学入門ではないが、格好のバタイユ入門であることはまちがいない。エロチスム、侵犯、幼年、供犠、神秘主義、至高性、コミュニケーション等々、バタイユのキーワードが散りばめられていて、彼の世界観の見事な要約になっているからだ。

（山本功訳、ちくま学芸文庫、一九九八年）

サルトル『聖ジュネ』

サルトルの『聖ジュネ――俳優にして殉教者』は奇妙な本だ。ガリマールから刊行される『ジュネ全集』の前書きとして書かれたものだが、サルトルは書きはじめると止まることを知らないタイプ。あれよあれよという間に六〇〇頁近くなり、結局、ジュネは自分の全集の第一巻をサルトルに乗っ取られる格好となった（ジュネ本人のテクストは第二巻へと追いやられ、第一巻にはひとつも収録されていない）。その量もさることながら、内容から言っても、ジュネの評伝や作家論というにはほど遠く、悪やエクリチュールの問題なども含め、文学論の枠に収まり切れない要素が多数混入している。なかでも当時のサルトルが構想していたモラル論（『倫理学ノート（*Cahiers pour une morale*）』として死後出版）で主題となる贈与（don）と、贈与性（générosité）は注目すべき重要な論点だ。デリダは『弔鐘』を書く際にこの点をかなり意識していたのではないだろうか。

サルトルは、存在と非在、主体と客体、現実界と想像界、倫理と美、善と悪、コミュニケーションの拒否と受諾といった二項対立的な図式を用いて、孤児ジュネがいかにして泥棒になり、男色者になり、ついには作家になったかを描く。その記述が必ずしも事実には拠らない点では晩年のフローベール論『家の馬鹿息子』と同じだ。この本の真価を誰よりも早く見抜いたのは、「わたしは、このいつ果てるともしれない論文を、当世の最も豊穣な作品のひとつと見るだけでなく、さらに、サルトルの最高傑作ともみなしたい」と言って長文の書評を発表したバタイユだった。彼は、サルトルが抱えていたモラルの問題点も明確に見てとっていた。「ただコミュニケーション〔…〕の道徳のみが、功利主義の道徳を超えることができる。ところが、サルトルにとってコミュニケーションは基盤ではない」とバタイユは喝破する。この書評は、バタイユとサルトルが、聖性、贈与、コミュニケーションといった共通のテーマをめぐって、互いに刺激を与えあっていたことを示していると言える。

（白井浩司訳、人文書院、一九八四年）

鹿島茂編『三島由紀夫のフランス文学講座』

三島由紀夫はフランス文学を深く読み込んだ作家のひとりだ。ラディゲを大いに意識していたことは随所で彼が語る通りだし、サドへの傾倒が「サド侯爵夫人」という作品を産んだこともよく知られている。その読み方はもとより研究者のものとは違って、まずは自分の創作へのアイデアを得るというスタンスであるが、バタイユに惹かれたのは、エロスとタナトスを共有するものとして当然と言えるだろう。

本書にはバタイユに関するテクストが二つ収められている。より正確に言えば、室淳介訳『エロチシズム』の書評（一九六〇）と、著者の死により未完となったエッセー『小説とは何か』の六、七章からの抜粋。前者は手際よく内容を紹介した後に、自由なコメントをしているが、炯眼というべき指摘がいくつかある。一つは、一七世紀と一九世紀が主知主義の時代であるのに対して、二〇世紀は一八世紀のエロチシズムを再び取り戻すことになると言いつつ、実存主義を「主知主義的努力の極限のあらわれ」と捉え、それに対して、バタイユはもっと無責任だが、その長所は「エロチシズムが現在ばらばらに分裂して破片になって四散した世界像を、なお大根（おおね）のところで統一原理として保持している」とするあたりだ。

とはいえ、三島が最も評価するのはバタイユの小説「マダム・エドワルダ」と「わが母」である。生田耕作の翻訳を絶賛しながら、「この読後感の鮮烈さは、ちょっと比類のないものに思われたから、何を措いても、これについて書かねばならない」と始める。その分析のすべてを紹介する紙幅はないので、一点に絞ろう。三島はバタイユの小説をいわば逆転した教養小説（ビルドゥングス・ロマーン）と捉える。つまり、「読者のナイーヴな究理慾、知的分析慾、自意識、抒情性、性慾などを「僕」が代表」するというのだ。なるほど、作家というものは、作品をこのように捉えるものなのか、と今回再読して妙に納得した。

（ちくま文庫、一九九七年）

生を与える

家族と共同体

澤田 直

はじめに

「贈与」の問題を考える際に、バタイユの思想がきわめて豊かな鉱脈を提供してくれることに私が気がついたのはかなり遅くのことで、贈与性という問題構成にはまずサルトルをとおして出会った。あまり知られていないことだが、サルトルも、バタイユと同様（あるいはバタイユを経由してかもしれないが）、マルセル・モースの『贈与論』に大きな刺激を受けて、ポトラッチについてたびたび言及している。この点は邦訳がまだない『倫理学ノート』[1]で主題的に論じられているが、このテクストやジュネ論、さらには最晩年のフローベール論『家の馬鹿息子』などを読むと、「気前のよさ（générosité）」という主題にサルトルが一貫して取り組んできたことがわかる。じっさい、一般にアンガージュマン文学と呼ばれる、サルトルの文学論は、むしろ、「呼びかけ」としての文学、あるいは「贈与性としての文学」として読み解くことができるように思われる。そして、この贈与の問題こそが、サルトルにおいては文学と倫理の結節点となっているとすれば、サルトル倫理の基本は、しばしば言われるヘーゲル的な相互承認の問題であるよりも、むしろ贈与と関連した互酬性（réciprocité）である、というのが私の考えだ(2)。

その一方で、私はジャン＝リュック・ナンシーの共同体論とイメージ論についても強い関心を抱いてきたが、よく知られているように、ナンシーの共同体論は、バタイユ、そしてブランショの共同体論との知的交流によって形成された。したがって、共同体についても直接バタイユについてというよりは、バタイユを意識しながら、彼らの観点から考察してきた。

そういうわけで、本稿では、贈与と共同体に関して、バタイユを出発点としながらも、私がこれまで考えてきたいくつかの論点を中心に自由に考察することにしたい(3)。

1　生の贈与

バタイユは、『呪われた部分　有用性の限界』の第四章で、なんらかの所有物を贈与することではなく、他ならぬ自分自身、すなわち自分の命を贈与すること、「自己の贈与（Le don de soi）」について考察している。そこでは戦争の例が取り上げられているが、人間にとってなしうる最大の贈与は、たしかにみずからの命を与えることであろう。お国や大義のために自分の命を犠牲にする者に関して、バタイユは、そのような自発的犠牲に人びとを誘うものが、彼ら自身の利益を示されることだと位置づけたうえで、次のように述べる。

戦争に参加することで、後に続く者たちを解放すると信じて死んでいく者にとっては、こうした信念を抱いていれば、自己の生を贈与することがはるかにたやすくなる。生を失うことになる者にはつねに、〔その者が死ぬことで〕利益が生まれることを教えて、誘う必要がある。(4)

(VII, 239／一五四)

ここに見てとれるのは、バタイユのみならず、サルトルにも親しい考え、「負けるが勝ち (Qui perd gagne)」である。つまり、失うこと／負けること (perte) によって、得るもの／勝つこと (gain) に到達できる。つまり、何かを得るためには、まずはなにかを与えなければならない、ということだ。そこから、バタイユは、「自己の贈与と費消の条件」を次のように提示する。

最初の法則は、「一致の法則」と呼べるだろう。／貪婪さが同時に満たされることで、費消が容易になる。逆に費消によって、利益の獲得、すなわち貪婪さを満たすことが容易になる。

(VII, 240／一五四)

つまり、自分の命を含め、なんらかの財を使う、消費するのは、それによって激しい欲望が満たされるからだということになる。バタイユが挙げるもうひとつの重要な論点は、リスクと結果の関係である。「贈与が利益の獲得（勝利／利益）を容易にする（le don facilite les gains）」とバタイユはコメントする。その後バタイユは、戦いにおける権力（pouvoir）、それに対する「自己の贈与と気前のよさ（Le don de soi et la générosité）」の関係の考察へと移る。自己の生命を共同体のために捧げる者は、栄誉を獲得するわけだが、それは権力の獲得につながる。これは有名なポトラッチのテーマともつながるが、バタイユは「力とは、自己の自由な贈与である（La force est [...] le libre don de soi）」（VII, 242／一五八）と述べたうえで、ここで問題になっているのは、生きている勇者ではなく、死者だと指摘することを忘れない。

死者は自己の生を贈与することで、征服を聖なるものにした。死者は、力と富を増大させただけではない。死者の犠牲によって、生の全体が死の高みに高められた。法外な浪費の過剰という模範的な行為を行ったのである。（VII, 242／一五九）

以上のバタイユの考察は、私たちが共同体との関係で、贈与の問題を考える際に重要な手がかりを与えてくれる。私たちは、誰のために、何のために（と思って）みずからのかけがえのない生を差し出したりするのか。死へと駆り立てる虚妄の論理はいかなるものなのか、ということである。このような共同体の利益を個人の利益とすり替える論理はけっして過去のものではなく、共同体がある限りつねにその成員を脅かすものだと思われる。個人が共同体の供犠の論理に簡単に絡め取られないためにも、この点は深く心に刻んでおく必要があるだろう(5)。

しかし、本稿で検討したい「生の贈与」はこのようなみずからの生命の犠牲の話ではなく、むしろ、新たな命を与えること、簡単に言えば、生命の再生産（reproduction）の話である。バタイユはこの意味での「生を与えること」については多くを語っていないように思われるし、そもそも、バタイユの場合、まず個人があり、次にカップルがあり、その後、話は一足飛びに社会あるいは国家へと向かう。中間団体に関しては考慮されはするものの、重視はされない。だが、それ以上に「家族」や「親子」というテーマについての関心はきわめて希薄なように思われる。

そんなことを言うと、小説『わが母』があるではないか、あるいは、バタイユと彼の父親の関係という重要な問題があるではないか、という反論がすぐさま聞こえてきそうである。だが、どちらも通常の親子関係からは遠い、極限的な例であることは否めない。『わが母』でも確かに家族は問題になっている。だが、息子を放蕩に招じ入れ、近親相姦の関係をもつ母エレーヌとそれに応じる息子ピエールの関係は、もっぱら性的欲望が中心になっており、そこでのテーマはバタイユではお馴染みの欲望と禁止に関するものではあるが、たとえばヘーゲルが『法の哲学』で俎上に載せた家族や親子の関係とはまったく異なる[6]。そこには、岩野卓司が指摘するように、分身や「オリジナルとコピー」といった興味深い主題も見られるが[7]、それでも特殊なケースにとどまっており、これを親子関係一般に敷衍することはきわめて難しいと言わざるをえない。一方、私がここで考えてみたいのは親子の間の贈与一般の問題、とりわけ、生を与えるということを出発点として、誕生期だけでなく、その後の関係も含めて、再生産の構造のうちにある贈与の問題である。

最初に取り上げた「生の贈与」に関するバタイユの考察は、自分自身の命を国家なり共同体に与えるということであったが、子どもに生を与える、子どもに誕生を与えるという場合は、自分が持っている何かを誰かに与えるのとは少し異なる。じっさい、子どもに生を与える場合の贈与は、他の場合とは違って、きわめて奇妙な構造を持つ。通常、贈与においては、贈与する者、贈与を受ける者、贈与される事物の三項があるわけだが、子どもの誕生においては、命を受ける者は、受ける時点ではまだ存在しないからだ。

2 死の贈与

ここで、まずは「生を与える」の反対にあたる「死を与える」を問題にしたデリダの論考に触れておきたい。デリダのテクストは文字通り『死を与える（*Donner la mort*）』と題された九〇年代のもので、『時間を与える』とともに、デリダにおける贈与論の重要な作品である。このテクストでは贈与だけでなく、責任、犠牲、秘密、赦しなどの主題が複雑に絡まっているが、考察の出発点にあるのは、「旧約聖書」創世記二十二章で語られるイサク燔祭の物語だ。神から一人息子のイサクを犠牲として捧げよと命じられたアブラハムがモリヤの山で、それを実行しようとしたまさにその瞬間に、神はイサクの身代わりの燔祭の羊を出現させ、その命は神に与えられることがなかったという有名なくだりである。すでにキルケゴールが『おそれとおののき』で主題としたこの物語を、デリダはあらためて贈与の観点から論じる。デリダは、他のテクストの場合と同様、ここでも純粋な贈与が不可能であることを強調するのだが、このテクストにおける重要な指摘は、この不可能性そのもの以上に、贈与と秘密の関係、あるいは贈与が基本的に隠れているという点にあるように思われる。

贈り物〔=現在〕(*présent*) でないような贈与、到達不可能で、現前不可能で、それゆえ秘密にとどまるような何ものかの贈与のことである。こうした贈与の出来事が、贈与という本質なき本質を、秘密に結びつけるということなのだろう。というのも贈与というものは、白日の下で贈与として認められてしまったら、つまり、認知され感謝されるべきものになってしまったら、すぐさま消え去ってしまうからだ。〔…〕贈与とは秘密それ自体なのだと言うこともできよう(8)。

(DM 50／六五)

贈与が贈与と名指され、白日のもとに贈与と認められてしまうと、贈与は逆説的にも贈与でなくなってしまうという重要な点がこの簡潔なくだりでは強調されている。だが、なぜ贈与は秘められたものなのか。デリダはパトチュカを参照しながら、贈与の二重性を示す。すなわち贈与、善性、寛大さは、自己を放棄する否認、与えるために引き退き、隠れ、自己を犠牲にする身振りであるが、他方で、贈与はつねに犠牲のエコノミーへと変質する圧力を受けているという。そこにデリダは死と結びつく秘儀的な様相を読み取るのだが、それは本論の関心から離れるので、とりあえず措いておこう。ここでは別のくだり、身代わりの羊が現れ、イサクの命が助かったことに関するコメントを見てみたい。

神はアブラハムに息子を返し、至高者〔=主権者〕としての絶対的な贈与として、犠牲をエコノミーの中に再び組み入れようと決断する。そのときこの絶対的な贈与は報酬に似たものである。

（DM 131／一九五）

まずは、アブラハムがみずからの子宝を神に捧げようとする行為があった。これは命じられたことだから、純粋な贈与とは言えないかもしれないが、その贈与の行為への返答が「至高者としての絶対的な贈与」だとされる。この聖書のエピソードには、命はもともと神から与えられたものであるのだから、神に生殺与奪の権利があるということを示すだけでなく、そのアナロジーとして父は子に関して、神と同じように生殺与奪の権利があると読むこともできるだろう。じっさい、家父長制の強い社会では、父には子どもに関して生殺与奪の権利があった。だが、デリダの議論はもちろんそこにとどまらない。

> 息子を犠牲にすること、神にその死を与えながら息子に死を与えること、それは二重の贈与である。この二重の贈与において、〈死を与えること〉とは、誰かに刀を振り上げて死をもたらすことであり、そして犠牲にささげるために死〔死んだ息子〕を持っていくことでもある。これを命令することによって神は、アブラハムが自由に拒絶できるようにする。それが試練なのだ。
>
> （DM 102／一四九）

アブラハムの自由な行為が試されているこの行為は、命令の帰結だとすれば贈与とは見なせない。逆から言えば、ここでは贈与が自由や寛大さと密接に関わっていることが明らかにされている。[9]

ここでデリダの議論をいったん離れて、この事件が起こる以前に遡りたい。アブラハムはイサクに死を与えるに先だって、まずは生を与えることがあったということである。つまり、死を与える（donner la mort）ではなく、生を与える（donner la vie）あるいは、誕生を与える（donner naissance）へと立ち返ることにしたい。父であるためには、子に命をまずは与えなければならないのだから。[10]

「死を与える」と「生を与える」のあいだには、どのような違いがあるのか。いちばんの大きな違いは、「死を与える」場合は、再帰的な行為が可能なことである。自分に死を与える（se donner la mort）ことはできる。つまり自死の可能性はつねにあるし、それどころか、それは究極的な決断でもありうるだろう。[11] それに対して、「生を与える」ことができるのは、他者だけだ。このことが示しているのは、私たちは、みずからの生を決定的に他者に負っているということである。このことは、当然すぎて言うまでもないことのようだが、哲学ではこの事態は、人間が、少なくともその存在に関しては、自己原因ではありえない、という形で表明される。自分の命、そしてそれと関連して自分の名前は他人から与えられる、つまり、私たちのアイデンティティの中核にあるものが他者からの贈与なしには成り立たないという事実はきわめて重要である。「私」という存在が他者からの贈り物だと言い換えてもよい。しかし、先ほども述べたように、この贈与には他の贈与とは決定的な違いがある。

3　受贈者なき贈与

贈与が問題になるとき、そこには贈与者、受贈者、贈与物という三つの要素がある。これは人類学における一般的な了解事項である。先ほどの例で言えば、アブラハム（贈与者）が、イサク（受贈者）に、死（贈与物）を与える、ということになる。しかし、アブラハムがイサクに生を与えたときには、生を与えられる当のイサクはいなかった。これを一般論として敷衍すれば、誕生という意味での「生を与える」場合は、親が贈与者だとしても、生（贈与物）を受ける子は、その時点ではまだ存在しないということだ。その意味で与えられた時点で、子を受贈者と呼ぶことは難しい。ところが、子は事後的に受贈者となり、この贈与は撤回不可能な出来事となる。有り体に言えばこの贈与は究極の「押しつけ」なのだ。子はこの贈り物を拒む「権利」を持たないのみならず、そもそも拒むことが不可能である。だからこそ、「生んでくれって頼んだわけじゃない、あんたたちが勝手に生んだんだろう」というよく聞く科白、私自身も一度ならず口にしたことがある科白は、紛う事なき真実である。

ところで、モースが、そして人類学が問題にするのは、贈与、受領、返礼からなる「三つの義務」であった。これを親子関係の問題として考えていくとどうなるだろうか。親は子にまずは生を与え、子はそれを否応なく受け取らざるをえない。そこまではよいとして、子は今度は返礼の義務も負っているはずだ。だが、何かを返すとしても、誰に何を返すべきなのか、この点が論点となるだろう。生を与える場合は、親はまさに子どもに自分自身を与える。というか、少なくとも最初の時点では自分の一部だ。それが生まれおちた瞬間から少しずつ他者に代わっていくという神秘があるわけで、自分とは異なることが受け入れられない親も多いわけだが、いずれにせよ、ここにはきわめて特殊な対他関係がある。この点についても、バタイユの見解はたいへん示唆的だ。

> 現在の状況では、有性生殖は、我々の意識とは関係のないままに、食と死とともに、エネルギーの強烈な蕩尽を実現する大きくて贅沢な回り道の一つになっている。(12)
>
> (P. M. 73／五二)

このようにバタイユは、これがまさに直接的な見返りとは無縁の「気前の良さ」「蕩尽」である点に着目する。下等動物の多くが生殖にみずからの全エネルギーを投入し、交尾のあとに死んでしまうことにも、バタイユは留意していたが、ここで注目したいのは、引用文の少しあとで、バタイユがまさに贈与について触れていることだ。

> 性行為は、のっけから自分のための貪欲な成長とは異なっている。種の次元で捉えると性行為は、たしかに増大を引き起こすように見えるが、しかし原則として、個体の奢侈なのだ。この特徴は有性生殖においてよりいっそう際立っている。というのも生み出された個体が、生み出す個体とはっきり異なっているからである。生み出す方の個体は、他者に**贈与する**ように生命を、生み出した個体に**贈与する**。
>
> (P. M. 73／五二—五三)

したがって、ここでバタイユはまさに生の贈与の問題について語っている。共同体のために我が身を捧げるのは「栄光」のためであったが、ここではそのような見返りはあるのだろうか。みずからの生と引き換えに他者に生を与えるのだとすれば、これこそ究極の贈与、気前のよさ（générosité）だと言えるだろう。とはいえ、バタイユの議論は、それ以上、再生産あるいは生殖性（fécondité）の方向には進まない。そこで、親子関係（filiation）に関して、きわめてユニークで、積極的な発言をしている同時代の哲学者はレヴィナスの議論をここで参照することにしよう。

4　生殖性（fécondité）、親子関係（filiation）

「外部性についての試論」と副題された『全体性と無限』[13]は、その第四部「顔の彼方」で愛とエロスの問題から始まり「時間の無限」へと論が展開していくのだが、そこで重要な要素となるのが、生殖性であることは興味深い。この本は、主題が何なのかを見極めるのが容易ではないが[14]、欲望から始まったこの錯綜した考察は、この最終部で親子関係（filiation）であり、一人であることが同時に二人であることであり、そのまた逆も真であるような特異な他者関係へと収斂していく。この部分をひとつの哲学的寓話と読むべきか否かは議論の分かれるところだろうし、専門家たちにはそれぞれ一家言あるにちがいないが、私としては、自由にここでレヴィナスの言葉を取り上げてみたい。

ここで注目したいことは、バタイユとは異なるあり方ではあるが、エロスについて語るレヴィナスが、カップルの排他的な愛の先に、子どもを見据えて議論をすることだ。レヴィナスは、愛が自分に満足すること、愛とはふたりの喜び、ふたりのエゴイズムであることを確認したうえで、愛がこの自己満足のなかで自己から遠ざかり、いまだ存在しない第三者のほうへと向かう、と新たな展開をする。それがほかならぬ子である。子を得るとは他なるものであると同時に私自身でもある存在を切望することなのだが、子どもとの関係は「官能（volupté）のうちであらかじめ描かれており、子自身のうちで達成される」（TI, 298／下一九一／四七八）とされる。それはより哲学的に言えば、存在のとびらの背後にあるもの、無以下のものを、否定的なあり方から引き剝がして冒瀆することだともされるのだが、「〔冒瀆（profanation）〕は子を暴き出す（découvre）」（TI, 2998／下一九一／四八一）という謎めいた言葉によって、生殖性が問題となる。

レヴィナスによれば、父であること（paternité）は、他人でありながら、私であるという、疎遠な者＝異邦人（étranger）との関係にほかならない。それは私と私自身との関係ではあるのだが、私に対してよそよそしい私自身との関係なのだ。というのも子は、たんなる私の作品ではなく、私の所有物でもないからだ。したがって、子どもとの関係を権力（pouvoir）や所有（avoir）というカテゴリーで表すことはできない。言い換えれば、生殖性＝繁殖性（fécondité）は、原因結果の関係や所有物という観念をすり抜ける特異な存在論的問題だとレヴィナスは考える（TI, 310／下二一三／四九〇）。というのも、「私は自分の子どもを持つのではなく、ある種の仕方で、私の子どもである」[15]からだ。ここで、興味深いことは、レヴィナスが父となることが私にとっての解放だと捉えている点である。「自我は父であることにおいて自己から解放される。だからといって、ひとつの自我であることを止めるわけではない。

なぜなら自我は彼の息子であるからだ」（TI, 310／下二一四／五〇一）。

以上の要約からも見てとれるように、レヴィナスにおいては生命の連続性ということが、バタイユの場合よりはるかに子どもというトポスとの関係で強調されている。有限な存在である私が、別の形で存続することは、芸術作品の創造のようなことによっても可能であろうが、レヴィナスは生殖性のほうに力点を置く。

> 父であることのうちで、〈自我〉は不可避である死という決定的な事態を越えて、〈他者〉のうちに更新され、時間はその非連続性によって老いと運命に勝利する。父であること——自分自身でありながら他なる者であるしかた。（TI, 314／下二二二—二二三／五〇八）

こうして、レヴィナスによれば、私が私を越えて存在するために（ただし非パルメニデス的に、とレヴィナスは言う）生殖性はあり、時間の非連続性のうちで、存続が成立するのだが、レヴィナスもまた、この文脈で贈与について触れていることは興味深い。「生殖性を生み出す生殖性を通じて、善さが達成される。善さとは、贈与を課する犠牲を越えて、贈与する権能の贈与であり、子を懐胎することである」（TI 302／下一九八／四八五）。レヴィナスは、ここに『全体性と無限』の出発点で指摘された〈欲望（Désir）〉の成就を見る。その意味でも、ここには親子関係の理想像のようなものが描かれていると言えるだろう。

5　負債

レヴィナスは「親であること（paternité）」だけでなく「子であること（filialité）」という側面からも考察を続けるのだが、私たちはここでレヴィナスから離れて、親子関係を贈与の裏面から見ることにしよう。贈与という出来事を受贈者の側から見れば、一種の負債と捉えられることは明らかだ。「生の贈与」としての誕生が、究極の「押しつけ」の贈り物だと先に述べたが、植民地主義による収奪をはじめ、国家による私たちへの「押し貸し」の構造を鮮やかにまとめて見せてくれたのは、『負債論』のデヴィッド・グレーバーであった[16]。そこでは、すでに最初期のヴェーダの詩（前一五〇〇年から一二〇〇年）にさえ、神への祈りのなかで、負債が「罪責性」と関係づけられていた、という指摘から始まり、数々の興味深い事例が挙げられている。なかでも、人間が生まれ落ちたときから社会や両親や家族に対して負債を負っており、それを返済しなければならないと考える「原初的負債論」に関するくだりは、本稿にも多くの示唆を与えてくれるが、「白ヤジュル・ヴェーダ」のブラフーマナからの引用はバタイユと共鳴する部分がある。

生まれ落ちた人間は負債である。彼自身死せるものとして生まれ、自己を供犠としてはじめてみずからを死から救済するのである[17]。

ここでは、まさに誕生が贈り物ではなく、負債の側から提示されている。きわめて雑駁に言ってしまうと、ここから演繹できることは私たちが自己存在すべてを他者に負っているということだ。言い換えれば、人間社会における相互扶助の問題であり、話は親と子に限られない。家族という親密な関係も含めてあらゆる他者関係にひそむ負債という要素、私が人間社会全体に対して負っている負債が、「原初的負債論」の立ち位置であることをグレーバーは明確に示した。

だが、視野をさらに拡張すれば、私たちがすべてを負っているのは他者だけでなく、他の生命体であり、非有機体でもあるだろう。したがって、この問題は動物の人権への議論やエコロジーへと接続させて考察されるべきものだと思うが、ここでは本稿の主題である親子関係に話を限定することにしよう。たしかに赤ん坊は全面的に親に生を負っている。生まれてきたという事実を負っているだけでなく、多くの動物とは異なり、かなりの期間、親あるいは誰か大人に育てられなければ、生き続けることもままならないのが人間である。さらに、言語、社会、技術、文化といった先人たちの作り上げたものを、私たちは享受しているわけだから、その意味でも他者に全面的に依存していることは間違いない。話を親子に限っても、ひとりの人間は、誕生して、成長し、社会に出てひとりだちするまで、親から数多くの贈与を受けている、これは否定できない事実である。その意味で、親は子に生を与えた。その後、衣食住を与えた。しかし、それを返済すべき、借りと捉えるべきなのだろうか。言い換えれば、そこにあるのは、いわゆる貸し借りの関係なのだろうか。親子関係における贈与と負債の問題を手際よく整理して提起するのが『借りの哲学』で話題になったナタリー・サルトゥー＝ラジュである。

信頼関係をもとにした関係は、現代でも「家族」という制度のなかに残っていて、子どもが小さいときは親が面倒を見て、子どもが大きくなったら、反対に親の面倒を見るというかたちで、《借り》を返すことが行われている。あるいは、親に直接返せなかったら、自分の子どもの面倒を見るかたちで次世代に返すということもされている（財産なども、そのかたちで親から子へと受け継がれていく）。それはつまり、個人が生きるための負担を家族の誰かが担い、その《借り》を今度は負担をしてもらった個人が家族の誰かに返すということなのだが、こういった負担を家族がすべて引き受けるのは、負担をするほうにも、そこで生じた《借り》を返すほうにも辛い。そこで、「その負担を家族の代わりに社会が引き受けたらどうか？」というのが、私たちの提案である。(18)

このように、サルトゥー＝ラジュは、人間が社会に対して負っている部分に着目し、それらを通常はきわめてネガティヴなコノテーションを帯びる負債あるいは借金（dette）というタームで捉えようとする。もちろん、このような発想は必ずしも今に始まったものではない。たとえば、モースの同時代人であるレオン・ブルジョワは『連帯論』で、すでにこのような発想のもとに語っていた。(19) サルトゥー＝ラジュの興味深い点は、「借り」「負債」というものを単にネガティヴに考えるのではなく、むしろ転換してポジティヴに捉え、そこに贈与の積極的な意味を見出す点である。さらに、親からもらったものを親に直接返すだけでなく、次世代に渡す、つなぐという形での返済もあるという指摘もきわめて示唆に富んでいる。その点は認めたうえで、それでもやはり個人的には、親子の関係を金銭の用語で語ることには違和感を覚えてしまうのはなぜだろうか。それは単に言葉の問題、語感の問題にすぎないのだろうか。

贈与が見返りのないものであるならば、本来は負債など発生しないはずである。等価性の原則に基づいて、子どもに投資した金銭・時間・気持ちを計量化して、子どもに請求するという発想は、あらゆることを数値化して費用対効果やコスパを第一に考える現代の風潮に呼応している。とはいえ、それを単に近代以降の心性と断じることはできないだろう。近代以前の親子関係においても負い目の感情は見られたからだ。

じっさい、ここで問題になっている「借り」なり「負債」は、物理的事実であるというよりも、ずっと心理的な問題と解すべきではないか。なによりも心的負債が問題なのだ。というより、贈与の問題そのものが、物理的事実というより、心理的な事実だと言うべきかもしれない。自然界にも贈与交換と形容できる現象が多数あるが、それを贈与だとか、負債だとか、返済という風に捉えるのはあくまで私たち人間にすぎない。バタイユが述べたように、太陽はとてつもない「気前のよさ」を示しているが、それは単純にエネルギーの放出でしかない[20]。ところで、現代の私たちが心的負債を感じるのは、大自然に対しての場合もあるかもしれないが、たいていは人間に対してであろう。

6　恩と孝

「贈与」という現象が何よりも心理的なものであり、つまるところは言葉の問題であるとすれば、ここで問題を別の言葉で考えてみてはどうだろうか。ごくありふれた、私たちがよく使う言葉で――ここまで見てきた、贈与の原語、フランス語のdonはdonner（与える、あげる）の名詞形であり、きわめて日常的な言葉である。一方、日本語ではそもそも贈与という言葉がふつうはほとんど使われない。少なくとも親子関係では、「生前贈与」とか「贈与税」といった法律用語であり、ふだんはほとんどお目にかからない。負債というタームも通常の日本語の感覚では親子関係ではそぐわない気もする。逆に言えば、この剝き出しの関係をカムフラージュする言葉があると言うべきかもしれない。それは何か。

より身近な日本語の言葉で、これを表せば、「恩」ということになるだろう。そこで、話を「ドン」から「恩」へと少しずらしてみよう。恩返し、恩知らず、恩人、思いつくままに挙げても、私たちの日常に溢れた言葉だ。「恩」という言葉は、かつて『修身』において心すべき心得の一つであり、日本の道徳ではたいへん重要な概念であった。いまでは前近代的な響きを持っていると感じられとはいえ、すっかり姿を消したわけではない。「恩」は、仏教源泉の言葉で、儒教的な「孝」とともに日本の倫理の中心を形成していた。まずは、この語の辞書的な定義を確認しておこう。[21]恩とは第一に「人、自然、神などから受けるありがたい恵み」を意味し、その意味では恩恵、恩沢、恩師、学恩といった表現がある。恩は第二に「国家などが制度として与える財物や利益となる措置」を意味し、その例としては恩賞、恩赦、恩給などが思い浮かぶ。だが、この漢字の意味をもう少し遡って見てみると、①めぐみ、②いつくしみ、③なさけ、おもひやり、④いたむ、⑤感謝する、というように分節されるという。[22] 仏教用語として東アジアの漢字文化圏ではなじみの言葉ではあるが、サンスクリット（あるいはパーリ）語の語源は明確にはわからないらしい。[23] このことから、中国文化の影響との関係で発展したものと推定されるようだ。図式化して言えば、仏教が中国に入る際に、祖先祭祀を中心に据える中国文化に適応する形で現れたのが「恩」という概念である。一方、親に対する「恩」を行動規範として明確化したのが、儒教由来の「孝」ということになる。両者は一体となって親子関係を語るときの重要なタームとされてきた。

贈与(ドン)と恩の違いは、モノとコトの違いと言ってもよいだろう。贈与（物）（don）とはいわば「気前のよさ（générosité）」の物象化であり、実体化である。それにたいして、恩はなされたことをもう少しふんわりと示していて、個々の事物というよりも行為の側面が強調されていると言ってもよい。ところで、「恩」というときには、恩を与える存在の特別の好意がしばしば想定され、そのため「受け手」、つまり「受恩者」はそれに対する感謝の念を抱き、恩を与える者と恩を受ける者との間に情緒的な関係が生まれる。したがって「恩」とはきわめて主観的なものだ。

仏教における「恩」は時代や国によって多様であるが、よく知られる「四恩」すなわち、父母、国王、衆生、三宝の恩以外にもさまざまな恩があるとされる。[24] そして、これらの恩を認識することが「知恩」、それを返すことが「報恩」と言われるように、その事実を認識し、それに反応することが倫理として示される。「恩」は、論理的には必ずしも上下関係を含むものでないはずだが、上位にある者が下の者に恵むことが多いため、そこに支配の構造を生み出されることは、バタイユやモースが強調した「気前の良さ（générosité）」と同じである。先ほど見た、漢字の二つ目の意味は、まさにそれが国家権力に組み込まれた際の用法であり、きわめて危険なことは言うまでもない。父母の恩から国家の恩への道はきわめて近い。そして、本来であれば、恩を知り、それに報いることは自発的な行為（自由）であるはずなのに、それはたやすく義務に転じる。その意味で、孝と忠という語は、いわば心的負債を非経済的な用語で示したものだと言えよう。

儒教という広大な世界観について単純化する愚は避けなければならないが、キリスト教あるいは西洋思想との関係で言えば、儒教の仁・愛が倫理的属性であるのみならず、社会的属性でもある点は大きな相違点であろう。仁・愛の特殊形態である「孝」は親孝行を出発点として、それが国家への忠誠へと拡大されていく。じっさい、仁は何よりも家庭倫理であり、血縁関係を基礎とするために、厳格的な階層観念との関係にある。君主と臣下、父と子、夫と妻、兄と弟、友人といった関係に細分化され、それに基づいたうえで愛が成立するが、それはより一般的な愛から出発して、特殊なあり方へといたる西洋的な「愛」の考えとは根本的に異なる。たしかに、モーセの十戒の第四には父母を敬うことが挙げられているが、後に見るようにそれは神への恭順よりは下位にある。また、ローマ人たちが、氏族的なものを重んじるがゆえに、virtus（勇気）とともに四枢要徳にpietas（ピエタース）が数えられていたことはよく知られる。その体現者がほかならぬローマ建国を物語るウェルギリウス『アエネーイス』の主人公アエネイアースだ。彼は木馬の計略によりトロイアが陥落した後、父アンキーセスを背負って逃亡する。ピエタースは親への従順さだけでなく、年長者、神への恭順、さらには祖国への忠誠や宗教的慣習への忠実さをも表す点で「孝」は「恩」と似ている。とはいえ、近代以降の西洋文化のメンタリティでは、親子関係は垂直性からどんどんと水平性へと以降していった[25]。

一方、核家族化がかなり進んだとはいえ、多くの日本人の心性には、祖先崇拝の気持ちは今でも根強く残っていて、無意識のレベルでもお盆やお彼岸という行事と連動している（と思う[26]）。キリスト教的な個人の魂の不滅あるいは救済と異なる祖先祭祀の特徴とはなんだろうか。それは死者とのつながりを通じて、生命の連続性を意識することであり、また未来への視点からすれば、自分の死後、子孫によって記念されることで、死に対する不安を鎮めることだろう[27]。この死生観には先に見たレヴィナスの親子関係と通じるものを見てとることができるだろう。

7　親子関係の多様性と共同体

ここできわめて主観的で素朴な個人的な感情を述べれば、親になって以来、自分が子どもに何かを与えたという実感はないし、育ててやる、などいう貸し付けのような気持ちが起こることもない。まず、子どもは生まれてきてくれたという事実によって、かけがえのない喜びを親に与えてくれる[28]。もうその時点で、親は子どもから、自分が与えた以上のものをもらっている。いや、その後も、子どもの世話をするなかで、やはり与える以上のものを受け取っている気がする（もちろん、無意識の次元ではじつはもっとどろどろしたものがないとは断言できない）。さきほどのアブラハムの話で言えば、イサクが生まれたとき、アブラハムもサラもすでに年老いていて、子どもが生まれることを望める年齢ではなかった。だから、アブラハムは奴隷のハガルに子ども（イシュマエル）を産ませている。イサクが生まれたときの喜びはいかばかりであったことだろうか。(29) 高齢にもかかわらず子どもがおらず、自分の子孫以外のものに財産を残すことになるだろうとこぼすアブラハムと神とのあいだで次のようなやりとりがなされてもいた。

「あなたから生まれる者が跡を継ぐ。」主は彼を外に連れ出して言われた。「天を仰いで、星を数えることができるなら、数えてみるがよい。」そして言われた。「あなたの子孫はこのようになる。」アブラハムは主を信じた。主はそれを彼の義と認められた。（創世記十七章四―六節）

このくだりに見られるのは、単なる親子関係ではなく、世代を超えた繁栄、多産性だと言えるだろう。レヴィナスは、生殖性＝多産性（fécondité）を種の繁栄という相のもとで考えたようには思われないが、それでも、星空の比喩をレヴィナスにおけるユダヤ的家族観と指摘する論者もないわけではない。(30)

その一方で、子どもは必ずしも常に望まれて生まれてくるわけではない。望まれない妊娠というものもある。その場合には、生を与えることは、子どもから苦しみを与えられることを意味する。その子どもの存在は、贈り物としてのgiftではなく、毒としてのgiftだと感じられる。そういう場合も当然あるだろう。それだけではない。自分の子どもがどうしても好きになれない場合もあるだろうし、親が好きになれない場合もあるかもしれない。話が脱線してしまった印象を与えるかもしれない。だが、ここで言いたいのは、物理的事実としては、望まれて生まれた子どもであっても、望まれない子どもであっても、自分の一部が生命として、別の存在となって出現した点では違わないことだ。子どもを贈り物と考えるかどうかは、純粋に気持ちの問題でしかない。「贈与」という考えそのものが、言葉の問題ではないか、と思われるゆえんだ。じっさい、動物の場合は、こういうことは起こらないようだ。パートナーとなったメスが他の雄と作った子を殺したりはするが、それは憎しみとかとは無縁で、単純に自分の遺伝子を持つ子孫を残すための行為であり、それこそが最優先課題となる。

カップルにおける性的関係を強調するバタイユは、新たな生命の誕生に関しても性行為との関連で論じているのだが、親子関係というものは、医学が高度に発達した現在の状況においては、性やセクシュアリティとは直接には関係がなくなってきている。性交なしで妊娠が可能な現在、生殖の問題は性とは切り離して考えることもできるからだ。じっさい、人工授精の実践によって、親子関係はきわめて複雑になっている。生を与えるのはいったい誰だと考えたらよいのだろうか。精子や卵子の提供者（彼らは文字通りのドナーだ）が、子どもに生を与えたとしても、その生物学的な事実で満足するのは短絡である気がする。父である、父になるということ、つまり、子をなす、というのは、そのような生物学的事実を基盤にしながら、それに文化的なものがつながっているはずだ。その他に、生物学的な親子関係にない養子などの場合も重要だが、ここではその点は措いておこう(31)。

国家への恩とつながりかねない「親の恩」とはちがって、私たちがいま積極的な意味合いを見出せる仏教的な恩があるとしたら、それは「衆生の恩」かもしれない。親の恩は、「縦の関係」になりかねないが、衆生の恩はむしろ横の関係、あるいは少なくともハイエラルキーはない。衆生とは、輪廻の中にあるそれぞれのあり方で生きている物、十方世界にひろがる他の仏国土の生き物を示す、とされる。仏教では植物はそこに含めないようだが、私たちは、過去の人や現在の人だけでなく、動植物、自然全体、さらには宇宙からさまざまな「恩」を受けることで、生きることができていると考えると、ここにはエコロジーへの視点も生まれる可能性がありはしないだろうか。繰り返しになるが「与える」という事実はそのままでは、「恩」にはならない。自然は私たちに災害を与えるが、それはありがたくないから「自然の恩恵」とは呼ばない。同じ気象現象であっても、私たちに利するかどうかで恩（don）となるかが決まる。砂漠での灼熱の太陽の光も、畑の植物を生長させる日の光も物理的には同じだが、私たちにとっては意味が異なる。バタイユの言う太陽の膨大なエネルギーは、どこでもかわらないが、太陽が陽光を恵んでくれるように、暑いとき、樹木は緑陰を恵んでくれる。そこにはエネルギーの放出はないにもかかわらず、である。つまり、同じ物理的現象が、それにかかわる主体との関係で、意味を異にするということだ。

ところで「衆生の恩」と、キリスト教的な負債との違いは何か。それは一神教的排他性であろう。キリスト教の考えであれば、わたしたちは神だけに恩を感じるべきである。いや、恩という言葉はキリスト教にはそぐわない。むしろ、神だけに負債がある。[32] 神が人間を作ったからであり、世界は人間に使用されるための手段として作られたのだから、自然に対する恩（負債）はない、ということになる。それだけでなく、極論をすれば、父母に対する恩もない、父母よりも神を選ばなければならない。[33] 子よりも神を選ばなければならない。これが先ほど見たイサク燔祭（未遂）である。怒れる神、恐るべき神が問題になっている「旧約聖書」だけの話ではない。愛の神が問題である「新約聖書」でも事情はさほどかわらない。ユダヤ＝キリスト教的な観点からすれば、親は私の生物学的根拠であるとしても、存在論的には神こそが私の存在の根拠である。それを示す、デリダも言及していたマタイによる福音書の一節がある。

わたし〔イエス〕よりも父や母を愛する者は、わたしにふさわしくない。わたしよりも息子や娘を愛する者も、わたしにふさわしくない。また、自分の十字架を担ってわたしに従わない者は、わたしにふさわしくない。自分の命を得ようとする者は、それを失い、わたしのために命を失う者は、かえってそれを得るのである。

（「マタイによる福音書」十章三十四―三十九節）

ここで言われていることは、究極の個人主義だと言ってもよい。永遠の生命を得たければ、父母や子どもではなく、神だけを愛せ、とイエスは教えるわけだ。他のものを媒介とせずに超越者と関わること、これはキルケゴールの主張でもあった。ここに西洋の近代市民社会の個人主義の起源が見てとれるのではないか。もちろん、それには長い人格概念の形成なしにはありえなかっただろうけれども。[34]ヘーゲルの家族観のなかでも子どもの親からの独立は明言されている。「子どもは即自的に自由な者であり、その生命はひとえにこの自由の直接的現存在にほかならない。だから子どもは他人にも両親にも、物件として所属するのではない」[35]。このように述べたうえで、子どもが自立して自分の家族を作るのが当然だとされる。そして、それらの多数の独立した家族の水平的な集まりとして国家は想定されている。

一方、日本で見られるような祖先崇拝はまったく異なる原理で成り立っており、だからこそそれは個の確立に寄与しなかったと思われる。そして、国家に関しても、天皇を父とする垂直な家族モデルとして想定される点で、同じく、個人（カップル）－家族－国家という要素から成り立っていても、構造としてはまったく異なるのだ。

まとめにかえて

以上のような長い回り道を経て、バタイユに戻ることにしよう。このようなキリスト教的な個人主義に対して、バタイユが経済に関して有用性の限界ということを強調しつつ、個人主義の利害を超えた全般経済学を考えたことは、個人主義を越える可能性の重要な示唆だと言える。また、彼が浮かび上がらせた、余剰エネルギーという考え、さらには、世界のエネルギーシステムを人間が理解していないということは、先に触れた仏教の「衆生の恩」に通じるものがあると思われる。じっさい、バタイユが「贈与」を「交換の原始的形態」と考えたのは、通常の経済学が考察する部分的な諸操作から、「全体的社会事象」へと視野を拡張したからだったが、そこでは性行為がいわばひとつの範型として示されている。

普遍経済という観点において私がエロティシズムの様相に、つまりけっして切り離して孤絶したものと見なすことはできない様相に接近を試みるならば、普遍的な活動の動きを活性化している贈与の原則が性活動の基底に再発見されることを知っても、なんら驚くにはあたらないだろう。そのことは性活動の最も単純な形態についてまずあてはまる。なぜなら肉体的に見て、性行為は横溢するエネルギーの贈与と言えるからである。そしてまたもっと複合的な諸形態、結婚とか、必要な男たちの間に女を分配する法則についてもあてはまる[36]。

私たちは、他者から生を与えられただけでなく、私たちもまた、われしらずのうちに他者に生を与えている。私が滅びるということは、結果的に他の存在に生を与えることになるのであり、それを気持ちとして考える必要もない。バタイユは死の問題を、次世代との関係で語ってもいる。

> 時間のなかでは死は世代から世代への移り行きをとりしきっている。死は、新生児がこの世に到来できるようにと絶えず場所を提供しているのだ。その意味で我々が死を呪うのは間違っている。死がなければ我々は存在できないのだから。（P. M. 72／五一頁）

それにもかかわらず、バタイユの思考は、結婚までは至っても、生殖の結果である子ども、親子関係に及ぶことはほとんどないのはなぜなのだろうか。レヴィナスとは異なり、バタイユにおいて子ども（enfant）というモチーフはむしろ芸術との関わりで問題になる[37]。だが、彼が子どもについて語る場合のほとんどは、大人の対立項である「子ども」すなわち幼年時代（enfance）であり、親の対立項としての「息子、娘（fils, fille）」ではない。いや、それは言いすぎかもしれない。カフカについて、父親との対立で息子というきわめて一九世紀的な構造の背後にカフカの子どもらしさの意味を読み取ろうとしてもいるからだ。[38] このようなバタイユの態度は、ヘーゲルが『法哲学』（一五五節）で家族を国家の第一の倫理的根底として、結婚をその前提にしたことを思い起こせば、西洋近代の個人主義と家族主義的発想の両者と絶縁する仕草のようにも思われる。じっさい、世代交代を単なる自然現象と捉える即物的な姿勢（ショーペンハウアーを思わせる）がバタイユにはある。

バタイユは『宗教の理論』において「動物から人間へ」の移行について多角的に考察したが、その道を逆に辿って、「人間から動物への移行」ということを考えてみる必要がある、と私は思っている。贈与と共同体に関しても、人類学的見地からだけでなく、動物学的見地からもアプローチする必要があるだろう。だが、それらについては別の機会に検討したい。

註

（1）Jean-Paul Sartre, *Cahiers pour une morale*, Gallimard, 1983.

（2）この点については拙著『〈呼びかけ〉の経験——サルトルのモラル論』人文書院、二〇〇二年を参照していただければ幸いである。

（3）本稿のタイトル「生を与える——家族と共同体」はデリダの有名な贈与論『死を与える』、それと同時に、バタイユの『呪われた部分　有用性の限界』の第四章「生の贈与」を意識したものでもある。また、本稿は岩野卓司『贈与論——資本主義を突き抜けるための哲学』青土社、二〇一九年への私からの応答でもある。

（4）Georges Bataille, *La limite de l'utile, fragments d'une version abandonnée de La part maudite*, *Œuvres complètes*, t. VII,

Gallimard, 1976. ジョルジュ・バタイユ『呪われた部分　有用性の限界』中山元訳、ちくま学芸文庫、二〇〇三年。以下、VIIと略記する。

（5）もちろん、私のこのような発言には、個人を共同体よりも重要だとする暗黙の了解がある。一方、個人よりも大切なものがあると考える場合には、話は少し違ってくるだろう。

（6）近親相姦の禁止とその侵犯については、『エロティシズムの歴史』をはじめバタイユはいたるところで語っている。

（7）岩野卓司「『わが母』と家族‐神学」『明治大学教養論集』四六六号、二〇一一年、一―一五頁。バタイユにおける父の問題は以下を参照。岩野卓司「ジョルジュ・バタイユ『小さきもの』の家族と神学――起源についての問い」『仏語仏文学研究』四九巻、二〇一六年、四七九―四九四頁。

（8）Jacques Derrida, *Donner la mort*, Galilée, 1999. ジャック・デリダ『死を与える』廣瀬浩司訳、ちくま学芸文庫、二〇〇四年。以下、DMと略記する。

（9）贈与性と自由の深い連関に関してはナンシーの以下の論考に詳しい。Jean-Luc Nancy, *L'expérience de la liberté*, Galilée, 1988. ジャン＝リュック・ナンシー『自由の経験』澤田直訳、未來社、二〇〇〇年。

（10）だが同時に、イサクは神からアブラハムへの約束の成就の贈り物だとされていることも忘れてはならないだろう。

（11）カミュが『シーシュポスの神話』で自殺が唯一の哲学的主題であると語ったことを思い起こしておこう。

（12）Georges Bataille, *La part maudite*, Ed. Minuit, 1949, rééd. 1967. ジョルジュ・バタイユ『呪われた部分――全経済学試論・蕩尽』酒井健訳、ちくま学芸文庫、二〇一八年。以下P. M.と略記する。

（13）Emmanuel Levinas, *Totalité et infini, Essai sur l'extériorité*, Livre de poche, 1996. 邦訳は複数存在するが、ここでは拙論の論旨との関係でそれらを参照しつつも、拙訳を用いる。以下TIと略記し、熊野純彦訳（岩波文庫、二〇〇六年）と藤岡俊博訳（講談社学術文庫、二〇二〇年）の頁数も併せて提示する。

（14）渡名喜庸哲『レヴィナスの企て――『全体性と無限』と「人間」の多層性』勁草書房、二〇二一年、四二七頁。渡名喜は通常「顔」をモチーフとした「他者の倫理」と見なされるこの作品を、人間の「存在すること」の「多層性」の探求であると読み替えることを、綿密な資料調査に基づいて提唱している。渡名喜庸哲「『全体性と無限』におけるビオス――クルト・シリングの注から出発して」、合田正人編『顔とその彼方――レヴィナス『全体性と無限』のプリズム』知泉書館、二〇一四年。

（15）Emmanuel Levinas, *Le temps et l'autre*, P.U.F., 1979, p. 86.

（16）デヴィッド・グレーバー『負債論――貨幣と暴力の５０００年』酒井隆史監訳、高祖岩三郎・佐々木夏子訳、以文社、二〇一六年。

（17）Satapatha Brahmana 3.6.2.16. デヴィッド・グレーバー前掲書、八五頁。ただし、グレーバーは、ブラーフマナの作者たちの意図は、いわゆる商取引的な発想とは異なる、としている。

（18）ナタリー・サルトゥー＝ラジュ『借りの哲学』高野優監訳、太田出版、二〇一四年、五九―六〇頁。

（19）Léon Bourgeois, *Solidarité*, Librairie Armand Colin, 1902 (Gallica).

（20）この点については、岩野卓司『ジョルジュ・バタイユ――神秘経験をめぐる思想の限界と新たな可能性』水声社、二〇一〇年、一三〇―一三八頁に詳しい。

（21）『新潮　日本語漢字辞典』四刷、二〇〇八年。

（22）諸橋轍次『大漢和辞典』巻四、一〇三四頁。仏教思想研究会編『仏教思想４　恩』平楽寺書店、一九七九年。

（23）中村元「恩の思想」『仏教思想４　恩』前掲書、三頁。

（24）岡部和雄「四恩説の成立」『仏教思想４　恩』前掲書、一七三―一八八頁。「恩」『新纂浄土宗大辞典』（WEB版）http://jodoshuzensho.jp/daijiten/index.php/恩

（25）だからこそ、ヘーゲルは、『法の哲学』でローマ的な家族制を手厳しく批判する。一方、西洋文化圏の家族間を等し並みに扱って一般化することは不適切であろう。エマニュエル・トッドはその画期的な著作で西ヨーロッパに限っても、親の権威、兄弟の平等性の観点などから、少なくとも四つのモデル（絶対核家族、平等主義核家族、直系家族、外婚制共同体家族）があると述べている。Emmanuel Todd, *La Diversité du monde : Famille et modernité*, Seuil, coll. « L'histoire immédiate », 1999. エマニュエル・トッド『世界の多様性——家族構造と近代性』荻野文隆訳、藤原書店、二〇〇八年。ちなみに、日本は、長男が親元に残り、親は子に対し権威的であり、兄弟は不平等であるという特徴を持つ「直系家族」に分類されている。ただし、このあり方は漸減傾向にあるのではないか。

(26) 個人的には、仏壇や神棚はおろか、墓さえもない家に育ったために、このあたりは実感できずにいる。いまなお、先祖の霊を守る子どもに配慮する祭祀に関する権利の承継を定めた法が「民法」八九七条として存在することは、祖先崇拝が過去に属す問題でないことを証している。

(27) 加地伸行によれば、祖先祭祀、宗廟などの礼制が載っている『孝経』の根本にあるのは、死生観にかかわる孝の宗教性だという。加地伸行『孝経〈全訳注〉』講談社学術文庫、二〇〇七年。

(28) これは、教育の場面でもそうであって、学生に教えるというのは、単なる知識の提供とは違うし、教員は自分が教えるのと同じか、それ以上のことを学生から教わる。これは多くの教員が感じることではないだろうか。

(29) サラにイサクの誕生が告げられる場面が、大天使ガブリエルによってマリアにイエスの誕生が告げられる「受胎告知」の予型(タイポロジー)と見なされてきたことを思い起こせば、イサクの供犠の話はイエスによる贖罪ともつながる。

(30) Cf. TI 306/下二〇五/四九二—四九三。石山晃一郎「レヴィナス『全体性と無限』における「家族」論の射程——ローゼンツヴァイクとの共鳴関係のなかで」『東京大学宗教学年報』第三一号、二〇一四年、六七—八二頁。

(31) デリダはこの問題について積極的に発言しているだけでなく、私生児性について考察している。さらにこの問題系は動物という問題系にも接続されるべきだろう。Cf. Jacques Derrida, Elisabeth Roudinesco, *De quoi demain… Dialogue*, Fayard/Galilée, 2001, p. 63–82. 宮崎裕助『ジャック・デリダ——死後の生を与える』岩波書店、二〇二〇年を参照されたい。一方、レヴィ゠ストロースは、補助生殖によって生じる複数の父や母、といった問題は民族学的見地からすれば、さほど驚くべきものではなく、ある種の民族では西洋社会が規範とする父一人母一人からなる（つまりカップルからなる）両親とは異なる家族が存在するとして、この問題を考察している。『われらみな食人種』渡辺公三監訳、泉克典訳、創元社、二〇一九年、八四―九三頁。卵子・精子提供や代理母の場合、贈与ではなく、他者の身体の搾取という観点から考えられるべきだろう。

(32) グレーバーの負債論においては、ユダヤ＝キリスト教的な「借り」のみならず、古代インドに遡っている点が示唆的である。バタイユの経済におけるキリスト教的な有罪性との関係については今後の課題としたい。

(33) もちろん、聖書にも親への孝を強調した挿話がないわけではない。その例は「ルツ記」だろう。

(34) ペルソナという複雑で多岐にわたる概念を近代の人格概念との関係でまとめている本としては、小倉貞秀『ペルソナ概念の歴史的形成――古代よりカント以前まで』以文社、二〇一〇年がある。

(35) ヘーゲル『法の哲学』藤野渉・赤澤正敏訳、『世界の名著』三五巻、中央公論社、一九六七年、四〇二頁。

(36) Georges Bataille, *L'histoire de l'érotisme*, *Œuvres complètes*, t. VII, Gallimard, 1976, p. 34. ジョルジュ・バタイユ『エロティシズムの歴史』湯浅博雄・中地義和訳、ちくま学芸文庫、二〇一一年、五一頁。

(37) 井岡詩子『ジョルジュ・バタイユにおける芸術と「幼年期」』月曜社、二〇二〇年。酒井健「バタイユと「見出された幼年」――インファンティア概念への一視角」『法政哲学』一三号、二〇一七年、一三―二四頁。

(38) この点については、井岡前掲書、九六頁。だが、これを一九世紀と片付けることができるだろうか。私たちはここで、デリダの『死を与える』の後半「秘密の文学――不可能な父子関係」に立ち戻らなければならないのだが、すでに紙幅は尽きている。また、父親と子どもの対立がなぜかくも長きにわたって文学や思想において重要だったのか、という大きな問題にここで答えることはもちろんできない。また、本来であれば、本稿の問題については精神分析への参照があってしかるべきであろうが、それは意図的に省略している。

白いインクで書くとすれば

横田祐美子

女性のなかにはつねに少なくとも少量の良質な母乳が残っています。女性は白いインクで書くのです。
（エレーヌ・シクスー「メデューサの笑い」）

子の誕生を贈与モデルで語ろうとするとき、他の贈与の場合とは異なり「きわめて奇妙な構造を持つ」と澤田も指摘するように、贈与者－受贈者－贈与物という三項に物事をすんなりと当てはめるのは困難であろう。さしあたり贈与者は子の遺伝的な両親となるが、「子どもの誕生においては、命を受ける者は、受ける時点ではまだ存在しない」と言われているとおり、子がいつから受贈者の資格を有する存在になるのかは大いに議論の余地がある。他方で、「生を与える」場合の贈与物とは何かを明確に規定しようとすれば、精子と卵子がはたして生命や魂の必要十分条件になりうるのかという問いが頭をもたげてくる。このように、いつ／誰が／誰に／何を／与えたのかが不明瞭なまま、私たちは誕生させられると言っても過言ではない。

かろうじて具体的に考えられるのは、子を育み、子がそこから生まれ出てくるところの場の問題ではないだろうか。フランス語の« avoir lieu »や« donner lieu à… »にみられるとおり、発生や生起を意味するこれらの成句表現には「場」(lieu)が含まれている。何者かが存在するということは、必然的にその者が何らかの空間を占めるということだ。しかし、贈与者‐受贈者‐贈与物という図式では、どこで贈与が行われるのかが主題化されていない。たとえば、フィリップ・ジェイムズ・ハミルトン・グリアスンやカール・ポランニー、栗本慎一郎などが論じた沈黙交易においては、会話や直接的な接触なしに物品をやりとりする者たちが、それぞれの共同体の境界線や中間地点、あるいは中立性を保持しうる神聖な場所に贈与物を置き、そこに置かれたものを受け取っていたとされる。すなわち沈黙交易がなされる場とは、特定の人物や集団に属していない場なのである。仮にそのような場こそが贈与や交換を成り立たせているという信憑があったのだとすれば、贈与モデル一般において場の問題がそれほど重視されてこなかったことも頷ける。

　けれども、子をなすという事態において場の中立性は存在しない。今日、胎児を体外で育てる機械装置の発明に向けた実験がすでに行われているとはいえ、子宮が「生を与える」場として変わらず機能しつづけている以上、けっして中立的ではありえない特定の身体が「生の贈与」の可能性の条件となっているのである。そのため「生を与える場合は、親はまさに子どもに自分自身を与える」という澤田の言明は正しい。たとえそれが遺伝的な親でなかったとしても。にもかかわらず、形而上学的な言説のなかで、その場は不可視化されやすい。眼鏡やコンタクトレンズによって明瞭な視覚が得られたところで、普段ひとがそれらに対する反省的なまなざしを向けることがないように、生命の誕生を支えるはずの場は、贈与モデルではあたかも透明なもののように扱われている。その際、子宮という場を直視せずに済ます身振りは、自身の生を賭けることなく子をもつことができるという特権性に結びついており、それ自体が生殖＝再生産におけるマチズモやマジョリティを体現してしまっている（代理出産を考慮に入れれば、必ずしもこれはシスジェンダー男性にのみ関わる問題ではない）。裏を返せば、子宮が「生の贈与」を条件づけるほどの力を有しているからこそ、この事実を隠蔽し、否認し、さらにはその場を所有者に代わって管理しようとする支配的な原理が働くのである。現に子宮を備えた身体はこれまで、国家権力や家父長的なイデオロギーのもとで抑圧され、自己決定権を蔑ろにされつづけてきたし、代理懐胎によって新たな植民地問題や臓器売買の温床となってもいる。このような意味で、子宮は最も政治的な闘争の場のひとつだと言えるだろう。

古代ギリシャ以来、生まれ出てくる子に形を与えるのはあくまで父権的な原理であり、「生を与える」ことは取りも直さず「精を与える」ことと同義であった。それゆえプラトンの『ティマイオス』においても、生成を論じるにあたって父と子の二項を立てるだけで十分であるという態度のもと、途中までは議論が進んでいくのである。理性の対象となり、つねに同一性を保持するモデルとしての形が父に準えられ、このモデルを模写し、生成するものが子に準えられる（48E–49A）。これらに対して、子宮は母に準えられる第三項にあたり、男根ロゴス中心主義の書き込みの場として機能し、父権的な原理から生命の源を受け取るだけの受容者とみなされ、それ固有の姿かたちをもたない生成の場とされた（50B–51B）。だからこそ伝統的な哲学の議論においては、子を生み出すという事象が男性的な支配体制のうちにあり、子宮の存在が軽んじられたり、その力が剝奪されたりしてきたのである。誕生や創造を贈与モデルによって論じることのなかにも、おそらくは同様の問題が残されている。

したがって、「女性」や「母」と呼ばれてきた場を排除することなしに家系図を描き直そうとするならば、私たちが通常、父と母を横糸で結び、その中間地点から縦糸を下に伸ばすような仕方で子を位置づけてきた親子関係（filiation）の図式化そのものが、形而上学的な思考によって汚染されていたと考えることができる。直線のみで構成された家系図では、「生を与える」ために逆説的にも自身に死が与えられる可能性を引き受けたはずの個々の身体が不可視化され、まるで空中に舞う花粉からそのまま次世代が生まれ出てきたかのようである。だが、見えづらくなってはいるものの、そこには絶対に空間的な広がりがあったはずだ。それは傷つき、血を流す延長なのである。澤田がバタイユからの引用を受けて「みずからの生と引き換えに他者に生を与えるのだとすれば、これこそ究極の贈与、気前のよさ（générosité）だと言えるだろう」と述べているように、「自己の贈与」の舞台となる場を、つまりは「生の贈与」が完遂されることを願って（あるいは呪いながらも）子を包み込んでいた場を、私たちはいま一度、生殖＝再生産の政治のうちではっきりと可視化しなければならないのではないだろうか。家系図のなかに白いインクで描かれた線を、その線によって囲まれた場を、見ることのできる眼が必要なのである。

澤田直『〈呼びかけ〉の経験――サルトルのモラル論』

「生を与える　家族と共同体」で展開された贈与論の背景をなしているのが、この一冊である。著者自身が「サルトルをとおして出会った」と前置きしていたとおり、澤田にとって贈与の問いはサルトルの文学・思想研究に端を発する。そこでは相剋的な対他関係からの突破口として「呼びかけ」が論じられており、贈与はこの「呼びかけ」と不可分なテーマとして立ち現れる。サルトルが『存在と無』で提起したまなざしの理論では、相対する者同士が言葉を交わさず視線を投げかけあい、見る者は見られる者を対象化することでその自由を制限するため、両者は自由を奪い返そうとまなざしによる闘争を繰り広げることとなる。それに対して『倫理学ノート』に登場する「呼びかけ」は、相互承認にもとづき積極的な対他関係の構築に向けた鍵概念として論じられる。「呼びかけ」とは他者へと言葉を差し向ける行為であるが、そこでは他者の自由が前提とされ、言葉が必ずしも相手に受け入れられるかどうかは定かではないとされる。それでもなお、いつか言葉が岸辺に辿り着くかもしれないという投壜通信にも似た行為として、他者への呼びかけは行われる。これこそがサルトルにとっての文学であり、贈与への開けなのだ。

このように、同書では贈与の問いが文学やモラルとの関係のなかで論じられているが、「生を与える」に接続可能な記述を遡及的に読み取ることもまた可能である。たとえば気前のよさを意味する「ジェネロジテ」が「計算の不在」によって特徴づけられるという記述は、親が子を選ぶことも、子が親を選ぶこともできないという「生の贈与」における計算不可能性の議論を予感させる。また、「あらゆる創造はひとつの贈り物であり、与えられることなしには、現実に存在することはできない」からはじまる『倫理学ノート』の一節を踏まえた議論では、「与えること」と「存在すること」が等根源的な事態であることが指摘されており、創造的な行為がたんなる作品ばかりでなく、他者との関係性をも生み出すことが示されている。以上から、同書は今回の「生の贈与」にかんする議論を思想的に準備した著作とみなすことができるだろう。（人文書院、二〇〇二年）

バタイユ『エロティシズム』

おそらく日本で最も読まれているバタイユの著作であり、序論冒頭の「エロティシズムとは、死におけるまで生を称えることだ」という文言はあまりにも有名である。バタイユにとってのエロティシズムは、たんなる性活動とは一線を画し、子孫繁栄の目的もなければ、生まれてくる子への配慮にも結びつかない、人間に特権的なひとつの探究として描き出されている。それは生が有する激しいエネルギーの横溢をめぐる思考そのものであった。連続性と不連続性、死と暴力、供犠、禁止と侵犯といったさまざまな観点から論じられるエロティシズムは、いかに私たちの生が過剰さによって貫かれているかをまざまざと見せつけてくるのである。

とはいえ、エロティシズムが必ずしも生殖に対立するわけではないことに注意する必要があるだろう。もちろん、それが人間特有の事柄である以上、動植物も行っている種の保存と繁栄をそのままエロティシズムにあてはめることはできない。だが、議論のなかで無性生殖や有性生殖における細胞の動きからヒントを得ているように、「生殖の根本的な意味はエロティシズムを解く鍵になっている」とバタイユ自身も述べている。彼によれば「猥褻さとは、自己を所有するのに適した肉体の状態、持続しえて確固としている個体性を所有するのに適した肉体の状態をかきみだす混乱」だとされているが、子を宿した身体もまた内部に他なるものを抱えることで、自己の身体をみずからが統治しえない状態に置かれている。妊娠・出産とはまさに自身の身体やエネルギーを浪費し、時には死に見舞われながらも、自己と他者の境界を攪乱し、消失と贈与が表裏一体となった危機へと身を晒す行為である。だからこそバタイユも「出産それ自体、引き裂かれることであり、秩序ある行為の流れを越える過剰なのではあるまいか」と自問することになるのだ。「生を与える」局面においても、人間はエロティシズムと同様に危険を欲し、静態的で不連続な在りようからの脱出を試みていると言えるだろう。この意味で、「生の贈与」とエロティシズムがそれぞれに描く円は、部分的に重なりあっているのである。

（酒井健訳、ちくま学芸文庫、二〇〇四年）

中真生『生殖する人間の哲学——「母性」と血縁を問いなおす』

子を生み出すことを哲学的に思考しようとしたとき、いまや避けては通れない道となっているのがレヴィナス哲学ではないだろうか。実際、澤田は今回の「生を与える」でも『〈呼びかけ〉の経験』でもレヴィナスを取り上げており、そこから「生の贈与」と「呼びかけ」を論じるうえでの彼の重要性を推し量ることができる。澤田とサルトル、そしてレヴィナスの議論が交差するのは、相剋的でもなければたんなる同一性へと回収されることもない、他者との開かれた関係性においてであると考えられる。そうであれば、中がレヴィナス哲学を導きの糸としながら生殖について考察した同書は、「生の贈与」についての思索を深めるうえで必読の関連書となるにちがいない。

生まれ来るすべてのものに共通しているのは、その存在がみずからの起源を、つねに自分とは異なるものに負っているということである。自己原因ではありえない私は、存在すると同時に、私に先立つ他者との関係のうちに否応なく投げ入れられている。生む＝産む者のほうに視点をあわせれば、「生を与える」という行為それ自体が、いまだ現実化していない受贈者＝子＝他者との関係へと身を開くことだと言えるだろう。こうしたことを中は、自己同一性に閉じこもる「同の論理」を解体する契機として提示する。生む＝産むとは「自分とは異なるものに突如として襲われ、それまでの自己のあり方を根底から覆される」経験であり、他なるものを迎え入れ、他性を被ることである。その際、当然ながら他なるものは計算可能性を超過しており、「生を与える」側がコントロールしえないものとして現れる。こうした観点から、中は生殖補助医療や障害児をもつことなどの事例を取り上げ、抽象的な哲学的思考ときわめて具体的な事象を接続していくのである。

興味深いのは、母親と父親、産んだ者と産まない者、血縁関係にある者とない者の境界線が引き直され、そこに決定的な差異が設けられなくなることであろう。誰が血を流すのかが度外視されているとすれば問題含みな議論ではあるが、同書では従来の親子関係や広義の「親」における序列を問い直すために新たな視点をもたらす試みがなされている。

（勁草書房、二〇二一年）

ジュディス・バトラー『問題＝物質となる身体』

生殖について語るときに私たちが語ることは、たとえ書き手がどれほど苦心したとしても、多くの場合は特定の規範のもとから脱け出せずにいるのかもしれない。それは父権的であったり異性愛的であったりするとともに、前掲の中の著書で指摘されているとおり、産むことにかんしては直接性が間接性よりも上位に位置づけられるなど、複雑に序列化されている。「生の贈与」が行われるのは、明らかに権力闘争の渦巻く政治的な場である。それゆえ現代においてこの問題を取り上げるからには、もはや素朴な態度を維持することなく、それぞれに内面化された規範そのものを問いただす視座が獲得されなければならないだろう。

こうした問題意識を共有してくれる一冊が、バトラーのこの本である。とりわけ表題ともなっている第一部第一章では、女性の身体が生殖をめぐる言説のなかでいかなる地位を与えられてきたのかが、プラトンの『ティマイオス』や、それに対するデリダとイリガライの脱構築的読解をとおして論じられる。『ティマイオス』において「母」や「乳母」とも呼ばれる「受容体（コーラ）」は、叡智的なものでもなければ感覚的なものでもなく、形相でもなければ質料でもないという二重の否定によって、形而上学的な二項対立の外に放り出されている。それは子を生みだすという生殖過程において、女性的なものを「それ自体は人間的なものではなく、またそれを通じて言わば生産される人間的形態の形成原理とは決して見なされないものへと凍結する」思考を反映している。このようにして、男根ロゴス中心主義をベースにプラトンの生殖観念が形成されていたことが暴かれるのだ。さらにバトラーは貫通という観点から、プラトンの議論が男性を「貫通不可能な貫通者」に、女性を「常に貫通される者」へと割り振ることで異性愛規範を強化し、女性ばかりでなく同性愛的主体までもが形而上学の二元論から閉め出されていることを指摘する。「生を与える」というテーマが身体から切り離しえないものである以上、そこにジェンダーやセクシュアリティによって排除されている者がいないかどうかを考慮する必要性が、いままさに叫ばれている。

（佐藤嘉幸監訳、竹村和子・越智博美ほか訳、以文社、二〇二一年）

笑いの感染

「留保なきヘーゲル主義」以後、デリダはバタイユとどう付き合ったか？

鵜飼 哲

1　感染／伝染／汚染

新型コロナウイルスの出現以来、「感染」という言葉があらためて私たちの日常の一部になった。「感染」は避けなければならない。この言葉が用いられるとき、それは自明の前提である。感染を予防すること、それは単に個人的な自衛のための配慮ではない。集団生活を維持するために誰もが従わなくてはならないルールである。

「感染」という言葉は、言うまでもなく、細菌やウイルスを主語とする「原義」でのみ使われてきたのではない。習俗や思想、振る舞いや言葉遣い、現在では情報通信の領域まで、「感染」は人間の集団生活のほぼ全域に比喩的に転用されてきた。特定の細菌に感染した人々の隔離・収容から社会的マイノリティや外国人の迫害まで、最悪の暴力がこのレトリックによって正当化されてきた。「感染」とはつねになんらかの悪の「感染」であり、「感染」自体が悪とみなされる。

日本語には「伝染」「汚染」といった「感染」に隣接するいくつかの類義語がある。「伝染」と「感染」の区別については、事典的な定義によれば、体内に入った病原体がもとで起こる病気が「感染症」、そのうち生物から生物にうつるものが「伝染病」とされる。食中毒や細菌感染が原因の盲腸炎など、他者にうつらない病気は「感染症」ではあっても「伝染病」ではない。新型コロナウイルスは人から人にうつるのでこの定義によれば「伝染」するわけだが、このウイルスを原因とする疾患が「伝染病」と呼ばれることはなぜか少ないようである。「汚染」については現代の主要な用法はむしろ公害であり、有機水銀から放射能まで、生物体だけでなく環境全体がその目的語となる。この三つの言葉のうち受動態が常用されるのは「汚染」だけである。ただし、「汚染」にも道徳的含意を持つ比喩への転用はある。悪による魂の「汚染」はありうること、阻止すべきことと考えられている。

フランス語にも日本語の場合とある程度重なる類似表現がある。contamination と contagion である。ともにラテン語からの派生語で、「ともに」の意味の同じ接頭辞 cum > con を持つ。taminare が「汚す」を意味し汚辱、穢れといった観念につながるのに対し、tangere は「触れる」の意であり、接触 (contact) の観念それ自体にはかならずしも否定的な要素は含まれていない。とはいえ中立的とも言えず、触れる／触れないという所作にまつわる強い両義性を帯びている。現代フランス語の contagion に否定的な語義しかないのは、衛生観念の浸透とともに接触の両義性自体が回避の対象になったということだろうか。コロナ禍の拡大以来のフランス語の論説を読んでいると、この二つの言葉がある程度併用されていることに気づく。用法上の厳密な基準があるのかどうか筆者には判断がつきかねるが、少なくともここでは、日本語に見られるような感染／伝染／汚染の使い分けはなされていないようである。ジョルジュ・バタイユにとって文学と悪は不可分だった。文学は悪を「うつす」。漢字で表記すれば「写す」「映す」「移す」という三つの語義の重なるところに、文学と悪の、そしてバタイユが「交流」(communication) と呼んだ至高性の経験がある。「悪」は感染し伝染する。魂を汚染する。あたかもある種の動物のように、文学は悪を媒介する。文学によって悪が「うつる」とき何が起きるのか？　この問いにわれわれは笑いのモチーフを通じて接近することを試みよう。周知のように、笑いもまた「うつる」からだ。

2　バタイユの笑い

バタイユには唯一の笑いがあったのだろうか？　彼の笑いは唯一の概念に対応しているのだろうか？　バタイユを読みながら笑うとき、読者はその概念に忠実なのだろうか？　それとも笑いはその本質からして概念を裏切るものなのか？　その場合、笑いを思考するとはどのようなことか？　思考と笑いにはどんな関係がありうるのか？

バタイユは笑いを繰り返し論じ直し、語り直した。しかし、彼に複数の笑いの概念があったと言うことはおそらく正確ではない。笑いは言葉の限界を超える出来事であり、散文で一回限り表現し尽くされることはありえない。言いかえれば、笑いを論じ語ったバタイユのテクストのひとつひとつから、そのつど異なる思考の道が開かれうる。ここでは比較的後期の著作である「至高者」の、次のくだりから検討を始めることにする。

> われわれの条件に内在するもっとも重い悲惨のために、われわれは節度〔尺度 mesure〕——あるいはいかさま——なしには没利害的でありえず、最終的には厳正さだけでは、われわれがどれほどそれを激しく欲しようとまだ十分ではない。人間の精神にはあまりに奥深い襞があり、そこに長居することは精神のためにならないだろう。というのも、そこに見出される真実は、折り目正しい外観を乱れさせずにはおかないからだ。
>
> 　そうした困難な条件でわれわれは笑うか怯えるしかないのだが、狡猾な笑いのほうが慄きよりも率直だ。笑いはわれわれに逃げ場がないということ、われわれは欺かれることを朗らかに拒否するということを、少なくとも意味するからである。
>
> 　このことをまず言っておくべきだった。というのも私には、反抗という「主張」が近くからであれ遠くからであれ、人間の魂の襞が隠している口外できない事柄とつながっていないようにすることはできないが、あれらの終わりのない重苦しさを私は笑い飛ばす〔*je me ris* 私は私を笑う〕、そして反抗する精神も私とともに、或る日、慄きのなかであれ笑い飛ばす。先に述べたように私は幸福な笑いで笑うのだが、私の熱情はこの笑いが至高的に「狡猾」であることを欲する。[1]

バタイユの笑いの思考のこの異型は、アルベール・カミュの『反抗的人間』との対話を通して紡がれたものと推察される。(2) 「反抗」が未来の目的のために現在の瞬間を犠牲にするのであれば、バタイユにとってそれは至高の行為ではない。しかし、「反抗」が未来のための有用性を笑い飛ばすこと、おのれ自身を笑うことがありえないとも限らない。「反抗する精神」が有用性を、至高者とともに笑う可能性を、ここで彼は少なくとも担保しようとしている。

バタイユによれば、有用性の回路を脱すること、没利害的であること、至高的であることは、笑いか怯えによるしかない。そのうえで笑いは、その「狡猾」さ (insidieux) のゆえに、怯えより「率直」(droit) だと言うのである。この奇妙な用語法の含意が明らかになってくるのは、「反抗する精神」は笑いか怯えのどちらかではなく、それが笑うとすれば慄き、すなわち怯えのなかだと想定されるときである。あたかも笑いの「狡猾な」「率直さ」を、「反抗する精神」は受動的に被るかのように。それに対して「私」の笑いは「幸福」であり、「至高的に「狡猾」」な笑いを熱望する。

ここでバタイユは insidieux という言葉の多義性に暗に訴えているように見える。この形容詞には「狡猾な」のほかに、「ひそかに広まる」「潜行性の」といった語義もある。ラテン語で「座っている (insidiosus)」という「原義」から「待ち伏せ」や「罠」の観念をすでに派生させていたこの語の意味論的構造の古層は、笑いの本質的な潜行性、感染性、突発性と気脈を通じているのではないだろうか。「至高者」は「反抗する精神」と、悪に感染した者、「罠」にかかった者同士、ひそかにともに笑いたいのだ。

3　笑いと否定性

このようなバタイユの笑いを、読者は読めるのだろうか、聞けるのだろうか、あるいはともに笑えるのだろうか？　①〈彼〉の笑いを理論的に理解すること、②〈彼〉の笑いを聞くこと、③〈彼〉とともに笑うことはまったく別の事柄だ。①が②、③の条件なのか、それとも障害なのかもただちに明らかではない。この一連の問いを携えて、ジャック・デリダのバタイユ論「限定経済から全般経済へ――留保なきヘーゲル主義」（一九六七）を読み直すことにしよう。

自己意識の独立はそれが隷従することでおのれを自由にするとき、それが労働し出すとき、すなわち弁証法に入るとき、笑うべきものとなる。笑いだけが弁証法と弁証家とを超過する。それは意味の絶対的放棄、死の絶対的危険、ヘーゲルが抽象的否定性と呼ぶものから出発してのみ炸裂する〔éclate〕。けっして場を持つことのない、けっしておのれを現前＝提示する〔*se présente*〕ことのない否定性、なぜならさもなければそれはふたたび労働し始めてしまうだろうからだ。文字通りけっして現れることのない笑い、なぜならそれは現象性一般を、意味の絶対的な可能性を超過するからだ。そして「笑い〔rire〕」という語そのものも〈炸裂／破片／輝き〉〔éclat〕において、その意味の核の破裂〔éclatement〕においても読まれなければならない、至高的営為の体系〔*système*〕（「酩酊、エロスの流露、供儀の流露、詩の流露、英雄的行為、怒り、不条理」等。『瞑想の方法』参照）に向けて。この笑いの〈炸裂／破片／輝き〉が主人性＝支配〔maîtrise〕と至高性の差異を輝かす〔fait briller〕、とはいえそれを示すことはなく、なんとしても言うことだけはせず。(3)

笑いは精神の現象学に現れない。意識の経験ではないからだ。至高性と主人性＝支配の差異は、そのような笑いによって、示されることなく輝かされる。そうである以上意味の可能性は持たないが、この「否定」は欠如ではなく過剰、超過の印である。笑いの「意味の核」はおのずから断片化することで炸裂し、意味の手前ないし彼方で差異を輝かす。フランス語の「笑い」rire のラテン語の祖型 ridere には「輝く」「光る」の意味もある。

笑いのモチーフを特権的に扱うことで、デリダはここで笑いという対象に関する独自の理論を提出しようとしているのではない。むしろ読むという営みの根本的な刷新を提案しているのである。意味に固着する作業＝労働ではもはやないような読み、至高的営為、賭け＝戯れ、彼がやがて散種と呼ぶことになるものに向けて溢れ出ていくような読み、それは現れざる笑いに耳を開くことから始まる。「留保なきヘーゲル主義」の骨組みはジャン＝ポール・サルトルの「神なき神秘家」（一九四三）の批判によって組み立てられている。サルトル論文への言及は主として注でなされる。「しかし笑いはここではヘーゲル的な意味での否定的なもの〔*le négatif*〕である(4)」と断定するサルトルに、デリダは次のように異を唱える。

笑いは否定的なものではない、その炸裂〔*éclat*〕はおのれを保持せず、自己につながれず、言説に

要約されないからだ。すなわち揚棄〔*Aufhebung*〕を笑うのである。(5)

本節冒頭の図式に立ち戻れば、サルトルはバタイユの笑いを、ヘーゲル的概念の枠内に包摂して「理解」した。それは〈彼〉の笑いを聞かずに済ます方法だったかも知れない。一方、「笑いは否定的なものではない」というデリダの指摘にも文法上の否定形が含まれている。否定的なものについてのこの否定的判断はしかし、言説に要約不可能な過剰を指し示し、バタイユの笑いを聞くこと、〈彼〉とともに笑うことに向かう、否定性ならざる〈否定の道〉と考えるべきだろう。脱構築的転倒はここで抽象性の位置の交替という形を取る。

至高性、賭け＝戯れ〔jeu〕の絶対は抽象的否定性であるどころか、それが意味の真面目さ〔le sérieux du sens〕を賭け＝戯れに書き込まれた抽象のように現しめなければならない。〔…〕そして笑いはおのれを笑う、「大きな」笑いは「小さな」笑いで笑う、というのも至高的営為にしても、自己享楽においておのれを自己に関係づけるためには、生を――二つの生を溶接する生を――必要とするからだ。それゆえそれはある仕方で絶対的危険を仮装しなければならず、この仮装を笑わなければならない。それがおのれに対して演ずる喜劇において、笑いの〈炸裂／破片／輝き〉は、意味がそこへと絶対的に落ち込んでゆくあの〈ほとんど無〉〔ce presque rien〕なのである。(6)

本稿では立ち入ることができないが、ここでデリダが述べている観点から「ヘーゲル、死、供儀」

を読み直し、バタイユが「喜劇」と呼ぶものの位置づけを再考する必要があるだろう。

4　バタイユが怯えるとき

笑いはデリダによれば理論の対象ではない。それを考えるには、現れない笑いにその潜行性、感染性、突発性において応答する、別の思考を発明しなければならない。「笑いはヘーゲル的体系には不在である(7)」。この確認はしかし、ヘーゲルのテクストが笑いと無縁であることを意味しない。体系の裂け目から、体系とテクストの断層から、哲学者以外の誰かの笑いが漏れてくることがありうるからだ。

「留保なきヘーゲル主義」はヘーゲルに対するバタイユの微妙な関係を問題にする。題辞には「ヘーゲルは自分がどれほど正しかったか知らなかった」というバタイユの言葉が掲げられている。冒頭早々、「しばしばヘーゲルは私には自明に思える。しかし自明は耐える〔支える supporter〕に重い」というバタイユの言葉が引かれる。こうした参照は、ヘーゲル軽視の傾向が顕著になりつつあった当時のフランス思想界の流れと一線を画す姿勢を明示するためのものだ。デリダにとっては至高性と主人性の差異こそが思考されるべき当の事柄であり、そしてこの差異は現れない笑いによってのみ思考される。だからこそヘーゲルのテクストの襞にそれを聞き取るすべが探られなければならない。

デリダが実際にヘーゲルのテクストの細部に徹底的にこだわる読みを展開したのは『弔鐘』(一九七四)においてである。この著作でバタイユの名はジュネ欄に、『文学と悪』が論じられる際に現れる。

ジュネの作品に対するバタイユの否定的評価を、デリダは次のように論じている。

さてここで、彼自身のglasは措くとしても、すべての点でこの場面を読む準備ができていたはずの一人の同時代人（この事実は非常に重要だ）、その彼が狼狽〔落馬 se démonter〕し、もはや見ようとせず、言いたいことの逆を言い、真っ向から批判を始め、いきり立つ。(8)

この後も断片的な指摘がさまざまに続く。しかし、すでにこの一文だけからも読み取りうることはいくつかあり、そのニュアンスを慎重に読み解かなければならない。ひとつはデリダがバタイユを、もっぱらジュネとの対立関係において位置づけているわけではないことだ。バタイユはジュネが読めたはずだった。同時代人としては例外的に、その準備ができていたはずだった。だとすれば、それはどんな準備だったのかが問われることになるだろう。デリダ自身、ジュネを読むために、このバタイユ的準備から学んだことがあるはずなのだ。

もうひとつは、『文学と悪』でバタイユがジュネに対して示した態度に、落馬になぞらえられるべきある種の事故的性格をデリダが認めていることだ。デリダはバタイユの怯えを感じ取る。怯えか笑いというわれわれが先に「至高者」に見出したあの岐路で、バタイユは笑えなかったために落馬したことになるだろう。笑いを理解すること、聞くこと、ともに笑うことという区別をもう一回参照すれば、バタイユはおそらくジュネの笑いを聞いたのである。しかし、彼とともに笑うことはできなかった。「事故」はそのとき起きた。バタイユが真面目になってしまったのだ。

ジュネは書くのだが彼の読者たちと交流する能力〔pouvoir〕も意図〔intention〕も持ち合わせない。彼の作品の練成〔完成度の高さ élaboration〕はそれを読む人々の否定という意味を持つ。〔…〕この作品は完全には作品ではなく ersatz〔代用品、紛い物〕だったのであり、文学が切望する交流〔communication〕に届いていなかったのだ。文学は交流だ。それは至高者たる作者から出発して孤立した読者の奉仕を超え、至高者たる人類に語りかける。(9)

バタイユが他の場所でつねに強調したように至高性が不可能な経験ならば、「能力」や「意図」などの条件に依存するような「交流」は、感染する笑いと同じ「高み」に達しえないだろう。読者がともに笑えないのは作者のほうに問題があるからだとバタイユは言っていることになるが、ここでは読者のほうが耳を塞いでしまったように見える。

デリダは同時に、この出来事が単なる事故でなかった可能性も考慮している。ヘーゲルのそれとは区別されるとはいえ、バタイユにも体系に対するある種の志向が存在する。笑いは彼にあって、「酩酊、エロスの流露、供儀の流露、詩の流露、英雄的行為、怒り、不条理」(『瞑想の方法』)など、他のもろもろの「内的経験」との体系的連関のうちに置かれている。

この説教臭い言説の大仰なアカデミズムとやはり呼ぶほかないものがまったくの事故でないとしたら、盲目の、否認の、否定的倒錯(神経症は倒錯の否定態であると言われるような——そしてここではそれは単に文彩にすぎないものではない）の効果がそこにあるとしたら、それはおそらく体系がそれを可能にしているということだろう。そこではすべてが、いつなんどき、このうえなく警察的に洗練された――陰鬱な、道学者風の、情けないほど反動的な――説教に豹変してもおかしくない。不安定な、到達不可能な限界、至高性は、（シミュラクル、脱固有化、損失、大きな笑いなどといった）その体系のすべてともども、形而上学（真理、本来性、固有性、支配）につねに変質しつつある。それはつねに、それが転倒するもののコードで読むことができる、転倒以上のことをそれがするとしても、やはり転倒もしなければならないものの。形而上学的な読みが居座るにはほんの僅かなことで足りる、論理的なり、言語的なり、言説的なりの、ほんの僅かなことで。(10)

デリダがここでバタイユを外在的に批判しているのではなく、この事態を他人事と考えていない点を見落としてはならない。この事態は構造的事故とでも呼ぶべきものであり、デリダがバタイユにその先駆的試みを見出す脱構築に、つねに内在的につきまとう危険の所在を暗示する。『弔鐘』は「留保なきヘーゲル主義」とここで接する。デリダによれば「交流」は、ここでは「限定経済の交換」に変質しているのである。

純粋で循環を外れた蕩尽というモチーフが、（ここでは自由主義的な）限定経済の交換に記入し直されるにまかせるには、ほんの僅かなことで足りるということがまたしても見て取れる。〔…〕危

険には（居心地良い妥協でもある）危険が住み着いている。主人が至高者に住み着くことがつねにありうるのだ。(11)

5　アンティゴネーの笑い

一方デリダは、バタイユの著作でジュネの作品世界との近接性を特に示すものとして、エッセイ「花言葉」（一九二九）と詩「弔鐘」（一九四二）を挙げている。後者についてはのちほど詳しく検討しよう。前者は『弔鐘』のもっとも重要なモチーフのひとつであるジュネにおける花の問いと直接つながるので、論じるとすればジュネのテクストをその複雑さに十分配視しつつ参照する必要があり、本稿の議論に適切に組み込むことは難しい。(12) 春の野に花々が開いていく様が、集団的な笑いの感染になぞらえられている一文にだけ注目しておこう。

> 春には自然のなかになにかが炸裂するように〔d'une façon éclatante〕伝播していく、笑いの炸裂〔les éclats de rire〕が次々に、挑発し合い重なり合いながら広がっていくのと同じ仕方で。(13)

バタイユにとってこれは単なる比喩ではなかっただろう。笑いと同じく「花言葉」も、「意味の絶対的な可能性」を否応なく超過する。「留保なきヘーゲル主義」でデリダは笑いをその éclat（炸裂／破片／輝き）から論じていたが、この着想がバタイユのテクストに由来するものであることがここから分かる。

当然のことながらバタイユは、『弔鐘』のジュネ欄ばかりでなくヘーゲル欄にも、名指されないまま、現れないまま、さまざまな、おそらくは決定的な仕方で関与している。『弔鐘』の至るところに笑いは反響する。それは一方で、ジュネの戯曲『屏風』（一九六二）の「死者の国」（一四、一五景）に通じている。アラブ人の死者たちはそこで、「とてもおだやかな笑い声を立てる〔éclatent d'un rire très doux〕」。この笑いはあたかも、ヘーゲル欄のアンティゴネーの笑いに応答するかのようだ。笑うアンティゴネー？周知のようにソポクレースの悲劇にそんな場面はない。ヘーゲルの哲学的解釈にも、一見そんな余地はない。しかし、デリダはあえてそれを語ろうとする。

二人の兄弟〔エテオクレースとポリュネイケース〕は頭を突き合わせていがみあい殺しあうことしかできない。

兄弟としては。アンティゴネーはそのことで死ぬ。とはいえ笑っていないわけではない〔mais non sans rire〕、最後に退場していきながら。[14]

女の打撃、それはイロニーだ。「共同体の内なる敵」たる女はつねに最後の瞬間に笑いを炸裂させることができる〔La femme « ennemi intérieur de la communauté » peut toujours éclater de rire au dernier moment〕。彼女にはできる、自分を抑圧する威力を涙と死のなかで倒錯させることが。〔…〕アンティゴネーはキュベレだ、過程のすべてに先行し後続する母なる女神だ。すべての破局、すべての失墜、すべての殺戮に彼女は立ち会い無傷のままそこに残る。おのれの死にさえ彼女は動じない(16)。

『弔鐘』ではヘーゲルがソポクレースの戯曲を参照して論を展開した三つの著作、『精神現象学』『美学』『法哲学』が詳細に検討されており、家族の問いからヘーゲルのテクスト「全体」への非体系的(再)入門を図るデリダの読みの戦略において決定的に重要な位置を占めている。しかし、後半のほぼ三分の一の長さを費やして展開されるアンティゴネー論は、本書の多様なモチーフとそれこそ散種的に呼応していて、議論の中心の確定はおそらく意図的に不可能にされている。ジョージ・スタイナーの『アンティゴネーの変貌』から近年のフェミニズム的なアンティゴネー再読のさまざまな試みまで、デリダのこの論に対しては位置づけが困難なため副次的な言及にとどめる傾向が支配的である。

この困難な作業に着手するための有望な導線のひとつとして、われわれは前出の二つの引用に見られるアンティゴネーの笑いという論点に注目したい。そして、そこにバタイユの影が認められないかどうかを調べてみたい。というのも、ヘーゲルの(体系ではなく)テクストに潜む笑いに耳を開くことを、バタイユ以外のいったい誰からデリダは学びえただろう？　より正確に言えば、ここには「留保なきヘーゲル主義」と『弔鐘』の連続と断絶が同時に刻印されており、バタイユに対するデリダのスタンスの両義性が、その縦深の全幅において垣間見られるように思われるのだ。

ヘーゲルによれば、ギリシャ的な人倫的実在は「人間の掟」と「神々の掟」の対立と相互依存によって構成されている。『アンティゴネー』の悲劇が描くのはこの対立が限界に達し、二つの「掟」がともに没落するに至る過程である。都市国家の精神は「自分自身を意識した現実という形をとるので、人間の掟と呼んでもよい」。この掟は一般性という形式を持ち、公開的で周知されるものであり、男性に属し、昼の明るみのうちにある。それは生者たちの世界、地上の国を統べる。それが「統治の形をとるときは、単一な個人性としての自己確信」となる。戯曲でテーバイの王クレオンが体現するのはこの精神である。

しかしこの人倫的威力は、「人倫の単一で直接的な存在者」のうちにおのれの対立者を持つ。この対立者にもう一つの人倫的威力として、「自己としての自己を他者のうちに直接意識する」という形で自己意識の契機がある。その境位は自然的にして人倫的な共同体、すなわち家族にほかならない。王の布告を破って兄の埋葬を敢行するアンティゴネーが言うように、家族が従う掟は人間ではなく神々が定めたものである。アンティゴネーは言う。

この法は昨日今日のものではない、永遠に／命を保つもの、いつから現れたか誰も知りません。／私は誰ぞの意向を怖れるあまり、その法を犯して、／神々の前で罰を受ける気にはならなかったが、それというのも、／当然のことだが、いずれ死ぬことがよく分かっていたからだ。／たとえあなたが先のお触れを出していなかったとしても。もし寿命を／待たずして死ぬことになろうとも、それは私の得になること。だって、私のように数々の不幸の中で生きる者は、／死ねば得をすると、どうして言えぬであろう。／それ故、今この定めに遭うのは、私には／少しも苦痛ではありません。でも、同じ母から生まれたあの方が、死んで埋葬されぬのを許したりすれば、その

ことには苦しんだことでしょう。今のことなど苦にもなりませぬ。(17)

悠久の神々の掟は死者たちの世界、地下の国に根を持つ。ギリシャ的な人倫的実在において、家族の死者たちを弔うこと、死者たちに世話を尽くすことは女性たちの務めとされる。この性別役割分業に内包された逆説の数々が、ヘーゲルのアンティゴネー論によって読めるようになった。とはいえ、これらの逆説には弁証法に包摂し切れない力が潜む。この力は過程のうちに現象することはけっしてない。デリダによればそれは、過程に先行し後続する、けっして現勢化することのない「準超越論的」な潜勢力である。

バタイユ以後のヘーゲルの読者は、クレオンとアンティゴネーの対決に、主と奴の弁証法とは異なり、「死の絶対的危険」が賭けられていることに気づくだろう。そして、アンティゴネーの静かな確信のうちに、現れないまま響く笑いを耳にするだろう。そこには男たちが勝手に定めた「人間の掟」を笑う笑いばかりでなく、「神々の掟」がみずからを笑う笑いも含まれている。この危険の絶対性はある意味で仮象であり、神々の掟、死者の世界を体現するアンティゴネーにとって、死は単純な終末、消滅ではありえない。それは仮象に**すぎない**とは言えないような仮象、本質との二項対立における劣位項ではないような仮象、バタイユ的な意味のシミュラクルに通じる仮象である。

とはいえ、ヘーゲル自身は、この笑いにまったく耳を閉ざしていたと言うべきだろうか。ここは非常に微妙な論点だが、デリダが先の引用中で参照していた「共同体の永遠のイロニー」という名高い表現は、この問いに複雑な対応を要請する要素を含んでいるように思われる。ヘーゲルはそのくだりでこう述べていた。

この女性――共同体の永遠のイロニー〔die ewige Ironie des Gemeinwesens〕――は、たくらみによって、統治という一般的な目的を私的な目的に変え、その一般的な活動をこの一定の個人の仕事に転換し、国家の公の財産を、家族の私有物や装飾品に顛倒させてしまう。こうして女性は――快楽を求め享けることや、また現実に活動することなど――個別的なことには、もはや冷淡になってお り、ただ一般的なことだけを考え、配慮している、老練な年寄りのまじめな知恵を、気ままな態度をとる未熟な若者の嘲笑〔Spotte〕にさらし、若者の感激に価しないものとして冷笑〔Verachtung〕してしまい、もともと役に立つのは、若者の力であると言ってこれをもちあげる。(18)

ありふれたミソジニーを指摘することはもちろん可能だ。とはいえ、ソポクレースの『アンティゴネー』に対するヘーゲルの強い賛嘆の念（『美学』）、クレオンと対峙するアンティゴネー、地上の法を犯して兄を弔う妹への紛れもない共感と照らし合わせるなら、高齢の男性権力者を嘲笑する女性の一例と彼女をみなしているようにも取れるこの一節に、強い否認の衝動を認めることも同様に可能だろう。ここにはおそらく二人のヘーゲルがいる。兄ヴィルヘルムには妹の笑いが聞こえた。(19) 哲学者ヘーゲルは聞くことを理解することと理解して耳を閉ざした。彼の弁証法はこの否認のエネルギーで労働する。しかし、否認された笑いは労働の外に、「永遠のイロニー」として反響する。そして絶対知に至るまでその気配は漂い、弁証法のあらゆる運動に亡霊として取り憑き続ける。

逆に言えば、アンティゴネーとともに歴史は絶対知なき終焉を迎えても不思議ではなかったのだ。デリダはこの危険を指摘する。

アンティゴネーの死後に、何も生き残れるはずはない。何ももはや続くこと、彼女から、彼女の後に、出てくることはないはずだ。彼女の死の知らせは、歴史の絶対的終焉の鐘を鳴らすはずだ。凍りついた（グラセ）、処女のままの、不毛の透明性。欲望のない、そして労働のない。Sa〔絶対知〕のない、歴史の終焉。Saは、妹のものになる〔に回帰する revient à〕ことはできない。父の、母の、息子のものになることはできるかも知れないが、妹のものには。

それなのに、すべてはあわや停止するところだったことになるだろう、歩行中に〔en marche〕、或る段で〔sur une marche〕、躓くか足が立たなくなるところだったことに。[20]

否定的なものならざる笑いは揚棄（Aufhebung）を笑う。「留保なきヘーゲル主義」の注は、すでにアンティゴネーのことを考えていたらしい。

6　笑いとエロス

正直なところ、こんなところにまでバタイユの影を認めることが本当に許されるのかどうか、われわれに確信があるわけではない。しかし、この危険は冒すにあたいすると思える。とはいえ、彼の著作に笑いの性差に触れた箇所があるだろうか。アンティゴネーへの言及はどうだろう。われわれはいずれも確かめることができていない。しかし、『マダム・エドワルダ』や『母』など、彼の文学作品に女の笑いが炸裂することは周知の通りだ。女の笑いを聞くこと、それに怯えつつ感染することが、バタイユの笑いの思考の形成にとって決定的な経験だったことを疑う余地はない。そして彼にとって「笑い」と「エロスの流露〔effusion érotique〕」、「詩の流露〔effusion poétique〕」は、言うまでもなく（体系的に）連関していた。

『弔鐘』ではバタイユの『性愛詩集』（一九五四）の一編、「弔鐘」が、手稿に残された諸異型とともに引用されている。「練成の諸段階」という一言以外の論評抜きに。

（a）「空〔LE CIEL〕」

愛の青銅〔bronze〕は打ち鳴らす
貴方の陰茎〔pine〕は鐘の赤い舌〔battant〕
私の女陰〔con〕の鐘〔cloche〕のなかの

（b）貴方の弔鐘〔glas〕の禿げた舌
女陰の（抹消された語。私の膣〔vagin〕の

私の小便〔urine〕の）鐘のなかの
愛の青銅は打ち鳴らす
淫蕩な〔voluptueux〕長い振動〔branle〕を

（c）愛の青銅は踊る
淫蕩な長い振動を
そして弔鐘の禿げた舌は
打ち鳴らす、打ち鳴らす、打ち鳴らす、打ち鳴らす
私のみだらな〔libidineuse〕鐘のなかで

（d）私のみだらな鐘のなかで
死の青銅が打ち鳴らす
陰茎〔la verge〕の鐘の舌が踊る
淫蕩な長い振動を(22)

そして、最終形。

「弔鐘〔LE GLAS〕」

私の淫蕩な鐘のなかで
死の青銅が踊る
陰茎〔une pine〕の鐘の舌は打ち鳴らす
みだらな長い振動を(21)

この詩が最初「空」というタイトルだったこと、glasという語は二稿から現れるがタイトルとなったのは最終形であり、直前の四稿でこの語に含まれていた死の観念が本文に露出し、そのとき「愛の青銅」が「死の青銅」に変わったことが分かる。一稿では「私」は女性器の所有形容詞として現れるが、二稿では迷った末に削られる。一稿では「貴方」は男でしかありえないが、「貴方＝男」「私＝女」「愛」という明確な異性愛的配置は、以後の版では次第に希薄化していく。一稿、二稿では動詞は「打ち鳴らす」(sonne)だけだが、三稿から「踊る」(danse)が登場し、「鐘」(cloche 女性名詞)と「舌」(battant 男性名詞)のあいだで二つの動詞の配分が、それこそ鐘のように、鐘の舌のように揺れる。ここで「淫蕩な」「みだらな」と訳し分けた形容詞voluptueuxとlibidineuxの配分も、おそらく連動して揺れている。この詩で誰が、何が踊り、誰が、何が打ち鳴らすのか。誰が、何が「淫蕩」あるいは「みだら」なのか。「練成」(élaboration)はその決定不可能性が深まる方向に進められたことが見て取れる。

続いてフロイトのフェティッシュ論を検討した後、デリダはbatailという語がbattant(打つもの＝鐘の舌)の古形であることに注意を促す。(23) battantはしたがって、作者バタイユ(Bataille)のひそかな署名でもありうる。署名は『弔鐘』のもっとも大きな問いの一つである。生後九ヶ月のわが子を遺棄したジャン・ジュネの母の名はGabrielle、息子は二一歳になったとき役所でそのことを知った。『泥棒日記』(一九四九)で初めて明かされるこの名がそれ以前からジュネの作品に、glという圧縮形で、あるいはさまざまなアナグラム的変形を施されながら散りばめられていることをデリダは発見した。一方asを反転して得られるsaは、先の引用にもあったように、〈絶対知〉(Absolute Wissen)のフランス語訳、savoir absoluの略号である。saはça、〈このもの〉と同音であり、ヘーゲル弁証法の円環性をパロディ的に参照する。glが暗示する母の笑いと〈このもの〉/〈絶対知〉は、glasという語のなかでいわば癒着しているのである。

閉止と溢出、緊縛と解放、笑いとエロスに共通の力の律動をうつすgl / gr / cl / cr... などの喉音+流音の組み合わせは、それ自体はどんな単位もなすことなく、多様な意味と連結しつつ意味以前にとどまる。éclat de rire、笑いの〈炸裂/破片/輝き〉も、この音綴群の網目に記入されている。[24] 詩「弔鐘」からはバタイユもこの運動に耳が開いていたことが窺える。この想定を補強するように見える箇所を二つ、「至高者」から引いておこう。

私なき、神なき空を私は想像する、一般的なものも特殊的なものも何もない空を——それは無ではない。私の目には無とは別のものだ。無とは私自身の、あるいは神の否定である、神も私もけっしてあったことはなく、けっして何ものでもなかったのだから。それとは反対に、私が語っているのは私の精神の滑落〔*glissement*〕であり、私は私の精神に、一般的ないし特殊的なものの全面的消滅を提案する。[25]

鎮静されざる多様性、私はそれだ（そこから私を引き去ることを、私に許すものが何かあろうか？　どこから見ても、私はそれに似ていないだろうか？）、それは惜しみなく〔généreuse〕、荒々しく、盲目〔aveugle〕である。それは笑いであり、嗚咽〔sanglot〕であり、何も持たない沈黙、望み、かつ何も引き留めない沈黙である。[26]

『弔鐘』ヘーゲル欄の展開がバタイユにどれだけのものを負っているか、笑いのモチーフをたどってわれわれは試験的な検討を試みた。『弔鐘』（*Glas*）という著作のタイトル、この作品の構想そのもの、デリダによるジュネのテクストの読みが、バタイユのこの小さな詩からどれだけの着想を得ているか、これもまた一度は最大限見積もってみることで貴重な発見が得られるかも知れない。

7 『弔鐘』以後――贈与・歓待・主権

デリダのバタイユに対する姿勢は『弔鐘』以後、一見直接的性格を減じていったように見える。とはいえ、後期に分類される彼の仕事のもっとも目につく課題群には、「留保なきヘーゲル主義」の発展と見るべき余地のあるものが少なくない。限定経済が交換の体系であるのに対し、いっさいの計算を超過する蕩尽を組み込んだ全般経済が、ポトラッチ的な贈与の出来事に開かれていることはすでに明らかだった。その後デリダはマルセル・モースの『贈与論』を直接扱った『時間を与える』で、モースが贈与として記述している事象はすべて交換であるという主張を展開する。この主張は人類学者、社会学者、また哲学者からも多くの批判を受け、裏返せば今も論争的であることを止めていない。ここでは「留保なきヘーゲル主義」で笑いについて言われていたことが、贈与に関して形を変えて強調されている点にだけ目を止めておきたい。

象徴的なものは交換と負債の秩序を開きかつ構成する、贈与がそこでは無化されてしまう循環の法ないし秩序を。それゆえ他者が贈与を知覚するだけで〔…〕この贈与の贈与としての、それとしての単なる承認〔reconnaissance〕が、それが感謝〔gratitude〕としての承認＝感謝〔reconnaissance〕となる以前に早くも、贈与としての贈与を無化することになる。贈与の単なる同定がそれを破壊するらしい。なにもかもが、それとしての贈与の出来事ないし制定とその破壊のあいだで、差異は絶えず無化に向かうかのような観を呈する。極限的には贈与としての贈与は現れないようでなくてはならないだろう、贈る者にも、贈られる者にも。(27)

贈与が贈与であるためにはそれは現れてはならない。贈与は現象性を保持することができず意識の経験ではありえない。デリダにとってそれは意味の秩序に属さない、バタイユ的な笑いと同じように。

一九九〇年代半ば以降デリダは歓待のモチーフに関心を深めていく。歓待が彼のセミネールで主題的に扱われたのは一九九五年からの二年間であるが、そのうちの二回がアンヌ・デュフールマンテルの依頼に応えて一九九七年に出版された。[28] とはいえ初年度のセミネールが刊行されたのはようやく昨年（二〇二一）のことであり、デリダの歓待論の全貌がすでに知られているとは言いがたい。限定経済と全般経済の区別に類似した図式によって、彼は条件的歓待と無条件的歓待を区別する。ただし、この絶対的に異質な二つの歓待が否応なく交差せざるをえない必然性も強調する。歓待はしばしば贈与と類比的に論じられるが、他者一般ではなく〈異邦人〉（l'étranger）の問いがその核心にある。

なにもかもが、歓待は不可能であるかのような、歓待の〈掟〉〔la loi〕はこの不可能性そのものを定義するかのような、この掟は踏み越え＝侵犯する〔transgresser〕ことしかできないかのような、絶対的な、無条件的な、誇張的な歓待の大文字の単数定冠詞付きの掟〔*La loi*〕は、歓待の定言命法は、歓待のあらゆる法規を、すなわち男性および女性の主／客〔aux hôtes et aux hôtesses〕に、歓待を与える者たち、受ける者たちに課される諸々の条件、規範、権利および義務を、踏み越え＝侵犯することを命じるかのような観を呈する。[29] そして相即的に、歓待の諸々の法規は、諸々の限界、権限、権利および義務を画すことで、条件なしに歓待を差し出すことを命じる歓待の〈掟〉に立ち向かい、それを踏み越え＝侵犯することになる。言い換えれば二律背反があるのだ、無条件的歓待（到来する者におのれの家とおのれのすべてを与えること、おのれの固有のもの、われわれの固有のものを与えること、相手にはその名もたずねず、見返りも求めず、どんなわずかな条件を満たすこ

> とも求めずに）の無条件的掟と歓待の諸法規〔les lois〕の、ギリシャ＝ラテン的な、さらにはユダヤ＝キリスト教＝イスラーム的な伝統が、全法律が、全法哲学が、とりわけカントとヘーゲルに至る、家族、市民社会、国家を貫く法哲学が定義してきたような諸法規のあいだには、解消不能の、弁証法になりえない二律背反がある。
>
> 〔…〕悲劇、というのもこれは運命悲劇だからだが、それはこの二律背反の両項が対称的ではないことだ。位階があるのであり、単数定冠詞付きの〈掟〉は複数不定冠詞付きの〈法規〉の上位にある。それゆえこの〈掟〉は非合法であり侵犯的であり無法である〔…〕とはいえ歓待の無条件的な〈掟〉は、条件付ける、あるいは条件的な歓待の法規の上位にありつつも、複数不定冠詞付きの法規を必要とし、それらを求め、要請する。というのも、この〈掟〉は実効的、具体的で限定されたものでなければ実効的に無条件的ではないだろうから。さもなければそれは抽象的になりかねず、その反対物に転化しかねない。〔…〕相即的に条件的な諸法規は、無条件的歓待の掟に導かれ、鼓吹され、吸引されるのでなければ歓待の諸法規であることを止めるだろう。そこで法なるものこの二つの体制、〈掟〉と〈法規〉は、無条件的なものと条件的なものは、同時にたがいに包含し合い、排除し合うことになる[30]〔…〕。

たがいに踏み越え合い侵犯し合う非対称的な〈掟〉と〈法規〉。無条件的な歓待の〈掟〉にはバタイユ的侵犯のパトスが明らかに感じられる。しかしここでは法は複数である。より正確には単数の無条件的〈掟〉と複数の条件的〈法規〉という異質な要素、〈一（Un）〉プラス多数からなる特異な複数なのである。そしてこの異質にして不可分な複数の歓待の法のあいだで侵犯は不可避だ。デリダの歓待論のこの展開に、どこまでバタイユ思想の相続、継承、発展、組み替え、複雑化を見るべきか。このように規定された歓待の不可能性は、バタイユ的な不可能なものとどのような関係に立つのだろうか。バタイユを参照することでデリダの歓待論の理解が深まるだろうか。非常に重要なこの問いを、まずはできるだけ正確に位置づけることに努めたい。

デリダの晩年の著作には政治的コンテクストが次第に明確に表れてきた。英語圏の議論で言われるような「政治的転回」は認められないとしても、彼の思考に顕著な力点の移動が見られたことは確かだろう。一九九〇年代初頭、いわゆる冷戦の終焉以降、『友愛のポリティックス』(一九九三)、『マルクスの亡霊』(一九九四)などが世に問われ、「来るべき民主主義」と「主権の脱構築」という表裏一体をなす二つの課題が次第に迫り出していく。この流れに属する仕事にバタイユの名が現れることはほとんどない。政治的概念としての主権は至高性と同じ語、souverainetéだが、この概念の系譜を扱った『ならず者たち』(二〇〇三)にも、バタイユ的至高性にこの文脈で再度立ち返る動きは表面上見られない。例えば次の一節を見てみよう。

〔…〕支配する〔*cratique*〕主権というものをどのように理解しようとも、それはわれわれに、例外的決定の時間なき瞬間に、つねに持続を縮減する点状の分割不可能性のように現れたのである。主権は時間を与えない、おのれにも与えない。残酷な自己免疫はそこに始まる、それによって主権は、主権的に、至上権をもって自己を触発する〔s'affecte〕が、しかしまた、自己に残酷に感染もする〔s'infecte〕。自己－免疫、それはつねに、持続なき同時における残酷さそのもの、いっさいの自己－触発の自己－感染である。自己－免疫において触発され害を被るのは、なんらかのもの、あのものやこのものではない。自己が、*ipse* が、*autos* が感染を受けるのだ、それに他律が、出来事が、時間と他者が、必要になるやいなや。[31]

バタイユ的至高性から残酷を還元することはできない。一方この時期のデリダによる「主権の脱構築」の企ては残酷（cruauté）それ自体を問い、その〈彼方〉を探ることを課題のひとつとしていた。[32] 供儀の論理も問い直され、動物論における人間中心主義の徹底的な問題化には、単数定冠詞付きの動物なるもの（l'animal）に「自然的至高性」を見るバタイユの立場も射程に入っていただろう。[33]

一九九〇年代の世界的な「和解の政治」がその現象性、演劇性において、秘密の経験であるべき「赦し」とはあくまで異質であることをデリダは強調した。「赦し」は時間的連続性を切断する出来事とされるが、この切断は彼によれば主権的決断による時間の無化とは似て非なるものだ。ここでは〈主権的なもの〉と〈無条件的なもの〉を切り離すことが問題となる。[34] 主権は時間を与えない。「来るべき民主主義」は「あらぬ時間」を与えることでこの主権の論理に抵抗する。贈与の全般経済はこうして密やかに〈政治〉に触れる。

先の引用で自己触発、自己免疫、そして自己感染という言葉を通して語られていた事態は、バタイユ的至高性の瞬間性を一見彷彿とさせる。しかしここでの「感染」は infection であり、異物による本体の変質ではあるが、contamination や contagion のように「伝染」を本質的属性としていない。このような主権的決断はなにより笑いを圧殺しようとするだろう。笑いが炸裂するのは瞬間だとしても、笑いの痙攣は反復の時間、伝染の時間をおのれに与えずにいない。この時期バタイユとの距離はどちらかと言えば広がっていたような印象を受けるが、彼の笑いの過剰性にはデリダはいつでも副署する用意があったのではないだろうか。その意味では、「留保なきヘーゲル主義」の立場が撤回されることはなかったと言えよう。

8 おわりに

デリダの美術論にはバタイユへの参照が陰に陽に散見される。『盲者の記憶——自画像およびその他の廃墟』（一九九〇）で『眼球譚』（一九二八／一九六七）が引用されるのは、盲目の祖先の襲撃を受ける彼自身の夢の報告の後である。『眼球譚』からは全文引用しなくてはならないところだ」という一文で始まるこの注では、最終章「回想」がそのなかで展開される「廃墟の写真」と盲目の父の眼球の猥褻さの関係が焦点化される。この注はバタイユの文学作品にデリダが留保なく自己を投影する瞬間があったことを証している[35]。

『絵画における真理』（一九七八）所収の「返却〔もろもろの復元〕」では、ゴッホの靴の連作をめぐるハイデッガーの解釈（『芸術作品の起源』）と美術史家メイヤー・シャピロによるその批判が複数の声によって延々と論じられる。表立ったバタイユへの参照は見られないが、靴と絵画の有用性／非有用性に関する錯綜した議論のなかで、バタイユの芸術論のハイデッガーのそれとの間接的な付き合わせが行われていることは間違いない[36]。

こうした点も含め、デリダのバタイユとの関係はそれこそ「鎮静されざる多様性」(multiplicité inapaisée) においてあったと言えよう。そのどの切断面からも聞こえてくる笑い、その挑発に応答する思考の発明を試み続けたい。

註

（1） Georges Bataille, *Le souverain*, Fata Morgana, 2020, p. 10.　強調は原文。

（2） 丸山真幸『文学の政治——ジョルジュ・バタイユの主権論』、一橋大学言語社会研究科学位請求論文、二〇一〇年（未刊行）。

（3） Jacques Derrida, « De l'économie restreinte à l'économie générale – Un hégélianisme sans réserve », in *L'écriture et la différence*, Seuil, 1967, p. 376.　強調は原文。

（4） Jean-Paul Sartre, « Un nouveau mystique », in *Critiques littéraires* (Situations, I), Gallimard, 1947, p. 160.　強調は原文。

（5） Jacques Derrida, « De l'économie restreinte à l'économie générale – Un hégélianisme sans réserve », *op. cit.*, p. 377, n.1.　著者による強調。

（6） *Ibid.*, p. 377.

（7） *Id.*

（8） Jacques Derrida, *Glas*, Galilée, 1974, p. 242.

（9）Georges Bataille, *La littérature et le mal*, Gallimard, 1957, p. 138.
（10）Jacques Derrida, *Glas*, *op. cit.*, p. 248.
（11）*Ibid.*, p. 244.
（12）バタイユのジュネ批判に関するより立ち入った検討には下記の著作の参照が不可欠である。François Bizet, *Une communication sans échange – Georges Bataille critique de Jean Genet*, Droz, 2007.
（13）Georges Bataille, « Le langage des fleurs », in *Œuvres complètes*, *I* Gallimard, 1970, p. 175.
（14）Jean Genet, *Les paravents*, Gallimard, 2000, p. 209.
（15）Jacques Derrida, *Glas*, *op. cit.*, p. 198.
（16）*Ibid.*, p. 210. 強調は原文。
（17）ソポクレース『アンティゴネー』中務哲郎訳、岩波文庫、五二頁。
（18）G. W. F. Hegel, *Phänomenologie des Geistes*, Suhrkamp, 1970, p. 352–353. G・W・F・ヘーゲル『精神現象学』下、樫山欽四郎訳、平凡社ライブラリー、一九九七年、五八―五九頁。
（19）『弔鐘』にはヘーゲルの妹クリスティアーネ宛の手紙がほぼ論評抜きで多数引用される。ヘーゲルが署名した手紙を含むエクリチュール群が刊行された著作中のアンティゴネー論と持つ関係については時間をかけて論じる機会を別に持ちたい。
（20）Jacques Derrida, *Glas*, *op. cit.*, p. 187.
（21）Georges Bataille, *Œuvres complètes IV*, Gallimard, 1971, p. 361.
（22）*Ibid.*, p. 32.
（23）Jacques Derrida, *Glas*, *op. cit.*, p. 254sq.「物神は揺れ動く、調子の外れた（クロッシュ）真理の舌（バタン）のように。／喉のなかで、言い換えれば鐘（クロッシュ）の淵で、打つもの（バタイユ）のように」。
（24）笑いをその〈炸裂／破片／輝き〉からより包括的に論じたのはジャン＝リュック・ナンシーである。ボードレールの散文詩「描きたいという欲望」を取り上げたこの論考で、ナンシーも主要な着想をバタイユから得ているように思われる。Cf. Jean-Luc Nancy, « Le rire, la présence », in *Une pensée finie*, Galilée, 1990.

（25）Georges Bataille, *Le souverain*, *op. cit.*, p. 44.

（26）*Ibid.*, p. 46.

（27）Jacques Derrida, *Donner le temps 1. La fausse monnaie*, Galilée, 1991, p. 26. 著者による強調。

（28）Jacques Derrida, *De l'hospitalité*, Calmann-Lévy, 1997.

（29）フランス語の hôte（女性形は hôtesse）には「主」と「客」の両方の意味がある。

（30）Jacques Derrida, *Hospitalité*, volume 1, séminaire (1995–1996), Seuil, 2021, p. 146–147. 著者による強調。

（31）Jacques Derrida, *Voyous*, Galilée, 2003, p. 154. ジャック・デリダ『ならず者たち』鵜飼哲・高橋哲哉訳、みすず書房、二〇〇九年、二〇八―二〇九頁。ジャン＝リュック・ナンシーの『自由の経験』（一九八六）を論じた四章と五章で、デリダは「分／有」「共同体」というモチーフに対する留保の理由を詳述している。名が挙げられているブランショとともにバタイユも、名指されないままこの場面に関与しているとも考えられよう。

（32）Jacques Derrida, *États d'âme de la psychanalyse*, Galilée, 2000.

（33）Jacques Derrida, *L'animal que donc je suis*, Galilée, 2006.

（34）Jacques Derrida, *Pardonner. L'impardonnable et l'imprescriptible*, Galilée, 2012.

（35）Jacques Derrida, *Mémoires d'aveugle – L'autoportrait et autres ruines*, Réunion des musées nationaux, 1990, p. 23–24. ジャック・デリダ『盲者の記憶――自画像及びその他の廃墟』鵜飼哲訳、みすず書房、一九九八年、二一頁。

（36）Jacques Derrida, « RESTITUTIONS de la vérité en pointure », in *La vérité en peinture*, Flammarion, 1978.

思索の全般経済へ向けて

酒井　健

　バタイユとデリダの関係を探った好論である。デリダの初期から最晩年までその活動の全幅を視野に収めて順次バタイユの影が探索されている。その途次、本質的な問題の所在や今後の探究の課題も呈示されていて、勉強になる。例えばバタイユの「ヘーゲル、死と供犠」（一九五五）における喜劇の問題などまさにそうで、ニーチェからバタイユに継承された「悲劇的なもの」とは別にヘーゲル弁証法とバタイユの「喜劇的なもの」との関係はもっと論じられていいテーマだろう。ただその視座の設定は注意を要する。なぜならば、「喜劇的なもの」によって引き起こされる笑いは、ヘーゲルの現象学の外にあるからだ。弁証法の対象になりうる「現れ」ではないのである。しかも笑いは人から人へ伝染する。存在しているのに合理的思考によっては捕捉できない動きと広がりを呈する。現象学以前の現象なのだ。

　鵜飼氏はこの伝染から巧みに論を起こしている。コロナの伝染から笑いの伝染へ読者を導き、さらにデリダの最初にして最後の本格的なバタイユ論「限定経済から全般経済へ――留保なきヘーゲル主義」（一九六七）の問題圏へ立たせるのだ。そしてこのバタイユ論の主要なポイントを笑いと現象学の差異に見出して、この困難な視座こそ、他ならないデリダが引き受けた、もしくはデリダの体内に感染した本質的な問題であることを示唆していくのである。その指摘からは、ジュネ論におけるバタイユの「落馬」、つまり至高性からヘーゲル的主人性への失墜が浮き彫りにされるし、同じくデリダの『弔鐘』（一九七四）で紹介されるバタイユの詩の手稿「弔鐘」の非‐知的生成過程も的確な注釈とともに水面に上げられる。さらに後期デリダの「贈与」と「歓待」にも同様の視座の所在が、つまり意識化される現象の外部にこそその重要な要素のあることが語られていく。

ただこれ以上パラフレーズするとせっかくの好論を汚染することになるので、このへんで差し控えるが、別の本質的な伝染について派生的に少しく語っておきたい。感染としての哲学についてである。

バタイユとデリダがともに感染した哲学者としてキルケゴールの名をあげることができる。バタイユは『あれかこれか』（一八四三）所収の「ドン・ジョヴァンニ論」に衝撃を覚え、エロスの権化たるこの放蕩貴族のキリスト教道徳への反抗に、倫理と実存の限界に抗する人間の闘争を見ているし、デリダはデリダで、キルケゴールの『恐れとおののき』（一八四三）に触発されて思索の道に入り、後期の『死を与える』（一九九二）のモチーフに、旧約聖書の不条理な神を前に恐れおののくこの哲学者を置いている。

近代哲学史の見方によれば、キルケゴールは実存主義哲学の先駆者に仰がれており、バタイユは『内的体験』（一九四三）の出版以後、論壇やマスコミからこの哲学流派の末端に位置づけられた。しかしバタイユはことあるごとにこの狭い限定への拒否を表明している。キルケゴールに寄せるデリダの関心もそんな教科書的な腑分けに同調してのことではなかったろう。たしかにキルケゴール自身、この哲学の限定経済に回収されてしまう要素を呈してはいた。じっさいキルケゴールは、ヘーゲルの弁証法から逸脱する実存の個性を標榜しつつ、ヘーゲル的な概念による対象把握に専心し、直接性から順次上昇していく弁証法的な段階的視点に立ちもしている。まさに「意識の経験の学」に収まってしまう彼が見出せる。特異なその実存も「世人」から離れてこそいえ、ハイデガー流に言えば近代的な、いや西欧伝来の「存在者」の哲学の枠内にいると言えよう。だが彼の実存はその外にも開かれていた。ヤヌスの顔の、その近代に向けられた精悍な面差しの裏側には、もはや個々の顔の無限の差異の哲学にもおさまらない、伝染性の病に冒され醜くただれた不定形の面があって、近代の外部とつながっていたのである。

彼を冒した思索の伝染とは何か。キルケゴールの学位論文の題名は『ソクラテスへ常に関係づけられるアイロニーの概念』(一八四一)である。西欧哲学の開祖に立ち返りながら、そこに「無知の知」ではなく反抗的な皮肉の発生いや発病を見ていたのだ。その皮肉とは例えば、アテナイの合議の場で有罪判決の下されたあと、量刑の判決に入る段で死刑を求める側に対抗してソクラテスが臆面もなく言い立てた要求に見られる。すなわちこの有罪者は、こともあろうに外国の要人やオリンピックでの優勝者を祝賀するアテナイの迎賓館での食事を申し出たのだ。バタイユが論文「至高者」(一九五二)で述べ、鵜飼氏が注目する「狡猾な笑い」がここに見出せる。バタイユに言わせればこの笑いは「おびえよりも率直な」となるのだが、しかし彼はこの笑いに形容詞「狡猾な」(フランス語のinsidieux)をかけている。この形容詞には「ひそかに広まる」「潜行性の」という意味がある。鵜飼氏はこの重要な多義性への指摘を忘れない。

キルケゴールの思索は一九三〇年代、フランスに伝播した。媒介役はジャン・ヴァールとレフ・シェストフである。両者ともバタイユと関係が深かった。ヴァールはキルケゴールだけなく、ハイデガー、ヤスパース、さらにカフカにまで実存の闇を追いかけてフランスに伝えた。シェストフは一九二〇年代にパリに出てきて、ソクラテスから犬儒学派、プロティノス、そしてパスカル、ニーチェへと不合理な思索の流れと広がりのあることを、シェイクスピアやドストエフスキーなど文学者に立ち寄りながら、バタイユに教示した。一九三〇年代のパリでヘーゲル哲学を講じたアレクサンドル・コジェーヴもまたこの「ひそかに広まる」実存の思索に冒され、さらにこれを他者にうつした立役者だった。ヘーゲルの弁証法の動因を動物的欲望に見たり、人の目の奥に夜の広がりを知覚する若きヘーゲルを紹介したり、コジェーヴの講義は近代の闇に開かれていて、バタイユを酔わせ、その感染者にしたのである。

一九二〇年代からフランスではアカデミックな講壇哲学が一個の小島に見えるような思索の広大な海流があったのだ。フロイトの精神分析からマルクスの経済学まで、未開民族の宗教儀礼からアメリカのジャズ音楽まで、ファシズムから反スターリン主義の左翼政治思想まで、先史時代の壁画から抽象絵画まで、国境も時代の差もなく多様な思索が濁流のように渦巻いていたのである。鵜飼氏の論文はそのような思索の全般経済へ私を導いた。

バタイユ『内的体験』『有罪者』『ニーチェについて――好運への意志』

関連書の紹介ということで、バタイユ本一冊、自由本二冊の企画の趣旨から少々外れて、バタイユの著作でまとめた。自由本の「自由」を大きく捉えてのことである。「企て」からの逸脱をご寛恕願いたい。

『内的体験』、『有罪者』、『ニーチェについて』の三作品はバタイユが後年『無神学大全』の総題の下に統べた著作群であり、バタイユの主著とみなされている。執筆時期は第二次世界大戦が勃発する一九三九年九月に始まり、ナチスの占領からパリが解放され、ドイツ軍が西へ敗走する一九四四年八月にかけてである。刊行も、三作品いずれもガリマール社からで、第二次世界大戦のさなかのことだった。表現形式もアフォリズムで一貫している。問題はその内容である。

『無神学大全』第一巻の『内的体験』ではバタイユは、「企てによって企ての領域から脱出すること」を主張して、意識を理性の気圏の限界へ持っていくのだが、その試みは緊迫していて、悲壮感が漂う。表現語彙も、不安、罪、裂傷、不充足、挫折と「企て」による脱出は苦しげだ。対して第三巻の『ニーチェについて』になると、バタイユは、副題「好運への意志」のごとく、偶然にまかせて、これといって何もせず、気楽に日々の生活のなかを浮き沈みしている。同じ意識の体験の記述であるのに何という違いか。近年、バタイユ研究者の発表を聞くたびにこの違いが問題として浮上してくる。この変化は何に由来するのか。意図的な変化だったのか。ならばその意図は何だったのか。この欄で上記の三作品をあえて取り上げようと思い立った所以である。私なりの見方を呈示してみたい（この変化を扱ったすぐれた先行論文として大池惣太郎氏による「供犠の思考、内在性の思考――ジョルジュ・バタイユ『無神学大全』三部作の通時的読解」〔『フランス語フランス文学研究』第一一七巻（二〇二〇）〕があり、拙稿はこの二つの「思考」の変化の理由を検討してこの先行論文の補論になることをめざしている）。

この「企て」から「好運」への転回は第二巻の『有罪者』のさなかで起きた。ただしその変化は見かけほどはっきりしておらず、急転回というわけではない。『有罪者』は一九三九年九月五日にバタイユが書き始めた日記がもとになっていて、それを中断して彼は『内的体験』の執筆に移り、これを一九四三年一月に出版し、再び日記をつけはじめ、先の日記の草稿と合わせて一九四四年二月に『有罪者』を出版したのだった（この『有罪者』と『内的体験』の複雑な執筆と刊行の経緯については江澤健一郎氏による『有罪者』（河出文庫）「訳者解題」に詳しいので参照していただきたい）。

『有罪者』の構成は四部立てで、前半の二つの部「友愛」と「現在の不幸」は『内的体験』の執筆以前であり、バタイユはおおむね「企て」との対決のなかにいる。じっさい「友愛」の部でバタイユは、完了をめざすヘーゲルの弁証法に対峙して、この弁証法の途次の引き裂かれた自己意識の体験を「未完了」と言い、その裂傷から広い世界への展望と友愛を欲している。次の「現在の不幸」は一九四〇年五月からのナチス・ドイツ軍の北フランス侵攻を受けて、北部フランス人の南部への大移動が背景をなし、同じく中部山岳地帯の故郷へ南下するバタイユの心も現在から過去へさまよう。近代の軍勢の新たな「企て」を前にそれまでの近代人の「企て」の体制が政治と心理の両面で挫かれ、右往左往する図である。

『内的体験』以後の『有罪者』後半の二つの部は「好運」と「笑いの神性」と題されており、「企て」からの転回が一見して顕著である。しかし読んでみると、転調はさほど明瞭ではない。バタイユはまだ近代の世界に後ろめたさを覚え、罪を感じている。『有罪者』の題名とその灰色の色調のなかに後半部もある。ただしそこにこの書の魅力があり、書き手への親近感も湧く。近代文明に批判意識を持ちながら、そこから抜け出せず不充足感を募らせる今日の我々の近くに『有罪者』のバタイユはいる。

第三巻の『ニーチェについて』になると色調はいっきに明るくなる。相変わらず日記がもとになっているが、とりわけパリ西南、セーヌ川上流の村サモワ・シュル・セーヌでの日々の記述は夜の光景まで明るい。バタイユの「気ままさ」(désinvolture)がよりいっそう軽快になるのだ。もともと彼の記述は気ままであり、『内的体験』も論述形式からは程遠い。『有罪者』もそうである。「友愛」の冒頭の断章にはこうある。「これから私は、自由の動き、気まぐれの動きに身を任せていかねばならない。ねばならない」というところにまだ不自由がある。この「ねばならない」は、『ニーチェについて』になるとこの言葉「気ままさ」が前面に出されて(第三部「日記」の冒頭が「気ままさ」に関する記述で始まる)、「企て」への顧慮から遠ざかるバタイユの姿がそここに明確に表されている。

この変化は何に起因するのか。バタイユを後押しした要素と、前から牽引した要素の二つから原因を考えてみたい。

バタイユを背後から押して「気ままさ」へよりいっそう駆り立てた要因として、二つのバタイユ批判をあげておく。一つは、サルトルのバタイユ論「新しい神秘家」である。この論文は『内的体験』に寄せられていて、文芸月刊誌『カイエ・デュ・シュド』の一九四三年一〇月号から一二月号まで三回にわたって連載された。もう一つは一九四四年二月の『有罪者』の出版を受けて、同年三月にパリのマルセル・モレ邸で開かれた「罪についての討論」でのヘーゲル学者ジャン・イポリットの発言である。サルトルもイポリットも、カトリックから出ていったバタイユをカトリックの信仰に戻して捉えている。サルトルに言わせれば、バタイユは、密かに神との合一を果たした歴代のキリスト教神秘家の新ヴァージョンでしかなく、「空虚」を新たな神として実体化し、これへの到達を目論んだだけだとなる。イポリットによれば、罪の意識に駆られるバタイユはキリスト教の発想なくしては存在できない、キリスト教を必要にさえしているとなる。サルトルもイポリットも、バタイユをキリスト教という既存の枠に収めて、捕獲した気になっているのだ。バタイユはむしろキリスト教を裸にして、その思想の精髄に抗ったのである。すなわち救済思想（パウロによれば原罪に始まる人類の罪をイエスは十字架上で死して贖ったが、人類はこのイエスの身代わりの死に感謝し、イエスの死後犯した罪を自ら贖ってはじめて神に救済され天国へ至れる）にしろ、神の歴史計画の思想（現在の地上の不幸は神の良き介入の前兆であり、やがてイエスによる最後の審判が開廷され、過去から現在まで全人類への裁きが下されて天国行きか堕地獄かが決定される）にしろ、バタイユはそこに西欧の「企て」の思想（言い換えれば目的重視の行動の思想）の淵源を見ていたのだ。そして生産的なこの目的論の思考を無神学の標的に据えて、無前提、無目的のさまよいに出ていったのである。

したがって、企てによる企ての領域からの脱出といっても、前提条件があるわけではなく、その目標も明確に見えているわけではない。発端は何気ない回想でも過去の写真でも文学書の一節でもよく、そこで生じた感動をより激しくする「演劇化」がバタイユの「企て」なのだが、その「企て」を果たしても、空漠としていて到達感はない。強いて言えば、その曖昧な感覚が自我の外部との交わりだということになる。しかしこの交わりの確証はなく、それを伝える言葉もどこまで真正なのか不明である。が、沈黙は沈黙を立証しない。不十分と分かってはいても語っていくしかないのである。バタイユは、イポリットに対しては「罪についての討論」の場で自分の「気ままさ」を言い立て、サルトルに対しては『ニーチェについて』の補遺で、気ままな自分の思考を弁護した。

　では前方からバタイユを「気ままさ」へ牽引したのは何だったのか。これも二つあげておこう。一つはニーチェの賭けの言葉だ。「賭け」ももちろん『内的体験』と『有罪者』ですでにバタイユの最重要の概念になっており、自分自身の存在や言葉を「賭けに投じる」ことが語られている。バタイユの「賭け」は一攫千金を目論んでのことではない。望外の実利を期待してのことではないのだ。さりとて意図的な廃棄でもない。万札をドブに投げ捨てることとは違う。自分やその言葉を実益とは違う次元に放り出し、未知なるものとの出会いをはかるのだ。その眼前にニーチェは外界の無益な営みを呈示して、つまり賭けは外界も行っていることを示して、バタイユを啓発したのである。賭けの競合こそ自我の外部との交わりなのだ。ポトラッチは北米インディアンの部族間の競合的贈与であるが、そこには贈与者側の「権力への意志」が露呈している。高価な贈与をして自分の権威を高め、相手を見下ろしたいという野心が顕著なのだ。ニーチェはこの外界の営みを「神々の賭け」と表現して、遊びのなかでの交わりを示唆した。

「わたしは、大地と呼ばれる神々の卓で、サイコロを投げて神々と遊んだ。そのため大地は震え、破れ、火の川を噴き出した。

　――まことに大地は神々の卓なのだ。そして創造の新しい言葉と、神々の投げかわすサイコロで震えるのだ」（ニーチェ『ツァラトゥストラはこう言った』第三部「七つの封印」第五節、氷上英廣訳〔一部改訳〕）。

バタイユは『ニーチェについて』のなかでこの言葉を引用している（第三部「日記一九四四年六月―七月、時間」第七節冒頭）。ほかにもニーチェからの引用文は過剰なほどこの書に挿入されているが、この「神々の賭け」には注目していい。西欧では一神教のキリスト教神と異教の神々は峻別されている。前者は自然界を超えたところに一柱のみ存して、人間の知性でのみ把握することができるのに対して、後者は自然界のなかに多々住み、もとをただせば、山や森や川などが現す特別な感覚的気配へ行き着く。ニーチェが「神々の賭け」で言いたかったのは、自然界の気ままで刺激的な自己表出に呼応して、人間も無心に自己を表現してみよ、ということなのだ。バタイユの前方から彼を「気ままさ」に駆り立てた二つ目の要因とは、他でもない、サモワの周囲に広がるフォンテーヌブローの森、そしてそこを貫くセーヌの流れ、それらが表す賭けだった。森の中のもう一つの村にはバタイユの二度目の妻となるディアーヌ・コチュベイ（『ニーチェについて』ではKと記される）が住んでいて、その気ままな心理の表出も彼を翻弄した。

サルトルは「新しい神秘家」の末尾でこう言い切っている。

「バタイユ氏が我々に勧める喜悦は、もしもその喜び自体にのみ立ち返らねばならないのだったら、言い換えれば、もしも新たな企ての運動の中に組み入れられ、新たな人間性――新たな目的に向かって自分を乗り越えてゆく人間性――を形成するのに貢献することが許されていないのならば、一杯のアルコールを飲む快楽、あるいは浜辺で日光浴をする快楽と同様にたいして価値のないものになってしまう」（サルトル「新しい神秘家」拙訳）。

バタイユは一九四四年の初夏のある晩に、ディアーヌと、「一杯のアルコール」どころか、二瓶もワインを空け、夜の森のなかをさまよった。月光と嵐の雲が交錯するなか、自ら発光する虫たちで森は賑わい、二人を陶酔させた。一人別れて帰路に着いたバタイユはその途次、岩場に登って全裸になり「日光浴」ならぬ月光浴へ身を投げだす。サルトルから後押しされながら、ニーチェに前から引かれて、バタイユは自然界との賭けに出たのである。セーヌが洪水を起こしたときも、牧場一面に溢れる川の水を前にバタイユは再びディアーヌとワイングラスを傾けるのだ。無益な消費を誇る大河に呼応して二人は無益に盃（さかずき）をあおってみせるのである。自己贈与の応酬と言っていい。

こうした神々との交わりの高揚感は、サルトルが言うように「企て」の軌道に乗らないのならば、「たいして価値のないもの」になる。だがブランショは言い切った。「体験それ自体が権威なのだ」、と。この助言に触発されてバタイユは、『有罪者』の草稿のもとになる日記から離れ『内的体験』の執筆へターンを切ったのだが、問題はブランショがこの助言に付け加えた一言である。「ただしこの権威は罪滅ぼしされねばならない」。喜びの価値は瞬間のなかに存するのであって、この価値を言葉にして後に残してはならないというのだ。難題である。沈黙したきりならば、この喜びの真正性は他者に伝わらない。さりとて、文字にしたならば、新たに実体化したと疑われ、「新しい神秘家」に貶（おとし）められる。第二次世界大戦後のバタイユはこのジレンマのなかにいた。あたかも「新たな目的に向かって自分を乗り越えてゆく人間性」のためかのように『呪われた部分』三部作の構想を立てるが、その第三巻にあたる『至高性』はほぼ完成に至りながら散り散りに発表されていった。『宗教の理論』も完成の手前で放置され原稿のまま眠ることになる。匿名で小説を書いたり、人の著作にかこつけて自分の思想を語ったり、さりとて正名で美術評論や文芸評論の著作を刊行したり、バタイユは捉えどころのない書き手であり続けた。『シュルレアリスム宣言』のブルトンのように時代を画するわけでなく、戦後のサルトルのようにフランス国民のオピニオン・リーダーにおさまることもなかった。強いて言えば、印象派の絵画のように「ドゥミ・タント（demi-teinte）」が彼の魅力なのだろう。半濃淡の表現者。だからこそ、つまりこの限定できない自由な曖昧さがあるからこそ、読み手に対して、自由な自己贈与を可能にしているのかもしれない。本書のようにさまざまな読み手、書き手が自己を投与する場も、バタイユの定めない自己贈与があってからのことだと思うのである。

（江澤健一郎訳、河出文庫、二〇二二年）
（江澤健一郎訳、河出文庫、二〇一七年）
（酒井健訳、現代思潮社、一九九二年）

鵜飼哲『主権のかなたで』

歓待は難しい。というのも、それは、他者との交わりの根本にかかわっているからである。

フランスの言語学者バンヴェニストによれば、歓待（hospitality）の語源にあたるラテン語のhospesには、客、主（あるじ）、見知らぬ人という複数の意味があった。客は見知らぬ人の場合もあれば、客と主が入れ替わる可能性もあったのだ。さらに、歓待は敵意（hostility）という相反する意味ともつながっている。おもてなしが無意識の敵意をはらんでいることもあるのだ。このように他者との関係は複雑である。

こういった歓待のあり方を踏まえながら、鵜飼は歓待の現状を批判する。というのもそこでは、主と客の間に明確な境界線が引かれ、アイデンティティーをもった主客の関係に変貌している。主も決して独立した存在ではなく、客である他者への応答によって自分のアイデンティティーが成立しているという事実が、忘れ去られているのだ。

さらに、この主客の関係は、主権国家とよそ者との関係にも見出される。国家は外国人をよそ者としてはっきり区別するし、野宿者をよそ者にしてしまう。逆説的だが、この種の人々をよそ者にして排除することが、国家の歓待のルールなのである。

このように境界線を引こうとする主や主権国家の歓待にはある暴力性が潜んでいるのに、多くの人は無自覚にそれらを認めてしまっている。鵜飼が実践しているのは、歓待や主権の概念を問い直し、その暴力性を暴くとともに、それらがもつ未来のあり方を探る試みである。彼がまなざしを向けるのは、例えば沖縄の人やパレスティナの人である。一方的に日本に編入された沖縄に本当に主権はあるのだろうか。イスラエルに占領され、その暴力に絶えず脅かされるパレスティナの人にとって主権とは何なのだろうか。沖縄やパレスティナを歓待するとはどういうことだろうか。また、アメリカ合衆国によって一方的に「ならずもの国家」の烙印を押された北朝鮮や、主権国家の正規軍でないがゆえにテロリストとネガティブな呼称でよばれる者たちに対して、多くの主権国家は歓待の暴力的な論理を押し付けているのではないだろうか。

これらの例を試金石として本書が示しているのは、主権や歓待についての現行の論理への抵抗であり、抵抗を通してのそれらの新しい姿の素描と言えるだろう。

（岩波書店、二〇〇八年）

〔本項執筆：岩野〕

DOCUMENTS

3

DON
COMMUNAUTÉ
ANARCHISME

A partir de la pensée
de Georges Bataille

青空論

終わらない物語について

陣野俊史

「空の青み」と「青空」と「あおいそら」

以前から気になっていることがある。

ジョルジュ・バタイユの小説 *Le Bleu du ciel* のことだ。フランス語ではこう書くが、日本語訳だと「空の青み」か「青空」が訳題ということになる。伊東守男訳（二見書房、一九七一年、その後、河出文庫に収録）だと「空の青み」、天沢退二郎訳（晶文社、一九六八年）だと「青空」。少しひっかかる。何がひっかかるかと言えば、どうして「空の青」とシンプルになってないのか、ということだ。むろん、「青空」で間違いではないし、「空の青み」としたほうが色目としての「青」を問題にしている点を強調できるのかもしれない。単に私が勘違いしただけなのだが、「空の青み」という訳題を目にしたとき、「瀬をはやみ岩にせかるる滝川の」の歌の「み」をすぐに連想した。つまり「み」が理由を述べる接尾語のように見えたのだ。だから「空の青み」のところも「空が青いので」とすぐに連想してしまう。まさかそんなことを狙っての訳でもあるまい、といちおうは気持ちを鎮めるのだが、ではお前がこの小説を訳すならば、タイトルはどんな日本語にするのか?と訊かれたなら、ひとまず「あおいそら」とすべてひらがなに開きたい気持ちが(少なくともいま)ある。このあたりは、この文章の終わりにもう一度、戻ってくることにしよう。

まず、どうして私はこの小説について書くつもりになったのか、という情念の部分について書いておくと、二見書房版で初めて読んだ、おおよそ四〇年くらい前から折に触れて読み返しているが、はっきりとその魅力を名指すことができないものの、ときどき読みたくなる小説であることは間違いない(じつは、今回読み返すのは久しぶり)。主人公のトロップマンの情けなさがいい? ダーティやラザールの怪女ぶりが際立っている? OK。そのどれも当てはまるだろう。研究的な側面でも魅力がある。シモーヌ・ヴェイユがモデルになっているラザールの造型は、バタイユとヴェイユの関係という問題の中心にあるようだし、小説の後半部でスペイン内戦を写し取った文章は記録としても意味のあるものなのかもしれない。しかし、そうした事柄には、個人的な関心はない。

横田祐美子の『脱ぎ去りの思考』(人文書院、二〇二〇年)は「バタイユにおける思考のエロティシズム」という副題をもつが、冒頭、日本のバタイユ受容について数頁が割かれている。要約すれば、日本のバタイユ論者には、二種類がいる。「死とエロティシズムの思想家としてのバタイユ」のイメージの確立に寄与した、生田耕作と澁澤龍彥に代表されるグループ。なかでも生田は、バタイユの思想が悪魔的であることをはっきりと示し、アカデミズムの枠に押し込められること、そこで論じられることを強く拒否している。澁澤もほぼ同じで、知的にバタイユを論じることとの無意味さを繰り返し書いた。二人の文脈のさらに先には出口裕弘がいて、バタイユのように、自分を聖者である、狂人であると語っている人間をアカデミズムの「調理台」で料理するのはいかがなものか、と述べている。

わからないではない。作家や詩人が、数十年後、数百年後の「研究者」たちに向けて、呪いの言葉を吐く場面には、ときどきお目にかかるわけだし、アカデミズムが泥臭さをすべてクリーンアップしてしまう罪にも十分すでに私たちは自覚的であろうと思う。だがやや無理して言えば、生田や澁澤や出口が書くことは実作者としてよくわかるのだが、容易にカルト化を招来する。バタイユ「愛好会」を作ってしまう。狭い仲間内でしか通じない言語で笑いあう人々……。

同じことはフランスでも起こっていたらしく、プレイヤッド版のバタイユ作品集『*Romans et récits*〔小説と物語〕』(二〇〇四年)が上梓された際に、編者のジャン＝フランソワ・ルエットは「愛好会」の連中を痛罵し、「自分がバタイユであるかのように振る舞い、細かい説明など無用だといった態度をとる」、「分かったような語り口」の連中をプレイヤッド叢書の編集からはずしたことを明かしている。

「死とエロティシズムの思想家」という金看板と、アカデミズムの議論はしかし、つねに対比的であり続けるのだろうか。図式のシンプルさとは別にこの問題はなかなか手ごわいだろう。両者の歩み寄りは困難とみえる。ただバタイユに関してごく限定的に関心を抱いている私のような人間にとってみれば、まあ、どうでもいい問題でもある。いや、むしろ、彼らにとって私の考える問題は、たいした問題ではないのか？　こちらが気になる。

小説家として

私の考える問題——それは、小説家としてのバタイユである。死とエロスと「政治と思想」を扱う、挑発的な思想家ではなく、小説家としてのバタイユ。それを、バタイユのように書こうとする愛好家や、バタイユを研究するアカデミシャンたちは、どう判断しているのだろうか？ まあ、いい。「空の青」（と、ひとまずLe Blue du cielをこう呼んでおこう）の、いわく言いがたい魅力はどこから来ているのか、小説を書く人間として、以下、分析してみよう。断っておくが、「書く人間として」とは、必ずしもバタイユのように書く、ということを意味しているわけではない。

「空の青」の基本的な情報から書こう。バタイユの熱心な読者には言わずもがなのことを改めて書く。まずこの小説は、一九三〇年代の半ばにはほぼ書き終えられていたにもかかわらず、活字にならず、刊行されたのは一九五七年であること。そのことを、バタイユ本人が「まえがき」で明かしている。この「まえがき」！ いかにも歯切れの悪い「まえがき」であり、バタイユは「だいたいどうしても書かなければならなかったわけでもない書物」などにどうしてぐずぐずしなければならないのか、と「空の青」を貶めている。当時、自分は「重苦しく語りたい」と思っていた、とも書いている。制御しがたい「激怒」の発作があって、とにかく苦しかった、その具体的な経験が、「空の青」という「怪物めいた異常な数々」を生み出したのだ、と注解する。ただし、私たちは、著者自身による註釈をそのまま信用するような素朴な読者ではない。

さて、一九五七年に友人たちの勧めもあって刊行されたこの小説は、二部構成。第一部と第二部に分かれるが、第二部が第一部の一〇倍くらいの長さという、ひどく不均衡な形をしている。主人公は、アンリ・トロップマン。「トロップマン」とは、一八七〇年にギロチンの露と消えた有名な暗殺者の名前。加えて「アンリ」というのは、実在のトロップマンが殺した一〇歳の子どもの名前、云々。深読みすれば、「犠牲者」であると同時に「処刑人」でもあるという二重性を体現する名前とも言える（このあたりは、「空の青」の註解本とも言うべき書物、フランシス・マルマンドの *l'indifférence des ruines*, parenthèses, 1985 の指摘に拠る）。フランスを代表する「バタイユ愛好家」の一人であるマルマンドの書物には、細部に「なるほど！」と膝を打ちたくなる情報が詰まっているが、やや離れてみれば、その細部の過剰さは情報の洪水とでも呼びたくなるような、熱病の症例を感じないでもない。せっかくなので、その「症例」をいくつか引用しておく。

したがって、「空の青」は、私たち一人ひとりの心の奥で、裂け目を剝き出しにしつつ、その理解を叙述している。それは私たち自身の死の、潜在的な現前なのである。裂け目を通じてあらわれてくるものは、それこそが「空の青」であり、その《不可能な》深さが私たちを呼び、私たちを拒む。私たちの生が、私たちの死を呼び、そして拒むのとおなじくらいに、眩暈にくらくらする。(1)

「空の青」では、まずもってそこで問われているのが、構築すべき物語ではないこと、文飾や登場人物たちを通じて語るべき物語ではないこと――物語ではなく、剝き出しのパロールであることが何よりも重要なのだ。トロップマンは、どこか遠いところの木霊のように現れて、それでも不可避な存在として、無意味な木霊のようなものとして生きている[2]。

私たち読者はこのようにして「空の青」を語る言葉を、どのように読めばいいのだろうか。「裂け目」や「剝き出しのパロール」といった語彙は、いかにもバタイユが操りそうな言葉ではある。それらの用語を用いて、それらしく振舞うことにどんな意味があるのか、と反問してはならないにちがいない（やめておく）。いまごろになってやってきたバタイユ読み（しかし読者とはつねに新しく遅れてやってくる者のことではないか？）が、バタイユ研究に冷水を浴びせるなど、一〇〇年早いのだろう。私たちは、もっと素朴に、「空の青」から「物語」（破綻している、と言われている）を取りだすところから、再スタートを切ってみよう。それは主に、トロップマンと女性たちとの関係性を描くことでもある。そもそも小説とは、人物関係の濃淡を描くことにまずもって力点があるはずではないか。

ダーティ

冒頭からトロップマンの恋人は、ダーティである。彼女はロンドンにいて、主人公と酒を飲んでいる。飲み続けている。サヴォイ・ホテルの部屋で飲んでいる。吐くほど。ダーティはどうやらその昔、そのホテルに親とやってきたことがあるらしく、年配の（といっても四〇代）の「エレベーター係」を呼びつけて、昔の記憶はあるか、などと難癖（？）をつけている。ただ彼女は一貫して（少々飲酒が過ぎるという点はあるにしろ）美しい魅力的な女性として描かれる。「彼女はしどけないまでに胸元を広げていた。そのブロンドの髪は明かりに照らされ私には我慢ができないほどに輝いていた。しかし、それでいて彼女は、純潔な感じを与えるのだ」。

ほぼ絶賛である。だが、ダーティは美しいばかりではなく、口も悪ければ、ホテルの従業員に対しても悪態をつく。飲みすぎて介抱されているにもかかわらず。そして――。

ようやくのことでダーティは窓のところまで行った。眼下にはテームズ河があり、彼方には、ロンドンの建物の中でも最も怪物じみたのがいくつか、薄暗いのでぼうっと大きく見えていた。彼女は大気に向かってせわしげに吐いた。気分の良くなった彼女は私を呼んだ。私は彼女と向き合いながら不潔などぶのような風景を、川とドックの様子をじっと見つめていた。

（河出文庫、二五頁）

頭の中に虫がいると叫び、気分が悪くて仕方がない、と訴えるダーティが実在の女性ロールの影響下で造形されている事実は、バタイユ研究の常識に類することだろう。一九三九年に若くして（三〇代だった）死んだロールとの関係がバタイユの思想にインパクトを残したこともまた常識なのだろうが、ひとまず、右のダーティのくだりで確認できることを書けば、二人（トロップマンとダーティ）は、ホテルの部屋という限定された空間のなかにほぼ留まっていること、もう一つ、部屋の記述には必ず窓が出てくること。この二点だ。

ラザール

さて、もう一人。「空の青」にはエキセントリックな女性が登場する。ロンドンでのダーティとのアルコール臭い関係は、パリ在住のラザールとの関係の中には持ち込まれない。ラザールは、ひたすら奇妙な、醜怪な存在として描かれる。ラザールの登場シーン。

彼女がバーの戸口に現れるや――このチャンスと幸運に捧げられた場にあって、戸口に現われ出でた、すっかりがたがたになった感じの黒いシルエットは、ばからしいような災厄の妖怪であった――私はつと立ち上がり、自分のテーブルまでともなって来るのだった。彼女はカットも悪く、しみのついている黒い衣服をまとっていた。まるで目の前が全然見えないようで、よく通りがけにテーブルをひっくり返しそうになるのだ。帽子もかぶっておらず、その短く切った、硬くてよく櫛の通っていない髪は、顔の両側に垂れ下がり、カラスの翼然としていた。この両翼の間から、黄色い肉の、やせこけたユダヤ鼻が、鋼鉄製のメガネの下に突き出ている。

(河出文庫、四〇―四一頁)

おおよそメインの登場人物らしからぬ、冴えない風貌である。その彼女は「なにごとにもかかわり合うことのない精神の持ち主独特ののどかな様子」でゆっくり話す。「疫病、疲労、困窮、死」のような重いテーマはいっさいどうでもいい。つまり、ラザールは自分の頭の中の宇宙がすべてであり、その中で生きている、いわば思索者として描かれている。だがそんなラザールに「私」つまりトロップマンは、妻から届いた手紙を見せ、ロンドンでのダーティとの乱行を語る。自分の一身上の出来事についてこんなに話したことはない、などと言いながら。

トロップマンは、ラザールをどうしたかったのだろうか。単に議論したかったのだろうか。ラザールと話そうとする場面では、たいていトロップマンは熱っぽかったり、酩酊していたりする。トロップマンは、あまりいいところを見せられない。見せるつもりもなさそうだ。ホテルの部屋でラザールと議論することが、彼女とのつながりの柱になっている。挙句には、彼女の父親まで登場する。「ムルー氏」なる人物がラザールの理解者として現われ、二人の議論に参加する。「我々はただ黙して葬られていくのに任せているべきなのでしょうか。それとも反対に労働者たちの最後の抵抗に協力し、そうすることによって、いかんともし難い、かつ不毛の死を、自らに運命づけるべきなのでしょうか」、と。ムルー氏はこのあと、「労働者階級はいかにしても滅亡すべき運命にある」と語り、「私」つまりトロップマンに少なからず動揺を与えるのだが、トロップマンはそんなことをおくびにも出さず、「それが私にとってどうだと言うんです」と返し、小便がしたくなって、膝をゆすってしまう。トイレの場所を尋ね、長々と小便をし、吐こうとして指を喉の奥に突っ込んだりする。帰ってきたトロップマンは、ラザールとムルー氏に向かって、「もし労働者階級がもう駄目ならば、なぜあなたたちはいまだにコミュニストなのか。あるいは、社会主義者なのか」と問う。するとラザールは「どうなろうと、私たちは被圧迫者の側に立つべきだ」と返す。このくだり、ラザール、いやシモーヌ・ヴェイユの一九三〇年代を想起させる。シモーヌはバタイユのこの小説が書かれていた時代に、複数の工場で断続的に働いている。彼女は二〇代の半ば。労働者を「被圧迫者」と呼ぶあたり、彼女の『工場日記』とのつながりを思わせるが、実証的検分は、この論文の範囲を出ている……。つまり、徹頭徹尾、トロップマンとラザールは嚙み合わない議論をするだけなのだ。そして、別れ、また出会い、不毛な会話をして、疎遠になる。また近づく。そのサイクルの繰り返し。

グゼニー

三番目の女、グゼニーは、どこか透明人間のような印象がある。ロールをモデルにしたダーティや、シモーヌ・ヴェイユとの交流を下敷きにしたラザールの造型は、強烈なキャラに結実した。グゼニーにはダーティの感性も、ラザールの知性も見当たらないのだ。にもかかわらず、トロップマンが体調を崩したりすると、風のように彼のホテルの部屋に入ってきて、世話を焼く。いや、世話ではない。奇妙な空気を撒き散らしながら、トロップマンを誘惑する。いや、誘惑でもないのかもしれない。黙ってグゼニーを見つめるトロップマンに、見るだけでは死んでしまう、死んでしまうのはあなたではなく、私のほうだと言い、なんでもいいから話してくれ、と懇願する。まるでメンヘラ女子を相手にしているようでもある。疲労困憊しているトロップマンはそれでもなお、何かを話すつもりで口を開く。混乱し、ベッドの縁にすわっているグゼニーの太腿に手をのばし、その感触を味わう。二人はずっと部屋の中にいる。トロップマンの体調が最悪なので（この二人の会話のくだりで何度「死」という単語が飛び交うのだろう？）、部屋を出ようにも出られず、いきおい、ぬるいシャンパンを飲んだり（トロップマンは体調が悪化して飲めなくなっている）、裸になったりするしかない。

と、不思議なことをトロップマンが言い始める。

「『ある花を夢みたの』というフレーズで始まるシャンソンを知っているかい？」

「ええ。でも、なぜ」

「歌ってほしいんだ。そんなひどいシャンパンだけど、とにかく酒が飲めるきみがうらやましいよ。さあ、もう少しお飲み。ひと瓶あけてしまったら」

「お望みなら」

と彼女は長々と飲んだ。

私はさらに、

「どうして歌わないんだい」

「でもどうして『ある花を夢みたの』でなくてはいけないの」

「それはね……」

「だったら、それだってほかのだって……」
「歌ってくれるんだろう、ええ？　手にキスをするよ、きみはやさしい女だからな」

（河出文庫、一一八頁）

むろん「ある花を夢みたの」という歌をどうしてリクエストしたのか、この歌の何がトロップマンを突き動かしているのか、まったく解説はなされない。「私」であるトロップマンは、この歌をグゼニーに歌うように言い、グゼニーは逡巡した挙句に、歌うのだ。

ある花を夢みたの
決して死ぬことのない花を
ある恋を夢みたの
決して終わることのない恋を

グゼニーは重々しく、「情感を込めて」歌う。「人を不安に駆る苦しげでものうげな調子」で歌うのだ。歌の最後は――。

ああなぜこの地上では
幸福と花は束の間のものなの

と結ばれている。トロップマンの狙いはあきらかだ。歌い終わったグゼニーに、裸でもう一回歌ってくれ、と頼むのだ。「ベッドの中のぼくのすぐ横に君が入れるような場所」を作るから、ストッキングと靴はそのままに、他の着衣は全部脱いで、いまの歌をもう一度、とリクエストする。グゼニーは歌う。歌い終わると、「お願いだ、立って歌っておくれ」とまたしてもトロップマンは懇願する。「シャンソンの歌詞が部屋の中に優しくまた物悲しく流れ、彼女は全身燃え立つようだった」(河出文庫、一二二頁)。トロップマンは、彼女の肌と自分の肌の距離を詰めるために、歌を使っている。このままでは気が狂うからと言いつつ、グゼニーとの距離を縮めるために巧みな計算をしている。だがそれらはじつは窓から身を投げたいという誘惑(死への欲動)から身を引き剝がすための計算でもあったのだが……。と、この場面を読みながら、もっとも気になるのは歌だ。いったい、さっきの歌は何なのか？　バタイユは何のために、この歌を挿入しているのだろう。そもそもこんな歌、実在するのか。じっさいにある歌ならば、バタイユ研究者たちは、どんな議論を重ねているのか、など無数に疑問や問題が浮かんでくる。

「ある花の夢を見た」

歌は実在する。

ただ、前掲のプレイヤッド版を参照したが、この歌にはなんら註解が施されていない。たぶんバタイユ研究者の間では誰もが知っているから事新しく注を加える必要もなかったか、あるいは、ダーティやラザールの個性的なキャラに隠れてしまったグゼニーなので、まだ（！）誰も注目していないのか。真相はわからないが、とにかくここでグゼニーが三度も歌っている歌のタイトルは、「J'ai rêvé d'une fleur」（ある花の夢を見た）。歌ったのは、Tino Rossi（以下、ティノ・ロッシ）と推測される。ロッシ（一九〇七―一九八三）はコルシカ島のアジャクシオ生まれの歌手だった。「黄金の声を持つ男」として一九二〇年代から活躍したが、なんといっても彼の名声を決定づけたのは、一九三四年の大爆発といっていい活躍。「それまでコルシカ島を代表する歌手、という認識だったが、大きなスペクタクルの花形となる。彼の成功は桁外れだった。一九三四年には、四五万枚のディスクを売った。この数字は当時としては途方もない数字であり、成功はフランスを越えた。「ヴィエニ・ヴィエニ」は一瞬ではあるが、アメリカのヒットチャートのトップに躍り出た」[3]。想像を絶する活躍ぶりである。ただし、ティノ・ロッシが「ある花の夢を見た」を最初に歌った人物かどうかはわからない。もっとも詳細なティノ・ロッシの研究サイト（Site Tino Rossi (monsite-orange.fr)）やコロンビア・レコードの情報を見る限り、「ある花の夢を見た」のリリースが一九三四年のリリースであることだけは疑いえない。バタイユが「空の青」を執筆していた時期とぴったりと重なることを考えれば、どういうわけか耳について離れない、この歌を、小説の中で三度もグゼニーに歌わせたことを考慮すれば、バタイユはよほどこの歌が気に入っていたにちがいない。ただ偏愛の理由はわからない。そもそも音楽を気に入ることに理由など必要なのか？　そんな詮索よりも私たちが気にするべきなのは、この歌がグゼニーによって歌われていること、この歌を裸の女性が歌うことによって、ようやく気が狂う状態を作り出し、この世に留まることをトロップマンは考えている、ということである。ティノ・ロッシはおそらくグゼニーよりも軽快に、美しいソプラノで歌ったはずだ。そして、この曲「ある花の夢を見た」は、トロップマンの指摘とは異なって、出だしが「ある花の夢を見たの」ではない。タイトルではあっても歌い出しではない。歌の冒頭は……。

薔薇みたいに
ようやく開花した愛は
ある晩に、ゆっくりと死んでしまう
そのとき、私たちの痛みは、憎しみもなく
素晴らしい瞬間の思い出をずっと保っている

この後に、さっきの「ある花の夢を見た」が続く。些末なことではある。だが事実とは異なるので、書いておく。余分なことを言えば、愛はゆっくりと死んでいく、という歌い出しのほうが魅力的ではないだろうか。バタイユは歌い出しの歌詞よりも、歌のタイトルのほうに気を取られている、とは言えまいか。些末ついでに言えば、ティノ・ロッシが、録音したという二〇〇〇曲あまりの楽曲のうち、もっとも有名な曲「プチ・パパ・ノエル」(フランス人なら誰もが知っている歌だ) がリリースされるのは、一九五〇年代になってからのことだった。

死への装置としての窓

物語に戻ろう。これまでのバタイユ研究、わけても『空の青』論では、ダーティとラザールが（そのモデル問題を含め）議論の俎上にのぼることが多かったと思うが、私がグゼニーに拘泥する理由は、もう一つある（こちらのほうが物語の展開に即している）。グゼニーに強烈な個性がないぶん、彼女を介して小説を支える装置が露出しているように読める。彼女に読者の目が行かないことで小説が輝く、そんな感じだ。

右の「ある花の夢を見た」に続く場面で、トロップマンとグゼニーは部屋にある「窓」について言葉を交わす。グゼニーは窓が怖いなら、すぐに行って閉めてくる、と言うが、トロップマンは死の恐怖を語ったのち、「今は、あの開いた窓を見るのが恐ろしいよ」と言う（だったら閉めたらいいのに、と読者は思う）。二人にとって窓は外界へと開いた、（お望みならば）青空へと続く開放的な突破口などではなく、そこから落下することを前提とした、転落への転換点なのだ。そこを通って落ちて死亡する、可視化された死の入口なのである。そのとき、二人が見つめる窓には不意に何かが兆す。

突然、陽光に満ちた空から奇妙な影が降り来った。それは音を立てて窓枠の中で揺れ動いていた。私は身を縮ませ、震えながら身体を丸くした。それは上の階から降って来た長いじゅうたんであった。しかし、しばしの間私は身を震わせていた。もうろうとした状態の中で、私は自分が「騎士」と名づけていた者が入って来たのだと思った。その者は私が招くたびにやって来るのだ。グゼニーまでが恐ろしがっていた。彼女も私と同じく、自分がさっきまでそこから身を投げようとして坐っていた窓を恐ろしがっているのだ。じゅうたんが降ってきた瞬間には、しかし叫び声を上げることはなかった……身体を縮ませて私にすがるようにしていたのだ。蒼白で、狂女の目をしていた。

私は、水中で突然背が立たなくなったときの思いに駆られ、

「暗すぎる……」

私の傍に長々とグゼニーは身体をのばした……まるで死人の様相だった……裸だった……淫売婦の蒼白い乳房をしていた……煤の雲が空を暗くしていた……それは私の中から空とそして光を掠め取って行った……私の傍には屍がひとつ。私は死ぬのだろうか。

この喜劇さえも私から逃れて行った……そう、これは一場の喜劇だったのだ。

（河出文庫、一二四―一二五頁）

誓ってもいいが、窓から「じゅうたん」は入ってこない。「じゅうたん」は、窓の外を落ちたりしないし、人格を持つ存在のように「奇妙な影」となって「騎士」となって他人の部屋の、しかも窓から侵入などしないはずなのだ。しかし「じゅうたん」を侮ってはいけない。「じゅうたん」を死の象徴だ、などと言いたいわけではない。注目すべきは、なぜか窓枠から入ってきた「じゅうたん」を認め

た瞬間、トロップマンは、「水中で突然背が立たなくなったときの思い」に捉われる。つまり、足元の安定を失ってしまう。この感覚こそ、窓がもたらす根本的な感覚の変容なのではないか。たとえば、窓を乗り越えて落下した場合に、トロップマンに限らず、私たちは足元の感覚を喪失する。天と地が反転するのだ。これは死に直結した感覚として、窓が私たちに保証する感覚であろう。とするならば、天と地の感覚の転倒を経験させる、という意味で、「じゅうたん」は死の表象の一端を担っているのである。逆に言えば、天と地の感覚の転倒や喪失を経験するとき、私たちは少し死んでいる。死の敷居を越えて、むこうに少しだけ踏み出している。だから、傍らにいるはずの「裸」のグゼニーは「屍」に擬態しなければならなかった（じっさいには十分には死んでいないし、このあと、グゼニーは再び登場する……）。

以後も、そしてこの場面の前までも、窓は、死への導入部として機能している。「空の青」の底を流れる、死の観念の一つの具体的指標だろう。この文章のなかでも、前にロンドンのホテルで盛大に窓からテムズ川に向かって吐きまくるダーティの「窓」の箇所を引用しておいたはずだ。

考えてみると異様なことだが、トロップマンはほぼヨーロッパじゅうと言えるくらいに移動を重ねているにもかかわらず、小説で描写される世界は、おおむね室内だ。ホテルの中や居酒屋の狭い空間のなかで、トロップマンは酒を呑んだり、女性に絡んだり、体調を崩してベッドに縛りつけられたりしている。妄想は花開き、死への欲動は狭い心の隙間からトロップマンの内側に侵入してくる。「窓」や「じゅうたん」は、そうしたトロップマンの危機を演出する装置なのである。このとき何よりも大切なのは、天と地の感覚の転倒、言い換えれば、足元感の喪失なのである。「足元感」なる新奇な単語で呼んでみたが、それまで足元にあると思っていた大地や絨毯が、ふいになくなって、自分の存在が浮遊している状態、とでも言っておこうか。このとき、もちろん世界は倒立してみえるはずだ。だが、「空の青」の場面にはそんな描写は一行もない。死んでいないからだ。酩酊し、意識が混濁し、奇妙な回想や夢を頻繁にみるかもしれないが、世界はさかしまではない。トロップマンはぎりぎりのところで生きている。死んでしまった人間として、いや、死につつある人間として書いていないから。しかし、ほんとうは死につつある人間が（つまり「足元感」をすっかりなくした人間が）世界をどう眺めているか、がバタイユは書きたかったことなのではないか。そう思えてならない。

空の青み

もう少し、物語を辿ってみよう。

主人公のトロップマンは、内乱の起こりそうなスペインにいる。いろんな人物と待ち合わせをしている。だが待ち人は来ない。じりじりとした時間の裡で、トロップマンの記憶は連鎖する。このとき、この小説のなかで（章タイトル以外では）唯一、「空の青」という言葉が姿をみせる。少し長いが引用する。

私は車から降りた。頭の上には星空が見えた。それから二十年後、ペンで自分を突いていた子供は今、空の下、これまで一度も来たことのなかった見知らぬ街で、自分でもなにかわからぬ不可能なものを待っている。星があった。無数の星があった。ばからしかった。叫びだしたいぐらいばからしかった。だが、そのばからしさには敵意があった。早く夜が明け、太陽が昇ってほしかった。星々が消えるとき、自分はきっと街の中にいるに違いないと思った。原則としては暁よりは星空のほうが恐ろしくないのだが、待たなければ、二時間待たなければならなかった……かつてパリで、よく晴れたある日、午後二時半頃――私はカルセル橋の上にいたのだが――屠殺所の車が通りかかるのを見た。首のない、皮を剝がれた羊が、いくつも覆いの布からはみ出しており、屠殺人たちの青と白の縞の労働着は清潔そのものであった。車は、さんさんたる陽光のもとをゆっくりと進んでいた。子供の頃の私は太陽が好きだった。目を閉じ、瞼を通して見ると真赤だった。太陽は恐ろしかった。それは爆発を思い起させた。まるで陽光が爆発し、人を殺しているとでもいうように、舗石の上を流れる血ぐらい太陽然としたものがほかにあっただろうか。この不透明な夜の中にあって私は光に酔っていた。かくして再びラザールは、私にとっては不吉な鳥、汚ならしい、どうでもいい鳥にすぎなかった。私の目は、現に私の頭上に輝く星々の中にではなく、真昼の空の青みの中をたゆたっていた。私は目を閉じ、この輝く青みの中にとけこんだ。その中から大きな黒い昆虫がうなり声を上げ、まるで竜巻のように現われ出て来た。それと同じように明日、光に輝く真昼どきに、まずは目にも見えない小さな点のように、ドロテアを乗せた飛行機が現われ出るだろう……私は目を開いた。再び頭上に星々が見えた。しかし私は太陽に狂ったようになっており、笑いたかった。明日、空の輝きを弱めるにはあまりにも小さく、あまり

にも遠いその飛行機は、騒がしい昆虫にも似た姿を現わすであろう。（河出文庫、一六〇―一六一頁）

トロップマンはずっと頭上を眺めている。夜明けまで二時間。どちらかと言えば星の瞬く夜よりも暁のほうが好きだった。だが眼を瞑ると、突然に世界は白々と明けて、昼間になっている。星々の瞬きは空の青みに塗り込められ、星の姿も消えて燃えるような陽光が辺り一面を領していた。だがそれは思い込みにすぎず、固く閉じていた目を開けると、再び星の輝きが頭上に広がった――と、私なりに書き直してみたが、あまりうまく書き直せない。バタイユが書いているのは、記憶の連鎖なのか？マルセル・プルーストほど巧緻ではないし、『不滅』を著したミラン・クンデラほどにこれみよがしでもない。私もあまりうまくはないが、バタイユもそれほど巧みに書けているわけではない。むろんバタイユの狙いは、記憶の糸を順番にたぐっていく書法ではない。頭上の「星空」があまりに「ばからしい」ので、観念の中で「青空」に変換してしまうのだが、その青は、死のイメージと不可分だ。「屠殺」された「羊」や、「鋪石の上の血」は「陽光」の下でのみ、その不気味さ、恐ろしさを滴らせる。これはイメージでできあがる絵である。同じように、ラザールは不吉な「鳥」に、ドロテア（ダーティの別名）は、乗っている飛行機＝昆虫に、イメージとして接続されている。空の「青み」を背景に、羊と昆虫と鳥が一枚の絵に収められている。

だが、いかにも不十分である。空の青が、死の表象と結びつき、不気味な色として読者に迫るためには、何かが欠けている。その何かとは、端的に足元感だと思う。自分の足元の確かさが不意に失われる感覚と、右の場面とは、なぜ統合されていないのか。あんなに何度も枠組みとしての「窓」を描きながら、両者は描写として一体化していないのか？　より簡潔に言えば、どうして星空はずっと頭上にあるのか、ということだ。星がトロップマンの足元でまたたくとき、トロップマンに限らず、読む私たちでさえ言い知れぬ不安に襲われるのではなかったか。あれほど窓と、そこからの転倒、そして死の恐怖を書き連ね、ある意味で練習してきたのだから、バタイユはその成果をそろそろ出すべきではないのか。そのとき、忘れてならないのは、女性たちのことだ。

「空の青」という小説は女性たちによって支えられている。女性たちが書かせているといっても過言ではない。できる限り、女性との関係のなかで、空と地面とが転倒し、そして結果的に死に浸されていること――これこそが「空の青」という小説が目指すべき地点であるはずだ……。

さきほど、私は「空の青み」をめぐる描写について、いかにも不十分、と不遜なことを書いた。不十分とは作家を苛つかせる物言いだ。小生意気な批評家の言いそうなことである。不十分、などと言って、では十分な地点というものを、あなた（批評家）は知っているのでしょうね？　と念を押されそうでもある……。ただバタイユは、死の表象へ向けて、自身の筆で到達できる場所を知っていたと思う。そこへ向けて何度もジャンプして（しかも同じ小説の中で！）、手を伸ばそうとしている。そこがこの小説の未完成なところであり、限りない魅力を湛えている箇所でもある。表現の到達点がわかっていると言えばわかっている。そこに向けてジャンプする。ほとんどの場合、届かない。届かなければ、不十分ではある。そこには届かない。達していない。そのことは書いている本人がいちばんよく知っている。だから物語は、いっけんダラダラと続かざるをえない。どこかでもう一度ジャンプして、そこを捉える。捉えようとする。それまでジャンプを繰り返していかなければならない。そうしたプロセスが小説の形をなしている。「空の青」とはそんな小説ではないのか。
そしてそこはふいに姿を見せる。

地面の星

物語は、登場人物の大半がスペインに集合することで、大きな結論に向かう。「私は十月末までドロテアとスペインにとどまった。グゼニーはラザールとフランスに帰った。ドロテアは日を追って良くなっていった。彼女は午後になると私と外出して日に当たった（私たちはとある漁師村に身を落ちつけていたのだ）」。だが、私とドロテア（ダーティ）は金がなくなって、彼女のほうはドイツに帰ることにあり、フランクフルトまで「私」は見送ることにするのだが、その途中で、トリエールという小さな町にやってくる。二人は黙ってホテルに籠るわけにもいかず、曇ってはいたのだが、トリエールの町に出て、散策する。

私たちは急いでいた。時折滑ったりつまずいたりしていたが、日が暮れてきた。もう少し下ると、薄明の中にトリエールの町が現われた。それは数々の正方形の大鐘楼の下でモーゼル川の向こう岸に広がっていた。その鐘楼も徐々に、夜闇の中で見えなくなっていった。森の中の空地にさしかかると、低い構えの、だが広大な家が目にとまった。緑の木々をはわした棚がいくつかある庭がそれを守る格好になっていた。ドロテアはこの家を買っていっしょに住んだらなどと言った。もはや、私たちの間には敵意のこもった幻滅感しかなかった。二人ともそれを感じていた。私たちはおたがいにとってどうということもないものなのだ。少なくとも二人そろって激しい不安感に苦しむということがなくなった瞬間からはそうなってしまったのだ。私たちは昨日までは見も知らなかった町のホテルの一室へと急いだ。暗闇の中にあっておたがいに求め合うこともあった。おたがいに相手の目を見つめ合った。だがそこにも怖れがないわけではなかった。私たちはたがいにゆわえつけられ合っていたのだ。しかしもうこれっぽかりの希望も抱いてはいなかった。とある道の曲がり角まで来たとき、私たちの下方に空が口を開けた。奇異なことにこの空は、私たちの眼下にあるというのに、頭上の星空に劣らず限界というものを持たないのだ。数多くの小さな明りが、風にゆれながら、夜の中で、沈黙の、私たちの理解を超えた祭りを催していた。これらの星と、これらのろうそくが何百となく地の上で炎を放っていた。明るく照らし出された一群の墓が立ち並ぶ地の上で。私はドロテアの腕を摑んだ。二人ともこの死の星々の深淵に魅せられてしまっていたのだ。ドロテアが私に身を近づけた。長いこと彼女は私の唇にキスをした。私にからみつき、乱暴に私の体を抱きしめた。彼女がこのように鎖を解き放ったようになったのはずい分と久しいことであった。あわただしく、私たちは道を外れ、耕地の中を恋する者たちの足取りで十歩ばかり歩んだ。相変わらず墓場の上方であった。ドロテアは体を開き、私は彼女を性器のところまでむき出しにした。彼女のほうも私の着ているものをはいだ。私たちはやわらかい地面に倒れこみ、私は巧みに操られた鋤(4)が地面に押し入るように彼女の湿った体の中に押し入った。

地面は、この肉体の下にあって墓穴のように開いており、彼女の裸の腹は私に向かって新墓のように開いた。私たちは、星の光る墓地の上方で交わりながらもただ呆然となっていたのだ。ひとつひとつの光が墓の中にひとつの骸骨があることを示しており、それらの光はゆらゆらとゆれる空を、交わり合った私たちの体に劣らず混沌とした光のまたたく空を成していたのだ。寒かった。私の両の手は地面にめりこんでいた。私はドロテアの服のホックを外し、その下着を、また裸の胸を、指についた真新しい土で汚した。服から飛び出したその両の乳房は月のように白く輝いていた。私たちは時折ぐったりとなり、体が寒さに震えるのに任せていた。私たちの体はまるで上下の歯ならびがかちかちと当たるように寒さに震えていた。

（河出文庫、二一七―二一九頁）

引用が長くなった。バタイユに見えていた到達点はこれだったのだな、と、おそらく誰が読んでも得心するはずである。足元の地面はじつは「空(くう)」であり、光を放っている。天上の星は場所を移したかのように足元で輝いているのだ。それは墓に供えられた「ろうそく」でもあり、白々とした骨でもあるのかもしれない。天と地との転倒が、いささかの無理もなく実現した空間で、トロップマンとドロテアは性交する。二人の肉体の下に地面は「開いている」。地面の下の墓の骨は白く光り、星に引けをとらないのだ。あたり一面光りながらも、天と地は忙しくその場所を取り換えている。そしてドロテアの乳房！　それらは地上に落ちてきた「月のように」輝く……。およそ「空の青」と名付けられた小説が全篇にわたって繰り返し、執拗に追求してきた死の恐怖、死への欲動が、空間の転倒を無理なく実現すると同時に、表象として成し遂げられている。二人は少し、死んでもいるのだ。息を呑むしかない、見事な文章と言える。

ただし、ここが到達点か、と言われればノンと答えるしかない。バタイユが「空の青」という小説の中で実践した、小説にしかできない試みはひとまず右の箇所で頂点を極めたように思えるが、それはこの小説に限定して、という制限がつくだろう。小説家としてのバタイユが、別の頂を目指して書いた小説は他にもあるし、それらとの比較検討なくして、安易に使われる「文学的達成」や「完成度」といった評言は、口が裂けても言いたくない。「空の青」を書いたバタイユの書法を思い浮かべても、どこかで完成を拒んでいるようにも見える。失敗の繰り返しが小説になる。もともと小説とはそうした失敗をたくさん抱えているのではないか。つねに出来損ないの断片こそが小説を創り出す。もし、たとえば右に引用したような「達成」と読める箇所があるとすれば、それは本当に偶然なのだ。私は、今度「空の青」を読み返しながら、そんな感想に到達した。いや、ひとまず行きついた、とでも言っておこうか。

「あおいそら」

ここまでバタイユ「空の青」について書いてきた。ここで終わってもよいが、ここで終わると寂しいというか、「らしく」ないので、別の話をしたい。

一九八〇年代の日本のパンクロックを代表するバンドに、ザ・ブルーハーツがある。八七年にメジャーデビューを果たした彼らは、数多くの名曲とヒット曲を残したが（「情熱の薔薇」や「リンダリンダ」や「未来は僕らの手の中」などは、世代を超えて歌い継がれている）、その中に「青空」という曲がある。

ブラウン管の向う側
カッコつけた騎兵隊が
インディアンを撃ち倒した
ピカピカに光った銃で
出来れば僕の憂鬱を
撃ち倒してくれればよかったのに

神様にワイロを贈り
天国へのパスポートを
ねだるなんて本気なのか？
誠実さのかけらもなく
笑ってる奴らがいるよ
隠しているその手を見せてみろよ

生まれた所や皮膚や目の色で

いったいこの僕の何がわかるというのだろう

運転手さんそのバスに
僕も乗っけてくれないか
行き先ならどこでもいい
こんなはずじゃなかっただろ?
歴史が僕を問いつめる
まぶしいほど青い空の真下で

歌詞は以上ですべてだ。作詞作曲は、真島昌利。ゆっくりとしたテンポで歌われる、彼らの代表曲ともいえる佳曲だが、前半の分析は他の場所で行ったことがあるので[5]、ここでは後半について。「生まれた所や皮膚や目の色で／いったいこの僕の何がわかるというのだろう」は、この歌を聴く人の大部分が惹きつけられる箇所だろう。言葉だけでは十分に伝わらない部分は当然あるが、さまざまな差別に抗する態度を、決して大仰にではなく、どちらかといえばおずおずと打ち出した言葉である。

だが、この言葉だけを取り出して、反差別の歌として認識することには違和感がある。はっきり言えば、そうした聴き取りは歌のなかから都合のよいフレーズを切り取ってくる態度にすぎない。この言葉をどうつなげていくのかが問われなければならない。

鍵は「バス」である、と思う。「運転手さんそのバスに／僕も乗っけてくれないか」は重要だろう。

バスという箱のような乗物は、速度は出ない、人の乗り降りが頻繁、地上を縦横に走る、など美点において他のどんな乗物も凌駕していると思われるが、近年では、アメリカのブラック・ライヴズ・マターの運動を支えた一人、パトリッス・カラーズが「バスライダーズ・ユニオン」の活動家だったことなども思い起してしまう。(6)バスは、車を所有していない貧困層やさまざまな人種が利用する、多様性に開かれた乗物なのだ。

ザ・ブルーハーツの歌詞、というよりも真島昌利の歌詞は、その語彙が相互に関連しあってひとつの壮大な宇宙を形成しているのだが、では、「バス」はどうか？「バス」は他の歌にも出てくるのか。ちなみにバタイユの「空の青」では、あれほどヨーロッパの多くの町をトロップマンが移動しているにもかかわらず、バスはパリの移動のときに少しだけ出てくるだけである。

「バス」は、ザ・ブルーハーツの「手紙」という歌にもう一度だけ出てくる。

ヴァージニア・ウルフのメノウのボタン
セロハンのバスのシートに揺れている
ジャングルジムの上　ひろがる海に
ぬれている君と　淡い月明かり
ねじれた夜に　鈴をつければ

月に雪が降る

水平線の見える場所は　もう春だ
背中で聴いてる　ハチミツの雨
ヒマワリ畑で　ラジオが歌うよ

手紙を書いたなら　空に飛ばすんだ
風が運ぶだろう　君のところまで

青空の下　怪獣退治
ギターを片手に

輝いている夜明け前は　もう夏だ

バスに乗った私たちが到着するのは「ジャングルジム」だ。その頭上に広がっている「海」はむろん空のことである。淡い月の光も射している。ジャングルジムにのぼって、空を見上げる。このとき、空は海である。雨が降ってくる。海である空から「ハチミツの雨」が降ってくる。また、あるときには、「青空の下」で、「怪獣」を退治する。ギターを持って、歌を歌って退治するのだ。歌は何か？ そう、「青空」がいいだろう。「青空」つながりだ。怪獣とは何か？ 人を「生まれた所や皮膚や目の色で」判断する差別意識と考えるのはどうだろう。強引すぎるか。まあ、それでも構わない。「青空」の下、陽光にさらされながら、差別意識を撃ち倒す……。

少し、バタイユに戻ろうか。

バタイユの「空の青」を読んできた私たちにとって、ザ・ブルーハーツの「青空」と「手紙」が作る世界が、まったく別の世界の出来事だとは思えない理由は、その転倒性にある。ジャングルジムという中空に浮いた場所に座ることで、空は海になる。足元感が希薄になり、海が頭上に広がる。この転倒性は、バタイユにあっては死への恐怖と深く結びついていたものだ。ひとまず、ザ・ブルーハーツにおいては、その感覚はなさそうだ。空が海に置き換わる。ずっと青いという一貫性だけが守られている。

そして、熱心なザ・ブルーハーツのファンは、くだんの「青空」という曲を「あおぞら」とは呼ばない。彼らはずっと「あおいそら」と呼んでいる。

註

（1）　マルマンド、前掲書、三〇頁。

（2） マルマンド、前掲書、三一頁。
（3） *Dictionnaire de la chanson française*, France Vernillat, Jacques Charpentreau, Librairie Larousse, p. 222.
（4） ちょっとつまらないことを書く。右に引用した訳文で気になる箇所がある。日本語訳では、「私たちはやわらかい地面に倒れこみ、私は巧みに操られた鋤が地面に押し入るように彼女の湿った体の中に押し入った」の箇所だ。考えようによっては小説の中でもっとも中心的な文章である。フランス語の原文を書けば、Nous sommes tombés sur le sol meuble et je m'enfonçai dans son corps humide comme une charrue bien manoeuvrée s'enfonce dans la terre. 気になる単語は、charrueである。「鋤」と訳されている（晶文社版の天沢退二郎訳も「鋤」）。簡単に言えば、ここは「犂」ではないか、と思う。二つの漢字は二つともに「すき」と訓むが、「鋤」のほうは、英語ではspade、フランス語ではbêche、シャベルのような形状。一方で、「犂」は、英語ではploughであり、もっと棒状の鋭くとがった先端を持つ。直喩として捉えても「犂」か、と思われる。ほんとうに余計なことだが、一言書き足しておく。
（5） 拙著『ザ・ブルーハーツ――ドブネズミの伝説』河出書房新社、二〇二〇年、一〇五―一〇六頁。
（6） マニュエル・ヤン「ブラック・ライヴズ・マターとは何か」『ブラック・ライヴズ・マター』河出書房新社、二〇二〇年、九頁。

窓の外の青い空、転落と飛翔

福島 勲

陣野俊史が冒頭で述べている「以前から気になっていること」は、私もずっと気になっていた。小説の原題は『*Le bleu du ciel*』なのだが、「青空」とするのか「青い空」とするのか「空の青み」とするのか、既訳者たちも大いに迷ってきた問題だからだ。少なくとも共通しているのは、誰もが「ciel」を「空」と訳していることだ。しかし、フランス語の「ciel」（空）が「天国」や「神」という意味を、そして「bleu」が村上龍の『限りなく透明に近いブルー』のように「憂鬱」という意味を備えていることを考えてみれば、（「神」は大袈裟なので）「天の憂鬱」と訳してみるのも一興かもしれない。実際、この中篇が、神なき世界をさまよう第二次世界大戦間際の欧州を生きる人間たちの物語であることは一読すればわかる通りである。

とはいえ、陣野が紹介している和歌「瀬をはやみ〜」の掛け言葉ではないが、こうした文学的修辞に拘泥するだろうか、と問う人もいるかもしれない。だが、文芸批評家かつ実作者でもある陣野が「小説家としてのバタイユ」に着目して見せたのは、決して偶然ではない。実際、バタイユの小説・物語作品には、「死とエロティシズム」の思考を人類史レベルから精緻に組み立てて見せたのと同じ精度の、緻密な構造への意志が感じられる。つまり、この『空の青』もまた、全体から細部までを有機的に構築するという作品への意志を有しているように読めるのである。

事実、明示的になることを慎重に避けながらも、『空の青』には、さまざまな徴が散りばめられている。ロンドンから始まりトリエールで終わる物語。前者がマルクスの没した町であり、後者がその出生地であることは偶然だろうか。トロップマンとダーティ(のちに〝神の贈りもの〟を意味する「ドロテア」が本名であることが判明)という二人の男女が、二つの町の間をさながら地獄めぐりのように彷徨する。それは時間の流れを逆転させ、没地から誕生の地へと、死者マルクスを復活させる「反魂」の儀式にも見えなくもない。だとすれば、死臭があるとされる別の登場人物の名前が、キリストが墓穴から蘇らせた死者ラザロの類名「ラザール」だったのも偶然ではあるまい。デュラスがバタイユの小説・物語作品に見出した「書かずに書く」という書法は、こうした細部や構造に宿っている。

こうした『空の青』の構造に着目する陣野は作中の楽曲への着目など重要な指摘をいくつもしているが、特に貴重だと思われるのは、最も損な役回りをしているグゼニーへの着目である。「『空の青』という小説は女性たちによって支えられている」という指摘は珍しくはないが、そこからダーティ、ラザールといった主人公級の女性でなく、あえて脇役のグゼニーに焦点を定めてみせる手際は見事としか言いようがない。陣野は書く。「グゼニーに強烈な個性がないぶん、彼女を介して小説を支える装置が露出している」。そして、グゼニーへの着目という視角から、小説中で「窓」が象徴する墜落と死の恐怖が、さらには「ある花を夢みたの」という歌の歌詞の引用の仕方に見られる恣意性から作者の意図が、次々とたぐり寄せられていく。

こうした貴重な指摘からの連想として、ここでわずかに付け加えておきたいのは、「窓」の外にある青い空が、墜落だけではなく、飛翔へのベクトルもつねに潜在させていることである。一つは、「凶鳥」と呼ばれているラザールの髪型が翼を拡げた鴉と重ねられていること（ちょうど漫画のデビルマンの頭部のような感じ）。つまり、青い空かどうかはわからないが、そこには空を飛ぼうとする存在が一つある。また、別れたダーティが「ドロテア」となって戦地スペインに戻ってくる際、その移動手段が飛行機だったのは偶然だろうか。ドロテアは空を飛ぶ存在となっている（同じタイミングで同地に来たグゼニーは列車を使っている）。青い空は仰ぎ見るだけで、地上を這いずり回ってばかりのトロップマンが、青い空を飛ぶことを決意した二人の女性に執着し続けていることとは、興味深い構図である。

もちろん、これだけの符合で、転落への恐怖に支えられたこの物語が飛翔へのベクトルをも潜在させていると言うつもりはない。思い出してほしいのは、物語の起点となるロンドンで、夜のテムズ河を絶望の中で見下ろしていたトロップマンが、突然、子供の頃にした「鳩が飛ぶ」という日本ではまるで聞き慣れぬ遊びを回想し始めることである。この「鳩が飛ぶ」という遊びは、進行役がさまざまな名詞に「～が飛ぶ」という動詞をつけて列挙していき、参加者の方は、現実に空を飛ぶものと「～飛ぶ」という動詞が合致したときに手を挙げるという遊びである。例えば、「ウサギ飛ぶ」の組み合わせでは手を挙げてはならず、「鳩飛ぶ」の組み合わせならば手を挙げねばならないわけだが、列挙のスピードが速くなると挙手に間違いが起こり、その間違いが子供たちに笑いを呼ぶという仕組みになっている。

つまり、本作品に即して言えば、「ラザール飛ぶ」挙手、「ダーティ飛ぶ」挙手なし、「グゼニー飛ぶ」挙手なし、「ドロテア飛ぶ」挙手、「トロップマン飛ぶ」……?、ということになる。もちろん、「飛ぶ」が意味しているのは、死を賭して行動を起こすということであり、それが左翼活動であるのか民主主義のための戦いであるのか、ファシズムの魅力への加担であるのかはわからない。そして「飛ぶ」先にあるのが、青い空なのか蠟燭の火が星々のようにきらめいて見える死の墓地なのかも、飛んでみなければわからない。

以上にさわりを見たように、『空の青』には、一九三五年という具体的な時間と場所を生きたバタイユが直面していた問題が誠実に、しかも、高度な文学的構成の中で表現されている。そのことを、バタイユ研究者ではない陣野のような優れた文芸批評家・実作者が指摘してくれたことに、改めて御礼の言葉を述べておきたい。実際、この小説『空の青』に限らず、バタイユの文学作品には、思想家バタイユの余技では片付けることのできない、まさに「小説家としてのバタイユ」がある。両者を往復して表現することをバタイユが選んだ以上、本書の諸姉諸兄もまた、両者の往還を楽しんでもらえたらと思う。

もちろん、文学作品の読解は「謎解き」や「錯覚」と紙一重に見えることもあるかもしれない。だが、前者について言えば、隠しながらしか語れないことこそ、本当に語るべきことなのである。とくに「書きながら書かない」書法を選んだバタイユ作品ではそこに核心がある。また、後者の「錯覚」について言えば、読書において錯覚や妥当性を語るのは野暮と言うものである。仮に錯覚でしかないとしても、その読者にとっては現象している真実だからである。

しかしながら、読解の妥当性ではなく、その再現性については、長い時間をかけて検証していくことが可能である。アカデミズムという共同体に存在理由があるとしたら、読解の再現性を時間をかけて複数で検証すること、そして、次世代にそれを継承していくことに尽きるだろう。ちなみに、「バタイユは「だいたいどうしても書かなければならなかったわけでもない書物」などにどうしてぐずぐずしなければならないのか、と「空の青」を貶めている」と陣野は書いているが、この部分に関しては、アカデミズムの立場から異論を唱えておく。この言葉は、まさに『空の青』こそ書かざるをえなかった書物だったとバタイユは言っているのである。だから、本書の読者も安心して、『空の青』に「ぐずぐず」してほしい。

陣野俊史『ザ・ブルーハーツ——ドブネズミの伝説』

フランス文学者、文芸批評家として知られる陣野がザ・ブルーハーツという二十五年前に解散したバンドについて評論を書いているのは意外にも見える。だが、本書を紐解いてみれば、本書が先行する陣野の評論集『戦争へ、文学へ』や小説『泥海』の問題意識と地続きになっていることがよくわかる。しかも、歌詞から対象にアプローチするという文芸批評家としての方法論も一貫している。ちなみに、このバンドに関しては、個人的な思い出がなくもない。メジャーデビュー前の彼らを原宿の今はなき歩行者天国で撮影してきた短い映像を友人に見せられて以来、高校時代のBGMだったからだ。粗い8ミリの映像で初めて見た上半身裸のヒロトが歌っていたのは、やはり「リンダリンダ」だった。

周知のように、この歌は「ドブネズミみたいに美しくなりたい」という印象的な出だしで聴く者を驚かせるが、ここで思い出しておきたいのが、バタイユの『空の青み』のロンドンの二人の恋人たちの周りにドブネズミが跋扈していたこと、さらには、『不可能なもの』という物語の第一部が「ドブネズミたちの話」と名づけられていたことだ。実際、バタイユもザ・ブルーハーツも、自分たち人間という存在をドブネズミと同じ地点に据え直すという「転倒性」が共通している。それはつまり、人に追われ、溝に隠れ、ときに「レストラン」で歌われているように道端で哀れな骸をさらす最下層の存在とも言えるドブネズミの姿こそが、裸になった人間存在の譲ることのできない本質だという認識である。

他にも「神様」に対する態度、そして「青空」というモチーフへのバンドの一貫した興味を陣野は浮かび上がらせているが、そこに見られる「転倒性」は、バタイユ思想と実証的にではないにせよ、精神的にはきわめて近く響き合っている。

（河出書房新社、二〇二〇年）

バタイユ『空の青み』

一九三五年に書かれたこの作品は、イギリス、フランス、スペイン、ドイツを舞台とし、ブルジョワ民主主義、共産主義、ファシズムが三つ巴になったまま、第二次世界大戦へと突入していくことになる、ヨーロッパの不穏な空気を色濃く反映している。舞台はロンドンから始まる。主人公のトロップマンとダーティはブルジョワ階級に属し、高級ホテルに宿泊しながらも、酒浸りの日々を過ごしている。彼らを苦しめている原因が明示されないが、大きな理由の一つはトロップマンの性的不能（おそらくは「死を賭した行動」への不能のメタファー）である。結局、ダーティは去り、残されたトロップマンは、妻のエディットと復縁することもなく、革命家ラザールと会ったり、新たにグゼニーに性的な逃避を試みたり、それが果たせなければ、夜の街を彷徨する日々を過ごす……。主人公の精神状態も行動もボロボロであり、退廃や無気力、いわれのない不安や焦燥感に囚われているときに読めば、まさに自分のための小説として読める。筆者も最初はそのように読んだ。

だが、その一方、この小説には、主人公のいきあたりばったりな行動とは対照的に、作者の意図が張り巡らされている。もちろん、表面には露出はしていないが、本書の陣野が「窓」「足元感の喪失」といったテーマを浮かび上がらせたように、フロイトの『夢判断』にも似た手法で、さまざまなテーマの糸がテクストの中に丁寧に織り込まれている。なかでも重要なのが、主人公の二人が、死んだマルクスの墓があるロンドンから、その誕生の地であるトリエールへと旅していることである。そこには死者を蘇らせる、すなわち労働者（本作に頻出する単語だ）による革命の再生をめざす道行きが書き込まれているのである。ブルジョワの支配体制を「転覆」させるとは、主人公の二人がブルジョワ階級に属する自分自身を殺すことでもあり、そうした自己否定の困難がこの物語の複雑さに一役買っている。

（伊東守男訳、河出文庫、二〇〇四年）
（『青空』天沢退二郎訳、晶文社、一九九八年）

岡本太郎『対極と爆発　岡本太郎の宇宙1』
『太郎誕生　岡本太郎の宇宙2』

一九七〇年の大阪万博の跡地・万博記念公園に、今も異様な姿でぬっと屹立している「ベラボーなもの」を知らない者はいないだろう。作者は芸術家・岡本太郎である。丹下健三が設計した巨大な大屋根に、太郎自身の言葉を借りれば「アッパーカット」をくらわせ、設計済みの大屋根を、文字通りに、突き破って設置された《太陽の塔》。

だが、非西洋圏地域での初開催となった大阪万博という国家的、いや、世界的な大イベントに「ベラボー」な作品を突きつけた太郎の原点に、他でもないバタイユとの邂逅があったとしたらどうだろう。「私の青春時代の絶望的な疑いや悩み、それをぶつけて、答えてくれたものは、ニーチェの書物であり、バタイユの言葉と実践であった。情熱の塊りのような彼との交りは、パリ時代の、青春の最も充実した思い出である」。

迷える若き太郎にバタイユが与えたインパクトをよく伝える言葉である。その内実は、針生一郎との対談でより具体化されている。「バタイユたちの社会学研究会に入って、そのなかで得たことは、「ノン」ということ。[…]社会条件に乗っかっちゃうんじゃなくて、敵になるんだということ。孤独でも敵にならなければいけない、というような信念をそのなかで強くもつことができた」。太郎の生涯を貫く「対極主義」や独特の「伝統」観。その根底にあるのは、既知のものに対して「ノン」を言う、この姿勢である。

しかも、興味深いのは、太郎がバタイユ自身にこの「ノン」を投げ返していることである。社会学研究会とアセファルの活動に深く関わりながらも、そこに潜む「権力」志向に気づいた太郎は手紙を書く。

「認めさせたい、と同時に認めさせたくない、させないという意志。それが本当の人間存在の弁証法ではないのか。私はその疑問を率直に書いて、バタイユにぶつけ、運動への訣別を告げたのだ。この手紙はバタイユを逆に感動させ、その後も互いの友情は続いた」。バタイユがコジェーヴに突きつけた「用途なき否定性」の原点は太郎にあったのではないか……と想像の広がるエピソードである。

（ともに、ちくま学芸文庫、二〇一一年）

ジャン＝リュック・ナンシー『無為の共同体』

二〇二一年逝去した哲学者ジャン＝リュック・ナンシーは、バタイユが生涯追求した問いを現代に継承し、後続の世代につなげた思想家であると言ってよい。その歩みの出発点となったのが、本書の表題となっている「無為の共同体」というテクストである。

このテクストでナンシーが焦点を当てるのは共同体と主権性［＝至高性］である。「バタイユはおそらく、現代における共同体の運命に関する決定的な体験を最も遠くまで辿った人物である」。この「共同体の運命」とは何か。それはつまり、共同体とは個人たちの累々たる犠牲（死）によってのみ実現されるものであり、したがって共同体とはそれ自体を享受する主体を持たない非人称の「死の営み」、つまりは死にいたる制作行為であるという認識である。

バタイユは『呪われた部分』で、ソヴィエト連邦の挫折を具体例として、この「共同体の運命」を説明している。つまり、来たるべきユートピア建設のために現在時の個人に主権性を放棄させ、労働に従事させる新たな奴隷社会の到来として共産主義の挫折が説明されている。もちろん、この「共同体の運命」は、個人の自由な欲望の発露を謳う高度資本主義世界では、さらに悲惨なかたちで現れている。利潤の追求という無目的な目的のために高速回転しながら進んでいく、責任と享受の主体を持たない匿名の企業体（ＣＥＯといった有名の存在でさえ業績次第で匿名の投資家たちによって簡単に交代させられる）とその回転に巻き込まれている私たちの存在様式とは、この「共同体の運命」の戯画以外の何物でもない。

私たちに共同体（性）は不可能なのか。ナンシーは、バタイユの足跡を辿りながら、この問いを追求する。そして、バタイユが「内的体験」という当時の粗い画質で現像して見せた共同体の青写真を、「無為」と「分有（パルタージュ）」という新たな現像方法によって解像度を上げようと試みる。バタイユの問い、ナンシーの問いとは、現代を生きる私たちの喫緊の問いである。

（西谷修・安原伸一朗訳、以文社、二〇〇一年）

舞台、経験、〈文学〉

ラクー＝ラバルトにおけるバタイユ

郷原佳以

1　「もっとも忠実なアリストテレス学徒」、バタイユ

死とは魂の肉体からの離脱にほかならず、哲学者の仕事とは魂を肉体から解放し分離することであるのだから、正しく哲学することは死ぬことの練習であるとソクラテスは教えた[(1)]。かくして思惟と知の探求を死の練習と捉えたソクラテス＝プラトンから、死に対峙し死のうちに自己を支える生を人間的な精神の生としたヘーゲル、死を現存在のもっとも固有な可能性としたハイデガー、そして現代哲学に至るまで、人間にとって死とは何かということが哲学の最重要の問題であることは疑いを容れない。死に対する人間のありようをめぐる「ヘーゲル、死と供犠」（一九五五）を頂点としたバタイユの理論的かつ実践的な探究は、この究極の問いに取り組もうとする者に示唆を与え続けてきた。一九五五年に『デウカリオン』誌に発表された右記の論文は、デリダ、ナンシー、ラクー＝ラバルトといっ

た後続世代の哲学者たちにとって、折に触れて繰り返し立ち返るべき羅針盤のような役割を果たした。そのことは、一九九七年のデリダ・コロックでラクー＝ラバルトが友に向けた次のような言葉から窺うことができる。五年前にストラスブール大学で行った「否定性」をめぐる講義を回想してのことである。「私はバタイユの著名な論考「ヘーゲル、死と供犠」のコピーを配布しました。これは君が記念すべき注釈を行ったテクストであり、白状すれば、私にとっては、学生時代から頭を離れないテクストなのです（私は相変わらず、一九六三年に買った『デウカリオン』誌第五号の古い版を使っています）[2]」。「記念すべき注釈」とは、『エクリチュールと差異』に収められた一九六七年の論文「限定経済学から全般経済学へ——留保なきヘーゲル主義」のことである。六〇年代にデリダが取り組んだバタイユのヘーゲル論、より正確には、コジェーヴによるヘーゲル講義との格闘は、その後三〇年経ってもラクー＝ラバルトの「頭を離れない」どころか、この講演で示唆されているように、思弁的形而上学の、また生の超越論的条件としての媒介性と否定性を思考するための基盤となっていた。それは、しかし、狭い意味での哲学史の枠組みに収まる議論ではない。師であるジュネットから任され、『ポエティック』誌の「文学と哲学の混ざり合い」特集号[3]を編纂し、ナンシーと共に記念すべきドイツロマン主義総覧『文学的絶対[4]』を著したラクー＝ラバルトにとって、問題になっていたのは、哲学をも含む〈文学〉——ディドロ、ルソー、モンテーニュ、ヘルダーリン、ニーチェ、ツェラン——であった。『文学的絶対』の著者たちが、ハイデガーを出発点として共有していたのは、哲学も避けることのできない「呈示＝表出＝上演（Darstellung）」としての〈文学〉の問いへの関心だったからである。そのために彼らは、近代以降の哲学的テクストをアリストテレスの文学論にして悲劇論、『詩学』に照らして検討し続けた。「アリストテレスの注釈でないような、〔…〕悲劇効果の問い——ないしは謎——に出発点をもたないような、そんな悲劇的なものの哲学など、どこにも存在しない[5]」と考えるからである。

先に、死をめぐるバタイユの考察はラクー＝ラバルトにとって羅針盤のような存在であったと述べた。そのことは、しかし、バタイユの議論が類例を見ない独創的なものだということを意味しない。むしろバタイユが、彼自身が位置づけられるある思想の系譜の先端でもっとも見事な定式化を行っているということである。思想の反復、引用は『近代人の模倣』の著者の一貫したテーマであり、ラクー＝ラバルトが執拗に取り組んでいるのは、その隠れた系譜を掘り起こすことである。よって、バタイユのテクスト自体はあまり詳細な分析対象とはならず（「バタイユの注釈に踏み込もうというのではない」）、議論の要の部分で引用や言及がなされ、ときにはルソー論の終結部で、まるで結論はバタイユに任せるとでもいうかのように、ほとんどコメントなしに「ヘーゲル、死と供犠」の一節が引かれる（「今一度反芻すべき次の文章を与えたいだけだ。それが私の話の暫定的な結論となるだろう。〔…〕まさにこれだ。これ以上に上手く言うことはできない」）。ではなぜ、ラクー＝ラバルトは結論をバタイユに任せることができるのか。それは彼が、バタイユは「現代のアリストテレス学徒のなかで結局もっとも忠実なアリストテレス学徒[6]」だと考えるからである。ではいったい、いかなる意味でそう言えるのか。

以下では、いくつかのテクストを参照しながら、その意味を探りたい。そのために、一九七〇年代以来ラクー＝ラバルトが関心を抱いてきた問いの一部の文脈を再構成してみよう。その問いとは、大きく言えば、ペーター・ションディの『悲劇的なものについて』から引き継がれた「悲劇的なものの哲学[7]」、つまり、思弁哲学とギリシア悲劇との関係性——たとえばヘーゲルは、「自然法」論文や『法哲学』、『精神現象学』で人倫を論じるのにアイスキュロス『エウメニデス』やソフォクレス『アンティゴネー』を解釈しなければならなかった——である。しかし、ここでは私たちの目的に沿って、もう少し狭い文脈に限定して検討しよう。

2　私の死の表象不可能性

ひとはみな遅かれ早かれ死を迎える。生きている者で死なない者はいない。そのことを誰もが頭ではわかっていながら、しかし心のどこかで自分だけは死なないと信じている、そのように指摘したのは、一九一五年、第一次世界大戦で人間の野蛮さを目の当たりにし、多くの同時代人たちと共に幻滅したフロイトだった。心のどこか、とは、無意識である。フロイトはしかし、この「幻滅」は、自分たちの品位をもっと高いものだと思い込んできた文明社会の人々の錯覚によるものだと喝破する。未曾有の大量死をもたらした世界戦争は文明が抑圧してきた人間の本来の性質をもはや隠しようもなく露わにしたのであり、それは利己的で残忍な欲動の蠢きだった。この原初的な心性の蘇りは、死に対する私たちの態度においてもっとも顕著に現れている。正確に言えば、死が誰に訪れるかによって私たちの態度は大きく異なるということが、今般の戦争によって如実に証明されたのだ。この議論において第一の前提として提示されるのが、先の命題である。フロイトは言う。「自分自身の死というものは、どうしても思い描けない〔表象不可能な：unvorstellbar〕ものである。何度も思い描こうとしてわかることは、それについてわれわれは、本当のところ、傍観者にとどまり続けるということである。そこで、精神分析学派において、あえて表明することができたのは、こういうことである。すなわち、根本のところでは、誰も自分の死を信じていない。あるいは同じことだが、無意識においては、われわれはみな、自分の不死性を確信している」[8]。無意識は自分の死を信じない。それは無意識が「およそネガティヴなものを知らず、いかなる否定も知らない」[9]――夢が対立や矛盾を知らないことに表れているように[10]――からである。ならば、他人の死についてはどうか。

フロイトは、原始時代に集団的な原父殺害が起こったとする自らの『トーテムとタブー』（一九一三）を参照させつつ、死に対する文明人の態度を原始時代の人間のそれに照らすことで、私たちの原初的な心性を炙り出そうとする。第一に、原初の人間は自分と関係のない者や敵を死に追いやることを当然のこととみなしており、ゆえに、原始時代は殺人に満ちていた。この性質は、文明社会が時間をかけて克服し、抑えつけてきたものである。では、文明社会が前提とする、殺人を犯してはならないという倫理はいかにして生まれたのか。それは、身近な者の死を通してである。文明人は、自分の死のみならず、身近な者の死の可能性が思考にも話題にも上ることを極力避けようとし、それが現実になったときには大きな喪失感を覚える。その点は原初の人間も同じである。しかし、原初の人間においては、愛しい者が同時にどこか憎らしい者でもあるという感情両価性（アンビヴァレンツ）が今日よりも「無条件に働き」、愛しい者の死に際しては、喪の悲しみと共に、「喪の悲しみに入り交じる満足感から生まれた罪の意識」[11]による葛藤が生じた。この感情的な葛藤が人間の知的探求を駆動させ、死による衝撃を和らげるための霊魂不滅の信仰や宗教、そして殺人の禁止という倫理的な掟を生み出すことになったのだとフロイトは説く。先に、哲学することは死ぬことの練習だというソクラテスの教えを確認したが、フロイトは死をめぐる哲学者たちのこうした見解を承知している。そのうえで彼は、知的探求を人間に始めさせた実際の動機は、哲学者たちの考えるように死一般ではなく、あくまで自分の自我の一部でもあるような身内の死であると強調する。フロイトによれば、身近な者の死をきっかけに生じた倫理的な掟が普遍化されることによって文明社会は成立したのだ。だが、文明社会に生きる人々は、殺人を禁忌とする自分たちは野蛮な原始人とは関係ないと信じて疑わない。しかし、それはまったくの誤りであり、そのことを第一次世界大戦は白日の下に曝したのだとフロイトは断言する。「「汝、殺すなかれ」という禁止が強調されることからまさに確信できるのは、われわれが、殺人者の無限に長い世代連続の子孫だということである。祖先の血の中にあったあの殺人欲が、今もなおわれわれ自身の血の中に存在している[12]」。平時において実際に殺人に手を染めないとしても、私たちの無意識は原初の人間と同じように「疎遠な人や敵に対しては死を承認し、喜んで、躊躇なく死を宣告する[13]」。つまり、無意識が死を信じないのはあくまで自分の死に関してだけであり、身近な者の死は忌避しつつも反面で密かに望み――この葛藤が現代において生み出すのは倫理の掟ではなく神経症である――、疎遠な者や敵の死は喜んで承認することにおいて、文明人も原初の人間も変わらないのだ。とはいえフロイトは、このような説を主張する限り精神分析は人々に喜ばれないということを自覚しており、精神分析と無縁のある種の言い回しにもすでにそのような人間性の真理が現れていると指摘する。そこで第一に挙げられるのは、「中国高官(マンダリン)を殺す」という格言である。これは、「その人が死ねば自分に多大な利益の入る他人が遠く離れた地にいて、発覚の怖れがないのであれば殺害する」ことを意味する言い回しで、バルザックの『ゴリオ爺さん』でルソーのものとして引用されて以来広まったものである[14]。この言い回しが定着したということは、殺人禁止が浸透している文明人も実のところ自分と無関係な者の死には何も感じないどころか、自分の利益になるのであれば望みさえするという真理が密かに共有されているということである。かくして、フロイトは次のように要約する。「われわれの無意識は、原始時代の人間とまったく同様に、自分の死を思い描くことに対しては受け入れようとせず、敵に対しては殺してやりたいと思い、愛しい人に対しては葛藤含み(両価性)に陥る[15]」。そして、「無意識の死の願望」を現実のものにして原初の人間に立ち戻らせるのが戦争にほかならない。ではどうすればよいのか、という疑問に対して結論で与えられる答えは、この野蛮な無意識を抑圧するのではなく、それに対して正直になれ、というものであり、古い格言をもじった「生を望むならば、死に備えよ」という一文で論文は締められる[16]。しかし、問題はいかに「死に備える」かだろう。この文言それ自体はあまりに抽象的で、プラトン的な「死の練習」やハイデガー的な「死への先駆」との差異は見えてこない。より具体的な提言を探したいところだが、その前に、同じ問題をめぐる一七年後の文章を一瞥しておこう。

第一次世界大戦に看て取られた「無意識の死の願望」が、後に「破壊欲動」、そして「死の欲動」と呼ばれ、生の自己保存欲動(エロス)と切り離せない対とされることはよく知られていよう。「死の欲動」は、快を求めるはずの人間が不快な経験を反復しようとすることの謎を解明しようとする「快原理の彼岸」(一九二〇)で導出される欲動であり、生物を無機状態に戻そうとする生命体の傾向のことだが、これが自らの外部の対象に向かうのが破壊欲動であると明確に説明されるのもまた戦争をめぐってのことである。国際連盟の発案で行われたアインシュタインとの往復書簡「戦争はなぜに」（一九三二）において、精神分析学者はかつて表明した諦念をあらためて確認し、「人間の攻撃的な傾向を廃絶しようと望んでも見込みはない」と記す。では、戦争防止のためにどうすればよいのか、という疑問に対して今回与えられるのは、それが相手からの問いであるだけに一見明瞭である。すなわち、破壊欲動を抑圧するのではなく、それが戦争とは別の場所に向くようにエロスの欲動に訴えかけ、「人間のあいだに感情の絆による拘束を生み出す」、具体的には「愛する対象へ向かうような関係」、あるいは「同一化による一体感」を生み出すというものである[17]。加えて、自分の欲動を理性の命令に従わせる自律した人々の共同体という理想も挙げられるが、こちらは非現実的であるとされる[18]。集団での「同一化による一体感」の作用については、すでに「集団心理学と自我分析」（一九二一）で検討されている。そこではまず、ル・ボンの集団心理学を通して、集団は衝動的で、支配者の権威や暗示を信じやすく、個人では抑圧されていた残虐で破壊的な本能が呼び覚まされるという危険性が確認される。ところが続けて、人間の基本的な性格である攻撃性や非寛容は、指導者を自我理想とし仲間と同一化する集団のなかでは消失すると主張される[19]。「ナルシス的自己愛の制限という、集団の外部では作動しない現象が集団のなかでは現れる[20]」というわけである。しかし、集団の負の側面が現実に露呈することになる数年後に往復書簡が交わされていたならば、この主張は取り下げられたことだろう。まさしくラクー＝ラバルトとナンシーが「ナチ神話」（一九八〇）や「政治的パニック」（一九八一）で取り組む問題だが、アーリア神話に基づく集団的同一化がその外部の者の狂信的な排除を引き起こすことになるからである。そしてそもそも、愛する人や他の人との絆に破壊欲動を向け換えるという戦争回避策は、おのれの「無意識の死の願望」に正直に向き合い「死に備える」こととは別のことだろう。

だとすれば、「死に備える」ことはいかにしてなされるのか。「無意識の死の願望」は内に向かえば自己破壊的な死の欲動になるということを踏まえて、一九一五年の論文に戻ろう。先に確認したとおり、原初の人間も文明社会の人間も、疎遠な者についてはそうではないが、身近な者の死には深い動揺を覚える。フロイトはここから次のような現象を指摘する。私たちは喪の悲しみを互いに避けるために、命に危険が及ぶようなことを極力避けようとする。ただ、そうすると人生が気の抜けたものになる。そこで、自分が生を賭ける代わりに、そのようなことが行われているフィクションにその代用を求める。言うまでもないが、生を賭した行為がいくら生の実感をもたらすとしても、自分が命を失えばそこで終わりだが（「チェスの場合と異なって、人生には二度目の勝負はなく、雪辱戦に臨むことはできない」）、フィクションならば何度でもその経験を味わうことができる。もちろん、それは真に自分が内面から生きる体験ではない。自分の死の表象不可能性と、身近な他人に対する両価的感情、そして疎遠な他者に対する攻撃的欲動の克服ならぬ克服として、あるいは克服の代わりに、登場人物が生を賭すフィクションを私たちは享受する、あるいは、他人のものである限りで経験する。ツェラン論『経験としての詩』において、ラクー＝ラバルトは詩が翻訳するものを「経験（expérience）」と呼ぶことを提案しながら、「経験（expérience ; Erfahrung）」を「体験（vécu ; Erlebnis）」から峻別し、それをexpeririというラテン語源から「危険を横断すること」という意味で用いている[21]。そして、私たちがこのあと検討するフロイトの論文に関わる章で、この用法はバタイユのそれに近いと打ち明けている。バタイユが死の模擬こそを「経験」と呼んでいるからである。議論の先取りになるが、ラクー＝ラバルトの一節を引いておこう。「たしかに「現実的なものの実在」、つまり死や苦しみに対しては、(芸術の、ポエジーの、美の)「エコノミー」は何もできない。けれども、完璧な弁証法機械の調子を狂わせようと試みてバタイユ自身が再び見出した古い論法であるが、「模擬すること〔simulation〕」以外に死を扱う方法があるだろうか。模擬が可能事の極限にまで押しやられるなら、バタイユ自身もまたかかる模擬を(私がそう呼ぼうと試みてきたものと必ずしも無縁ではない意味において)「経験」と呼んでいた[22]」。ラクー=ラバルトの諸著作は、ルソーからツェラン、ブランショに至る数々のエクリチュールのうちにバタイユ的な「死の模擬」を跡づけるものだった。しかし、私たちの課題は、ラクー=ラバルトにとってバタイユが「もっとも忠実なアリストテレス学徒」である所以を探ることである。追求を続けることにしよう。

精神分析において、登場人物が生を賭すフィクションとは、とりわけ演劇、なかでも、危険な冒険に身を投じる英雄との同一化をもたらす悲劇である。「われわれは、一人の主人公に同一化して死ぬ。だがその後も生き続け、なんら損害をこうむることなく、別の主人公と共に二度目の死を遂げようとする[23]」。私たちが複数の英雄と共に何度も死ぬことができるという反復可能性は、この同一化の重要な点である。この英雄との同一化の問題に、フロイトはすでに一〇年ほど前に取り組んでいた。

3　葛藤する英雄との同一化

悲劇――ギリシア悲劇、シェイクスピア、イプセン――を参照項としたフロイトの論文は数多いが、そのなかで、作品の筋ではなく悲劇の舞台そのものがもつ精神分析的機能を論じたのが、この短文「舞台上の精神病質的人物」である。フロイト自身がその存在を忘れており、死後に弟子によって初めて発表されたのだが、執筆は一九〇五年か一九〇六年と推定されている。一九七四年、ラクー＝ラバルトはナンシーと共にこの論文を翻訳し、「フロイトと表象についての覚書」という解題を付して『ディクラフ』誌に発表した（五年後に加筆修正され『哲学の主体』に収められる際には「舞台＝光景は原初的である」と改題された）[24]。その動機は、知られざるフロイト文献の紹介というよりも、この論文が奇妙にも著者によって忘却ないし放棄されたこと、および、精神分析と悲劇あるいは表象との関係という「決定的な」問いを立てた論文であることだった。この二点は実のところ関係しているのではないか、論を先取りして言い換えれば、この問いへの取り組みにある点で挫折したからこそ、この論文は忘却されたのではないか、というのが、著者が解題の冒頭で立てている仮説であり、その証明に向けて論は進んでゆく。背景には、さらに、精神分析における演劇の特権性をめぐる同時代的な関心の高まりがあった[25]。同年、エーレンツヴァイクの『芸術の隠された秩序』（一九六七）のフランシーヌ・ラクー＝ラバルトとクレール・ナンシーによる翻訳が刊行されており、その序文「表象の彼方で」でリオタールもこのフロイトの論文を、批判的ながら取り上げていた。以下、フロイトの論文とラクー＝ラバルトの注釈を辿ることにしよう。

　フロイトはまずアリストテレス『詩学』を参照し、演劇の目的が「恐怖と同情」の喚起とそこからの「浄化（カタルシス）」にあること（『詩学』1449b21–28）を確認する。このカタルシスこそ、七〇年代から晩年に至るまでラクー＝ラバルトが関心を抱き続ける主題である。フロイトはさっそく、先の一節の展開と見えるような——実際には、後に見るように、やはり一九一五年の論文の方が一九〇六年の論文の発展なのだが——説を提示する。曰く、演劇〔Schau-Spiel＝見る－遊び〕の観客は、大人と同じことができるという希望を遊び〔Spiel〕で叶えようとする子どもと同様、現実には可能ではない漠たる希望を叶えようとする。つまり、観客は自分の人生に大事件など起こらないと諦めているが、その分、自分が主人公＝英雄になりたいという欲望を抱いている。そこで、「詩人と俳優が団結して、観客が主人公と同一化するのをかなえてやる」のが演劇である。この同一化で重要なのは、観客が身の安全を保証されており、英雄が体験する痛みや苦しみを免れているということである。「第一に、あそこの舞台で行動し、苦しんでいるのは自分とは違う他人であるということ、第二に、これはただの遊びであって、このために自分の身に危害が及ぶことはありえないということ」が保証されて初めて、観客は「上演される〔dargestellt〕生の壮大なシーンに浸り込んで、思うさま荒れ狂ったのち治まること[26]」ができるということである。この「思うさま荒れ狂ったのち治まること」こそ、アリストテレスの言う「恐怖と同情」およびそこからのカタルシスである。カタルシスが可能なのも、当然ながら、観客が現実にはいかなる犠牲も払わず、身の安全を保証されているからである。付言すれば、このカタルシスによる現実の義務の「免役[27]〔exemption〕」は、後にラクー＝ラバルトが論じるルソーにおいては、演劇批判、ひいては表象批判の強力な根拠となる。「カタルシスは卑しい安堵にすぎない。表象は私たちを免責する〔*dispense*〕。〔…〕幻想的な、あるいは忌まわしいカタルシス」というわけである[28]。

カタルシスを前提とした観客の同一化について、さらに付け加えておこう。観客は確かに、舞台という虚構を前に、コールリッジの言う「不信の自発的停止」[29]を行う。だが、その態度は、信をめぐる分析でオクターヴ・マノーニがフロイトのフェティシズム論文（一九二七）におけるフェティシストの現実否認（Verleugnung）を参照して言うように、「よく知っているが、それでも（je sais bien, mais quand même）」という自我分裂の状態である。この定式は、フェティシストにおいては、「女性が陰茎をもたないことはよく知っているが、それでも」という形になるが、演劇の観客においては、「舞台上にいるのは自分ではなく、演劇は現実ではないことはよく知っているが、それでも」という形になる。実際、マノーニは一九〇六年のフロイトの論文を参照しながら、演劇における同一化の問題を論じている[30]。

フロイトの論文に戻ろう。次に主張されるのは、演劇——ラクー＝ラバルトは、フロイトの言う演劇は基本的に悲劇のことだと述べている[31]——が観客にもたらすのは、苦しみの描写から快を得るという「マゾヒスティックな満足」だということ、そして演劇は、観客の〈英雄との同一化による高揚と浄化〉において叙情詩や叙事詩と同一の構造をもつとしても、それらよりもその情動が深いということである。その際、フロイトは、このマゾヒスティックな性質は、演劇が「神々の礼拝における犠牲の儀式（山羊ないし贖罪の山羊）から生まれた」という出自と無関係ではないとし、さらに、演劇はもともと、暴力的な神の秩序に対して立ち上がった謀反人たる英雄の苦悩、およびその高潔な性格から快を得るものだとする[32]。そこから、次のような議論が導かれる。苦しみから快が得られるとすれば、描かれるべきは身体ではなく心の葛藤であり、葛藤をもたらす筋立てでなければならない。これらの条件により、古代ギリシア悲劇では神的なものに対する闘いが描かれ、時代が下って苦しみの元凶が神的なものから人間の秩序に移ると、主人公と人間社会との闘いが描かれ（市民悲劇）、あるいは、人間相互の闘いが描かれる（性格悲劇）ようになった。さらに、葛藤が人間同士の間よりも、意識された心の蠢きと抑圧された心の蠢きの間のものとなると、主人公も観客も神経症者になるという精神病理学的な劇が生まれる。その筆頭が『ハムレット』である。ハムレットは筋立てのなかで神経症的となり、観客は彼が味わっている葛藤を自分の内に探り当てることができる。その際、詩人（劇作家）の課題は、観客を「病者と同じ病気の状態に移し置く〔Versetzen〕」ことであり、そのとき、その状態に対する「抵抗を回避して予快〔Vorlust〕なるものを提供する」[33]ことである。

では、訳者の一人であるラクー＝ラバルトはこの論文にいかなる解題を付したのか。

4　マゾヒズムの経済論的問題

先述のとおり、一九七四年の翻訳発表に先立って、この論文はリオタールによって批判的に論じられていた。ラクー＝ラバルトはその論及を検討するところから始める。著者によれば、リオタールのフロイト批判[34]は以下の二点にわたる。第一に、フロイトが表象の装置を「非現実化の装置」、すなわち、（『トーテムとタブー』によれば）「原父殺害を記念する現実の供犠の代用としての舞台」と捉えたこと、第二に、供犠と殺害という苦痛の喚起を耐えうる、さらには望ましいものとするために、この非現実化に「形式の催眠的で麻痺をもたらす＝無感覚的＝非美学的な〔anesthésiant〕力」を見出したことである。ゆえに、フロイトは芸術を代用的、二次的なものとしてしか捉えることができず、その真に「破砕的な」（エーレンツヴァイク）作用を看て取ることができなかった、ということになる。[35] 要するに、芸術は供犠の代用として役立てられるのではなく、自ら死を直視するべきである、[36] ということになる。

対してラクー＝ラバルトは、この批判において対象となっているのはフロイトというよりも、フロイトがその権威のもとに身を置いているアリストテレスの方ではないかと問う。そしてフロイトの論文は、実のところ、ドイツロマン主義が古代と近代という問いに関して試みたのと同様、アリストテレス『詩学』の「分析的読解——分析的解釈にして翻訳」にほかならず、アリストテレス「詩学の真理を産出し、その能力を見定め、その隠れた動機を明らかに」しようとしているのであり、しかもその「翻訳」——概念の援用という含意か——に関しては、きわめて忠実な、ほとんど文字どおりのものだと指摘する。どういうことか。まずもって、フロイトは先述のとおり、叙事詩や叙情詩よりも悲劇を優位に置くことにおいても、芸術と子どもの遊びを類比的に捉えることにおいても、またカタルシスを厳密に苦痛の浄化と捉えることにおいても、アリストテレスを忠実に踏襲している。さらに、フロイトにおける「リビドーの非現実化、すなわち、美的享楽を統御する経済（エコノミー）（節約）法則は、『政治学』（第八巻、1341b）においてアリストテレスがカタルシスに、そのまさしく医学的、同毒療法的、「薬学的」作用において認める「害のない喜び（χαραν αδλαδη）」を忠実に書き写している[37]」。

ただ一点、フロイトがアリストテレスから離れる、あるいは、その教義を複雑にするとすれば、先に見たとおり、「カタルシス装置」そのものを可能にするものとしてのミメーシス、フロイトの用語で言えば同一化においてである。すなわち、フロイトは、アリストテレスの「認知（アナグノーリシス）」を舞台と観客の間に移し替えることによって、カタルシスとミメーシスの間の従来思考されてこなかった——ニーチェを除けば——関係を導入したのであり、それは、「悲劇の快は本質的にマゾヒスティックな快であり、ゆえに、ナルシシズムそのものとも〔…〕何らかの関係を結んでいる」というものである。[38]「舞台＝光景は原初的である」において、ラクー＝ラバルトはこの箇所に、フロイトの言葉を引きながら説明を加筆している。おそらくそれは、悲劇の快のマゾヒズム的性格という点が、フロイトの論文をアリストテレスの産出的読解と読む彼の読解の要にして、リオタール的なフロイト批判の非妥当性を指し示してもいるからだろう。著者は言う。悲劇の快のマゾヒズム的性格はその経済論的性格を無効にするものではないが、「マゾヒズム（とナルシシズム）の問題がメタ心理学的に諸欲動の教義に働きかけるときには、重大な帰結をもたらすだろう」。要するに、初出版の注で触れられているとおり、ラクー＝ラバルトが考えているのは死の欲動をめぐる後の諸理論のことである。著者はフロイトの論文の第一段落を、最終段落の「予快」との呼応や同時期の「機知」（一九〇五）および「性理論三篇」（一九〇五）との関係を見出しながら読み直し、カタルシスが「副産物〔Nebengewinn〕として」の「性的な共興奮」をもたらし、それは「人間に、心的緊張の高まり〔Höherspannung〕といったたいへん望ましい感覚をもたらしてくれる」[39]と説明されていることに注意を促す。この「心的緊張の高まり〔surtension〕」とは「苦痛の増大」のことにほかならず、表象に見出されているのはリオタールの言うような「麻痺させる力」ではなく、明確にマゾヒスティックな享楽である。[40]

続けて著者は、フロイトがギリシア悲劇と近代悲劇の間に見出す関係も以上の帰結であるとする。つまり、ギリシア悲劇の方が苦しみの描写によって快をもたらすことに秀でているために優位に置かれるということであり、この位置関係もアリストテレスの「分析的「翻訳」」であるとする。また、『ハムレット』のような近代劇においては主人公も観客も神経症者になると言うとき、フロイトはアリストテレスにおける「認知」に修正を加えて「同一化」を導入しているのだと——かくしてやはりアリストテレスの「分析的読解」を行っているのだと——指摘する。

　このように一九〇六年の論文を読解したうえで、著者は、ここに示された「経済論的方向性」は、後の「快原理の彼岸」では、「快原理の以前ないし彼岸」というより枢要な問いの探究のために否定されることになると付け加える。そしてその際、その問いの探究は、それまで維持されていた子どもの遊び（Spiel）と見世物＝演劇（Schau-Spiel＝見る－遊び）の一見アリストテレス的な類比を切断することにおいて行われると指摘する。とはいえ、このことはラクー＝ラバルトにとって、フロイトがアリストテレス詩学の産出的読解を放棄したことを意味しない。というのも、この類比の切断に彼は二つの動機を読み取っており、それは第一に、子どもの遊び——周知のとおり、「快原理の彼岸」は子どもが糸巻きを遠ざけたり近づけたりする「フォルト／ダー」の遊びの分析を軸としている——は見世物の装置としての表象装置を含意しないこと、第二に、子どもの遊びは「快の間接的な射程」、すなわち、「快の——一時的であれ——放棄」、「苦痛の反復」、「経済論的体系の決壊」を含意しているということなのだが、まさしく「舞台＝光景」と題された別のテクストで、ラクー＝ラバルトは、アリストテレスは「見世物的なもの〔le spectaculaire〕」を好んでいないと明言し、その検証を行っているからである(41)。したがって、「舞台上の精神病質的人物」から「快原理の彼岸」への深化のうちに、ラクー＝ラバルトはアリストテレス詩学との決別ではなく、その産出的読解の深化を見出すのである。そして後者における「経済論的体系の決壊」において著者が想起するのは、デリダの「差延」とバタイユの「全般経済」である。遊びには「損失」が、ゆえに「危険」が必須だからである。そして著者は言う。「この差延がけっして明示することなく指し示すこと、それは、死（の欲動）そのものにほかならない[42]」。

5 猥雑な舞台＝光景（オプセーヌ・セーヌ）

繰り返しになるが、ラクー＝ラバルトは、フロイトの一九〇六年の論文と死の欲動をめぐる後の理論の間に断絶を見るのではなく、むしろ、これまで見てきたように、前者におけるマゾヒズムの重要性のうちに後の欲動理論の萌芽を見出している。ただし、一九〇六年の論文は一〇年ほど後の論文が明言することになることをまだ言えていないという意味で「アポリア的なものにとどまって」おり、それゆえにフロイト自身によって「忘却」されたのではないかと考えている。一〇年ほど後の論文とは、私たちが最初に検討した「戦争と死についての時評」である。そこで明言されることとは、すでに確認したとおり、〈私の死の表象不可能性〉である。ラクー＝ラバルトは、「表象の亀裂はリビドーのなかで生じるのではなく、リビドー（欲望）と死の間で生じるのであり、したがって、言い換えれば、死は経済論的装置一般の限界である」と述べたうえで、「自分自身の死というものは、どうしても思い描けない〔表象不可能な：unvorstellbar〕ものである」から始まる前掲の一節を引く。そして、「メデューサの首」（一九二二）と絡めて次のように解釈を加える。

死は――女性や母の性器と同様に――、それ自体として、リオタールなら言うであろうように、「自ら自身」で、自己呈示し〔se présenter〕えない。女性の深みに（猥雑さ〔obscénité〕の）厄払い的な構造があるのと同様に、死には表‐象〔re-présentation〕の（舞台化〔mise en scène〕の、Darstellungの）、それゆえ〔…〕、同一化、模倣の避けがたい必要性がある。「通俗的な語源学」で戯れることが許されるなら、言ってみれば、死はob-scène〔猥雑な：舞台＝光景の外にある〕なのである。フロイトが少なくとも知っていることは、死は「直視しえない」ものであり、そして芸術（および宗教）は特権的にその経済論的な表象、すなわちリビドー的な表象の端緒をなすということである。死はけっしてそのものとしては現れず、厳密に呈示不可能〔*imprésentable*〕である――このような表現が意味をもつとすれば、死は呈示不可能なものそのものである。死の欲動は沈黙のうちに作用しており、生のあらゆる物音はエロスから発する。「エス」は作用する、「エス」は表出を妨害する、しかし「エス」は自らを表出せず、もし「エス」が自らを「表出」するとすれば、それはすでに、そしてつねにすでに、「エロス化」されている（芸術があえて行う形式や作品の破壊がいかなるものであれ、芸術におけるように）。死については、私たちは反映〔*reflux*〕しか把握していない[43]。

ラクー＝ラバルトは続けて、以上のことは非常にヘーゲル的と見えるかもしれないが、徹底的にヘーゲル的であるかどうかは定かでないとし、しかし少なくとも、芸術は死を直視すべきであるなどと、リオタールのようにヘーゲル的命題の変奏を唱えるだけでは、フロイトにおいて「演劇性の母型的機能」が課される場を見出すことはできないと指摘する。そして、著者自身の今後の仕事を予告するように、「精神分析の根本的な演劇性」は「哲学的演劇性そのもの」と切り離せないものだと述べる。[44]以上のように、一九七四年のフロイト論において、ラクー＝ラバルトがバタイユの名を挙げたのは「全般経済」に関してのみである。しかし、死んでゆく英雄との同一化における観客のマゾヒズムを論じる一九〇六年の論文から、「傍観者」にとどまりながらの死の模擬の必然性を論じる一九一五年の論文、そして一九二〇年の死の欲動の理論への深化を語る以上の著者の議論、そして、それが「ヘーゲル的」であるかをめぐる右記の一節を見れば、ここに、ヘーゲル的否定性をもはや「ヘーゲル的」ではなくなる――「使い途なき否定性」になる――まで徹底的に突き詰めることにおいて供犠を探究し、[45] そこに「死を前にした喜びの実践」（一九三九）を見出しさえしたバタイユがいることはもはや明らかだろう。そして、以上に見たように、一九〇六年から一九二〇年に至るフロイトが一貫してアリストテレス詩学の分析的、産出的読解――解釈と翻訳――を深化させたとみなされるのであれば、なるほど、バタイユも「もっとも忠実なアリストテレス学徒」だということになるだろう。だからこそ、バタイユの「ヘーゲル、死と供犠」は――そこでは「見世物」という語が用いられているとはいえ――、ラクー＝ラバルトにおいて、演劇を批判したルソーが実のところカタルシスや根源的演劇性を看取していたことを論じる後の著作『歴史の詩学』で結論の位置に置かれるのであるし、『私の死の瞬間』というブランショの自伝的物語を冥府下りという「母型的場面＝光景」を語った「自死伝」として読解する「忠実さ」において、最初に召喚されるのである。最後に、それらの節を引用して本稿を閉じることにしよう。

なぜならば、人間存在を支えている動物的存在がひとたび死してしまうと、人間存在自身も存在しなくなるからである。人間が最終的に自分自身を自分に明示するためには、死なねばならないのであるが、しかし生きながら――自分が存在するのを見つめながら――死なねばならないのである。言い換えれば、死それ自身が、意識的存在を無化するまさにその瞬間に、意識（自己への意識）にならねばならないということである。このことは、ある意味で、ごまかしの手段の助けを借りて、起きる（少なくともまさに起きようとしている、あるいは刹那的に、捉えがたい形で、起きる）ことである。供犠において、供犠を執行する者は、死にみまわれる動物と自己同一化する。そのようにして彼は、自分が死ぬのを眺めながら、死んでゆくのだ。それも、いわば、自分自身の意志で、供犠の兇器に共感を覚えつつ。これは明らかに喜劇である！

少なくとももしもほかに、生ある者に死の侵入と支配を明示する何らかの方法があるのならば、これは喜劇であるだろう(46)。

この困難は、見世物の必要性、一般的にいえば表象〔représentation〕の必要性を告げている。見世物もしくは表象の反復がないのだったら、おそらくわれわれは、死に対して、無縁で無知のままに留まることになるだろう。ちょうど動物たちが見たところそうであるように。実際、死についての虚構――多少とも現実から乖離した――ほど非動物的なものはない。

〈人間〉はパンだけで生きているのではなく、喜劇によっても生きている。その喜劇によって〈人間〉は自発的に自分をだましているのである。ものを食べているのは〈人間〉のなかの動物、自然的な存在である。他方〈人間〉は礼拝に出席し、見世物を鑑賞する。さらには読書をすることもある。そのとき文学は、至高であり真正である限り、見世物――悲劇であれ喜劇であれ――の執拗な魔術をこの〈人間〉のなかで再現してみせる。

少なくとも悲劇においては、観客であるわれわれは生きていて、そうしながら、死につつある登場人物に自己同一化し、自分も死んでゆくような思いを持つ。これには純然たる想像力だけで十分である。だがそもそも想像力は、多くの人々が用いている見世物や書物、古くからのごまかしの手段と同じ意味を持っているのである[47]。

註

（1）　プラトン『パイドン』63e8–69e5。

（2）　Philippe Lacoue-Labarthe, « Fidélités », *L'animal autobiographique. Autour de Jacques Derrida*, Galilée, 1999, p. 218.「忠実さ」拙訳、『現代詩手帖特集版ブランショ２００８』思潮社、二〇〇八年七月、二五頁。

（3）　*Poétique*, « Littérature et philosophie mêlées », dir. Philippe Lacoue-Labarthe, no 21, 1975. カントにおける呈示の問題を論じたナンシーの「ロゴダイダロス（作家カント）」、フリードリヒ・シュレーゲルの『ルツィンデ』を論じたラクー＝ラバルトの「呈示不可能なもの」の他、ドゥギー、スタロバンスキー、デリダの論考、また、ラクー＝ラバルトとナンシーによるシャフツベリ、ヘムスターホイス、シェリング――おのれの哲学の呈示（Darstellung）の問題にぶつかった哲学者たち――の翻訳・紹介を収める。

（4）Jean-Luc Nancy et Philippe Lacoue-Labarthe, *L'Absolu littéraire. Théorie de la littérature du romantisme allemand*, Seuil, 1978.

（5）Philippe Lacoue-Labarthe, « Le théâtre antérieur », *Poétique de l'histoire*, Galilée, 2002, p. 139.『歴史の詩学』藤本一勇訳、藤原書店、二〇〇七年、一九一頁。

（6）*Ibid.*, p. 151-152. 同前、二〇八―二〇九頁。

（7）Lacoue-Labarthe, « Katharsis et Mathèsis » (2002), *Europe*, « Philippe Lacoue-Labarthe », mai 2010, p. 72.

（8）「戦争と死についての時評」田村公江訳、『フロイト全集14』岩波書店、二〇一〇年、一五一頁。

（9）同前、一六一頁。ドゥルーズは『差異と反復』でこの命題をブランショにおける〈私の死の不可能性〉と結びつけて死の欲動を「死の本能」として再解釈した。以下を参照。鹿野祐嗣「『差異と反復』第二章における無意識論の帰結」『思想』一一六七号、二〇二一年七月。

（10）「はなはだ目に付くのは、対立や矛盾という範疇に向けられる夢の態度である。矛盾はあっさりと無視される。「否」は夢には存在しないように見える」（『夢解釈』新宮一成訳、『フロイト全集5』岩波書店、二〇〇七年、五四頁）。

（11）「戦争と死についての時評」、一五六、一五七頁。

（12）同前、一六〇頁。

（13）同前、一六二頁。

（14）出典をめぐって以下のような研究がある。Carlo Ginzburg, "Killing a Chinese Mandarin: The Moral Implications of Distance." *Critical Inquiry*, vol. 21, no 1, 1994. Michel Delon, « De Diderot à Balzac, du paradoxe du mandarin », *Revue italienne d'études françaises*, no 3, 2013. Anna Hanotte-Zawiślak, « Le retour du « paradoxe du mandarin » dans la construction de l'arriviste littéraire au XIXe siècle », *Cahiers ERTA*, no 18, 2019.

(15)「戦争と死についての時評」、一六五頁。

(16)同前、一六六頁。

(17)「戦争はなぜに」高田珠樹訳、『フロイト全集20』岩波書店、二〇一一年、二六八頁。

(18)同前、二六九―二七〇頁。

(19)「集団心理学と自我分析」藤野寛訳、『フロイト全集17』岩波書店、二〇〇六年、一七〇頁。

(20)同前、一七二頁。

(21)Lacoue-Labarthe, *La poésie comme expérience*, Christian Bourgois Éditeur, 1986, 1997, p. 30–31.『経験としての詩』谷口博史訳、一九九七年、五〇―五一頁。

(22)*Ibid.*, p. 125. 同前、一九七頁。この章ではリオタールの崇高論が肯定的に論じられている。死の模擬によるマゾヒズム的な快は崇高のエコノミーに属するのだ。

(23)「戦争と死についての時評」、一五三頁。

(24)その際、「フロイトとニーチェ――アリストテレス」という節のほぼ全体が加筆された。加筆部分は以下。Lacoue-Labarthe, « Freud et Nietzsche : Aristote » in « La scène est primitive », *Le sujet de la philosophie. Typographies I*, Aubier-Flammarion, 1979, p. 192–201.

(25)Lacoue-Labarthe, « Note sur Freud et la représentation », *Digraphe*, no 3, 1974, p. 70–71.

(26)「舞台上の精神病質的人物」道籏泰三訳、『フロイト全集9』岩波書店、二〇〇七年、一七四頁。

(27)*Poétique de l'histoire*, *op. cit.*, p. 98–99.『歴史の詩学』、一三一頁。

(28)*Ibid.*, p. 101. 同前、一三五頁。

(29)サミュエル・テイラー・コウルリッジ『文学的自叙伝』東京コウルリッジ研究会訳、法政大学出版局、二〇一三年、二六四頁。

（30）Octave Mannoni, « Je sais bien, mais quand même ... », « L'illusion comique ou le théâtre du point de vue de l'imaginaire », *Clés pour l'imaginaire*, Seuil, 1969, « Points », p. 9–33, 169–172. 後者はラクー＝ラバルトも挙げている。« Note sur Freud et la représentation », art. cit., p. 70.

（31）Sigmund Freud, « Personnages psychopathiques sur la scène », tr. Philippe Lacoue-Labarthe et Jean-Luc Nancy, *Digraphe*, no 3, 1974, p. 64.

（32）「舞台上の精神病質的人物」、一七五頁。

（33）同前、一七六―一八一頁。

（34）Jean-François Lyotard, « Par-delà la représentation », Anton Ehrenzweig, *L'ordre caché de l'art. Essai sur la psychologie de l'imagination artistique* (1967), tr. Francine Lacoue-Labarthe et Claire Nancy, Gallimard, 1974, p. 10–11.

（35）« Note sur Freud et la représentation », art. cit., p. 73.

（36）*Ibid.*, p. 79.

（37）『政治学』第八巻の該当箇所では音楽の効用が論じられている。「笛は倫理的性格を表現するものではなく、むしろ秘儀宗教的興奮を表現するものである。したがってそれを用いるべきはその折の見物によって学修よりもむしろ情緒の浄めが与えられうるような機会に対してである」「それ〔音楽〕は教育と浄めのために用いなければならぬ。〔…〕この人々は魂を興奮させる節を用いる時は、その宗教的な節の結果として、ちょうど医療、すなわち浄めを受けた者のように、正常に復するのを見るのである。〔…〕したがってすべての人々にも、いわば、浄めが行われ、心は軽くなって快さを味わうに違いない。これと同様に行動的な節も人々に害のない喜びを与えるものである」（『政治学』1341b, 1342a、山本光雄訳、岩波文庫、一九六一年、三七六、三七九頁）。

（38）« Note sur Freud et la représentation », art. cit., p. 73–75. « La scène est primitive », art. cit., p. 198–199.

（39）「舞台上の精神病質的人物」、一七三頁。

（40）« Note sur Freud et la représentation », art. cit., p. 75. « La scène est primitive », art. cit., p. 200–201.

（41） Philippe Lacoue-Labarthe et Jean-Luc Nancy, « Scène » (1992), *Scène*, Christian Bourgois Éditeur, 2013, p. 19.

（42） « Note sur Freud et la représentation », art. cit., p. 75–77.

（43） *Ibid.*, p. 78.

（44） *Ibid.*, p. 77–79.

（45） バタイユとブランショが共にヘーゲルの「死の哲学」（コジェーヴ）を徹底して追究し、死ぬことの不可能性の経験について考察し続けたことについては、以下で論じた。「バタイユとブランショの分かちもったもの「一九五二年一〇月一八日付のノート」から出発して」『別冊水声通信　バタイユとその友たち』水声社、二〇一四年。「死ぬことの不可能性」という問題については、もはや古典的文献だが、『リーニュ』誌バタイユ特集（*Lignes*, mai 2005）にも掲載された西谷修「死の不可能性、または公共化する死」（『不死のワンダーランド』青土社、一九九〇年、増補新版、二〇〇二年）がなおも繰り返し読まれるべきだろう。

（46） Georges Bataille, « Hegel, la mort et le sacrifice », *Deucalion*, 1955, *Œuvres complètes* t. XII, Gallimard, 1988, p. 336.「ヘーゲル、死と供犠」酒井健訳、『純然たる幸福』所収、人文書院、一九九四年、一八五―一八六頁（ちくま学芸文庫版、二〇〇九年、二一四頁）。

（47） *Ibid.*, p. 337. 同前、一八七頁（同前、二一六頁）。

供犠、悲喜劇的経験としての

井岡詩子

郷原氏の論文は、ラクー＝ラバルトのテクストとその参照先を丹念に検証することで、ほとんど説明なしに差しだされた「もっとも忠実なアリストテレス学徒」というバタイユ評価の内実を解き明かすものである。バタイユの生涯にわたる関心事であり、その論文「ヘーゲル、死と供犠」において〈賢者〉たるヘーゲルの哲学よりも死の運動の全体を表し得るとされる供犠が、アリストテレスからフロイトへつながる隠れた思想的系譜の先端にあることが示されている。

この議論の基底には、「死の模擬」という性質に依拠した供犠と悲劇のアナロジーがある。つまり、供犠においては生贄の動物が、悲劇においては英雄が死ぬのだが、それらを眺める者たちは動物や英雄と一体化することで死を経験する。そのような死の経験にマゾヒスティックな快（苦痛から得られる快）を認めるフロイトの身振りを「アリストテレス詩学の分析的、産出的読解の深化」とするならば、理論と実践において供犠を探求し、死を前にした苦悶を喜びに変える幸運を説いたバタイユの身振りをアリストテレス詩学の徹底とみなすことができる、というのである。アリストテレス自身は悲劇が喚起する「恐怖と同情」とそこから得られるカタルシスを必ずしも死の場面と結びつけはしないが、「無意識の死の願望」に応えるものとして登場人物が生を賭すフィクションの必要を説くフロイトを経由することで、死の模擬という悲劇の一側面に光が当たり、供犠と悲劇のアナロジーが成立している。

しかし結局のところ、バタイユにとって供犠とは悲劇なのか、それとも喜劇なのだろうか――「ヘーゲル、死と供犠」からラクー＝ラバルトが引用した箇所に目を通すと、このような疑問が浮かぶかも知れない。そこでは、供犠において死にゆく動物との同一化が喜劇と表現されるだけでなく、さらに、人間の非動物的側面である「死についての虚構」までもが「喜劇」の語に集約されるのだから。悲劇は礼拝や見世物、文学といった人間の非動物的側面の例示に続いて言及され、死の模擬としての性質が認められるものの、直接に供犠と関連づけられるわけではない。供犠のみならず人間の非動物的側面全般が「喜劇」であるのなら、この語は、悲劇をもその射程に入れる包括的な概念と考えられるだろう。もちろん供犠と悲劇のアナロジーが揺らぐわけではないが、バタイユのこうした言葉遣いを見ると、事態はいささか複雑であるように思われる。「ヘーゲル、死と供犠」にあって「喜劇 comédie」はいかなる意味を与えられているのか。この検討を通して、バタイユにおける供犠について補足することとしたい。

結論を先取りすると、「喜劇」は芝居や虚構とほぼ同一のニュートラルな語として悲劇をその範疇に入れつつも、悲劇――あるいはこう言って良ければ、悲劇的にしか死を眺めることのできないヘーゲル――の対立項として機能している。形容詞の comique（喜劇的な、滑稽な）を含めた「喜劇」は、さきの引用箇所にくわえて「人間の神性の悲喜劇的な側面」と題された節[1]に集中している。さほど長くないこの節は、ともに（「存在するもの」の）総体（トタリテ）を描きだし得るものとしてヘーゲル哲学（絶対知）とキリストの死を引き比べるものである。そこで浮き彫りにされるのは、その哲学から導き出され得るヘーゲルの立場、つまり神に代わって至高の位置を占める〈賢者〉の立場と、不死で全能であるはずの神がその神性を忘却することで可能となるキリストの死の対比、すなわち人間の神性獲得と神の神性忘却の対比である。

バタイユは、ヘーゲルの立場を表現するには「抑揚が〔…〕少なくとも控えめな形での悲劇の恐ろしさが必要」だが、それでも彼の立場は喜劇的＝滑稽に映ると述べたあとで、キリストの死に「喜劇の性質」を見て取る。「喜劇の性質」とはキリストの神性忘却を可能にする「恣意的な操作」を指しており、それゆえここでの「喜劇」は、現実と異なる虚構の枠組みを恣意的に作りだし、それに従って事を進めること、芝居や遊びとも捉え得る行為全般を意味する包括的な語と考えられる。また、キリストの神性忘却は喜劇であるからこそ、神の神性そのものを棄却するには至らなかった、とも言えるだろう。これに対して、「悲劇の恐ろしさ」を伴って表現されるヘーゲルの立場——図らずもみずからに神性を与えた——は、ヘーゲルが明晰な意識でその哲学を練り上げた歩みの帰結である。それは傍から見れば喜劇的＝滑稽だが、ヘーゲルにしてみれば悲劇のようにシリアスで不運な帰結だ。同じ節で労働——バタイユはヘーゲルの哲学を労働の哲学とも呼んでいる——と諧謔（ユーモア）の相容れなさが言及されることから窺えるように、バタイユにとってヘーゲルは至って真面目（シリアス）な哲学者である。

ヘーゲルのこの言わば真面目さは、死への向き合い方における供犠との相違を生みだす。ラクー＝ラバルトによって引用された死と供犠と表象に関する箇所に続いて、バタイユは、人類が絶えず繰り返してきた「死が呈示するとともに隠してしまうものを、間接的な手段によって、捉え」る試みのヴァリアントとして供犠とヘーゲル哲学を挙げる[2]。そこでは、論証的に死を表象したヘーゲルに一定の評価が下されるものの、感覚的で不確かな認識のもとにおこなわれる供犠がより重要とされる。というのも、ヘーゲルが死を悲しみの感情と結びつけて一義的に理解するのにたいし、供犠は、悲しみと同時にさまざまな感情を死から受け取る「豊かな経験」であるからだ。悲しみの感情を以て死と向き合うことは真面目な態度である。それは悲劇から「恐怖と同情」を感受しカタルシスを得るのに必要な態度でもあるが、アリストテレスと異なりヘーゲルは「死についての考えは〔…〕〈人間〉にいかなる快〔plaisir〕も与えない[3]」と述べた。したがって、ヘーゲルとは真面目(シリアス)にただ悲劇的にのみ死を眺める哲学者であり、「ヘーゲル、死と供犠」における「喜劇」の語にはそのようなヘーゲルと供犠を分かつ決定的な相違が映し出されている。喜劇では、登場人物の真面目さが観客の笑いを誘うように——その点で喜劇にはサディスティックな快がある——出来事が多義的に立ち現れる。供犠と喜劇は同一ではないにしても、この多義性こそが供犠の豊かさに結びつけられるだろう。

　とはいえ、バタイユはヘーゲルの試みを完全に否定するわけではない。豊かな経験である供犠にはもっぱら快〔plaisir〕あるいは喜び〔joie, jouissance〕が見出されるが、郷原氏が挙げた「死を前にした喜び〔joie〕の実践[4]」によれば、その喜びを追求する者は「生の総体」に行き着く。「生の総体」は「恍惚とした瞑想と明晰な認識」と言い換えられており、不確かで曖昧な意識のなかでさまざまな感情に巻き込まれる供犠と、明晰な意識のもと論証的に死を著したヘーゲルの双方の必要性を読み取ることができる。「ヘーゲル、死と供犠」においても、バタイユは悲劇と供犠がいずれも祝祭の要素であること——人間の生のひとつの在り方をともに構成するものであること——を書き留めている[5]。この「悲劇」がヘーゲル的な死の認識を指すのなら、生と死の総体を捉える試みの両翼に供犠とヘーゲル哲学を位置づけることができるだろう。

　ところで、アリストテレスは喜劇で殺害は起こらないとした。しかし同時に、「喜劇では〔…〕伝説ではもっとも敵対しているような者が最後には友人となって舞台を去る[6]」(1453a)とも言った。通常は対立している悲しみと喜びの一致、反対物の一致をここに見てしまうのは、あまりにバタイユ的だろうか。

註

（1） Georges Bataille, « Hegel, la mort et le sacrifice », *Deucalion*, 1955, *Œuvres complètes* t. XII, Gallimard, 1988, pp. 329–330.「ヘーゲル、死と供犠」酒井健訳、『純然たる幸福』所収、ちくま学芸文庫、二〇〇九年、二〇一―二〇二頁。

（2） *Ibid.*, pp. 337–339. 同前、二一七―二一九頁。

（3） バタイユが引用した『精神現象学』序文の一節。*Ibid.*, p. 339. 同前、二二〇頁。

（4） Georges Bataille, « La pratique de la joie devant la mort », *Acéphale*, 1939, *Œuvres complètes* t. I, Gallimard, 1970, pp. 552–558.『死を前にしての歓喜の実践』生田耕作訳、奢灞都館、一九七七年。

（5） « Hegel, la mort et le sacrifice », *op. cit.*, p. 340.「ヘーゲル、死と供犠」前掲書、二二二頁。

（6） 『アリストテレース詩学・ホラーティウス詩論』松本仁助・岡道男訳、岩波文庫、一九九七年、五四頁。

郷原佳以『文学のミニマル・イメージ――モーリス・ブランショ論』

本書の目的は、視覚的なイメージを排したエクリチュールの思想家と捉えられてきたブランショの作品に、視覚的なものに限定されない文学の「イメージ」、言語としての「イメージ」がある(イリヤ)ことを見出し、その展開の広範さを示しながら文学の根源的な部分を明らかにすることにある。そのような「イメージ」のひとつに、供犠――ただしそれは著者自身述べるようにバタイユの供犠とは異なる――によって生み出されるものがある（第二部第五章）。

ブランショにとっての供犠とはまず、アブラハムによるイサク奉献の物語である。著者は、雄羊を神に捧げてモリヤの山を下りるイサクが「雄羊のイメージ」と呼ばれることに着目し、そこに「供犠の中断により宙吊りにされた死の経験によって生身の人間がイメージに変容するという事態」を認める。『望みのときに』（一九五一）のジュディットにおいてはこの事態が欲望され、彼女は自身を供犠に捧げ「自己自身のイメージ」として生き残る。ブランショ作品のメタ物語としての側面に鑑みると、ジュディットは文学言語の具現化なのだという。続いて、超越的なものを根拠とする自己同一性を失ったアブラハムとしてカフカが召喚される。つまり、自身がアブラハム＝文学者であるのか確信できないまま、イサク＝作品を犠牲に捧げるカフカである。超越者のいないこの供犠は救済なき彷徨となるが、作品とは、彷徨のなかで焦燥（アンパシアンス）に駆られて「イメージ」を創り出すことで生み出されるという。こうして、形象化を回避することができず、イメージのほうへ向かうものとしての文学（芸術作品）の在り方が示されるのである。以上のブランショ的な供犠（の中断）とバタイユ的な供犠の違いをあえて指摘しておくなら、信仰の介在の有無が挙げられるだろう。この差は、供犠の目的や結果――例えば「イメージ」――に関わる分水嶺であるように思われる（なお、両者における死や供犠の比較については、『別冊水声通信　バタイユとその友たち』（水声社、二〇一四年）の岩野卓司氏、郷原氏、門間広明氏の論文を参照されたい）。

（左右社、二〇一一年）

『ジョルジュ・バタイユ著作集3　C神父』

「ヘーゲル、死と供犠」の五年前に発表されたこの小説には、双子の兄弟ロベールとシャルルがみずからの愛する者を、なにより互いを生贄に捧げる供犠の物語としての一面があるように思われる。ふたりのあいだにはエポニーヌという女性の存在がある。兄・ロベールはエポニーヌに好意を寄せられていたが、羽目を外すようになった彼女を軽蔑しやがて聖職者になる。エポニーヌは娼婦となり弟・シャルルと情事を重ねるがロベールへの想いは消えず、同じ外見の双子の弟から愛され兄から軽蔑される引き裂かれた状態のなかで、兄への仕返しとして彼と肉体関係を持とうと弟に協力を請う。しかし実のところ、ロベールはエポニーヌへの愛を僧服の下に隠しているのである。それぞれが互いに愛憎入り混じる感情を抱くこの三人の人物を中心として物語は展開する。

シャルルはロベールを幾度となくエポニーヌのもとへ誘いだす。例えば、エポニーヌが待つ教会の塔の頂に双子が登る場面がある。シャルルは不意に兄を道連れに自殺を図る。これは、娼婦と神の眼前にみずからと兄の命を差し出す行為と言えるだろう（バタイユの小説ではしばしば神と娼婦が対称関係に置かれ、娼婦がときに神となる）。物語の終わりには、レジスタンス活動に関わって逮捕されたロベールが、シャルルとエポニーヌをゲシュタポに売り飛ばす（しかしシャルルは捕まらず、この生贄は失敗する）。双子のあいだには、フロイトが原初の人間において顕著だったという感情両価性（アンビヴァレンツ）がある。また、双子という関係は自身と相手の境界の曖昧さと、相手への同一化の容易さを強調する装置となっている。ロベールとシャルルは、相手を生贄に捧げながら自分自身をも捧げ、相手が死に晒されるのを想像しながらわが身にも死が降りかかるのを感じるのである。愛しい者を喪う悲しみと憎らしい者を葬る満足感、そして死の恐怖——さまざまな感情が一体化した供犠をここに認めることができるだろう。

（若林真訳、二見書房、一九七一年）

アンリ・ベルクソン『笑い』

バタイユがベルクソンを痛烈に批判したことはよく知られている。一九二〇年ロンドンでのベルクソンとの邂逅は、『内的体験』（一九四三）と講演「非－知、笑い、涙」（一九五三）で語られる。『内的体験』第三部冒頭においては『笑い』とベルクソンそのひとにたいする失望が吐露されるいっぽうで、この著書との出会いが笑いの問題を考え続けるきっかけとなったとも述べられる。一〇年後の「非－知、笑い、涙」になると、『笑い』はこの問題を扱ったもののなかでもっとも奥深い理論のひとつと評され、バタイユ自身、ベルクソンの理論を参照し続けたことが打ち明けられる。その関心の中心は、笑いのようなものを反省の対象とするのは可能なのか、という疑問だった。

ベルクソンの『笑い』は喜劇的＝滑稽なものから引き起こされる笑いに的を絞った議論であり、バタイユが言うように笑いの全容をカバーするものではないが、その代わり、喜劇的＝滑稽なものの全体像に光を当てる構成になっている。ベルクソンは、身体の物質性が露見する契機、つまり精神ではなく機械的な自動現象に身体がしたがうような状態（こわばり）が笑いを誘うと定義づけながら、表情や態度、身振り、状況、発話や人格などの喜劇的な笑いの様相と原因を網羅的に描きだすのである。主題に全般的な定義を与えたうえで個別の事例を辿り、それらに通底するものを浮き彫りにするという構成は、第二次世界大戦後のバタイユの代表作である『呪われた部分』（一九四九）や『エロティシズム』（一九五七）などの理論的著作と通じるものがある。これらの著作のテーマは、笑いと同じように把握し難いものである。笑いを反省の対象とする可能性と方法を問いながら、バタイユが『笑い』を繰り返し紐解いていたのであれば、供犠や死、エロティスムにたいする彼の反省的探究はベルクソンが灯したランプに導かれていたのかも知れない。

（林達夫訳、岩波文庫、一九七六年）

ボヤン・マンチェフ『世界の他化（アルテラシオン）——ラディカルな美学のために』

ラクー＝ラバルトとは異なる道筋でバタイユとアリストテレスを結びつける議論を挙げよう。「日本語版への序文」で著者自身が回顧的にまとめるところによれば、本書は、エルンスト・ブロッホが「アリストテレス左派」と呼ぶ潮流にバタイユを位置づけるものである。マンチェフはまた、変形主義的唯物論（un matérialisme transformationniste）と力動的存在論（une ontologie dynamique）の提起が本書の試みと説明するが、その変形主義的唯物論が導き出す主張こそが「アリストテレス左派、つまりはバタイユ左派」のテーゼであるとも述べる。つまり本書は、アリストテレスを先鋭化させたバタイユをさらに先鋭化させようとしているのである。

マンチェフはアリストテレスの先鋭化をバタイユに認めながらも、ときに両者を対立させることで他化の理論を推し進める。そもそも他化とは、バタイユが『ドキュマン』（一九二九―三〇）で用いた「変質」から生じた概念である。マンチェフはアリストテレスのアロイオーシス（性質変化）がこの「変質」の祖先であると指摘し、実体の生成と崩壊（これは主体の誕生と消滅を意味する）との違い、つまり主体を保持したままその性質を変化させる側面に着目する。アロイオーシスのこの特質はバタイユの「変質」において変形の永続性に昇華され、それゆえ他化は、絶え間なく変形する物質としての－主体を思考することを可能とする。たほう、アリストテレスがメタ－アイステーシス（つまり感覚の感覚）の存在を否定するのに対し、バタイユにおいては、メタ－アイステーシス的な契機（例えば松果体の眼）によって感覚の限界の経験が可能になるという。マンチェフによればこれこそが感覚の他化であり、それは物そのものへのアプローチにつながる。以上は一部の例に過ぎないが、本書ではバタイユを介してアリストテレスが発展的に継承され、ときに転倒されながら唯物論の新たな地平が拓かれるのである。

（横田祐美子・井岡詩子訳、法政大学出版局、二〇二〇年）

全般経済学と純粋アナーキー原理

山田広昭

1　限界効用と効用の限界

バタイユを「蕩尽」(consumation) の思想家と呼んだとしても、月並みだと言われることはあっても、(これほどの多面性を備えた思想家を一つの言葉に集約することの是非を措けば) 異論に晒されることはまずないだろう。一九三三年の「消費の概念」(La notion de la dépense) から、未完に終わる『有用なるものの限界』(*La limite de l'utilité*) を経て、一九四九年の『呪われた部分』(*La part maudite*) へといたるバタイユの歩みを見れば、第二次大戦をはさんで、彼の考察の中心的な視座はほぼ同一であることがわかる。その視座こそ、彼が富 (財) の非生産的使用 (未来の生産につながることがないという意味でまったく無益な、まさしく消費のための消費) として定義する蕩尽である。

蕩尽の重要性を強調することでバタイユが対決しているのが、狭義の古典派のみならず、レオン・

ワルラスら以降の新古典派経済学をも含む近代経済学と、経済についての基礎的な理解において古典派経済学と多くを共有し、かつ生産様式の概念を中核に据えるマルクス経済学であることは明白である。バタイユの経済学批判の要諦は主として次の二点にある。

①人間の経済活動を、交換、とりわけ物々交換から出発して考えることの批判。バタイユは言う。「古典派経済学は初期の交換を物々交換だと想定した。交換という獲得の様式が起源においては獲得への欲求ではなく、正反対の損失あるいは浪費への欲求に応えるものだったなどとは古典派経済学にはどうにも考えられないことだった[1]」。したがって、彼の批判は、正確には、物々交換という、はたして歴史的に実在したかどうかさえもあやしい、ある特定の交換様式の想定に向けられているというよりも、交換の目的を有用性（効用）の獲得、蓄積とみなすことへと向けられている。交換の目的をそのように考えることは、交換がつねに有用物の再生産、それも絶えず拡大していく再生産を目的としていることを意味する。なぜなら、ひとは自ら有用物を生み出しつづけることができなければ、それを他の有用物と（いっそう多くの有用性を求めて）交換することはできないからである。

②上記の批判は、しかし、従来の経済学に向けられた、次のより根源的な批判と結びつけられることによってのみ、その十全な意味を得る。バタイユはそれを、われわれがぜひとも知っておかなければならない、経済の全般的な法則として提示する。それは、「一個の社会はつねにその存続に必要な分以上のものを生産するという法則だ。〔…〕社会の在り方を決定しているのはまさにこの余剰を社会がどう使うかなのである[2]」。マルクス主義的な語彙で言い直せば、社会（とそれを形づくるさまざまな制度）という上部構造を決定している下部構造は、生産力と生産関係からなる生産様式ではないということ

になる。社会の真の下部構造をなしているのは、社会がそれを生産せざるをえない余剰（過剰）とこの余剰を処理するための様式なのである。

『呪われた部分』は、この余剰処理様式を基底に置いてなされる世界史書き換えの試みであり、マルクス主義的な史的唯物論とは別の、もうひとつの史的唯物論の試みだということができる。私は冒頭で、一九三三年に発表される「消費の概念」と一九四九年に刊行される『呪われた部分』との間に、視座の大きな変化はないと述べた。これには、しかし、ひとつの留保をつけなければならない。「消費の概念」の時点では、バタイユはまだマルクス主義的な社会革命に大きな期待をかけており、余剰の処理（蕩尽）という彼の根本的なアイデアと、階級闘争という理念とをどのように折り合わせるかが大きな問題となっていた。それに対する答えが、石川学が正確に指摘しているように、階級闘争と労働者革命とを壮大な社会的消費（余剰の処理）のプロセスと捉える見方だったのである。(3)

第二次大戦後の著作である『呪われた部分』では、階級闘争を社会的消費と結びつける見方は、少なくとも後景に退いている。代わって前面に出てくるのは、エネルギー論ないし熱力学的な、一種の宇宙論的ビジョンであり、そこでは、余剰の処理は増大するエントロピーの排出と比較することさえ可能に見える。『呪われた部分』の「まえがき」で、バタイユはひとつの困惑を口にしている。それは「今なにを準備なさっているのですか」という問いに対して、「経済学の著作です」と答えたときに感じざるをえなかった困惑である。この困惑は、彼が経済学という言葉に込めていたものが、それまでの正統な経済学の守備範囲を明らかに超えでていることに由来する。「地球上のエネルギーの動きが決定している状況において、生命体は、原則として、生命の維持に必要なエネルギーよりも多くのエネルギーを受け取っている」という「根本的な事実」の確認から出発するような経済学の書物がそれまでにあっただろうか。それゆえに彼は、自らの考える経済学を「全般経済学」と呼び、それを経済学を専門とする学者の仕事から区別するのである。

だからといって、バタイユの仕事が同時代の専門的経済学者の仕事から切り離されたところでなされたものではないこともまた、強調しておかなければならないだろう。そのことは、「まえがき」においてすでに、「ケインズの瓶」への言及として、その後の経済学と経済政策に文字通り革命的といえる影響を及ぼしたケインズの主著『雇用、利子および貨幣の一般理論』(一九三六)に参照が送られていることからも明らかである。バタイユの理論的営為は、彼に先立って、経済に対する見方を大きく変えることになったマルセル・モースの『贈与論』の受容の仕方にも見られるように、たとえその解釈に独特なものがあったとしても、既成の学問的言説と真剣に向き合うなかでなされていることを忘れてはならない。

本稿の狙いは、バタイユの思想をアナキズム、それも私自身がモースの『贈与論』や、彼のより直接的に政治的な言説の検討を軸にして打ち出そうと試みた新たなアナキズムの構想[4]との関係において、位置づけることにあるが、そのためにも、主要な土俵となる『呪われた部分』におけるバタイユの主張を、彼自身がそれをどのようにモースに関係づけているかから検討することにしたい。

バタイユは同書で、自身の「全般経済学」の基礎が、モースの『贈与論』にあることを明言している。『贈与論』を読んだことが今日その成果を公表している私のこの考察の起源にあるとここで指摘させていただきたい。まず第一に、**ポトラッチ**を考察したことで私は全般経済学の原則を明示できるようになった[5]」。この明言は同時に、バタイユが『贈与論』の何を読み、何を読まなかったかをも示している。彼はモースが報告、記述している「未開社会」の贈与システムのなかでも、特定の財が決まった部族の間を一定の時間をおいて、いわば水平的に循環していくクラと呼ばれるシステムではなく、競覇的性格がとくにきわだつポトラッチと呼ばれるタイプの慣行に関心を集中させている。その理由はこの慣行が、贈与のかたちをとりながら、それまでに蓄積された富の無益な破壊、文字通りの蕩尽の様相を示すことにある。ポトラッチは、バタイユに少なくとも二つのことを教えた。一つは、蕩尽が富の個人的な使い果たしには還元できないということである。それはつねに他者を目の前においた浪費、他者に向かって「これみよがしに行われる」浪費なのである。その意味において、蕩尽はみじんも個人的行為ではなく、本質的に社会的行為である。

二つ目は、贈与に通常認められる功利性（贈与はつねにお返しがあることを、それも与えたものよりも多くのお返しがあることを期待している）が、見かけのものでしかないことである。贈与を交換の一形式と捉えることができるのは、まさにそこにお返しの義務が随伴しているからにほかならないが、ポトラッチという競争的贈与の参与者の究極的目的は、より多くのお返しを得ることにはない。最初の贈与者は、お返しの贈与を喜ばない。返礼は次の贈与を行うまでただ単に屈辱として「耐え忍ばれる」のである。「**ポトラッチ**は返礼されなくなるということが理想なのだ[6]」。

以上のことから、バタイユは次のように結論する。ポトラッチは、「生産的な消費から人を奪還する一制度〔＝供犠の制度〕の補完的形態」なのだと。ただし、たとえポトラッチが贈与的蕩尽にほかならないのだとしても、それは純粋に無欲な行為ではない。「これみよがしに行われる」浪費には、はっきりとした獲得目標がある。それは競争の勝者だけが得ることのできる威光、栄誉である。このことの意味については、のちに検討するが、いまはただ、それがバタイユによって政治的権力の獲得とはまったく別物だとみなされていることだけを強調しておきたい。「優越したことの結果である栄光というものも」、とバタイユは言う、「相手の地位を奪ったり、財産をわが物にする力とは別の事態なのだ。栄光は、闘争の情念に必要な激しい熱狂の衝動、惜しみないエネルギー浪費の衝動の表出にほかならない(7)」。

すでに述べたように、『呪われた部分』は、余剰エネルギーの処理方式を基軸に世界史を書き換える試みとみなすことができるが、バタイユによれば、この処理方式の標準的な形態は「成長」である。もちろん成長のあり方もまた一つではないが、それらはすべて同じ特徴をもつ。それらのどれもがやがて限界につきあたるということである。無限の成長というものはありえない。近代世界の支配的制度となりおおせた資本主義は、この限界の存在を隠蔽、あるいはつねに先送りすることで生き延びてきた。「近代においては、余剰〔surplus〕の最も重大な部分は、資本主義的な蓄積に充当されている」。「近代産業経済は無秩序な興奮へ駆りたてられている。成長を余儀なくされているかのようになっているのだ。もう成長の可能性はないというのに(8)」。

成長が限界につきあたるたびに、次善の手段としてあまねく採用されてきたのが戦争であることは誰も否めない。戦争はそれ自体が途方もない蕩尽だが、同時に成長が不可避的につきあたる限界を軍事的拡張を通して先送りするものでもある。しかし、成長と戦争だけが余剰の処理法として人類が見出した唯一の方策なのだろうか。その答えが否であることは、バタイユが『呪われた部分』の出発点をモースの『贈与論』においていることからも明らかだろう。これについても先でもう一度立ち戻るが、モースが贈与交換の体系に見ていたのは、共同体間の対立を戦争にいたることなく解決するための手段だったからである。

その意味で、バタイユが『呪われた部分』の中で、一つの章を割いてチベットとラマ教の分析を行なっていることは興味深い。というのも、彼がチベットに目を向ける理由が、「人類は地球のいたるところで戦争を起こしかねないのだが、チベットは、それとは矛盾して、一個の孤立した平和文明になっている」(9)という事実にあるからである。チベットの平和主義の原因をこの国の宗教(チベット仏教)の教義に求めることはできない。すぐに分かるように「他の諸宗教も戦争を非難している。それでいて、それぞれの民は互いに殺しあっている」(10)。だとすれば、ここには宗教的教義とはまったく別の、もっと「物質的なメカニズム」が働いているはずである。「一個の社会的な振舞は一個の道徳規範から生起したりしない。この振舞は、一社会の構造、つまりその社会を動かす物質的な力の活動を物語っている」(11)。バタイユが引き出す結論は注目に値する。チベットが軍事的になりえなかったのは、この国がその余剰のほぼすべてを僧院制度につぎ込んでしまったからだというのである。

たしかに僧院制度はチベットの発明になるものではない。他の多くの国々にもそれはある。チベット(ラマ教)に特殊性があるとすれば、それはそこでは僧院が他の余剰の使途と同列におかれることがなく、事実上その唯一の流路となり、産出される余剰のすべてを吸収してしまった結果、一国がまるごと僧院へと転化してしまったことにあるのである。バタイユがここで行なっている考察は、経済的下部構造（ただし下部構造の定義がマルクス主義のそれとは異なるが）による上部構造（宗教制度）の決定のように見えるかもしれない。物質的な力の活動を歴史の決定要因とみなす唯物論的な考察であるという意味においてはたしかにそうなのだが、同時にそこでは宗教という上部構造自体が巨大な経済制度として考察されていることを忘れてはならない。バタイユが「宗教による経済の決定」（détermination religieuse de l'économie）を語ることができるのもそのためである。それは上部構造の下部構造への反作用などというものではない。

バタイユはいう。「この決定は宗教を定義さえしている。宗教とは、一個の社会が富の余剰を使用して引き起こす快意のことなのである。使用して、というよりも、破壊して（少なくともその有益な価値を破壊して）と言ったほうがいいかもしれない。このことこそが、宗教それぞれに豊かな物質的相貌を与えているのである」。これに続いて、決定的な言葉が口にされる。「唯一重要な点は、有益性がないということ、これらの社会集団の決定が無償だということなのである[12]」。

チベット仏教（ラマ教）とその社会による経済の宗教的決定の無償性。ここでいう無償性は見返りとしてどんな生産にもつながらないという点に求められるが、だからといって、どのような人間的目的にも奉仕しないというわけではない。すでに述べたように、それは歴史上つねに余剰処理の最も有力な手段であった戦争を、ポトラッチがそうしているのと同様に、社会の選択肢から遠ざけることに役立つのである。ただし、ポトラッチはこの戦争の代替物であるという性格を僧院制度よりもはるかに明瞭に示している。バタイユがその点にどれほど強い印象を受けたかを、『呪われた部分』の最終章をなす、マーシャル・プランの分析に見ておきたい。

バタイユは、第二次大戦後の世界を特徴づけるものとして、二つの事実に注目していた。第一は、アメリカへの富の圧倒的な集中であり、第二は、スターリン体制下のソ連が世界に及ぼしている巨大な圧力である。前者はその相関項として、戦災によって荒廃させられたヨーロッパの没落（貧困）をもつ。それゆえ、以後の世界の命運をにぎっているのは、いまや群を抜いて超大国となったアメリカがこの二つの事実を前にしていかなる態度をとるかである。アメリカがこれほど大きな経済的不均衡を放置したならば、いいかえれば、ヨーロッパが貧困に沈んでいくのを自らの利益だけを求めて座視したならば、いったいどういう事態が出来するのか。おそらくそれは、破局的な戦争、広島、長崎以降の戦争として、人類の破滅につながりうる世界最終戦争であろう。

バタイユがこの著作を書いていた時点では、たしかにソ連はまだそれだけの力を持ってはいなかった。しかし、ソ連の経済体制が示しているのは、いっさいの余剰を浪費に差し向けることなく、生産手段の増大（体制の成長）へとつぎ込む経済システムの存在である。そこでは浪費の可能性は極限まで切り詰められている。忘れてはならないのは、これが恒常化された戦時経済にほかならないことである。バタイユによれば、ソ連の集団農場にその必要性を無視して大量のトラクターが投入されたのは、トラクターの生産ラインはいつでも軍用機器の生産に転用できるからである。

マーシャル・プランはそれゆえに、アメリカにとって、他のすべての国々に憎まれる危険性と破局的な戦争の危険性をともに避けるために現実的に残されている唯一の解決策なのである。重要なのは、この経済政策が、孤立した利害計算（つまり効用最大化）に依拠する古典派経済学の立場からはけっして導出しえないことである。バタイユが依拠する経済学者フランソワ・ペルーの主張するところによれば、マーシャル・プランの独自性は、それが一国のではなく、世界全体の利益のための投資だということにある。これは一国を経済の主体と考えたときの個々の経済主体の利害計算を超越している。そのことだけですでに、従来の経済学ではこのプランを選択することの合理性を説明することができないが、バタイユはそれに加えてこのプランの意義を、それがたんに集団的な利益を目指しているだけではなく、ある意味で生産力を増大させることを放棄しているところに、つまり、それが失われる（無駄になる）投資である点に見ている。[13] マーシャル・プランは極言すれば、支払いとは無関係に商品を引き渡すことであり、返済を期待せずに貸し付けることに帰着する。

もう明らかだと思われるが、つまるところそれは、アメリカから見れば、蕩尽としての贈与にほかならない。（ただポトラッチ的贈与とは異なり、この贈与の目的は受贈者を圧倒することにあってはならないのだが）。バタイユがマーシャル・プランに見て取った逆説は、第二次大戦後の資本主義が、利潤追求の原理によって自動的に均衡に達するという古典派経済学の原理では維持されえず、その原理に逆らって、すなわち資本主義の表向きの原理そのものに逆らって、圧倒的な余剰をかかえたアメリカが行う一方的な消費（蕩尽）によって初めて維持されるということにある。そして、繰り返すが、この贈与＝消費だけが、ソ連に対して経済的手段を用いて実行される「戦争」として、切迫する現実の世界戦争の脅威を遠ざけるのである。

2　頭部なき共同体（アセファル）

一九三〇年代、とりわけヒトラーが政権をとる一九三二年以降のバタイユの活動と著作が示している政治的ポジションについては、一見すると相反するとも思われる複数の傾向が見て取れる。つとに指摘されていることだろうが、一つはアナキズム的傾向であり、もう一つは、ファシズムに対して向けられた、直接的ではないが、しかし完全に否定することもできない共感である。じつを言えば、当時のアナキズムと、イタリアとドイツで勃興していたファシズムとは見かけほど対立するものではない。少なくとも思想的には、両者の間にははっきりとした共通性がある。反議会制民主主義（反共和制）、直接行動、そして大衆を行動へと大量に動員するものとしての「神話」への依拠である。ムッソリーニが「ファシズムの精神的父」として高く評価したといわれる『暴力論』（一九〇八）の著者ジョルジュ・ソレルは、アナルコ・サンディカリズムの理論家であった。ソレルは階級闘争を革命へと導くエネルギーの源を経済的分析にもとづく客観的な必然性ではなく、「神話」が人々に呼び起こす衝迫に求めた。ソレルにとってこの神話は「ゼネスト」のイメージだったが、神話の中身だけを入れ替えれば、それはそのままファシズムの運動論になる。

しかし、バタイユをもっとポジティヴにアナキズムに接合することを許すように思われるテクストが少なくとも二つある。一九三三年から三四年にかけて『社会批評』誌に発表される「国家の問題」と「ファシズムの心理構造」である(14)（すでに言及した「消費の概念」も同時期に発表されていることに注意を喚起しておきたい)。これらのテクストを読むときには、それが発表された『社会批評』がどういう雑誌であったかを念頭におく必要があるだろう。雑誌の創刊者であるボリス・スヴァーリンは、フランス共産党を代表するかたちで一九二一年から一九二五年の一月までモスクワに滞在し、コミンテルンの三つの最高機関、常任幹部会、書記局、執行委員会のメンバーとなる。ミシェル・シュリヤによれば、ソ連共産党の指導機関に及ぼした彼の影響力は甚大なもので、それ以降、彼ほどの力をもったフランスの党代表はおそらく一人もいなかっただろうという[15]。しかし、彼の影響力は、一九二四年のレーニンの死とその後継者問題が生じたときに終わる。スヴァーリンは、トロツキーを擁護してスターリンに異を唱えたことで、帰国後フランス共産党を除名される。

共産党主流派からの失墜はしかし、彼のマルクス主義に対する態度を変えることはなかった。同じくシュリヤによれば、スヴァーリンはその後も「責任あるマルクス主義的態度とは、まさにマルクス自身の提示した方法論に基づいて、マルクスにおいて何が訂正可能か、またマルクス以降何がその本質と結論との修正をうながしているかを分析検討するものでなければならない[16]」という姿勢を貫いた。おそらくそのためであろう、バタイユが一九三一年に彼と出会ったとき、スヴァーリンに対する急進左派の知識人たちの信頼は非常に厚かったという。バタイユが『社会批評』誌に発表した論文(それらは戦前に発表された彼のテクストの中では、群を抜いて理論的価値が高い)にスヴァーリンがどの程度の影響を与えているかは分からない。しかし、最低限言えることは、その時期のバタイユがマルクス主義の理論とその現実化とみなされたロシア革命の帰趨に真剣に向き合っていたことである。「消費の概念」が階級闘争に与えていた重要性についてはすでに見た。だが、そこでは国家の問題は前景化されていない。「消費の概念」に続いて「国家の問題」が書かれたことは、バタイユがマルクス主義が主張する「プロレタリアートの独裁」という理念が結局私たちをどこに導くかをはっきりと見定めたことを意味するだろう。

マルクス主義の伝統では、プロレタリアート独裁は、つねに国家消滅の前段階として、国家を死滅させるために必要な手段として正当化されてきた。しかし、スターリン体制のソ連が明らかにしたのは、この理念が現実においては虚妄でしかありえないということである。国家に対する憎悪を燃やしていたはずの世界の革命運動が目にしたのは、自らの凋落と、社会変革を求める活力がすべて全体主義的国家体制へと向かいつつあるという事態である。してみれば、アナキストたちの批判はやはり正しかったのだ。プルードンは一八四六年の時点ですでにこう書いていた。「共産主義者たちの愚昧で反動的なすべての偏見のうちで、もっとも根強いのは独裁である。産業の独裁、交易の独裁、思想の独裁、社会生活と私生活における独裁、ありとあらゆるところで独裁が必要とされる[17]」。「この絶対主義は過渡的なものだと言いわけするひともいるだろうが、それはむなしい。なぜなら、ある一瞬において必要とされるものなら、それはつねに必要とされるものとなり、過渡期は永続するからである[18]」。プルードンのこの批判に、バクーニンが一八七〇年代の初めに、より直接にプロレタリアート独裁の理念に差し向けていた言葉を付け加えておいてもよいだろう。「この見せかけの人民代表制という虚構」、「革命的独裁と国家制度との差異は、まったく外面的なものにすぎない[19]」。

「国家の問題」に続いて、二号にまたがって『社会批評』誌に掲載された「ファシズムの心理構造」は、前者に比べて、質的にも量的にもはるかに包括的な研究である。それはバタイユが「異質学」と呼ぶ新たな学の形成を目指した宣言ともなっている。彼の考えでは、どんな社会も等質（均質）な部分とそこから排除されている異質な部分とからなる。等質性の基底を成すのは、これまでの論議からたやすく予想されるように、生産、すなわち有用性である。あらゆる無用なもの、すなわち生産に役立たないものはそこから排除されて、異質な部分を形成する。等質性はまた、共役可能性（commensurabilité）とも言い換えられている。つまり、等質な部分の特徴は、共通の尺度をもつことにある。この尺度こそ、貨幣にほかならない。

この一種の二元論が国家論につながるのは、バタイユにとって、国家とは、社会の等質な部分をそれを脅かす力から守り、他方で可能なかぎり多くのものを適応、同化させる（等質性に役立たせる）ためのものだからである。国家の権力の存在理由はそこにある。しかし、それは異質なものを社会から完全に消去することはできない。異質なものに共通した特徴は、それが未知で危険な力をもつと感じられることであり、それゆえにそれに触れることが社会的な禁忌になることである。この特徴が社会学が「聖なるもの」と呼ぶもののそれと一致することは容易に見て取れるだろう。異質なものとは、まさしく、嫌悪を与えると同時に、人を強く魅惑するものでもあるのだ。この論文で目立つ点は、バタイユが等質性と異質性との両極を、俗と聖との区別に重ね合わせることで社会学や民族学との接続を図っているだけではなく、意識と無意識の区別とも重ね合わせることでフロイトの精神分析とも接続を図っていることである。事実、バタイユは精神分析を、とりわけフロイトの一九二一年の著作『集団心理学と自我の分析』を、ファシズムの心理分析に活用した最初の人間の一人である。

「ファシズムの心理構造」は、権力の領域を王権、軍隊、宗教の三つに区分している（これは、フロイトが集団心理の考察にあたって軍隊と教会をプロトタイプとして選び出したこととも対応する)。王権は、異なる方向に展開する残りの二つの権力を集約する位置にある。こうして国家を基礎づける権力の一種の三位一体構造ができあがる。ただし、ファシズム国家は、従来の王制とは、異質なものとの関係が大きく異なる。この点が、バタイユのファシズム論の最大のポイントとなると言ってもよいだろう。王権が社会の下層部を可能なかぎり自己から遠ざけることを旨としているのに対して、ファシズムの領導者の基盤は、彼が情動的なレベルで下層階級と結ぶ密接な関係にこそある。言葉を換えれば、ファシズムは異質なものとして社会の下層に追いやられた階級からそのエネルギーを汲み取ることで成立する。

一方、バタイユは、イスラム国家とファシズムとの違いを、ファシズムが国家を新たに立ち上げるのではなく、すでに存在してきた国家体制の枠組をそのまま利用するところに求めている。中核となる原理が異なっていること(イタリアではそれはネーションであり、ドイツでは人種であった)は、ファシズムと国家との関係を考えるときに重要な要素とはならない。ムッソリーニにせよ、ヒットラーにせよ、彼らの権力の源泉は、かれらが国家の中で占める役職に基づいているわけではないからである。その意味で、彼らの権力は国家に依存していない。だからこそファシズムは既存の国家の枠組をそのまま利用できるのである。もし彼らの力の源となる組織的存在を求めるなら、それは党であるが(スターリンにとっても事情は同じである)、しかし、党が身にまとう威光は、むしろ指導者の個人的な威光に由来すると言った方がよい。たとえば、ナチス・ドイツでいえば、その原理である「人種」という神秘的実体は、究極のところ、総統 Führer の一身に具現される。

話を異質なものとの関係に戻そう。ファシズムのリーダーたちの権力基盤が、バタイユによって、彼らが、異質なものとしての下層階級とのあいだに結ぶ、フロイトの用語で言えば惚れ込みと同一視という、情動的な関係にあるとみなされていることを先ほど述べた。じっさい、彼らは行き詰まり、危機に瀕している社会に突破口を開くものとして登場し、喝采を浴びるのである。そのことが意味しているのは、異質なものの力は、等質なものの内的な矛盾によって引き起こされるがゆえに、等質なものの枠内では解決することができない問題を解決するものとして現れるということである。その時点で、ファシズムは異質なものの解放者としての姿をとる。しかし、言うまでもなく、それは幻影にすぎない。

この時点（一九三三年から三四年）のバタイユには、すでにファシズムに対する両義的な姿勢が認められるが（その理由はいま述べたように、ファシズムが彼が注目する異質なものと密接なつながりをもっているからである）、それよりも目立つのは、彼の、マルクス主義のスキーム、とりわけ階級闘争の概念へのこだわりである。再度繰り返すことになるが、「消費の概念」では、それは壮大な社会的消費の実現という性格を与えられていた。ここ「ファシズムの心理構造」では、労働者階級には、等質な部分からはじき出されて異質なものとなったあらゆる社会的要素の集約点となることが求められている。バタイユは現代社会の等質性の主体は生産手段の所有者としてのブルジョワジーであり、労働者が等質性の一部であるのは、労働しているあいだだけにすぎないと考えたが、この図式自体、マルクス主義の階級概念への依拠なしには考えることができない。階級闘争の出口として、スターリンのもとで全体主義国家となったソ連型の社会主義ではないコミュニズムの可能性がまだ信じられていたと見るべきだろう。

全体主義国家には帰結しないコミュニズム。はたしてこれがバタイユの理想でありえたのかどうか、そしてそれをアナキズムと呼ぶことが妥当なのかどうか、判断にためらいがないわけではない。このためらいは、一九三五年にバタイユがその身を投じた「コントル＝アタック」という、知識人、文学者たちによる反資本主義、反ファシズム運動のマニフェストを読むといっそう強まる。アンドレ・ブルトンやピエール・クロソウスキーらとともに、バタイユも署名しているこの政治運動の宣言文（「《コントル＝アタック》革命的知識人の闘争同盟」）には、次のようなくだりが含まれているからである。

私たちは、今ここで、ブルジョワ的制度の枠内で、その指導者たちが権力の座にのぼろうとしているようにみえる人民戦線の綱領は、破産する運命にあると宣言する。人民による政府の、また公安局の設立は、武装した人民の容赦なき独裁〔une intraitable dictature du peuple armé〕を要求するのだ。[20]

*

しかし、ブルトンが率いるシュールレアリストたちとの、いわば妥協の産物であったがゆえに短命に終わらざるをえなかったこの運動ののちに、バタイユが中心になって開始される結社運動が「アセファル」（acéphale＝無頭体）と名づけられたことは、彼の政治思想について、コントル＝アタック宣言文に示されているものとは別のイメージを抱くことを許すように思われる。たしかに、無頭という言葉からは、まずは理知や合理性を超えたという意味を読み取るべきだろう。じっさいに、秘密結社として構想されたアセファルの、いわば公的部門として、カイヨワ、レリスとともに立ち上げられた聖社会学研究会の目標は、マルクス主義的な社会分析に非合理的社会事象の分析を付加し、情動、本能、情念等々の手段を通じての革命を追求することにあった[21]。秘密結社であったがゆえに詳細は不明だが、アセファルではさらに踏み込んで、供犠を通じての共同体の絆の構築さえ真剣に検討されていた。フロイトが『トーテムとタブー』で想定した原父殺害後の兄弟同盟の樹立を想起させるこうした共同体の神話的起源の探求には、そこに見られる暴力性の称揚とあいまって、むしろファシズムとの近しさが浮かび上がる。それでもなお、無頭体のイメージが、革命と新たな共同体の創設の旗印として選び取られたことには、独裁的指導者に率いられる共同体とは真逆の、地縁、血縁とも無縁な、各人の自由な意志の合致のみにもとづく、中心なき連合としての「選択的共同体」への希求を読み取ることができるのではないだろうか。

3　マルセル・モースの方

ここでふたたび、大戦後に発表される『呪われた部分』の考察へと戻ろう。同書において、モースの『贈与論』が重要な発想源となっていることは、バタイユ自身の言を引いて、すでに繰り返し述べた。しかし、『贈与論』には、バタイユがもっぱら参照しているポトラッチの分析には還元できない多くの論点が含まれている。とりわけ強調されるべきは、未開社会や古代社会に認められる幾多の贈与体系の考察を締め括るにあたって、モースがそれらから現代の社会問題の解決につながるヒントを引き出そうと努めていることである。

モースに関して知っておくべきこととして、彼が社会学者、民族学者としての仕事と並行して、その青年時代から一貫して、社会主義的協同組合運動に深くコミットしていたという事実がある。社会主義者ジャン・ジョレスに深く共鳴していた彼は、一八九〇年代後半から一九三〇年代にかけて『社会主義運動』、『ユマニテ』（まだフランス共産党の機関誌となる以前の）、『ル・ポピュレール』をはじめとする社会主義系の雑誌、機関誌に、協同組合運動を中心とする数多くの論説記事、報告を書いており、その数は優に一五〇本を超えている。注目すべきは、そのうちの約三分の二にあたる、一一〇本あまりが一九二〇年から二五年にかけて書かれている、つまり『贈与論』の構想と執筆の時期と重なっていることである。『贈与論』の背景にこうした関心があったことを知ることで初めて、モースが結論部でなぜ、次のように国家の補助による社会保険制度の必要性に言及しているのかが理解できるだろう。

労働者はみずからの生命と労力を提供してきたのであるけれども、それは雇用主に対してばかりでなく、集団全体に対してもである。なおかつ労働者が、保険事業にも参加を義務づけられるのである以上、労働者が提供するサービスから恩恵を受けてきた人々は、雇用主が労働者に給与を支払っているからといって、その労働者に対してすべての借りを返したことにはならない。国家みずからが、共同体を代表＝代行するものとして、労働者の雇用主とともに、それに労働者自身の参与も得て、労働者の生活にある一定の保障をなす義務を負うのである。それが失業に対する保障であり、疾病に対する保障であり、老齢や死亡に対する保障であるわけだ(22)。

モースが、与える義務、受け取る義務、お返しをする義務という三つの義務からなる贈与システムの研究を通じて証明しようとしたことは、すべての社会の基底には、一つのモラル（道徳律）が存在していて、市場経済や国家を含むあらゆる社会制度は、このモラルと、このモラルが可能にする諸々の形式に依存し、ときに寄生することで成立しているということである。このモラルこそ、贈与のモラルにほかならない。社会保障制度のような、一見したところ、国家からの恩恵のようにみえる制度でさえも、モースによれば、集団的モラルとしてのこの贈与のモラルが、明示的に現代社会へ回帰しつつある証拠として考えられなければならないのである。

贈与のもう一つの側面、ポトラッチという現象を通じて、バタイユが強調した贈与の闘技性と蕩尽性については、それを戦争の代替手段だと考えれば理解できるということは第一節ですでに述べた。戦争との関係は贈与体系の本質に属しており、それゆえ贈与は戦争の脅威と切り離すことができない。贈与を闘争の手段とすることで部族的共同体が行なっているのは、共同体の間に不可避的に存在する葛藤や紛争がむき出しの暴力へと、血で血を洗う殺戮へとエスカレートしないように阻止することなのである。しかも、闘技性を内在させた贈与の機能はそれだけにはとどまらない。それはむしろ、存在している対立、葛藤を、そのまま社会的紐帯、連帯を生み出すための機縁ないし手段とすることにある。同じことを別の角度から表現すれば、それは完全な融合、統合を妨げることで個々の共同体の独自性を担保し、同時に、完全な孤立化の危険性もまた遠ざける手段となるということである。モースは言う。「〔そこでは〕人々は親密な関係を取り結ぶが、そうしながらも互いによそ者どうしのままである。意志を疎通させ合いながらも、大規模な交易と恒常的な競技では対立し合う[23]」。モースが考える贈与のモラルは、人間の関係性を、財の、それ自体としては物質的な関係を通じて調整する技法として、次の言葉に集約される。「階級も国民も、そしてまた個人も、互いに対立し合いながらも殺し合うことなく、互いに自らを与えながらも自己を犠牲にすることがないようにするすべを知らなければならない[24]」。

このようなモラルは、バタイユが『呪われた部分』で提示しているモラル（もしそれをモラルと呼ぶことができるとすれば）とはほど遠いように思われるかもしれない。だが、マーシャル・プランに彼が寄せている期待を考慮に入れるならば、完全にかけ離れたものとは思えない。

現代世界の特徴は、人間の生によって生じる圧力（量的にしろ質的にしろ）が不均一になっていることなのだ。

したがって全般経済学はアメリカの富をインドへ見返りなしに譲渡することを正しい操作として提案する。そうするために全般経済学は、インド人の生の増大によって世界中に及ぼされる圧力——そして圧力の不均衡——がアメリカにもたらすことになる脅威を考察の対象にしていく。

こうした考察は必然的に戦争の問題を頂点に位置づける。人は、根本的な生の沸騰を考察してはじめて戦争の問題を明晰に検討できるようになるのである。戦争回避の唯一の解決策は、世界規模で生活水準を向上させることにある——現在の精神的状況では、唯一この解決策だけが、アメリカの余剰を吸収して圧力を危険な度合い以下に減らすことができるのだ。[25]

「ダイナミックな平和」と題された節のなかで、バタイユはまた次のようにも書いている。

戦争の脅威のせいでアメリカ合衆国が余剰の相当の部分を平然と――見返りを求めずに――世界的な生活水準の向上に差し向けるのならば、そのかぎり、唯一そのかぎり、経済の動きは、生みだされたエネルギーの余剰に戦争とは別の捌け口を与えるようになり、人類は平和裡に人類の問題の全般的な解決へ向かうだろう。〔…〕だがもしもアメリカ人がマーシャル・プランの特殊性を断念するのならば、〔…〕この余剰は、爆発するように彼らが決めたところで爆発するようになるだろう。[26]

『呪われた部分』におけるバタイユの言説は、ヘーゲル哲学のみならず、社会学、民族学、宗教学、精神分析学、そして経済学と真剣に対話を交わしており、現実の歴史的データの尊重とも相まって、学問的言説の敷居を安易に跳び越えるようなまねはしていない。それどころか、マーシャル・プランについての上記の評価、とりわけ世界の破局を招く戦争の回避策を「世界的な生活水準の向上」に求めるという結論の、いうならば「平板さ」は、読者にこれがあの『眼球譚』や『マダム・エドワルダ』の作者と同一人物の手になるものかと思わせかねないものである。だからこそ、私たちはそれを、モースが贈与交換の考察から引き出す文字通りの政策的提言やモラルと、その精神において共通するものと考えることをためらわないのだが、他方で、『呪われた部分』がバタイユに取り憑いて離れないファンタスム、強迫観念ともいうべきものに満ちていることも否定できない事実である。

何よりもまず太陽がある。太陽は全般経済学の出発点をなす。「我々の富の源泉と本質は、太陽の光のなかに与えられている。太陽は、代わりに何かを得ることなく、ただ惜しみなくエネルギーを——つまり富を——供与している。太陽は何も受け取らずに与えているのだ。〔…〕太陽が農作物を実らせるのを見て、人々は、太陽に属する栄光を、代償を得ずに与える人の行為に結びつけていた[27]」。つまり、最初にして最大の贈与者の栄誉はこの天体に属するのである。バタイユが『呪われた部分』のライトモチーフを与えるのは、これに続けてである。「この場合、道徳的価値判断の二つの根源を記しておく必要がある。かつて価値は非生産的な栄光〔つまり見返りのない贈与としての蕩尽〕に与えられていた。しかし今日では、生産の程度に価値が与えられている。エネルギーの無益な消費よりもエネルギーの獲得のほうに価値が置かれるようになったのだ[28]」。しかし、『太陽肛門』（一九二七）の読者であれば、太陽がどれほどバタイユの情動と幻想の受け皿であったかを思い出さずにはいられないだろう。地上の生のサイクルを、なによりも交接と死とを司るがゆえに、人間の凝視を拒むこの天体は、最後には光り輝く肛門のイメージを与えられ、ほかならぬ排泄の座となるのだ。

蕩尽社会のあり方を示す歴史のデータの一つとして言及されるアステカ人の戦争と供犠もまた、バタイユの関心を惹きつけてやまなかったが、その中心にあるのも太陽神である。ただし、この神は無償の贈与者とはほど遠い。それどころか、人間の行う究極の蕩尽である殺人は、この神に対する贈り物である。メキシコの先住民は、人間と戦争は「心臓と血を持つ人々とそれを食べる太陽が存在しうるようにするために」生み出された、と信じていたのである[29]。

バタイユの理論的著作にほとんどつねに見られるこうした両義性、曖昧性は、彼の思想に一義的な評価を与えることを難しくしている。しかし、蕩尽の概念を基礎に据えた彼の全般経済学が、モースから多くのアイデアを借りながらも、モースとは別の仕方で、私たちの社会の構成原理とその変革の可能性について、それ以前には見られなかったような視座を与えていることは疑いがない。モースの場合には、それは商品経済の等価交換とは異なる原則に基づいた、しかし収奪でも詐取でもない交換様式の人間社会における先在と偏在であり、信用概念の根底的な見直しであった。バタイユはそれに加えて、生産に優先権を与えるあらゆる思考に疑問符を突きつけた。私たちが生産の継続と費消したものの再生産とを必要としていることはたしかである。マルクスの考察をも含め、従来の経済学はすべてその観点に、そしてその観点にのみ立っていた。生産の裏側に、生にとって少なくともそれと同等の、バタイユによれば、むしろそれ以上に重要なプロセスが存在していることは、一貫して無視されてきた。繰り返しになるが、それは余剰を解消するという以外のどんな有用性（効用）にも従属しない、日常生活上のあらゆる顧慮から解放された、消費のための消費（蕩尽）である。現代社会の問題は、孤立した利得計算の間違った絶対化のせいで、これがあるべき姿で行われていないことにある。

その意味で、『呪われた部分』の「まえがき」でなされる「ケインズの瓶」が提起する謎[30]への言及は、本書におけるバタイユの野心がどこにあったかを明瞭に示すものだといえよう。ほかでもないバタイユ自身が、この謎を解き明かすさまざまな理由を全般的な視点から提示することをもって、本書の目標としているのである。しかし、おそらく、モースとバタイユとケインズという、その資質もキャリアも大きく異なる三者の思想をつなぐ最大の輪は、余剰とその蕩尽のカウンターパートともいうべき「負債」の問題にあるといえるだろう。ケインズは一九一九年に発表する『平和の経済的帰結』で、第一次大戦の戦勝国側が敗戦国となったドイツに過酷な賠償金を課すことに反対した。モースもまた戦後賠償の問題に強い関心を抱いており、ある研究者は『贈与論』の背景には、第一次大戦の戦後賠償問題があるとまで主張している[31]。バタイユのマーシャル・プランへの関心が第二次大戦の戦後賠償問題とリンクしていることは言うまでもないだろう。ここではもう、その詳細に立ち入る余裕はないが、負債の問題をめぐっては、マルセル・モースの探求をアナキズムの文脈に位置づけようとした、おそらく初めての人類学者にしてアナキスト活動家であった、デヴィッド・グレーバーの大著『負債論』[32]が参照されなければならない。贈与をめぐるモースの考察と蕩尽をめぐるバタイユの考察とを、真に来たるべき社会の探究に結びつけるためには、負債（より正確には債権者と債務者という、太古から存在する人間の関係性）という問題を社会のどこに位置づけ、どのように取り扱っていくかの考察が不可欠である。

＊

バタイユは、『呪われた部分』の「まえがき」を、彼自身を脅かすと同時に、同時代に生きるすべての人々をも脅かしているはずの「不安」から生まれる二つの政治的方法の対立に読者の注意を促すことで閉じている。「一方の方法は、不安に駆られた解決追求の方法、恐怖からの方法であり、自由への追求に対して、自由に最も対立する命令を混ぜ合わせている。もう一方の方法は、精神の自由からなる方法で、地球全体の生の資源を念頭に置いている。この方法においては、瞬間のなかですべてが解決され、**すべてが豊饒になる。**〔…〕私が強調したいのは、精神の自由において解決の追求は、エネルギーが溢れ出る横溢そのもの、エネルギーが有り余る余剰そのものであるということなのだ[33]」。

本書は政治的提案へとむけられている、とバタイユは言う。そしてまた、その提案は、もはや不安に引きずり回されているのではない精神の明晰な態度に関係しているのだ、と。私はバタイユのこうした態度を、あえて純粋アナーキー原理の探求と呼んでおきたい。

註

(1) ジョルジュ・バタイユ『呪われた部分——全般経済学試論・蕩尽』酒井健訳、ちくま学芸文庫、二〇一八年、一〇一頁。
(2) 同書、一六四頁。
(3) 石川学『ジョルジュ・バタイユ——行動の論理と文学』東京大学出版会、二〇一八年、一三四頁。
(4) 山田広昭『可能なるアナキズム——マルセル・モースと贈与のモラル』インスクリプト、二〇二〇年。
(5) 『呪われた部分』前掲書、一〇六—一〇七頁。強調は原文。
(6) 同書、一〇八頁。強調は原文。
(7) 同書、一〇九—一一〇頁。強調は原文。
(8) 同書、一六五頁。
(9) 同書、一四三頁。

(10) 同書、一四四頁。
(11) 同書、一六二頁。
(12) 同書、一八二頁。強調は原文。
(13) 同書、二一六頁。
(14) « Le problème de l'État »; « La structure psychologique du fascisme », *Œuvres complètes*, tome 1, Gallimard, 1970, pp. 332–336 ; pp. 339–371.
(15) ミシェル・シュリヤ『G・バタイユ伝』西谷修・中沢信一・川竹英克訳、河出書房新社、一九九一年、上巻、二一〇頁。
(16) 同書、二一一―二一二頁。
(17) P＝J・プルードン『貧困の哲学』斉藤悦則訳、平凡社ライブラリー、二〇一四年、下巻、四五三頁。
(18) 同書、四五四頁。
(19) ミハイル・バクーニン『国家制度とアナーキー』左近毅訳、白水社、一九九九年、一九七頁。
(20) « Contre-Attaque: Union de lutte des intellectuels révolutionnaires », *Œuvres complètes*, tome 1, op. cit., p. 380.
(21) ミシェル・シュリヤ前掲書、三三六頁。
(22) マルセル・モース『贈与論』森山工訳、岩波文庫、二〇一四年、四〇〇―四〇一頁。
(23) 同書、二二七頁。
(24) 同書、四五〇頁。
(25) 『呪われた部分』前掲書、六〇頁。
(26) 同書、二九二―二九三頁。強調は原文。
(27) 同書、四一―四二頁。
(28) 同書、四二頁。

（29）同書、七三頁。

（30）バタイユが言及しているのは、ケインズが非自発的失業の解消策を議論するにあたって提示している次のような喩え話である。「いま、大蔵省が古瓶に紙幣をいっぱい詰めて廃坑の適当な深さのところに埋め、その穴を町のごみ屑で地表まで塞いでおくとする。そして百戦錬磨の自由放任の原理にのっとる民間企業に紙幣をふたたび掘り起こさせるものとしよう（もちろん採掘権は紙幣産出区域の賃借権を入札に掛けることによって獲得される）。そうすればこれ以上の失業は起こらなくてすむし、またそのおかげで、社会の実質所得と、そしてまたその資本という富は、おそらくいまよりかなり大きくなっているだろう」（ケインズ『雇用、利子および貨幣の一般理論』間宮陽介訳、岩波文庫、（上）、二〇〇八年、一七九頁）。

（31）G. Mallard, « The Gift revisited: Marcel Mauss on war, debt and the politics of reparation. *Sociological Theory* 29(4), 2011, pp. 225–247. なお、バタイユ、ケインズ、モースの共通項を説得力をもって論じた近年の論文に、Linsey McGoey, "Bataille and the Sociology of Abundance: Reassessing Gifts, Debt and Economic Excess" in *Theory Culture & Society*, 35(1), 2017, pp. 1–23がある。

（32）デヴィッド・グレーバー『負債論――貨幣と暴力の５０００年』酒井隆史監訳、高祖岩三郎・佐々木夏子訳、以文社、二〇一六年。

（33）『呪われた部分』前掲書、一九―二〇頁。強調は原文。

モラルとしてのアナキズム

石川 学

『呪われた部分』(一九四九)を主要な検討対象としたこの論考は、バタイユが考察の基礎に据えた、モース『贈与論』(一九二三—二四)に密着し直すことを通じたバタイユへの応答となっている。バタイユは、「『贈与論』を読んだことが今日その成果を公表しているこの考察の起源にあることをここで指摘させていただきたい。まず第一に、ポトラッチを考察したことで私は全般経済学の原則を明示できるようになった」と言明するのだが、山田氏はそこに、この思想家が暗黙裡に行なっている選択的な読解を看取する。すなわち、「特定の財が決まった部族の間を一定の時間をおいて、いわば水平的に循環していくクラと呼ばれるシステムではなく、競覇的性格がとくにきわだつポトラッチと呼ばれるタイプの慣行に〔バタイユが〕関心を集中させている」ことが見抜かれるのである。氏のこうしたモースへの密着がことさら重要なのは、バタイユ自身、ポトラッチが抱え持つ本質的な逆説として意識していた事柄を、新たな視点から読み解く鍵を提供してくれるからである。ポトラッチという「蓄積された富の無益な破壊、文字通りの蕩尽」は、「純粋に無欲な行為」ではなく、「競争の勝者だけが得ることのできる威光、栄誉」という「はっきりとした獲得目標」がある。バタイユの言葉では、「栄光は、闘争の情念に必要な激しい熱狂の衝動、惜しみないエネルギー浪費の衝動の表出」にほかならず、「相手の地位を奪ったり、財産をわが物にする力とは別の事態」であると説明されるのだが、そうした「栄光」が固着し、政治・社会的な権力と権威に変容していくこともまた、運動の必然なのである。山田氏は、モースが『贈与論』の結論部で「国家の補助による社会保険制度の必要性に言及している」ことを重視しつつ、モースの研究の本旨が、「すべての社会の基底には、一つのモラル（道徳律）が存在していて、市場経済や国家を含むあらゆる社会制度は、このモラルと、このモラルが可能にする諸々の形式に依存し、ときに寄生することで成立している」事実を証明することにあったと分析する。そして、そうした「贈与のモラル」の存在ゆえに、競覇的贈与であるポトラッチは、「共同体の間に不可避的に存在する葛藤や紛争がむき出しの暴力へと、血で血を洗う殺戮へとエスカレートしないように阻止する」機能を持ち、さらには、「存在している対立、葛藤を、そのまま社会的紐帯、連帯を生み出すための機縁ないし手段とする」役割を果たすと考えるのである。これは、ポトラッチの競覇的性格、否応なく獲得に向かわざるをえない性格のうちに、それがなければ顕現するだろう真の闘争、ヘーゲル＝コジェーヴならば、承認を求める「生死を賭けた闘争」と言うはずのものの平和的代替とコミュニケーションへの志向を読み解く主張であり、ポトラッチの逆説に対する独自の応答たりえている。氏自身述べているように、こうした「贈与のモラル」は、「バタイユが『呪われた部分』で提示しているモラル〔…〕とはほど遠いように思われるかもしれない」が、これも氏自身見て取る通り、バタイユの著書の主眼が、マーシャル・プランの実行を通じたソ連に対する「経済的手段」による「戦争」、すなわち、「現実の世界戦争の脅威を遠ざける」ための代替的「戦争」の遂行を促すことにあった以上、いわばモースによって読まれたバタイユのモラルとしてそれを提起することは、バタイユの気づかれざるアクチュアリティを発掘する可能性を宿している。

くわえて本論考で特徴的なのは、バタイユがソ連の経済体制に対して向けた懸念が掘り下げられ、その政治体制の暴力性、国家の暴力性に対する批判へと結晶化させられていくことである。山田氏は、バタイユが、「いっさいの余剰を浪費に差し向けることなく、生産手段の増大（体制の成長）へとつぎ込む経済システム」としてのソ連の経済体制を、「恒常化された戦時経済」だと看取している点を強調する。そのうえで氏は、時代を遡り、バタイユが一九三三―三四年に『社会批評』誌に発表した二つの論文、「国家の問題」と「ファシズムの心理構造」を参照する。そこでバタイユは、「プロレタリアートの独裁」という理念が必然的に「全体主義的国家体制」に向かうほかないことを指摘し、有用性を基盤とする等質的な国家から排除される異質的な下層階級を解放するかに見せかけるファシズムの欺瞞を論じていた。氏はこうした分析の背景に、「階級闘争の出口として、スターリンのもとで全体主義国家となったソ連型の社会主義ではないコミュニズムの可能性」へのバタイユの捨てきれぬ期待を察知する。そして、ためらいながらも、氏はこうした来たるべきコミュニズムを「アナキズム」と形容し、とりわけ秘密結社「アセファル＝無頭体」の活動に、「独裁的指導者に率いられる共同体とは真逆の、地縁、血縁とも無縁な、各人の自由な意志の合致のみにもとづく、中心なき連合としての「選択的共同体」への希求」を、つまりは「アナキズム」への希求を読み取っていくのである。思い起こせば、「国家の問題」では、「反抗する労働者」による「革命の根本的な決意」は、「神も主人もあるものか（*Ni Dieu Ni Maîtres*）」というアナキズムの標語によって説明されていたし[1]、「ファシズムの心理構造」では、「ファシズム」と「コミュニズム」との対峙という図式が提示されつつも修正され、「急進的な命令的形態」と「人間の生の解放を追求する深遠な体制転覆運動」との対峙という表現に置き換えられてもいた[2]。無頭の「アナキズム」への渇望は、これら二つの論文のうちにすでに兆していたとも言えるだろう。

山田氏は、「精神の自由において解決の追求は、エネルギーが溢れ出る横溢そのもの、エネルギーが有り余る余剰そのものであるということなのだ」という『呪われた部分』「まえがき」の一節を引き、これを「純粋アナーキー原理の探求」と一挙に言い表すことをもって結論に代えている。おそらくこうした原理は、氏が「バタイユの理論的著作にほとんどつねに見られるこうした両義性」と呼ぶもの、すなわち、ひたすら与え、消尽する天体としての太陽のイメージに顕著であるような、実存を揺るがす強迫的な思念と、それがもたらす内的経験とに関連づくように思われる。生のエネルギーの横溢が個人において経験されるとき、政治的アナキズム――支配者の不在と他者との連帯を志向する――と、実存的アナキズム――支配的理性の不在と孤立した個の解消を志向する――とが結節され、その意味で総体的で「純粋」な「アナーキーの原理」が垣間見られるということなのではなかろうか。バタイユは、『呪われた部分』に先立つ論考「ヒロシマの人々の物語」(一九四七)で、早くもアメリカによる富の全世界的な贈与の可能性に言及しつつ、その先に、人間が未来時に向けた蓄積への気遣いから解放され、各々の瞬間を享受することが追求される、「瞬間のモラル」の到来を展望していた。[3] これを「アナキズム」のモラルとして読み進めることも、今後は魅力的な試みとなりうるだろう。

註

(1) ジョルジュ・バタイユ「国家の問題」『ジュルジュ・バタイユ著作集11 ドキュマン』所収、片山正樹訳、二見書房、一九七四年、二一七頁。強調は原文。

(2) ジョルジュ・バタイユ「ファシズムの心理構造」『ジュルジュ・バタイユ著作集11 ドキュマン』所収、前掲書、二七五頁。一部訳語を調整した。

(3) ジョルジュ・バタイユ『ヒロシマの人々の物語』酒井健訳、景文館書店、二〇一五年、三四頁。一部訳語を調整した。

山田広昭『可能なるアナキズム——マルセル・モースと贈与のモラル』

『贈与論』末尾の「倫理に関する結論」への着目から出発して、デヴィッド・グレーバー、ピエール・クラストル、デュルケム、マーシャル・サーリンズらの人類学的考察、レオン・ワルラス、マルクス、カール・ポランニー、柄谷行人らの経済学的考察を経由しながら、モースにおける「贈与のモラル」を現代に可能なアナキズムのモラルとして意味づけ直す、大胆かつ精緻な試みである。分析の導きの糸をなすのは、贈与の「お返しをする義務」から生じる闘技的性格が、社会階層の固着を防ぎ、また、現実の戦争の平和的代替をもたらすのみならず、集団の完全な統合と、他方での完全な個人化という相反する危険をともに抑止する、社会的連帯のモラルの鍵になるという視点である。この視点は、アラン・カイエらがモースの名を借りて立ち上げたMAUSS（社会科学の反功利主義運動）の一つの結実である、『共生主義宣言』（二〇一三）とも通じる部分があるが、「共生主義」がアナキズムを含む近代イデオロギーの失効を宣告するのに対し、著者は「それが長らくマルクス主義との間で孕んできた緊張関係のゆえに（言い換えれば、マルクスによって初めて開かれた歴史認識の地平を捨て去らないために）」、自らの立場を積極的にアナキズムと位置づける。著者によれば、マルクスは、労働でも労働者でもなく「労働力」を商品とみなすことによって、資本家がそれから剰余価値を生み出す構造を解明しただけでなく、労働者が資本家と対等の立場で自身の「労働力」を自由に売るという、当時の現実とは似ても似つかない、しかし可能なる未来を展望しえたのである。「資本主義社会とは別様に構成されるだろうこの社会は、資本主義社会が達成したとみなされる「解放」を、そして個人としての「自由」を破棄するものであってはならない」。マルクスに見出されるこの認識を、著者は「アナキズム」の名で確かに引き継ぐのだ。かくして、社会を自らのメカニズムに呑み込んだ資本主義的市場経済の「その先」を構想するために、「贈与のモラルを内包した交換様式の探求」が、個人の自由な孤立を確立するための連帯の探求として、企てられるのである。

（インスクリプト、二〇二〇年）

『ジョルジュ・バタイユ著作集11　ドキュマン』

ここでは、同書に所収されている『社会批評』（一九三一―三四）誌掲載の三論文を取り上げる。『社会批評』は、急進左派の知識人のあいだで信望を集めていたボリス・スヴァーリンの主宰した雑誌で、マルクス主義関連の政治論考を収めるにとどまらず、マルクスとフロイトの接合をめぐる思想的試みの作業場ともなっていた。バタイユは一九三二年三月に、論文「ヘーゲルの弁証法の根底に関する批評」をレイモン・クノーと共著で同誌に発表する。そこでは、フロイトの精神分析学における「父と息子という主題」に、「主人と奴隷の弁証法」が「体験的経験（生きられる経験）」をなしている事例という意味づけが与えられ、この経験の現実性を根拠に、ブルジョワジーとプロレタリアートという上下の社会階級における弁証法的展開の必然性、すなわち革命の実現の必然性が肯われるのである。だが、一九三三年一月以降のナチス・ドイツの跳梁は、革命の実現に関するバタイユの確信を根底から脅かす。新たな政治状況を承けて執筆された「国家の問題」（一九三三年九月）では、革命的勢力がファシズムとスターリニズムという全体主義に併呑されつつある現状への強い苛立ちがもっぱら表現されている。続く「ファシズムの心理構造」（一九三三年一一月／三四年三月）では、フロイトのほか、デュルケムやモースといった社会学・民族学の研究が参照され、下層階級がファシズムの指導者に魅了される理由が、「同質性（等質性）」「異質性」という鍵概念に基づき分析される。有用性を唯一の価値基準とする平板な同質社会を超越する仕方で異質的な指導者に対し、同質社会から排除される仕方で異質的な下層階級が心理的同一化を欲する構造が論じられ、そうした下層階級の欲望を、今度はファシズム体制の転覆へと誘導する政治・心理的方策の探求が呼びかけられるのである。バタイユが「コントル＝アタック」（一九三五—三六）の運営を通じて政治行動に参画するのに先立ち、マルクスとフロイトの接合という、周囲に関心を共有された理論的企てを『社会批評』という舞台で展開した事実は、バタイユの政治行動の理論的性格を検討するうえでも重要である。

（片山正樹訳、二見書房、一九七四年）

森山工『贈与と聖物——マルセル・モース「贈与論」とマダガスカルの社会的実践』

モース『贈与論』の訳者によるこの著書は、『贈与論』のアクチュアリティを、モース自身に抗するのをいとわず導き出す姿勢によって、異彩を放つ。意外にも、その鋭い筆致が辿り着くのは、「中間領域」や「中庸」が持ちうる現実性である。著者は、モースにおいて「贈与」と「交換」の定義が不在で、区別されるべき両者が「贈与＝交換」あるいは「交換＝贈与」として連結された結果、「ポトラッチ」と「クラ」の混同が生じたことを論じ立てる。「与える義務」とともに「受け取る権利」を生み出す「交換」とは異なり、「贈与」にあっては「お返しの要求が初発の給付の意義を不可逆的に損なう」ことが、固有の特質として析出される。そのうえで著者は、交換のエコノミーに回収されない純粋な贈与を探求する姿勢とは距離を取り、贈与と交換の「中間領域」に「「贈与の互酬」ないし「互酬的贈与」という社会的行為の場があること」のリアルに注意を促すのである。

本書はまた、モースに「譲渡されざる所有財」の主題があることを重視し、それを「「贈与」や「交換」に対する「譲りえぬもの」のテーマ」として掘り下げる独自の試みでもある。モース本人が行わなかったこの掘り下げを、著者は、自らの調査地であるマダガスカル・シハナカを舞台に展開する。旧来の「土の墓」から「石の墓」への改葬が進むとともに、個別的存在としての祖先への意識と、「他」と区別される「自」の意識が生成すること。その「自」の同一性が保証される場が、レヴィ＝ストロースのいう「家」であり、この「家」こそが「「譲りえぬもの」の圏域」をなすこと。こうした検証を経て、改葬を終えた人物による饗応の事例から、他者の承認を求めるための贈与という重大な図式が提示される。「家」が確保しようとする「「譲りえぬもの」の圏域」、遺体に代表される「聖物」の圏域は、「あえて「贈与」の圏域に身をさらす」ことで初めて、「そういうものとして「承認される」」のだ。かくして、すべてを贈与する滅私と、「譲りえぬもの」の保持に拘る利己主義とを等しく退ける「中庸」に、贈与のリアルな可能性が、モースが復権を目指した「倫理」「経済」「社会実践」が見て取られるのである。

（東京大学出版会、二〇二一年）

岩野卓司『贈与論——資本主義を突き抜けるための哲学』

モースと同じ書題でまず目を引く本書は、贈与をめぐる思想史を展開するものである。モースを起点に、レヴィ＝ストロース、バタイユ、シモーヌ・ヴェイユ、デリダ、マリオンが取り上げられるが、考察においては、年賀状や香典返し、はたまた手酌などといった、日常経験への密着があくまで図られている。著者は贈与に、現代を覆う人間中心主義に抵抗する性質を見出し、また、資本主義の交換のエコノミーに回収されない非互酬性を看取する。後者の議論では、デリダによる贈与の概念の脱構築が重要な参照軸となっている。バタイユが強調し、ヴェイユが自ら生きたともいえる非互酬的贈与を、デリダは、モースやレヴィ＝ストロースが記述する贈与（贈与交換）と明確に区別する。贈与は贈与と認められた時点で、返礼が意識される交換へと変容するのであり、したがって「贈与としての贈与」は贈与として現れてはならず、「忘却」されなくてはならない。そして、モースやレヴィ＝ストロースの言う贈与は、贈与を通じた財の循環が問題になる点で、交換のエコノミーに従属しているのである。副題にある「資本主義を突き抜ける」というねらいに近づくため、著者は、デリダの思考を足がかりに、「まずはモースやバタイユに倣いながら贈与と交換の価値の転倒を」行い、「〔贈与として〕現れない贈与をこの転倒のなかに「書きこむ」ことで」、「交換中心の価値体系や二項対立をうまく機能させないように」導くことを訴えるのだ。続くマリオンの章では、贈与は自己の問題、対他者関係の問題として検討される。「与え」を受け取ることによる〈私〉の生成が論じられ、互酬性に捕らわれた〈求める愛〉から〈与える愛〉への移行において、他者の優位の肯定を通じた自己の存在の自覚という道筋が提起される。こうしたマリオンの思索から、「政治、教育、宗教を通して〈求める愛〉をできる限り〈与える愛〉に近づけ、贈与を交換、所有、征服から解放」することを展望する著者の眼差しは遠大だが、贈与をめぐる思想の精髄が現実社会との関係で考察される、平明な記述に裏打ちされたアクチュアリティが本書を無二のものにしている。

（青土社、二〇一九年）

逸脱していく贈与

モースとレヴィ＝ストロースを危険に読むバタイユ

岩野卓司

与えられた物や渡された物が示している危険を、非常に古いゲルマン法や非常に古いゲルマン諸語ほど的確に感じさせてくれるものは、おそらくほかにない。　マルセル・モース『贈与論』

近年に至るまでの贈与についての研究への人類学の寄与は目覚ましいものがある。有名な研究をした者を並べただけでも、マリノフスキー、モース、レヴィ＝ストロース、サーリンズなど多くの人類学者が挙げられるだろう。二〇世紀における贈与の問題系の発見は、たぶん人類学なしではありえなかった。これらの研究は、未開人の贈与の習慣を観察しながら、その法則や規則を見つけ出していったのである。

そのなかでもマルセル・モース『贈与論』は歴史的な快挙と言える。モースの場合、贈与には必ずお返しがあるという考えから、贈ること、受け取ること、返すことの義務の規則を発見していく。さらに、レヴィ＝ストロースはモースがなおも現地の未開人の言葉にこだわる曖昧な点を批判して、記号論を援用して贈与交換のシステムを作り上げる。そして、彼らだけではなく、多くの人類学の贈与研究は、贈与とお返し、つまり贈与交換の考えをベースにしている。また、モースの思想を今日において活かそうとしているアラン・カイエらの「反功利主義社会科学運動」（略称MAUSS）もこの贈与交換の考えを奉じている。

ところが贈与のなかには、交換でない贈与も存在している。近年、社会において需要が高まっているボランティアは無報酬で労働することであり、原則として贈与に対してお返しは求めない。臓器移植の場合も、ドナーやその関係者に対してレシピエントからのお礼は禁じられている。寄付型のクラウド・ファンディングも、配当を求めない投資である。将来導入が期待されているベーシック・インカムの制度も、国からの一方的なお金の贈与である。こういった贈与の形態も考慮してみると、贈与を贈与交換とのみ解釈するだけでは、不十分なのではないだろうか。

また近年、格差が広がり、行きすぎた資本主義が問題視されているのに対し、資本主義への対抗軸として贈与を語る向きもある。モースが社会主義者であったことから、この傾向は強くなっている。しかし、贈与が資本主義にとってかわることができるのだろうか。「未開人」の贈与経済に似たもので、今の私たちが耐えられるのだろうか。贈与の社会主義は理想主義が勝ちすぎているようにも感じられる。

バタイユを読むことは、こういった疑問について考えながら、贈与の概念を掘り下げていくことを可能にしてくれる。というのも、彼は太陽の贈与のようなお返しのない贈与の可能性について考えてきたし、また、贈与を理想化せずにそこに含まれる毒について注意を払ってきたからである。

ここでは、バタイユがモースとレヴィ＝ストロースをどう読み、そこからどう自分の思想を展開していったかを考察していきたい。バタイユは『贈与論』と『親族の基本構造』を読みながら、しだいに彼らの思想からはみ出していったのだ。こういったはみ出しは、何を意味しているのだろうか。

1　ポトラッチ

バタイユが他の思想家や作家を論じるとき、彼らのテクストの全体をくまなく目を通すのではなく、関心をもったある一部のみに焦点をあてるのが常である。それはマルセル・モース『贈与論』に対する場合にも言える。彼が贈与についてモースを参照するとき、内容はポトラッチに関するものがほとんどである。たしかにポトラッチは『贈与論』のなかの重要なテーマであるが、他にもマナやクラなどの重要なテーマもあり、あくまでテーマのひとつにすぎない。このポトラッチにバタイユが異様なほどの関心をもつのはどうしてだろうか。このことを念頭に置きながら、バタイユによるポトラッチを論じていこう。

A　ポトラッチとモース

その前に、ポトラッチがどういうものなのか、それから、モースがポトラッチをどう解釈しているかを、簡単に説明しておこう。

ポトラッチとは、北米先住民の言語のひとつであるチヌーク語で「贈る」もしくは「贈り物」を意味する。その儀礼は次のようなものである。

ある部族の首長が、子供の誕生、結婚、葬式といった冠婚葬祭に際して、他の部族の首長を招待する。そのお祝いの席で、招待した首長が招かれた者に贈り物をする。これがポトラッチの開始である。贈り物を受け取った首長は、自分の部族に戻ったら、もらったよりも多い贈り物を返礼として最初の首長に贈らなければならない。というのも、贈り物をもらうことは恥であり、恥をそそぐためには、相手より多くのお返しをしなければならないからである。かくして、贈り物のやりとりが合戦のようにはじまり、どちらかが返せなくなるまで続けられる。気前よくより多くの贈与をした者がポトラッチで勝利し、部族間での名声と高い地位を手に入れることになる。ポトラッチは経済的に損をした者が勝利するというゲームなのだ。

しかも、ポトラッチは必ずしも贈与というかたちをとる必要はない。自分の財産を破壊することによって相手に対抗する場合もある。高価な銅器具を海中に沈めたり、自分の家を焼いたりすることもある。どれだけ富を消費したかを相手と競っているのだ。

それではモースはポトラッチから何を発見したのだろうか。それは義務である。しかも、この義務はポトラッチのみならず、他のアルカイックな贈与にも見て取れる。義務は『贈与論』全体を貫く基本法則なのだ。贈与の義務は三つある。ひとつには贈る義務、それから受け取る義務、最後に返礼する義務である。これらの義務をモースはポトラッチを分析しながら説明している。

①贈る義務

なぜ贈り物をしなければならないかといえば、それは首長が自分自身、自分の家族、自分の部族の権威を守るためである。物を贈ることによって、彼は自分の財力を誇示することができる。「首長がこの財産を立証できるのは、それを消費し分配し、他人を屈服させて「自分の名声の陰に」置くことによってでしかない」[1]。逆説的なことであるが、彼は人に贈り物をして財産を消費することによって、自分の力を誇って自分の権威を高めることができるのだ。贈り物をしない首長は、財力のない情けない部族の代表としかみなされないのである。

②受け取る義務

ポトラッチが開始されると、贈与された物の受け取りを拒否することはできない。受け取ることは強制される。受け取らない場合は、ポトラッチを恐れている臆病者と判断され、その首長やならびにその部族の社会的地位は著しく低くなる。それに対して受け取る場合は、「祝宴に招かれ物を受け取る以上のことをしている。相手からの挑戦に応じたのだ。お返しをすることができて自分が身分不相応ではないことを示せると確信しているから、挑戦を受け入れることができたのだ」[2]。

③お返しする義務

贈与に対してはお返しをしなければならない。「相応にお返しをする義務は強制的なものである。お返しをしなかったり、同じ価値の物を破壊しなければ、永久に「面子」を失うことになる」[3]。しかも、ポトラッチにおいてふつうはもらった以上のお返しをしなければならない。それができない者は、社会的に敗者とみなされ、部族の間での地位を失う。返す義務を怠った者は、負債によって奴隷になることもあるのだ。

この三つの義務がポトラッチには課されているのであるが、モースによるこの考察によって何が見えてくるのだろうか。まずは、贈り物をするとお返しがあるという贈与交換の発想である。ポトラッチの分析においても、彼は贈り物にはお返しがあるという自説を展開している。そして、この義務を通して富は循環していくのである。義務の法があるからこそ、贈与とお返しという交換を通して物は受け渡されていき、経済的な交流は成立するのだ。モースは物に循環させる力があるとまで言っている[4]。ポトラッチは部族間の地位をめぐるプライドをかけた闘いであり、モースも「財の戦争[5]」と呼んでいるのだが、三つの義務のもとで強制されながら富を交換して回していく経済活動でもあるのだ。

B　非生産的消費

一九三三年に『社会批評』誌に発表した論文「消費の観念」以来、バタイユはこのポトラッチに大きな関心を示している。戦後の著作『呪われた部分』では、ポトラッチについて考察してきたおかげで、自分の構想する「全般経済」の諸法則を作り上げることができたとまで述べている[6]。バタイユの関心は一貫してポトラッチにおける消費と破壊の面である。

「消費の観念」で、バタイユは消費を「生産的消費」と「非生産的消費」に分ける。前者は生産活動に寄与するような消費である。例えば、仕事の合間に行うレクリエーションのようなもので、生産活動を再開したときにその効率を高めるための消費である。それに対して、「非生産的消費」は消費それ自体が目的になっている。バタイユによれば、「奢侈、喪、戦争、祭礼、豪華な記念碑の建立、賭け事、見世物、芸術、倒錯的な（すなわち、生殖目的からそれた）性行為[7]」がそれにあたる。これらの現象はどれも「損失」ないしは「無条件の消費」によって特徴づけられているのだ。

バタイユはポトラッチもこの非生産的消費の対象と考えている。ポトラッチにおいてより多くの富を相手に与えなければならないという義務は、「富の消費」のためのものなのだ。それとともにバタイユが注目するのは、ポトラッチにおける富の破壊である。この儀礼では、相手に物を贈るかわりに自分の持ち物を破壊することで「財の戦争」を行うことがあるからである。

〔…〕トリンギト族の首長が自分のライバルのもとに赴いて、その面前で自分の奴隷の何人かの喉をかき切ったことがある。この殺害に対してはお返しがなされ、定められた期限内でより多くの奴隷の喉がかき切られた。シベリア北東の最果てに居住するチュクチ族は、〔…〕別の部族の息の根を止めて屈辱を味わわせるため、相当な値段のするそり犬の喉をかき切る。アメリカ北西部では、こういった破壊は村に火をつけたり、小舟の船団を破壊するまでに至る[8]。

自分の貴重な持ち物を壊しあうことによって相手と勝負するのだ。これは消費という観点から言えば贈与と同じなのである。この破壊的な面は富の贈与においても見出される。ポトラッチの贈与は、相手をやり込める贈与だからである。お返しがあっても、それは感謝からのものではなく、攻撃的な報復である。だから、「破壊したい欲望は部分的に贈与の受け手に差し向けられているのだ」[9]。この攻撃性に関して、バタイユはフロイトの「肛門サディズム」の考えを参照している。糞便は贈り物の象徴なのだ。それは、腹の中に貯め込んだ財産を破壊された残骸として外に排出するからである。ポトラッチの攻撃性が象徴するのは、糞を垂れることと贈与することの同一性にほかならない[10]。

こういった消費し破壊する面を強調するゆえに、彼はポトラッチの理想についてこう述べている。「理想的なのは、ポトラッチを与えてお返しを受け取らないことだろう」と、モースは指摘している。この理想は、慣習に可能な対応物が見出せない特定の破壊により実現される[11]」。ポトラッチの理想については、モースはひとつの註で述べているにすぎないのだが、バタイユはこの面をクローズアップしている。このようにバタイユのイメージするポトラッチは、相手をやり込めるためのゲームであり、賭けである。その理想は、一撃の贈与で相手を降伏させることにある。この贈与においては経済的な利得ではなく、「損失」と「消費」が優位な価値をもつのである。

C　全般経済

ところが、戦後に執筆された『呪われた部分』では、バタイユのポトラッチについての考えは深まっている。「全般経済」を構想するにあたり、「ポトラッチは一方的に富の消費として解釈することはできない[12]」と彼は明言している。「消費の観念」ではポトラッチは曖昧なかたちで「非生産的消費」のカテゴリーに分類されていたが、戦後のこの著作では純粋に非生産的な消費ではないということが立証されていく。ポトラッチという現象を慎重に考察してみると、ポトラッチは「獲得」と切り離せないことがわかる。何かを「獲得」するということは、何かを所有して利益を得るということであるから、ポトラッチの消費活動は決して純粋なものではなく、獲得する利益を目的とした消費を伴うものである。

それでは、ポトラッチでは何が獲得されるのだろうか。まずは権力である。バタイユはこう述べている。「私たちは一方で贈与をしたり、損失したり、破壊したりしなければならない。もし贈与が獲得の意味をもたないのであるならば、馬鹿げたものになってしまうだろう（その結果、私たちは決して贈与することを決意しなくなるだろう）。だから、贈与することは権力を獲得することにならねばならないのだ」[13]。ポトラッチにおいて、与えた者が受け取った者に対して優位に立つ。だから、贈り物を受け取った首長は死に物狂いでお返しをするのだ。僕らも誰かにおごってもらったら、その人に対して借りができた気分になることがある。贈与する者は贈与を通して受け手に負い目を背負わせることで優位にたつのである。受け手は借りを返すことでしか相手の権力の呪縛から逃れられない。ポトラッチでは「消費」というかたちで他者への権力を獲得するのである。

獲得の対象となるものにはもうひとつある。それは、身分、地位、名誉である。ポトラッチにおける消費や散財は、部族の間でより高い地位を得るという目的のための手段にほかならない。より多くの富を消費した首長には、部族どうしの集まりの序列において高い地位が約束されているのだ。バタイユもこう説明している。「恐らくポトラッチは損失の欲望に還元できない。しかし、贈与する者にポトラッチがもたらすものは、お返しされて増加する贈り物ではなく、最後に勝つ者に授与される地位なのである」[14]。僕らの価値観からすると奇妙な印象を与えることになるのだが、浪費が地位を産み出すのだ。そして、浪費による獲得は地位の「所有」であり「利益」の獲得である。

権力や地位に関して、ここで幅をきかせているのは、有用性の原理ではないだろうか。浪費は道具と同じように利益の獲得のための手段だからである。これは、バタイユが『無神学大全』で語る内的経験と対比してみれば、容易に理解できる。彼は救済とか神の現前に従属したキリスト教の神秘的経験を一掃して、それらに従属しない神秘的経験、つまり内的経験を考えていくが、この経験は何にも従属しない至高のものなのである。[15] だから、利益の追求のような有用性にも縛られない、いわば純粋な消費のような経験である。それに対して、ポトラッチの浪費は至高であるどころか、権力や地位の獲得という利益に従属している消費なのだ。これでは「非生産的消費」とはとても言えないのではないだろうか。

この事実をどう考えたらいいのだろうか。バタイユはポトラッチに「根本的な両義性[16]」を認めることで問題の解決をはかる。それはどういうことか。

ポトラッチは一方で浪費と解釈できる。それは略奪や営利的交換（商売）とは異なる。これらの活動は富を増やすこと、つまり財産に新たな富を加えることが目的だからである。大規模な消費や破壊を行うという点で、ポトラッチはこれらとは違う。しかし、浪費の最終目的が権力や地位の獲得である限り、利益が富の獲得ではないとはいえ、ポトラッチは有用性の原理にも従っている。ここに「根本的な両義性」があるのだ。

バタイユはこの「両義性」に着目しながら次のような結論を導いている。「現実の生はあらゆる種類の消費から構成されており、純粋な生産的消費も存在しなければ、純粋な非生産的消費すら現実には存在しない」[17]。だから、ポトラッチも純粋に非生産的消費ではなく、前に引用したように「ポトラッチは一方的に富の消費として解釈することはできない」のだ。

それでは、通常の利益の獲得とは異なるこのポトラッチをどう考えたらよいのだろうか。浪費による獲得、経済的獲得を拒否した獲得というパラドックスはどう解釈すべきだろうか。

バタイユは「全般経済」の視点から問題を考察していこうとする。地球は太陽の光によってエネルギーがつねに過剰であり、このエネルギーを消費していかなければならない。エネルギーは生物、動植物、人間の成長や増殖に使われ消費されるのだが、成長や増殖が限界に達すると爆発し、お互いに破壊しあったりするのだ。また、人間は他の生物と違い、エネルギーを生産して増やしており、産業革命以降は飛躍的に増大させている。この過剰なエネルギーを処理できなかったから、二回の世界戦争というかたちでエネルギーの爆発が起きたのだ。だから、生産、利潤、成長のみに視点を向ける「限定経済」ではなく、エネルギーの過剰と非生産的消費を軸にそれらを考察する「全般経済」が必要なのである[18]。こういった背景のもとで、バタイユはポトラッチにおけるエネルギーの浪費を解釈していく。

> ポトラッチは一方的に富の消費として解釈することはできない。私がこの困難を解消し、「全般経済」の原理に両義的な基盤を与えることができたのは、最近になってのことである。その基盤とは、エネルギーの濫費はつねにモノの反対であるが、モノの秩序のなかに入り込み、モノに変容してしか考察できない、というものである[19]。

バタイユは道具のような有用なものをモノと呼んでいる。このエネルギーの運動は決して現れるのではなくモノの秩序のなかで隠れながら己を告げているのだ。ポトラッチにおいて過剰なエネルギーの運動が消費活動を引き起こすにしても、それは決して純粋なものではなく、有用性の原理に支配されているモノの内部で生起しているのである。

人間は一方でこの過剰なエネルギーに曝されている。もう一方で有用な秩序を作りエネルギーを支配しようとする。ここで先に述べたパラドックスが生じるのだ。つまり、所有できないものを所有しようというパラドックスなのだ。この意味でポトラッチも有用性の原理の支配は免れない。権力と地位の獲得はそれと結びついているのである。

> 私たちのなかには、私たちが生きる空間を通して、私たちが使用するが有用性に還元できない(理性をもって私たちが研究している)エネルギーの運動がある[20]〔…〕。

ここでのバタイユの言葉は重要である。人間は自分の作り上げた有用性の秩序のなかでこのエネルギーを管理し所有し使用していくし、それは理性、さらには科学の力を借りて行うのであるが、バタイユの考えでは、こういった所有や支配には限界があり、必ずエネルギーの運動はそれらをはみ出していくのだ。つまり、所有し支配できたつもりになっても、この運動はそれを超え出てしまうというわけである。だから、ポトラッチには権力や利益を得ようとする有用な面はあるが、過剰のエネルギーの運動はそこにつねに隠れ潜んでいる。それはいつ爆発するかわからない危険なものなのである。これをバタイユは「装塡された爆薬」[21]と名付けている。

たしかにポトラッチは、利益を求めようとする意志、あるいは消費を通して儲けようとする意志と過剰なエネルギーとの妥協の産物かもしれない。しかし、このエネルギーはいつ爆発するかもしれない危険をはらんでいる。ポトラッチによる莫大な消費によって当事者たちも身を滅ぼすかもしれないのだ。プライドを賭けた闘いに挑み、相手を負かすため身の程もわきまえない莫大な富を贈与し、破産してしまうこともある。ポトラッチのなかにはポトラッチをはみだしていくものが潜んでいるのだ。だから、エスカレートしたポトラッチは、賭け事にはまるのと同じように贈与することで破滅してしまう危険をはらんでいることになる。モースはポトラッチを贈与交換の儀礼であると解釈しているが、バタイユの「全般経済」の視点では、この交換のシステムそれ自体が機能しなくなる可能性がある。通常ポトラッチは、モースが主張するように義務の規則に従って行われるが、人間の内部に潜む過剰エネルギーの運動はポトラッチそのものを破壊してしまう危険をつねに伴っているのだ。

2　インセストの禁止と女性の贈与

贈与についてバタイユが関心をもった人類学者には、もう一人レヴィ＝ストロースがいる。[22]一九四九年に公刊された著作『親族の基本構造』を、彼は『エロティシズム』で取り上げ論じている。この書物では、結婚の規則と女性の贈与の主題が取り扱われているが、この主題にバタイユは惹かれたのである。

A 『親族の基本構造』

バタイユがどう論じたかをたどる前に、『親族の基本構造』について彼が関心をもった主題に即して簡単に説明しておこう。学位取得論文でもあるこの浩瀚な著作のなかで、レヴィ＝ストロースは未開社会の親族関係について膨大な資料を読み込みながら論じていく。そして、その立論のベースになっているのが、インセストの禁止というフロイト流の発想とモース由来の贈与交換の理論である。レヴィ＝ストロースはここで「インセストの禁止と外婚が実質的に同じであるということ[23]」を主張している。それはどういうことかと言えば、インセストの禁止が女性の互酬的な贈与を引き起こすということである。実際、インセストが禁止されているから、ある部族で生まれた女子とその父や兄弟が性的な関係をもつことはない。これは他の部族も同じである。どの部族もインセストの禁止ゆえに女子を性の対象にすることを断念するのだ。そうであるから、どの部族も生まれた女子を他の部族に贈与し嫁がせるというわけである。ここから部族どうしの女性の贈与交換がはじまる。だから、インセストの禁止と外婚制は物事の表裏の関係にあることになる。レヴィ＝ストロースが二つは同じものだと主張するのは以上のような理由からである。こういうわけで未開部族の結婚は、インセストの禁止と女性の贈与のシステムによって成立していることが了解される。これを踏まえてレヴィ＝ストロースはさらに、二つの部族の間の女性の交換である「限定交換」やいくつかの部族の間で贈与のたらい回しが行われる「全般交換」について論じていき、平行イトコ婚や交叉イトコ婚などを数学の理論を応用しながら解明していく。

この贈与交換について、バタイユの解釈との対比のためにひとつの重要な特徴を挙げておく。それは、レヴィ＝ストロースがこの互酬贈与を考えるにあたって、女性をひとつの財として考えている点である。

だから、一方で贈り物を交換し贈与するのに対し、もう一方で女性を交換し贈与すると言うのは誤りだろう。というのも、女性自身が贈り物のひとつにすぎないし、互酬贈与の形態でのみ獲得されることのできる贈り物のうち最高の贈り物だからである。(24)

彼は女性の贈与と物の贈与を分ける考えに反対している。未開社会では、女性はひとつの財産とみなされているからである。他の財産が贈与や交換の対象になるように、女性もそうなる。だから、女性が借金のカタになる場合もある。また、結婚においても女性の贈与に対してお返しとして多くの物が花嫁の両親に与えられるのだ。性的な満足を与えてくれること、子供を産んでくれること、労働力などの対価として、花婿の一族から多くの経済的な贈与が行われるのだ。レヴィ＝ストロースはいくつもの部族の例を挙げながらこのことを証明している。(25)

B　交流

それでは、このような主張に対して、バタイユはどう考えたのか。彼はレヴィ＝ストロースが「女性の物質的有用性(26)」にのみ注目していると指摘している。未開社会の結婚のシステムにおいて、女性の価値は経済的な面に還元されてしまっているのだ。もちろん、結婚にこういう面があることは否めない。バタイユもレヴィ＝ストロースの詳細な分析を高く評価はしている。しかし、結婚は「物質的利益(27)」に還元してそれで終わりなのであろうか。バタイユはむしろ、彼が「情念の活動(28)」と呼ぶ結婚の性的な面の重要性を強く主張している。『親族の基本構造』の成果を認めつつも、バタイユの『エロティシズム』はこの著作が考慮していなかった面を未開部族の結婚の儀礼のなかに見つけていこうとするのだ。

この結婚のシステムは、部族どうしの女性の贈与交換によって成立している。この交換は、交換を通しての部族間のコミュニケーションでもある。このコミュニケーションの意味をバタイユは広げて、内的経験を通してのコミュニケーションと解釈している。つまり、脱我、エロティシズム、ポエジー、供犠、祝祭などの経験で他者と交流することである。女性の交流によってもたらされるのは、単に部族どうしのつながりだけではなく、性的な交流でもあるのだ。そして、「性的関係がそれ自身交流であり運動であるし、祭りの本性をもっている。それが本質的に交流であるからこそ、最初からひとつの部族から別の部族への脱出を引き起こすのだ(29)」。言い換えれば、性的なものの「交流」としての本性が、他の部族への女性の贈与を引き起こし他の部族とのコミュニケーションを実現するのだ。しかもこの場合、インセストの禁止というかたちで、同じ部族の女性に手をつけないで他の部族に贈与する。

こういった断念があるから、女性の贈与はある種の「気前のよさ」に基づいている。そのかわり、他の部族のほうも同じ交換システムに従っているから、この部族に「気前よく」女性を贈与する。だから、この部族は女性を受け取ることができ、しかも断念しているぶんだけ余計に高まった女性への欲望は充足されるというわけである。「妹を贈与する兄は近親者との性的結合を否定し、この妹と他の男性との結婚、あるいは自身と別の女性との結婚といったより大きな価値を肯定する。直接の快楽よりも気前のよさをベースにした交換に、一層強烈な交流、いずれにせよより大きな交流が存在するのだ[30]」。禁止はより大きな快楽もたらし、より大きな交流へと部族を開かせてくれるわけである。

C　女性の贈与とエロティシズム

結婚に「物質的な利益」のみならず「情念の活動」を見つけ出すことで、バタイユはレヴィ＝ストロースによる贈与交換のシステムを開いていこうとしているが、その手掛かりになっているのが「気前のよさ」である。しかし、「気前のよさ」の前提になっているのは、レヴィ＝ストロースが明らかにしたインセストの禁止と贈与の関係である。バタイユによればまさにここに「贈与の本質」があるのだ。それは次のように説明される。

レヴィ＝ストロースはあまりに見事にこの運動を分析したので、彼の理解のもとで私たちは贈与の本質が何なのかを発見する。つまり、贈与自身は断念なのであり、それは留保のない動物的な快楽や直接的な快楽の禁止なのだ。結婚は夫婦の事柄ではなく、女性を「贈与する者」、この女性（娘や妹）を自由に楽しめたのに贈与する男性（父や兄）の事柄である。彼がおこなう女性の贈与はおそらく性行為の代替物なのだ。いずれにせよ、贈与の豊かさは、行為そのものと似た意味——資源の消費の意味——をもっている。この消費形態を許す断念、禁止が基礎づけた断念のみが、贈与を可能にしたのである。(31)

バタイユがレヴィ＝ストロースを評価する点はここにある。贈与は禁止の上に成立しているものであり、動物的な欲望や直接的な欲望の充足を断念したから可能になるのだ。インセストの禁止と女性の贈与を表裏の関係とした点で、レヴィ＝ストロースの理論は贈与の本質を示しているのであり、これはバタイユも前提にしているコンセプトなのだ。

しかし、レヴィ＝ストロースの学説を評価しつつも、女性の贈与をエロティシズムとの関係で捉えなおすことによって、バタイユは贈与をこの人類学者とは異なる方向へと解釈していこうとする。

私たちはレヴィ＝ストロースの学説の両義的な性格に驚くことはない。というのも一方で、女性の交換、いやむしろ女性の贈与が、贈与する者の利益を巻き込んでいる。しかし、この場合、この者は返礼という条件で贈与するのだ。もう一方で、女性の贈与は気前のよさに基づいている。これは「贈与＝交換」の二重の側面、ポトラッチという名の制度の二重の側面に対応している。ポトラッチは計算を超え出るものであるとともに計算の極みでもあるのだ。しかし、レヴィ＝ストロースが女性のポトラッチとエロティシズムの本性との関係についてほとんど主張していないのは、おそらく悔やまれることだろう(32)。

バタイユはここであえてポトラッチという言葉を使っている。ポトラッチとの類推によって女性の贈与の二つの面を暴いている。ひとつは、贈与交換の面である。女性の贈与も返礼という条件で利益を得るものである。だから、返礼の利益を計算した行為と言える。この点で、ポトラッチで返礼が義務とされているのと同じである。もうひとつは、「気前のよさ」と結びついた面である。ポトラッチの場合は、相手を屈服させるために贈与するが、そこには返礼を望まない攻撃性がある。これは権力や地位を獲得するための計算と結びついている。ここにも利益の計算がある。しかし、同時にそれを超えた面も併せもつ。『呪われた部分』の読解で先ほど示した、過剰エネルギーの運動に従う面である。バタイユはポトラッチに「装塡された爆薬」を見つけ出し、交換システムをいつ破壊するかわからない危険を感じ取ったが、女性の贈与交換の場合も同じである。エロティシズムは、この贈与を利益の計算を超えたものにしてしまうのだ。

D　エロティシズムの不規則性

そして、エロティシズムが計算を超えることは、規則の違反につながっている。レヴィ＝ストロースはインセストの禁止がまた女性の贈与としての結婚の規則であることを主張している。彼はこの考えをさらに精緻に展開して未開社会における親族の基本構造全体を解明している。たしかにレヴィ＝ストロースの論理を尊重するならば、エロティシズムですらこの規則に従っていることになる。モースがポトラッチなどの贈与交換の義務の法を考えたように、レヴィ＝ストロースも未開人の結婚を通しての贈与交換の規則を考えている。だが、エロティシズムはつねに規則に従い続けるものなのだろうか。この点でレヴィ＝ストロースとバタイユは根本的に意見を異にする。バタイユはエロティシズムの本性に不規則性をみる。それは規則を気まぐれに逸脱していくものなのだ。『エロティシズム』所収の論文「結婚と躁宴における違反」のなかで、バタイユはこう述べている。

エロティシズムの豊かさを構成する側面、形象や記号が根底において不規則性の運動を要求するのは、疑いの余地はない[33]。

結婚が習慣となったとき、エロティシズムはそこから逸脱していく。規則通りにならなくなるのだ。バタイユは不倫の愛（掟に背く愛）の例を挙げてこう説明している。「このように結婚がいかなるやり方でも麻痺させることのできない深い愛は、不倫の〔違法の〕愛に染まることなしには到達できないのではないのだろうか。不倫の〔違法の〕愛だけが掟よりも強いものを愛に与える力をもっているのだ[34]」。愛のエロティシズムは、それが純粋に突き詰められていくと、結婚の規則に収まらなくなるのである。もちろんエロティシズムと結婚がうまく合致するときは存在する。この場合、エロティシズムは合法化され規則に従う。しかし、この合致はきわめて不安定なものである。というのも、結婚がエロティシズムである限り、その根底には「違反[35]」の可能性が隠れている。結婚の規則の根底にはつねに脱規則化の運動が伴っているのだ。だから、エロティシズムは一時的に規則に従いつつもしだいにそれから逸脱していく。バタイユはレヴィ＝ストロースを論じながら次のように説明している。

エロティックな生はしばらくの間しか規則化されえなかった。最終的に規則は、規則の外へとエロティシズムを放擲する結果となった。エロティシズムと結婚がひとたび分離すると、結婚は何よりも物質としての意味をもつことになる。その重要性はレヴィ＝ストロースの強調するところである。欲望の対象としての女の分配を対象とした規則が、労働力としての女の分配を保証してしまったのだ。[36]

エロティシズムは本質的に不規則なものである。規則と合致することもあるが、そこから逸れていくのが常である。エロティシズムを欠いてしまった結婚では、女の労働力や受胎能力といった物質的な利益のみが重視されるのだ。バタイユはレヴィ＝ストロースが結婚のエロティシズムを考慮していないことを不満に思っているが、バタイユ的な意味でのエロティシズムのここでの欠如はむしろ当然といえる。なぜならば、この人類学者の仕事は、結婚の規則の探求だからである。不規則なものはたまたま生じたもので最終的には規則に還元できるという前提に立脚した研究なのだ。それに対して、バタイユはその本性において不規則なものを前提にしている。エロティシズムは規則を前提にしつつもつねに規則を違反する可能性をもっているのだ。「物質的利益」の探求とエロティシズムの探求の違いは、単にそれだけの問題では終わらず、規則の発見で終わる探求と本質的に不規則なものの探求との違いへと至るのだ。

『エロティシズム』では、バタイユは規則の外に投げ出されて保たれる不倫の（掟破りの）エロティシズムについて言及しているが、彼の他の著作を視野に収めてみると、結婚の規則を根本的に破壊する可能性についても書いている。それはインセストの禁止を犯すことである。晩年の小説『わが母』のなかで、バタイユは母と子のインセストについて描いている。しかも、この小説は『マダム・エドワルダ』や『シャルロット・ダンジェルヴィル』とともに、「神的なる神（*Divinus Deus*）」という総題のもとで晩年のバタイユが自分のエロティックな思想と無神学のテーマをフィクションのかたちを通して語ろうとした作品である。『わが母』では、エロティシズムが高まっていくとその根底にある最大の禁止であるインセストすら違反されてしまう(37)。結婚の規則はインセストの禁止を前提にしているが、バタイユのエロティシズムはこの前提それ自体をも転覆させてしまうのだ。インセストの禁止を違反することをたまたまのもの、偶発的なものと捉えてはならない。違反は禁止の規則に本質的なものなのだ。エロティシズムの不規則性は規則を違反していくが、その規則自身を破壊するまでエスカレートする危険があると言えるだろう。結婚の根底には違反があるのだが、この違反は大前提であるインセストの禁止まで犯してしまう可能性を秘めているのではないだろうか。

3　規則に従っているものが規則を狂わせる

バタイユによるモースの読解とレヴィ＝ストロース読解には一貫したものがある。

モースはポトラッチを三つの義務（贈る義務、受け取る義務、お返しする義務）との関係で捉えていた。ここでは贈与は義務によって強制された交換のシステムを形づくっているのだ。それに対してバタイユは、この交換の掟を認めつつも、その内部に隠れているエネルギーの運動に注目している。このエネルギーは通常は交換を成立させる規則に従っているものであるが、それと同時に交換の規則やシステムを破壊する可能性も併せもっている。だから、このエネルギーの運動のせいで、ポトラッチの贈与それ自身が機能しなくなる場合もあるのだ。

インセストの禁止と女性の贈与から未開人の結婚における交換のシステムを発見したレヴィ゠ストロースに対しては、バタイユは『親族の基本構造』を読みながら、むしろ結婚に不可分なエロティシズムの可能性を模索する。このエロティシズムは結婚の根底にあり当初は結婚の規則に従っているのだが、しだいにこの規則を逸脱していく。それがエスカレートしていくと、このシステム自体を崩壊させてしまう可能性もあるのだ。

ここから次のことが言えるだろう。規則やシステムに従っているものは、それらを狂わせる可能性をもっている。規則やシステムは、同時に不規則であり反システムなのだ。

この狂わせる可能性はふだん眠っていて隠れていても、あるエスカレートした運動として現れることがある。

バタイユの他のテクストを参照しながら裏づけていこう。例えば供犠である。供犠の儀式では、ふつうは犠牲となる対象が神に捧げられる。小羊や牛などの動物が生贄として犠牲になる場合もあれば、捕虜や奴隷などを殺して捧げる人身供犠の場合もある。あるいは神自身や神に見立てられた者が犠牲になることもある。ただし、いずれの場合も、供犠の執行者と供犠の対象は分けられている。ところが、高揚感がエスカレートした供犠では、供犠執行者が自分を殺す場合もあるのだ。

宗教的な生が消耗させる熱狂的なものは、ふつうはごまかしのもとで避けられる。供犠は大きな力をもった魅力を発揮する。それは失いたいという暴力的な欲望の結果なのだ。そして、このようなものとして、供犠はまず供犠執行者を脅かす。失いたいという欲望に取りつかれて、神の化身である祭司は、まさにこの神のように、供犠執行の犠牲になることもありうるかもしれない。しかし、祭司が、神話が神々に要求するものを自身に要求することはめったにない。燔祭は神を焼き尽くし殺すが、供犠を執りおこなうものを焼き尽くさない。宗教的な自殺だけが血みどろの供犠のなかで自由に現れる要求に答えることができるかもしれない。(38)

供犠の儀式においては、ふつう厳格に規則が決められており、執行者が犠牲になることはない。執行者と供犠参加者は、宗教的に陶酔することはあっても、つねに安全地帯にいるのだ。彼らはいわば「死なずに死ぬ」というごまかしの経験をすることになる。ところが、死に接近する欲望が強すぎる場合、供犠執行者は自分までも供犠の犠牲にしてしまうこともある。そこでは、供犠を執行する祭司が規則を逸脱して自分を犠牲にしてしまっているのだ。(39)

もうひとつ例を挙げよう。『エロティシズム』のなかには、サドについての二つの論文がみられる。そのなかの「サドの至高者」という論文で、バタイユは「至高性」の本性について考えさせてくれる。

サドは個人の快楽の追求のためにエゴイズムを徹底して他者を否定してきた。自分の快楽のためなら他者は犠牲になってかまわないという思想である。この他者の否定は最終的には自分の絶対的な肯定であるはずなのだが、この否定がエスカレートしていくと自分の否定にまで至るのだ。ここでは「エゴイズムは、エゴイズムが点火した火のなかで焼き尽くされようとする意志に移りかわっていくのである」[40]。バタイユはサドの『悪徳の栄え』のなかのアメリーという登場人物にそれを見ようとする。

アメリーはスウェーデンに住んでいるのだが、ある日ボルシャンに会いに来る… ボルシャンは、恐ろしい処刑が行われることに胸をふくらませて、陰謀に加担した者たち全員を王に引き渡したばかりだった（陰謀は彼自身が仕組んだものだった）。そして、この裏切りは若い女性を熱狂させた。「あたしはあんたの残忍さが好きなの」と彼女は言う。「約束して、いつかあんたがあたしを殺すって。一五のときから、放蕩の残忍な情熱の犠牲になって死ぬって考えてしか、あたしの心は熱くならなかったわ。たぶん明日はまだ死にたくないわ。そこまでまだあたしの常軌は逸脱していないの。でも、そんなやりかたでしか死にたくないの。息を引き取りながら犯罪の原因になるなんて、考えてみただけで心がときめくわ[41]」。

バタイユはアメリーのこの考えに至高性の本性を見ている。悪や裏切りのエゴイスティックな欲望の肯定は、もうそれだけにとどまらずエスカレートしていき、自分自身を犠牲にしてしまうのだ。他者を殺して否定する運動がしだいに常軌を逸脱していき、自分自身を否定してしまうのである。バタイユはこう述べている。「サドは違反の運動を避けずにそれに従った、その結果、他者の否定と自己の肯定という当初の原理を超え出てしまう。他者の否定は、極点においては、自分自身の否定になってしまうのだ[42]」。欲望と快楽のために他者を否定するというサドの原理は、至高性のエスカレートする運動のために、原理を逸脱していかざるをえないのだ。

このエスカレートする運動こそが、バタイユが贈与、供犠、エロティシズム、至高性に見出したものであるが、これは彼が構想した「無神学」の根本にもかかわってくる。神であることの本性は、バタイユによれば、自己を否定するぐらいエスカレートする違反の運動なのである。晩年、バタイユは自著『マダム・エドワルダ』の序文を書いたが、この序文は作品を説明しながら自分の「無神学」の構想のもとでエロティシズムを位置づける試みでもあった。そこでは神は次のように語られる。

〔…〕この物語は神自身をその属性すべてに関して巻き込んでいる。しかしながら、この神はあらゆる点で他と変わらない娼婦である。しかし、神秘主義が言いえなかった（言おうとしたとき気がくじけてしまった）ことを、エロティシズムは言ってのける。神はあらゆる意味で神を超え出るものでなければ、何でもないのだ。卑俗な存在の意味で、嫌悪と不純の意味で、最終的には無の意味で神を超え出るものでなければ、何でもないのだ[43]。

エロティシズムや至高性の場合と同じだろう。神の本性は、自己を超え出ることにある。神の属性といえば、ふつうは善、愛、純粋さといったポジティヴな属性があがるだろう。悪、嫌悪、不純は、神の属性からは排除されている。バタイユはここにキリスト教の神の限界を見る。限界にとどまっているものは本当に神と呼べるのだろうか。神が神に値するためには、この限界を踏み越えなければならないのではなかろうか。だから、神は神でないことも引き受けなければならない。小説のなかのエドワルダは、頭の狂った娼婦である。卑俗であり、嫌悪の対象であり、不純な存在である。神はこの娼婦たることも引き受けなければならないのだ。神には不適切な属性あるいは禁じられている属性をも含まれることが、神たるものの証にほかならない。その結果、神はキリスト教の限界を乗り越えて禁止を違反しなければならない。この終わりなき違反が神性の本質にほかならない。だから、神の属性に関しても、神による自身の乗り越えはエスカレートしていき、神は無にもなってしまう。キリスト教における、神の属性の第一のものは存在（もしくは善）であるが、神性の本性はそこで踏みとどまらない。神は自己を破壊していく存在にほかならない。神の神性に忠実であるからこそ、神は自己を超え出るし、禁止を違反する。こういうふうな神をもう神とは呼べないかもしれない。だから、バタイユはそれを「神的なるもの」あるいは「聖なるもの」と呼んだりする。ここに神学を逸脱していく神性を追求する「無神学」があるのだ。

高揚した供犠、サドによる至高のエゴイズム、エドワルダの神性が明かしてくれるのは、規則、原理、禁止がそれらを否定したり、違反したり、狂わせたりするものとつねに一緒だということである。否定、違反、狂気は規則、原理、禁止と表裏の関係にあるのだ。規則はまた不規則であり、原理はその否定でもあり、禁止はまた違反にほかならない。

バタイユの贈与についての考えは、過剰エネルギー、至高性、エロティシズム、供犠、神性についての彼の思想と密接にからみあっている。これは彼によるモース『贈与論』やレヴィ＝ストロース『親族の基本構造』の読解からも窺える。もちろん、バタイユはアカデミックな思想家ではないし、彼の読解は人類学研究の立場からは問題も多いだろう。彼の場合、これらのテクストを読み、その思想を踏まえながらも、そこからはみ出してしまうのである。過剰エネルギーという爆破装置にしろ、エロティシズムの不規則性にしろ、規則、原理、法を求める研究の裏をかくものなのである。しかし、だからといって規則、原理、法を無化しようというものではなく、それらとつねに表裏の関係にあるものなのだ。

現代において贈与は再び関心を集めている。ボランティア、臓器移植、寄付型クラウド・ファンディング、ベーシック・インカムなど、利益を追求する資本主義とは異なるかたちで、贈与は現代社会に不可欠なものになりつつある。また、モースは未開人の贈与交換のコンセプトで現代の社会保障制度を根拠づけたし、そのモースの影響のもとでMAUSSの社会学者たちは自然との関係、家族や友人関係を贈与交換の発想で説明している。近年ではグレーバーはモースを一歩進めて、人間の根本的な社会的関係である「基盤的コミュニズム」(44)を互酬性なき贈与による人間関係に見出している。いずれの考えもこれからの社会や共同体を考えるにあたって重要な提言である。しかし、それらは贈与の肯定的な面だけに注目しているようにも思える。彼らは贈与を少し理想化しすぎているのではないだろうか。

今日バタイユの思想を参照する重要性は、贈与のもっている両面性に気づかせてくれることにある。

資本主義に席巻されている今日、贈与の思想が資本主義とどういう関係をもつかを考えていくことは、喫緊の課題であるが、資本主義に対してどういうスタンスをとるにせよ、バタイユの贈与論の両面性は熟考しなければならない問題である。贈与の未来への可能性はまた危険とも隣り合わせであり、それを踏まえながらこの可能性を考えていくべきだということを、私たちは認識しなければならないのではないだろうか。

註

（1） M. Mauss, *Essai sur le don*, puf, Quadrige, 2012, p. 143.

（2） *Ibid.*, pp. 149–150.

（3） *Ibid.*, p. 151.

（4） *Ibid.*, pp. 153–163.「贈与する義務」「受け取る義務」「お返しする義務」は、ポトラッチの分析から導き出された考えであり、モースは『贈与論』のなかのすべての贈与に適用しているわけではない。しかし、彼が序論で述べているように、『贈与論』の研究が「未開ないしはアルカイックな社会において、受け取った贈り物に対して、お返しを義務づける法と利益の規則がどういうものであるのか。贈与されたもののなかに、受け取った人にお返しをさせるどういう力があるのか」（*ibid.*, pp. 64–65）であったことを考慮に入れると、このポトラッチの分析は『贈与論』全体でも重要な位置をしめていると思われる。だが、贈与とお返しの義務の研究にとって、奇妙なのはマオリ族の贈与交換の例である。「あなたは私にひとつのタオンガ（物）を贈る。私はそれを第三者に贈る。その第三者は別のタオンガを私に返す。〔…〕そして私もそれをあなたに贈らなければならない」(*ibid.*, p. 79)。こういったタオンガ（物）の循環が行われるのは、ハウという物の霊のせいである。物の霊が最終的には元の所有者のもとに帰りたがっているのだ。モースはここで贈与に対して最終的にお返しがおこなわれていること、それから最初の贈与者へのお返しがあることに注目しているが、最初の贈与のあと「私」が「第三者」に同じ物を譲渡することについては、何の説明もしていない。ここには『贈与論』の理論にとって躓きの石となる危険なものが潜んでいると私は思う。この問題については、マーシャル・サーリンズ『石器時代の経済学』（山内昶訳、法政大学出版局、一九八四年）、山田広昭『可能なるアナキズム――マルセル・モースと贈与のモラル』（インスクリプト、二〇二〇年）、平川克美『21世紀の楕円幻想論――その日暮らしの哲学』（ミシマ社、二〇一八年）がそれぞれ独自の解釈をしている。私も稿を改めて論じたい。

（5）*Ibid.*, p. 135.

（6）G. Bataille, *La part maudite*, *Œuvres complètes*, VII, Gallimard, 1976, p. 71.

（7）G. Bataille, « La notion de dépense », *Œuvres complètes*, I, Gallimard, 1979, p. 305.

（8）*Ibid.*, pp. 309–310.

（9）*Ibid.*, p. 310.

（10）「消費の観念」における、糞便と贈与の関係については、拙著『贈与論――資本主義を突き抜けるための哲学』青土社、二〇一九年の第5章「贈与のスカトロジー」、とりわけ八〇―八二頁で詳しく論じた。また、その章の注15では、糞、金銭、肛門、サディズムについてのフロイトの精神分析との関係についても言及した。

（11）Bataille, « La notion de dépense », p. 310, Mauss, *op. cit.*, p. 150.

（12）Bataille, *La part maudite*, p. 71.

（13）*Ibid.*, p. 72.

（14）*Ibid.*, p. 73.

（15）特に『内的経験』のなかの「序論草案」を参照されたい（G. Bataille, *L'expérience intérieure*, *Œuvres complètes*, V,

Gallimard, 1981, pp. 13–42)。完全に有用性から解放された「経験」の解釈については、拙著『ジョルジュ・バタイユ——神秘経験をめぐる思想の限界と新たな可能性』水声社、二〇一〇年、特に第一章「内的経験のブランショ革命」を参照していただきたい。

（16） Bataille, *La part maudite*, p. 74.

（17） *Ibid.*, p. 22.

（18） 『呪われた部分』の「理論的序論」を参照のこと（*ibid.*, pp. 27–47)。

（19） *Ibid.*, p. 71.

（20） *Ibid.*, p. 72.

（21） *Ibid.*, p. 77.

（22） もともとは一九五一年一月号に『クリティック』誌に「インセストと動物から人間への移行」というタイトルで発表された論文であるが、未完に終わった『呪われた部分』三部作の第二巻『エロティシズムの歴史』のなかに「インセストの禁止」というタイトルで挿入される予定であった。だが計画は変更され、『エロティシズム』のなかに「インセストの謎」というタイトルで収録されている。

（23） C. Lévi-Strauss, *Les structures élémentaires de la parenté*, Mouton, 1967, p. 72.

（24） *Ibid.*, p. 76.

（25） *Ibid.*, pp. 76–79.

（26） G. Bataille, *L'érotisme*, *Œuvres complètes*, X, Gallimard, 1987, p. 306.

（27） *Ibid.*

（28） *Ibid.*

（29） *Ibid.*, pp. 205–206.

（30） *Ibid.*, p. 205.

(31) *Ibid.*, p. 216.

(32) *Ibid.*, p. 209.

(33) *Ibid.*, p. 112.

(34) *Ibid.*

(35) *Ibid.*, p. 110

(36) *Ibid.*, pp. 210–211.

(37) G. Bataille, *Ma mère*, *Œuvres complètes*, IV, Gallimard, 1981, pp. 175–276.「わが母」における母と子のインセストについては、母による至高の贈与とその破壊性という問題を踏まえて論じたことがある。拙論「至高性と分身――ジョルジュ・バタイユ『わが母』における神学と近親相姦」『別冊水声通信　セクシュアリティ』二〇一二年七月、二三七―二五七頁を参照されたい。

(38) G. Bataille, *La limite de l'utile*, *Œuvres complètes*, VII, Gallimard, 1976, p. 257.

(39) バタイユのアセファル共同体構想の失敗の原因のひとつとして「供犠のエスカレート」があることを指摘しておいた。拙論「宗教を不可能にする宗教性、共同体を不可能にする共同性――バタイユによるアセファル共同体」、岩野卓司編『共にあることの哲学』書肆心水、二〇一六年、七一―七四頁を参照されたい。

(40) Bataille, *L'érotisme*, p. 174.

(41) *Ibid.*, pp. 174–175.

(42) *Ibid.*, p. 174.

(43) *Ibid.*, pp. 262–263.

(44) D. Graeber, *Debt: The First 5,000 Years, Updated and Expanded*, Melville House, 2014, p. 98.

贈与の危険は引き金であり安全装置である

「逸脱していく贈与」の余白に

大森晋輔

岩野はバタイユを主な専門とする哲学者だが、近年ではそれにとどまらず、その著『贈与論——資本主義を突き抜けるための哲学』をはじめとして、贈与のさまざまな可能性を縦横無尽に論じている。これはもちろん、私たちが生きる資本主義社会の歪みを軌道修正するための方途を模索するなかで贈与を積極的に捉えようとする最近の傾向にも呼応したものである。しかしその一方で、岩野はその可能性にのみ目を向け、贈与を過度に理想化することへのアラートを持続的に発し続けているという点で、ユニークな思想家でもある。

もっとも、このアラートは元祖『贈与論』の著者であるモース自身からも発せられている。ゲルマン語系のgiftという単語が、「贈り物」と「毒」という相反する意味に分岐したという彼の指摘は周知のとおりである。しかし、モースは基本的には贈与のもつ正の部分を評価するにとどまっており、それに対して本論考における岩野は、贈与の負の側面にも目を向けることで、バタイユの贈与論の射程を正しく汲み取ろうとしている。

岩野は、バタイユが一九三三年の「消費の概念」においては「純粋な富の消費」、すなわち「非生産的消費」と捉えるにとどまっていたポトラッチが、一六年を隔てた『呪われた部分』においては「根本的な両義性」をもつものとして捉えられるようになったことに注目する。つまりバタイユは、ポトラッチが純粋な消費だけではなく「手放すことで得ること」、すなわち「有用性の原理」にも支配されていることに気づくのだが、しかしバタイユは続いて、その原理を推し進めていくことによって、その原理を逸脱する過剰のエネルギーの運動が駆動することを指摘する。その運動は、ポトラッチ自身を破壊しかねない。「手放すことで得る」ポトラッチを進めることによって、たとえば破産などの主体の破滅を招き、ポトラッチそのものが成り立たなくなるのだ。また、バタイユは一九五七年の『エロティシズム』において、レヴィ＝ストロースが考察する未開人の結婚における女性の贈与交換のシステムをポトラッチとの類推によって捉え直し、規則を超え出るエロティシズムの運動によってやはりこの贈与が危険にさらされる契機があることを論じている。以上のことを確認したうえで岩野が指摘するのが、贈与そのものに備わる危険、および――それゆえにというべきか――贈与というものを単に理想的なものと捉えることの危険である。

筆者がバタイユを読んでいてつねに感じるのは、システムに対する透徹したまなざしである。およそいっさいのシステムはシステム自身のうちにおのれを超え出る、あるいは破壊するものをあらかじめ秘めている。贈与もまた他の多くのシステムと同様に一つのルールであり、守るべき一定の義務を伴う。岩野によれば、バタイユはそうしたルールの発見に努めたモースやレヴィ＝ストロースを評価しながらも、一貫してそのルールそのものにルールを逸脱し、ルールを脅かすものがあることを見ている。確かに、そうであるのなら贈与について考えるということは原初的な危険をはらむものを相手取ることになるし、またそれゆえにそうしたルールを理想化することは一定のリスクを伴うことにもなるだろう。

こうしたことを別の角度から捉えた同時代人の一人に、ピエール・クロソウスキーがいる。いわゆる「ロベルト三部作」がまとめられた小説『歓待の掟』

（一九六五）は、（歓待という形をとった）「贈与」と（ルールとしての）「掟」をめぐる現実が結婚というシステムを軸にして浮き彫りにされる。「贈与」というのは、夫が客を歓待して妻を性的に与えるという行為にそれが現れているからであり、「掟」というのは、その行為を習俗的なルール（のパロディ）として流通させようと試みたものだからである。つまりこのルールははじめから一夫一婦制という「掟」を逸脱したものであり、三部作のうち最初に書かれた『ロベルトは今夜』では、スコラ哲学の教授である夫オクターヴはこのような贈与を一個の新しい習俗としてでっちあげる。

しかし、この贈与もまた両義的である。なぜオクターヴが妻ロベルトを客に贈与するのかといえば、それは彼が妻を失うことで得るものがあると見ているからだ（ここにあるのはたとえば相手の妻を返礼として受け取るといった意味でのいわゆる贈与交換ではないことをいったん付記しておく）。つまり、この贈与は「自分の前にいる時の妻だけではない」さまざまな妻の姿を捉えるため、換言すればかけがえのないものを真に「所有」するためにこそなされるのであって、その意味では——歪んではいるのだが——「手放すことで得る」という「有用性の原理」に支配されていると言えなくもない。法外に貴重な財産たる妻を客（この第三者の存在は決定的に重要である）に供することで、その財は貴重さをますます帯びるようになるというわけである。

ところが、クロソウスキーは作中でこれをあえて推し進めていくことで、この原理自体を脱臼させていく。実際、『歓待の掟』の主人公は、妻を「手放すことで得る」ことに一向に成功しない。第二作『ナントの勅令破棄』では、ロベルトは「歓待の掟」を逆手に取り、オクターヴによる制御がもはや不可能になるほど外で情事を繰り返す。夫の危険な試みは挫折を迎え、夫が「歓待の掟」の実践によって妻の真の姿を捉えようとすればするほど、その姿はますます複数化して捉えがたくなる。第三作の『プロンプター』に至っては、テオドール（ギリシア語で「神の贈り物」を指すテオドロスに由来する）と名を変えた主人公は『ロベルトは今夜』と称する自作の小説で作り出したと思っていた「掟」そのものに絡めとられ、それを流通させた報いのようにして、今度は自分まで何者なのかが分からなくなっていく。ことほど左様に、「歓待の掟」という贈与システムがもたらす帰結は危険そのものであり、理想とは程遠い。

バタイユが注目したのは、贈与が贈与というルールそれ自身を逸脱させ変質させていく危険であった。一方でクロソウスキーは、それにひと捻りを利かせ、最初から「逸脱した贈与」というそれ自体剣呑なルールを提示し、さらにはそのルールに基づいて行動するはずのプレイヤーを設定したのちに、今度はそのルール自身がやはり逸脱を見せて自走・自壊していく危険なさまを描き出す。

しかし、ここに見るべきなのはそうした負の部分ばかりであるとも言えない。バタイユが贈与のもつ危険な面に光を当てているのは、いかなるシステムも理想化されえないことを示すためであり、たまたまシステムが安定しているように見えてもそれはシステムが自己を超え出る運動の一時的な休戦状態にすぎないということを認識させるためでもあるのだろう。そうだとすれば、贈与の危険は贈与という拳銃の可能性をさらに先に開くための引き金であると同時に、贈与というシステムがシステムとして固定化される危険を回避するためにロックされる安全装置であるとも言えないだろうか。クロソウスキーにしても、単なる「一夫一婦制からの逸脱」ということだけであれば、それは「不倫」や「姦通」などという既知の事象に回収されてしまう。重要なのは、「ルールは自身を逸脱するものを内包する」という事実を認識したうえで、つまりは逸脱も一個のルールのうちだと認めたうえで、逸脱を繰り返すことでその認識からもさらに逸脱していくことなのではないか。逸脱の運動は語の定義からしても二重、あるいは三重に続いていかなければならない。そうでなければ、結局われわれは既存のルールそのものに取り込まれてしまうだろう。

バタイユやクロソウスキーは、制度の必要性を前提として踏まえながらも、逸脱が制度の側に回収不可能となる瞬間を夢見、また書くことによってその瞬間を実践する。制度との共犯関係を結びながら、まるでスパイのように制度の裏をかき、制度を威嚇し、制度を震え上がらせること。制度の中で過剰さを推し進めることで亢進を高め、さらなる爆発力を蓄えること。そして、それらによってさらに遠くへ行くこと。それが果たして本当に可能なのかどうかはともかくとして、少なくともそうしたことを彼らがそれぞれの仕方で企てたことは確かである。

ただ、この二人の思想家の思考を近づけていくことは実はそれほど簡単ではない。特に禁止／侵犯、欲望／価値、体験／言語といった問題をめぐってはむしろ相違の方があらわになることも多いように思われる。しかし、岩野の示唆的な論考を読むことにより、両者をつなぐ道筋も見えてくる。バタイユを源として枝分かれしていく思想の水脈は数知れないが、クロソウスキーもまたその水脈の一つなのだ。

岩野卓司『贈与論——資本主義を突き抜けるための哲学』

扱われるテーマの数々は多種多様、かつその一つ一つが容易ならざる問題を扱ったもので（考察対象は「糞便」から「神」にまで及ぶ）、それらを丁寧に整理し、「共に考えよう」と読者に呼びかけるかのように解きほぐしていく筆致は感動的ですらある。モース、レヴィ＝ストロース、バタイユに限らずシモーヌ・ヴェイユ、ジャック・デリダ、ジャン＝リュック・マリオンといった多彩な思想家による、贈与をめぐるフランス現代思想の所産の検討を通じて、著者の設定した大きな問い、すなわち「等価交換のシステムによって支えられてきた資本主義のさらに先をどのように構想できるか」という問いを探るのが本書の目的といえる。

どの章も魅力的だが、個人的に最も関心を引かれたのは、マリオンを扱った第10章・第11章である。特に後者において、岩野は「贈与」と「愛」を哲学的に考察したマリオンが、「エロス的還元」を通して人間の本質を「求める愛」ではなく「与える愛」にあるとした点を取り上げている。マリオンにとって「与える愛」の理想は「神」とされており、贈与を受動的なもの、つまり一方的に与えられるものとして捉えるのがマリオンの強調する関係であるということだが、これは徹底的な受動性としての内的体験を経たのちに「未知なるもの」に身を開いていく可能性を追求したバタイユの思想とも無縁ではない(これに関しては、以下のインタビュー記事も併せて読まれたい。ここでは受動的な形で与えられる「信じられないような」贈与の体験について述べられていると同時に、贈与の「負」の面に関するアラートも盛んに発せられている。岩野卓司「私たちは決して贈与から逃れることはできない――「与えの現象学」が示すもの」『談』一二〇号所収、水曜社、二〇二一年)。

もっとも、マリオンの場合はあくまでキリスト教的な神を踏まえているところがあり、その意味では限界もあるとされるのだが、それでもその思想は戦争やテロなど現代社会の「憎しみ」の連鎖に呼びかけうる普遍性をもっているという。それにしても、「ただ与える」だけの贈与が果たして可能なのだろうか。そんな疑問もわく。しかし本書の美点はむしろ、私たちが抱くそうした疑問をいかに私たちが受け止め、いかにその疑問を生きるのかを思考するよう促してくれるところにある。

(青土社、二〇一九年)

バタイユ『呪われた部分――全般経済学試論・蕩尽』

岩野の論考を読むうえではやはり一九四九年のこの著作を第一に挙げるべきだろう。後半で取り上げられている『エロティシズム』(一九五七)も取り上げるべきかもしれないが、ポトラッチの問題を扱った第二部第二章のインパクトを抜きにして本論考は書かれなかったにちがいない。またこの訳書では、訳者の配慮により一九三三年に『社会批評』誌に掲載された「消費の概念」も「補遺」として収録されており、岩野の論考の前半で扱われている、「消費の概念」から『呪われた部分』への変遷が非常によく分かるようになっている。

特定の社会や時代などに限定されたこれまでの経済学の刷新という意図で、バタイユは「全般経済学」を打ち立てようとする。訳者解説を引けば、それは「太陽エネルギーに発する地球上全体のエネルギーの恒常的な余剰、そしてその消失へという大きなエネルギーの流れを視野に収め、過剰、浪費、喪失といった一見ネガティフな事態を重視して人間の活動全体を捉え直そうとした」ものである。アステカ人の供犠と戦争、ポトラッチ、イスラム、ラマ教、資本主義社会、ソ連、マーシャルプランなどを視野に収めながら、バタイユは西洋社会が陥った隘路を突き抜けるべく、それこそ多大なエネルギーを注力して贈与の思想を語っている。

上記のような否定的な事態が「呪われた部分」なのは、もちろん「全般経済学」を展開するうえでそれらへの考察が可能性を大いにもつにもかかわらず、人間活動に対する思考において等閑視されてきたからなのだが、同時に、この「呪い」は消費や破壊をもたらす太陽エネルギーそのものがある種の否定性を帯びざるをえない点にも注意が向けられている。「呪い」はある種の両義性をもつのであり、だからこそ人間の生は「至高性」を帯びるのだ。

しかし、二一世紀の現代においても、資本主義社会は「呪い」を内に胚胎させながらも「有用性」の名のもとに無用なものを排除しながら肥大と環境破壊を繰り返し、ついには自滅の危機にまで瀕している。当時この書物はほとんど注目されることがなかったというが、今だからこそ読まれるべきである。

（酒井健訳、ちくま学芸文庫、二〇一八年）

湯浅博雄『贈与の系譜学』

近年刊行された目覚ましい成果を一冊挙げる。贈与という概念が近現代のフランス思想に与えている影響を横方向に探るのが岩野の著書だとすれば、湯浅の著書はいわばそうした影響を縦方向に俯瞰することで検討したものであり、古代社会、アリストテレス、初期キリスト教などから、カント、ニーチェ、モース、ランボー、バタイユ、デリダなどへと連なる、贈与をめぐる一つの「系譜学」を確かに浮かび上がらせている。

しかし、本書を読んでいてむしろ驚かされるのは、湯浅がこうした検討を通じて「贈与の可能性をどの次元において求めるべきか」、あるいはさらに「真に贈与的ふるまいと言えるものは何か」という問いを、いわば「贈与の倫理学」とでも言えるものとして思考し続けている、その姿勢である。ただし、本書は単なる「贈与道徳論」ではない。ここで思考されているのもやはり「逸脱」していく何かであって、「私」が把握しようとすればつねにすり抜け、逃げ去る「他者」をどのように思考すればよいのかという問いが本書全体のフレームワークとなっていることに注意しよう。

筆者にはとりわけ、自分に属する固有なものを断念するほどまで「他者を迎え入れる＝歓待する」という、いわば「究極の贈与」とされているふるまいについての思考が強く印象に残る。それはすでに贈与的なのか、そうでないのかを判別できないレベルにまで進んでいくもので、そのような贈与は不可能なのかもしれないが、その不可能さという試練に耐えることそのものに意義があると湯浅は言う。不断の問い直しによって、模擬性＝反復性として生きられるほかないようなかたちで、贈与における義務や正しさを、そのふるまいのあり方を思考すること。本書によれば、これは贈与のはらむ危機であると同時に、贈与のもたらす好運（シャンス）でもある。

（講談社選書メチエ、二〇二〇年）

ピエール・クロソウスキー『歓待の掟』

『ナントの勅令破棄』（一九五九）、『ロベルトは今夜』（一九五三）、『プロンプター』（一九六〇）の三作に「まえがき」と「あとがき」を付して一九六五年にまとめられたクロソウスキーの代表的な小説作品。『呪われた部分』の四年後に発表された第一作『ロベルトは今夜』では、神学教授の夫が妻を性的に客に供するという「歓待の掟」を実践する異様な姿が描かれるが（バタイユは翌年にこの作品への好意的な書評を書いている）、ここではバタイユがモースやレヴィ＝ストロースを起点に展開した贈与の問題を「歓待」、さらには「所有」（原語の propriété は「固有性」も示す）や「譲渡不可能なもの」の問題として変奏させているという見方もできる。第三作『プロンプター』では「歓待の掟」が社会全体に拡大され、夫婦交換が制度化される社会が描かれるが、この「掟」の発明者は自分であると考えている主人公テオドールはこうした社会に懐疑的である。なぜならば、自分の妻を差し出す代わりに他人の妻を求めてしまえば、それは新たな等価交換のエコノミーに参入することになり、「歓待の掟」が前提とする一夫一婦制度への揺さぶりが意味を失うからである。逸脱を逸脱として機能させるには、「所有」と「放棄」が強固な意味をもつ既存のシステムが必要なのだ。

クロソウスキーは「A（夫）に属するB（妻）が時を同じくして他（客）に属することはありえない」という、いわゆるアリストテレス以来の論理学における無矛盾律からの逸脱として、「A（夫）がB（妻）を所有しながらにして同時にB（妻）を放棄する」という論理の流通を作中で試みている。これを彼は自作の解題で次のように述べる。「私の財は、これを譲渡することによってのみ、私にとって譲渡不可能なものであり続ける」（『ルサンブランス』）。「贈与の倫理学」ならぬ「贈与の論理学」。クロソウスキーが「不可能な贈与」を構想するときにはつねに、こうした論理的な逸脱を養分にしているのである。

（若林真・永井旦訳、河出書房新社、一九八七年）

ANAL
Y S E

DOCUMENTS

DON
COMMUNAUTÉ
ANARCHISME

A partir de la pensée
de Georges Bataille

4

Hommages à Georges Bataille.

人間相互の牽引力は直接的ではありません。この言葉（médiatiser）の正確な意味において、まさにメディアを介しているのです。つまり二人の人間のあいだの関係は、この二人が中心核の影響下に置かれているために、根源的に変質を被るということなのです。両者の実存はこの中心核のまわりを動いているのですが、この中心核の本質的に恐ろしい内実が、両者の関係に、避けがたい媒介として介してくるのです。

「社会学研究会」一九三八年一月二二日の講演より、強調はバタイユ

私たちは、幸運にも、たまたま同じ車両に乗り合わせた旅客たちとそれほど変わるところはない。ある者は先に降り、ある者は乗り込み、そして自分もまたどこかの駅で降りていくのだ。だから、この偶然の乗り合わせにおいては、よくわからぬものに対して判断を下すことができないのと同様に、この見知らぬ〈他者〉を否定したり、肯定したりすることはできない。そこで可能なのは、差異と隔たりを保った歓待だけである。

福島勲『バタイユと文学空間』水声社、二〇一一年、一七二—一七三頁

バタイユの思考への姿勢は、すでに知っているものだけを知りたいという、安定性を目指す人間の欲望に反旗を翻すものであり、「推論的思考」における既知の循環性や再認の構造を強く批判していた。なぜならそれは「もう分かった！」「知ってる！」という一定の範囲内で立ち止まる思考だからであり、知の円環の外部をまなざすことを恐れているからだ。

横田祐美子「さらに先へと進んでいくこと——バタイユにおける非‐知と賭け」『立命館大学人文科学研究所紀要』一二八号、二〇二一年、八四頁

サドの倒錯者が自らの中に他なる力を認識するということは、自我の同一性という一種のフィクションにおいて存在の可能性を一度限り決定的に排除されてしまった、他の存在の仕方の諸可能性（つまり他＝多なる自我）を内部に見ることに他ならない。

大森晋輔「バタイユとクロソウスキー——『わが隣人サド』をめぐって」『言語と文化』第一〇号別冊、二〇一三年、二二二頁

人間性はこの詩的な動物性の外へ出て、それを忘れ、獣を軽蔑することによって自己の優越性を打ち立てた。獣は野生存在の詩性を奪われ、物の次元に貶められ、家畜化され、屠殺され、小売りされるのだ。

「動物から人間への移行と芸術の誕生」『クリティック』一九五三年四月より

情念の爆発という瞬間的なものは、なにも有用なものを生みださない。それゆえ、もし情念の爆発のために理性が使用されたならば、理性の有用性は破壊されたことになるだろう。〔…〕使用を（有用な）目的から逸らすことによる有用性の破壊の方法は、その主題を口実化することで絵画を沈黙させたマネの操作＝遊戯と等しいものとみなし得る。

井岡詩子『ジョルジュ・バタイユにおける芸術と「幼年期」』月曜社、二〇二〇年、一四〇頁

闇もまた光であるようだ、光もまた闇であるようだ。私はその連続する度合いの中にいる。だから私もまた、その度合いの一部であり、見えるものは私と連続している。ならばやはり、外に見えるものは私の中である。そのときそこに動物の形象が現れる。それは私の中である。こうして、私は動物になる。そして形象はふたたび闇に消え、私もまた闇になる。繰り返し、繰り返し。洞窟とは、このような全面的な交流（コミュニケーション）の場である。

江澤健一郎『バタイユ——呪われた思想家』河出書房新社、二〇一三年、六二頁

至高の連続性をとりもどしたいと欲望するとき、供犠がおこなわれるようになる、とバタイユは考えるのである。遠近法をたたきこわし、狭くるしい自己の意識を破壊し、弁証法を役立たずの状態にまで追い込んでいく。ようするに人間としての「私」をつくりあげているいっさいのものを解体し、破壊する供犠が必要なのだ。

中沢新一『野ウサギの走り』中公文庫、一九八九年、一九七頁

共同体をもたない者たちの共同体

「追伸一九五三年」（『内的経験』増補版所収）のための一九五二年一月二二日の草稿より

ブランショとバタイユは、共に「否定的なもの」への眼差しから出発して「死ぬことの不可能性」に逢着し、そこで、「死ぬこと」の絶対的な共有不可能性において初めて「友」を見出すのである。それが、共有するものをもたない者たちの逆説的な（不可能性の）共同体である。

郷原佳以「バタイユとブランショの分かちもったもの——「一九五二年一〇月一八日付のノート」から出発して」『別冊水声通信　バタイユとその友たち』水声社、二〇一四年、一三五頁

「2」にしか派生しない相互浸透性＝全体性を、決して全体主義や国家主義に収奪させることなく、どこかへ繋ぐことができれば、バタイユの「魔法使いの弟子」の奇妙に艶やかな「恋人たち」の描写もまた蘇生することになる。恋人たちは棄却されるべきではないのだ。しかしその「どこ」とはいったい何処か。名指し得ない場所、としか言いようはあるまい。〔…〕フィリップ・ガレルの撮る映画に登場する男女のように、その共同体は緩やかな生成と崩壊を繰り返しながら、つねに社会と拮抗しているのかもしれない。その浮動する場を私たちはその都度、確認して連続させてゆくしかない。

陣野俊史「「恋人」たちをどこへ繋ぐか——バタイユと和辻の「二人」について」『ユリイカ』一九九七年七月号、二七七—二七八頁

自分とは異なる「他者（たち）」と生きるということは、お互いが自分にとっての完全な幸福、完全な満足への執着を捨てることでしか実現されないのではないだろうか。他者（たち）の一部を自らの中に住まわせること、ときには自分を否定しさえする存在たちとともに、多少不満足であれ、多少不幸であれ、「共有／分有」しながらともに生きること。それこそが、バタイユが具体的な恋人関係の場面を通じて、執拗に、繰り返し描き出してきた共同体の姿だったように思われる。

福島勲「「恋人たちの共同体」再考——バタイユの物語作品とナンシーの思考から」『多様体』第二号、月曜社、二〇二〇年、一七四頁

贈与は損失と考えなければならない。したがって部分的な破壊と考えなければならない。というのも、破壊したいという欲望を、部分的に受取人に振り向けるからである。精神分析が描く無意識の形態においては、贈与は排泄を象徴しており、排泄はそれ自身、肛門エロティシズムとサディズムとの根深い関連に応じて死と結びついている。

「消費の観念」一九三三年一月『社会批評』七号より

「敗北」から、勝利の不可能性から学ぶこと。〔…〕この厳命に、一切のルサンチマンの彼方でなお忠実であること。そのときコミュニストは動物たちとともにある自分を、「人の彼方」である「一人の彼方」を発見する。

鵜飼哲「「アジア的身体」と動物たち――種と文化の境界に「隠された伝統」を探る」『動物のまなざしのもとで――種と文化の境界を問い直す』勁草書房、二〇二二年、二六四頁

バタイユは「罪についての討論」において、他者への伝達は「自我と他者の完結性を打ち壊すことによってのみ成立すること」を強調していた。一致を前提とした関係から出発するのではなく、「欠けた、不完全な」関係から出発すること。これがバタイユの伝達において問題となる。それは両者の間に何か「共通なもの」を生み出すのではなく、むしろ両者の絶対的な「差異」、あるいは「伝達不可能性」に根ざしたものである。

大森晋輔『ピエール・クロソウスキー――伝達のドラマトゥルギー』左右社、二〇一四年、九四頁

異質学は、「逆転」し「転覆」する対象としての同質的な科学や哲学を利用する必要があるばかりではなく、それらなしには本性からして成立し得ないのであり、この点にこそ、異質学の「転覆」的性格が、すなわち、従属的存在による上位の存在の逆転としての性格が存していると考えることができるのである。

石川学『ジョルジュ・バタイユ――行動の論理と文学』東京大学出版会、二〇一八年、四九頁

世界全体をいつ爆発するかも知れぬ巨大な火薬樽に変えてしまったこの前例のない蓄積を、戦争なしに消尽することが重要な問題なのだ。『至高性』一九五三年春から五四年夏に書かれた未完書より、強調はバタイユ

非中心性、自主的連合、そしてつねにダイレクトに否を表明できる直接民主主義、これらはアナキズムの変わることのない基底である。アナキズムが絶対的自由主義と異なるのは、そこに互酬性の原理が不可欠のピースとして組み込まれているからである。しかもこの原理それ自体は、私たちがそれを自由に選んだり、選ばなかったりできるようなものではない。

山田広昭『可能なるアナキズム――マルセル・モースと贈与のモラル』インスクリプト、二〇二〇年、二二八頁

ひとたび賭博がはじまれば、時間の流れにゆがみが生じる。大人になれとか、働けとか、ご主人さまの命令には絶対服従とか、楽しいことはその範囲内でやりましょうとか、そういうのはもうどうでもいいことだ。自分がやりたいことは、いまこの場でいっぺんにやってしまえばいい。楽しくて、楽しくてしかたがない。いちどはじめたらもう無我夢中だ。人生の階梯とか、そんなものはすべてふっとんでしまう。なにをするにも、いつもはじめからだ。

栗原康『大杉栄伝』夜光社、二〇一三年、一一八頁

「絶対知」への到達に向かって踏み出されたヘーゲル的「否定性」の最後の一歩は、いつも「用途なき否定性」によって二重化されており、けっして完結することはない。それは、最後の一歩が踏みしめた場所にゴールの白線を引くことによって、絶えずその白線の外部に直面させられることと同義である。この白線上＝限界線上で姿を現すのがほかならぬ「用途なき否定性」であり、「非－知」なのである。

横田祐美子『脱ぎ去りの思考――バタイユにおける思考のエロティシズム』人文書院、二〇二〇年、一八三頁

太陽は贈与するが何かを受け取ることは決してない。天体物理学がこの絶えざる浪費を計測する以前から、人々はそれを感じ取っていた。太陽が収穫物を実らせるのを見て、人々は太陽に属する輝きと贈与するが何も受け取らない者の振る舞いを結びつけて考えていたのだ。

『呪われた部分』一九四九年より

「過去と結びついた愛国主義のケチくささ」と異なり、アセファルは未知の「未来に対する攻撃的な無償の贈与」を行う。〔…〕それは「子供の国」である未知の未来に賭けること、何の計算もなく贈与し、この未来に賭けることに他ならない。

岩野卓司「宗教を不可能にする宗教性、共同体を不可能にする共同性」『共にあることの哲学』書肆心水、二〇一六年、六七頁

バタイユは内的体験の原理を「企図によって、企図の領域から脱すること」と定義づけていたが、クロソウスキーの理解に沿うならば、この定義は、実践的な企図の領域から出発してのみ、その企図を疑問に伏すことができるということ、別の言い方をすれば、他者（あるいは言語という他者）との共犯関係を打ち立てることによってのみ、概念を概念の彼方へと開く「非－知」の思考が可能になるということになるだろう。

大森晋輔「クロソウスキーにおけるバタイユ──「神の死」をめぐって」『東京藝術大学音楽学部紀要』第四〇集、二〇一四年、二二頁

『エロスの涙』に先立って、五〇年代後半に、グスタフ・ルネ・ホッケのマニエリスム論、『迷宮としての世界』（一九五七）と『文学におけるマニエリスム』（一九五九）が出ているが、ホッケは、すでにマニエリスムという用語を時代的限定から解き放ち、あらゆる時代に現れる反古典的な常数という意でこの概念を使用している。バタイユは、パトリック・ヴァルドベルグ宛の一九五八年七月八日付けの書簡で、〈ホッケの本を一冊手に入れられないだろうか。そのテーマについての長い研究書を出版したいんだ〉と書いているので、少なくとも『迷宮としての世界』を読んでいた可能性がある。

江澤健一郎『ジョルジュ・バタイユの《不定形》の美学』水声社、二〇〇五年、三六六頁

これほどの黒い沈黙を前にして、おれの絶望のうちに飛躍が生まれた。〔…〕引き裂かれ、ばらばらになりながら、おれは身内に力が湧き上がるのを感じていた。

『マダム・エドワルダ』一九四一年より

バタイユのマニエリスム評価は、シュルレアリスムを「今日のマニエリスムを代表するもの」と呼ぶことで、近現代の絵画まで敷衍される。バタイユにとってマニエリスムとは、「それなしには慣習から自由になることのできないような暴力的な激しさ」、あるいはエロティスムの熱狂や欲望、情熱を表現することへの執念をもった画家たちのことであり、〔…〕とりわけ、エロティスムの熱狂、つまり「物事の規則的な流れ、習慣的な流れを中断する、ある種の暴力的な激しさ」を表現することに捧げられたイメージが集められることとなる。

井岡詩子『ジョルジュ・バタイユにおける芸術と「幼年期」』月曜社、二〇二〇年、一六一頁

「詩」は禁止と選択組み合わせの構造のなかに、禁止されていた残余を流入させてくる。その「侵犯」によって、言語構造が動揺し、笑いと詩の現象が起こる。〔…〕そしてバタイユはさらに進んで文化の構造の中に禁止を越えていくもの、「侵犯」していくものがあらわれ出た時に、初めて人間の文化に「生の輝き」が輝き出すと言う。

中沢新一「洞窟の中のバロック」『ユリイカ』一九九七年七月号、一七八頁

バタイユは指摘していないが、マニエリスムにおける人体表象は、まさに比例理論を侵害する。マニエリスムに顕著な「蛇状の人体（フィグーラ・セルペンティナータ）」は、均衡を逸脱し、S字型にうねりながら螺旋を描いていく。それは静的な均衡ではなく力動感に溢れる形象を実現している。美術史には、このような侵犯がつねに潜在しているのだ。

江澤健一郎『ジョルジュ・バタイユの《不定形》の美学』水声社、二〇〇五年、二二一頁

もしレジスタンスが何か深淵なものであるならば、あなたはそれを裏切るべきだったのだ。大きな意味があるものは裏切ることができるのだ。『C神父』一九五〇年の草稿より

谷本清氏の川べりでの体験、「彼は意識をはっきりもって絶えず自分にこう言いきかせねばならなかった。これは人間なんだぞ、と」ある体験こそ、まさに人間の限界において人間的とは言いがたい生の力に出会って、理性の体制が打ち破られた瞬間なのである。そうして、死の間際でむき出しになったこの被爆者たちの生と交わり、ぎりぎりの意識でこの生を知覚している場面なのである。

酒井健「訳者あとがき」ジョルジュ・バタイユ『ヒロシマの人々の物語』景文館書店、二〇一五年、五五頁

正しいことを求めて行動しているのに滅んでしまう。正しいことを求めて行動するがゆえに滅んでしまう。そういう状況がほんとうに起こるのだとしたら、やるべきことは行動に参加することではなく、むしろ行動の暴走を抑えることです。そして、行動の暴走を抑えるためのおこないが、バタイユからすると、文学なのです。

石川学「生命から学ぶ社会の成長と消費――バタイユ『全般経済』再考」『生命の経済』慶應義塾大学出版会、二〇二〇年、二四二頁

時代の腐敗に対する、継ぎ目の外れた時間に対する、またそれを修復しなければならない生まれつきの義務に対するハムレットの二重の嘆きに、私たち自身の姿を、別の仕方で認めるようになるでしょう。彼と同じく、私たちはみな、正義を行うために生まれてきたのだと私は信じています。

鵜飼哲『ジャッキー・デリダの墓』みすず書房、二〇一四年、二一一頁

詩作品は、核心的な出来事の創造であるがゆえに、つまり裸のごとく感じられる《交わり》の創造であるがゆえに、聖なるものなのである。詩作品は、自己を侵すこと、裸になること、そして、生きる理由であるものを他者に伝達することなのだ。まさしく、生きる理由は《移動する》のである。

ロール「聖なるもの」一九三八年八月に書かれた断章より、強調はロール

畢竟、芸術の沈黙、無関心における沈黙は、「かつて…だったが、いまもう…ではない」という宙吊りの状態に貫かれている。沈黙の絵画が見せるのは、かつて時計だったもの、いまはもう時計ではないものの色彩と形であり、そこには、わたしたちが知っている時計はもはやない。それは、時間を知らせるという実用的な文脈から引き離された時計であり、有用性を破壊された時計である。その点で、無関心は仮想的な供犠である。

井岡詩子「沈黙すること、無関心になること――バタイユの絵画論を起点として」『BLUEPRINT』二〇二一年、四四一頁

愛する女性の窓下に毎晩、汚物を残しに行くことに飛び跳ねるような喜びを感じていた無辜の神父ロベールが、自分の兄弟とその女性をゲシュタポに売り、死にいたらしめたことに苦しみながら死ぬ姿を通じて、忠誠という美徳の裏に潜む残酷さ、裏切りの人間性、そして、裏切りという弱さすら許容してくれる人間関係の可能性が問われている。

福島勲「至高性から人間性へ――G・バタイユ『C神父』におけるレジスタンスの裏切りと赦し」『仏語仏文学研究』二〇一六年、四七五頁

恋愛は二人の人間だけに閉ざされているのではなく、広い世界への欲求を生みだす。たとえ相手が死んでも、追想のなかから恋情が甦(よみがえ)って、広大な世界へ向かわせる。そこがどす黒い感情の世界であっても、呼びかけたいという思いを引き起こす。

酒井健「訳者あとがき」ジョルジュ・バタイユ『魔法使いの弟子』景文館書店、二〇一五年、六七頁

書くことは、別の場所へと出発することだ。『有罪者』一九四四年より

もう一度、『文学と悪』のブレイク論の一節を引用しておこう。「詩が指し示しているのは、詩がそうあるべきであったはずの宗教の、不在である。それは宗教なのだが、愛しい存在の思い出と同じようなもので、不在というあり得なさにひとを目覚めさせるのだ」。詩や文学は、もはや宗教そのものではあり得ず、現実世界に及ぼす直接的な力を持つことがない。にもかかわらず、文学は、行動による判決を受入れ、消滅することで、おのれの無力を「無」の力へと変容させる。

石川学「神話の不在、文学の不在――ジョルジュ・バタイユと消滅の力をめぐって」『多様体』第二号、月曜社、二〇二〇年、六四頁

反復のうちに差異を差し挟む運動は、現在を攪乱し、現在にもとづく予測や計算からは到達しえない未来を描き出そうとする。それはすでにあったことを到来させる未来ではなく、かつて存在したことのない未来だ。

横田祐美子「結婚式のデモクラシー――限りあるなかでの平等を求めて」『結婚の自由――「最小結婚」から考える』白澤社、二〇二二年、九〇頁

「われわれ」の周縁が次第に広がっていくことは確かだとしても、それには常に外部が必要ではないだろうか。〔…〕移民問題や、共同体の難しさはそこにある。その意味で、自己同一性(アイデンティティ)のよりどころとして、さしあたり現実的に思えるのは、可変的な私性、ゆるやかな私たち、たとえばエドガール・モランが述べている「一にして複数のアイデンティティ」のようなものかもしれない。

澤田直「「われわれ」とは誰か？――ジャン゠リュック・ナンシーと私たち」『思想』二〇二二年一二月号、六四頁

私の武器はたった一つ。書くこと。〔…〕書くことは一つの爆弾でもある。

陣野俊史『泥海』河出書房新社、二〇一八年、四二頁

井岡詩子（いおか・うたこ）
日本学術振興会特別研究員 PD。著書：『ジョルジュ・バタイユにおける芸術と「幼年期」』（月曜社），共訳書：マンチェフ『世界の他化——ラディカルな美学のために』（法政大学出版局）。

山田広昭（やまだ・ひろあき）
東京大学名誉教授。著書：『三点確保——ロマン主義とナショナリズム』（新曜社），『可能なるアナキズム』（インスクリプト），共著：『現代言語論』（新曜社），共編著：『文学批評への招待』（放送大学教育振興会）。

石川学（いしかわ・まなぶ）
慶應義塾大学商学部准教授。著書：『理性という狂気——G・バタイユから現代世界の倫理へ』（慶應義塾大学出版会），『ジョルジュ・バタイユ——行動の論理と文学』（東京大学出版会），共訳書：バタイユ『バタイユ書簡集 1917–1962 年』（水声社）。

大森晋輔（おおもり・しんすけ）
東京藝術大学音楽学部教授。著書：『ピエール・クロソウスキー——伝達のドラマトゥルギー』（左右社），編著：『ピエール・クロソウスキーの現在——神学・共同体・イメージ』（水声社），共訳書：ペータース『デリダ伝』（白水社）。

栗原康（くりはら・やすし）
埼玉県うまれ。アナキズム研究。著書：『サボる哲学』（NHK 新書），『大杉栄伝』（角川ソフィア文庫），『村に火をつけ，白痴になれ』（岩波現代文庫）など。いきなりステーキとビールが好き。

横田祐美子（よこた・ゆみこ）
立命館大学衣笠総合研究機構助教。著書：『脱ぎ去りの思考――バタイユにおける思考のエロティシズム』（人文書院），共訳書：マンチェフ『世界の他化――ラディカルな美学のために』（法政大学出版局）。

鵜飼哲（うかい・さとし）
一橋大学名誉教授。著書：『応答する力』（青土社），『ジャッキー・デリダの墓』（みすず書房），訳書：ジャン・ジュネ『アルベルト・ジャコメッティのアトリエ』（現代企画室），ジャック・デリダ『盲者の記憶』（みすず書房）。

陣野俊史（じんの・としふみ）
文芸批評家・フランス語圏文学研究者。著書：『じゃがたら増補版』『テロルの伝説　桐山襲烈伝』『泥海』（以上，河出書房新社），『戦争へ，文学へ』（集英社），『魂の声をあげる　現代史としてのラップ・フランセ』（アプレミディ）。

福島勲（ふくしま・いさお）
早稲田大学人間科学学術院教授。著書：『バタイユと文学空間』（水声社），訳書：『ディアローグ　デュラス／ゴダール全対話』（読書人），共編著：『洞窟の経験――ラスコー壁画とイメージの起源をめぐって』（水声社）。

郷原佳以（ごうはら・かい）
東京大学大学院総合文化研究科教授。著書：『文学のミニマル・イメージ　モーリス・ブランショ論』（左右社），訳書：シクスー＋デリダ『ヴェール』（みすず書房）。

編者紹介

澤田直（さわだ・なお）
立教大学教授。著書：『〈呼びかけ〉の経験——サルトルのモラル論』（人文書院），『ジャン＝リュック・ナンシー』（白水社），『サルトルのプリズム——二十世紀フランス文学・思想論』（法政大学出版局），訳書：サルトル『真理と実存』『言葉』（以上，人文書院），ペソア『新編 不穏の書，断章』（平凡社）など。

岩野卓司（いわの・たくじ）
明治大学教養デザイン研究科・法学部教授。著書：『贈与論——資本主義を突き抜けるための哲学』（青土社），『贈与の哲学』（明治大学出版会），『ジョルジュ・バタイユ』（水声社），共訳書：バタイユ『バタイユ書簡集 1917–1962年』（水声社）など。

執筆者紹介（掲載順）

中沢新一（なかざわ・しんいち）
京都大学特任教授，秋田公立美術大学客員教授。思想家。著書：『チベットのモーツァルト』（講談社学術文庫），『雪片曲線論』（中公文庫），『アースダイバー』『レンマ学』（講談社），『芸術人類学』（みすず書房）など多数。

酒井健（さかい・たけし）
法政大学教授。著書：『モーツァルトの至高性——音楽に架かるバタイユの思想』（青土社），『バタイユ入門』（ちくま新書），訳書：『太陽肛門』（景文館書店）など。

江澤健一郎（えざわ・けんいちろう）
立教大学兼任講師。著書：『中平卓馬論——来たるべき写真の極限を求めて』『ジョルジュ・バタイユの《不定形》の美学』（以上，水声社），『バタイユ——呪われた思想家』（河出書房新社）。

はじまりのバタイユ
贈与・共同体・アナキズム

2023年4月10日　初版第1刷発行

編　者　澤田直・岩野卓司
発行所　一般財団法人　法政大学出版局
〒102-0071 東京都千代田区富士見2-17-1
電話 03(5214)5540　振替 00160-6-95814
組版：HUP　印刷・製本：日経印刷

日本音楽著作権協会（出）許諾第2210068-201

ISBN 978-4-588-13035-9

Jean-Luc Godard, *Weekend*